KB237290

연구답사기행

먼 고장 이웃 나라 내가 사는 땅

김 용 직

푸른사상
PRUNSASANG

해마다 노벨상 시상식이 열리는 스톡홀름 시청. 우리 일행은 도착하자 곧 높이 솟아오른 전망대에 올라보았다.

전망대로 오르는 계단에서. 위로부터 김종길, 이문열, 필자, 고은

시청 앞에서의 기념촬영. 앞줄 좌로부터 두 번째 김종길, 고은, 정영자
뒷줄 좌로부터 아나똘리 김 부부, 후베, 하나 건너 이문열, 필자, 장길남, 홍성덕

스톡홀름 시청 앞에서 독일 측 주제 발표자 후베와 함께

코펜하겐 거리에서. 좌로부터 홍성덕, 이문열, 김종길, 필자, 고은, 한인자

세미나와 도서전 참여가 끝나자 일동은 각자 부담으로 덴마크 관광 길에 올랐다. 북구 3 국과 덴마크 사이에 놓인 다리 남단에서 기념촬영. 전열 좌부터 정영자, 한인자, 홍성자. 후열 좌부터 고은, 필자, 김종길, 이문열 등

인어상 앞에서. 좌로부터 필자, 고은, 이문열

코펜하겐, 안데르센 기념관을
배경으로 하고

코펜하겐 광장에서

코펜하겐 거리에서

리투아니아 국가 기장

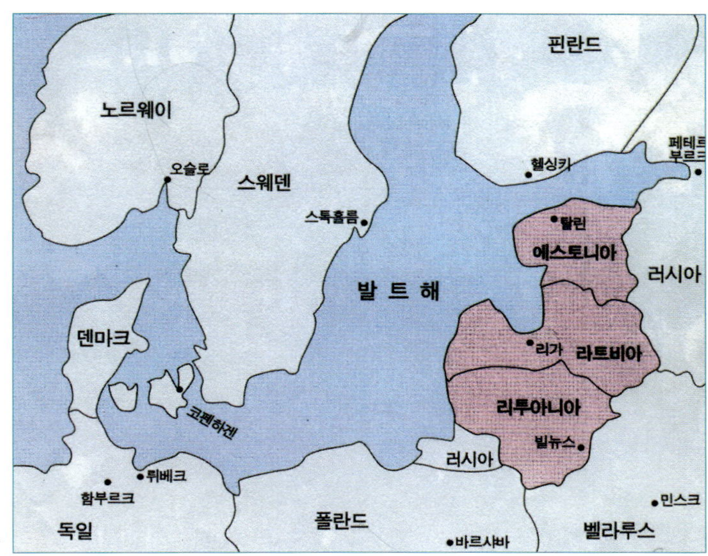

리투아니아 지도

대통령 궁

IAU 로고

로메리오 대학 교장

로메리오 대학 교사

나폴레옹이 극찬한
오나 성당

빌니우스 구 시가지의
교회와 사원들

트라카이 성의 풍광

유럽의 중앙지점 기념탑

게디미나스 성탑

 먼 고장 · 이웃 나라 · 내가 사는 땅

문학기념관 앞에서▶
귀국 때 쓴 항공기표▼

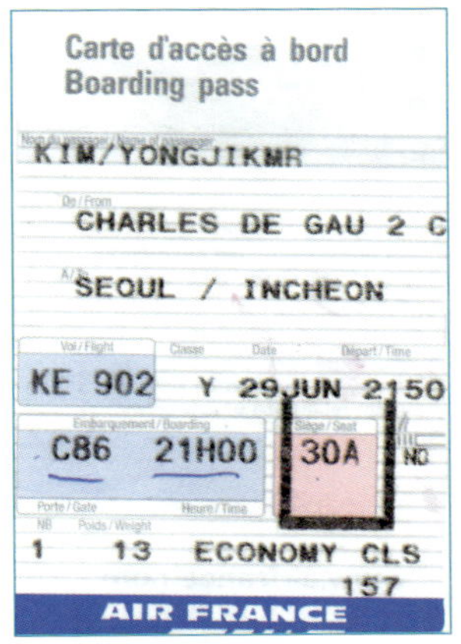

소르본느 대학 강의실에서

거리를 지나다가 시 축제가 열려 들러보았다.

문학박물관 V. 유고 코너 앞에서

시 축제의 포스터

한국학 세미나가 열린 본대학 교정에서

발표 토론을 끝내고. 좌로부터 이광숙, 필자, 후베 교수

본대학 복도에서

북화대학에서 동아시아문화연토회를 마치고.
전열 좌로부터 3번째 최박광, 하나 건너 최원규, 필자, 하나 건너 윤홍로, 주종연

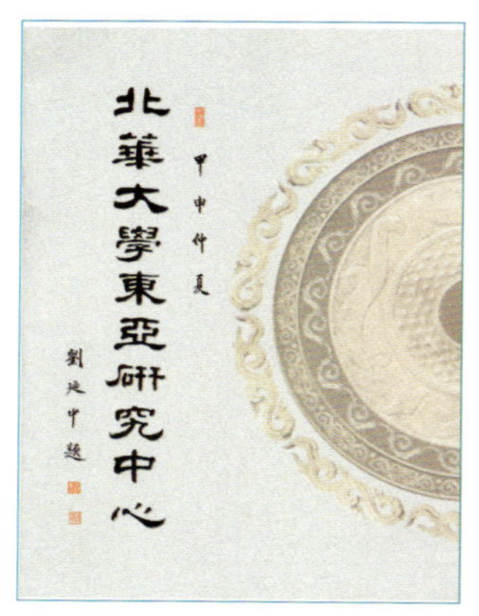

북화대학 동아연구센터 안내서▲
북화대학 정문▶

천지를 배경으로 하고

장백산 관광안내도

발해 고토에서 바라본 백두산의 원경

백두산 가까이 내두촌의 가을

장백폭포 앞에서

백두산 정상. 중국 기상대 뒤에서
좌로부터 박태상, 김성우, 필자, 고지나, 서지월, 박현숙

연변작가들과 세미나. 중앙이 필자

16

산동대학 한국어계 교실의 일부

▲산동대학교 교정
◀산동대학교 로고가 붙어 있는
　한국어과 소개판

한국어교육국제학술대회기념촬영▲
첫째줄 좌로부터 6번째 황동규
다음 박갑수 우로부터 5번째 주종연
6번째 필자

산동대학 정문▶

박돌천 용출수머리▼

学 术 研 讨 会 合 影 留 念
2010. 7. 17
国 际 学 术 研 讨 会
外国语学院 · 赞助 · 韩国国际交流财团 · 中国山东大学
地点 · 山东法官培训学院6号楼

◀아영사 전경
▼천성 정문

泉 城 欢 迎 您
WELCOME TO JINAN
迎 门 大
新 春 佳 辰

대성전▶

공자 초상

공자가 손수 심은 회나무 그림

▲공묘 입구

◀공묘의 여러 건물들

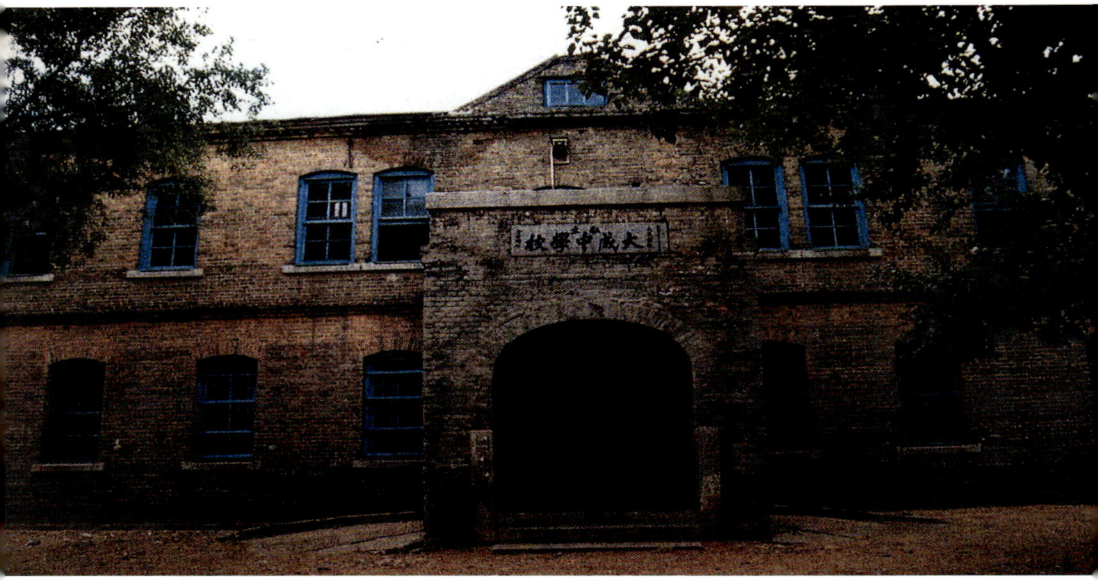

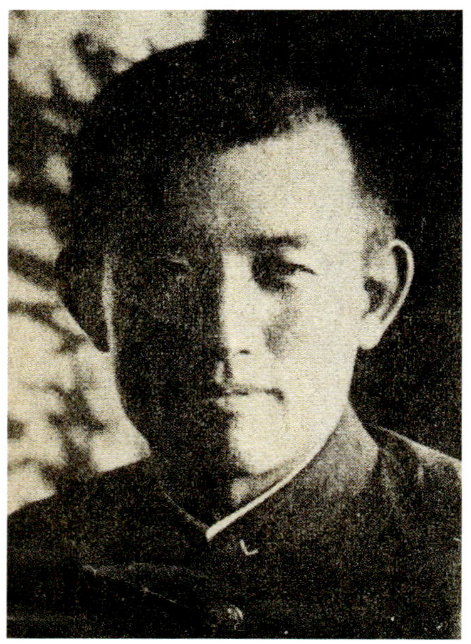

윤동주의 모교 대성중학교 구 교사.
지금은 기념관이 되었다.

判決

本籍 朝鮮咸鏡北道清津府浦項町七十六番地
住居 京都市左京区田中高原町二十七番地
武田アパート内
私立同志社大学文学部選科学生
平沼東柱
大正六年十二月三十日生

右ノ者ニ對スル治安維持法違反被告事件ニ付當裁判所ハ検事江島孝関與ノ上審理ヲ遂ケ判決スルコト左ノ如シ

主文

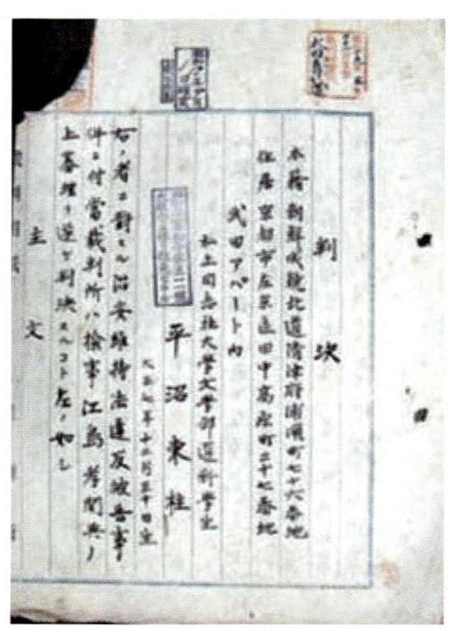

▲윤동주가 독립운동자로 구금 투옥 당한 다음 일제가 내린 판결문
◀학창시절의 시인

『하늘과 바람과 별과 시』(초판)
(정음사, 1948, 4×6판, 정지용 서문)

『하늘과 바람과 별과 시』(재판)
(정음사, 1955, 5×7판,
표지화, 수화 김환기)

시인의 모교인 연세대 교정에 선 윤동주 시비

연희전문 내의 태극 마크, 일제치하
에도 남아 있어 민족의식의 불씨가
되었다.

윤동주 생가 복원 건물

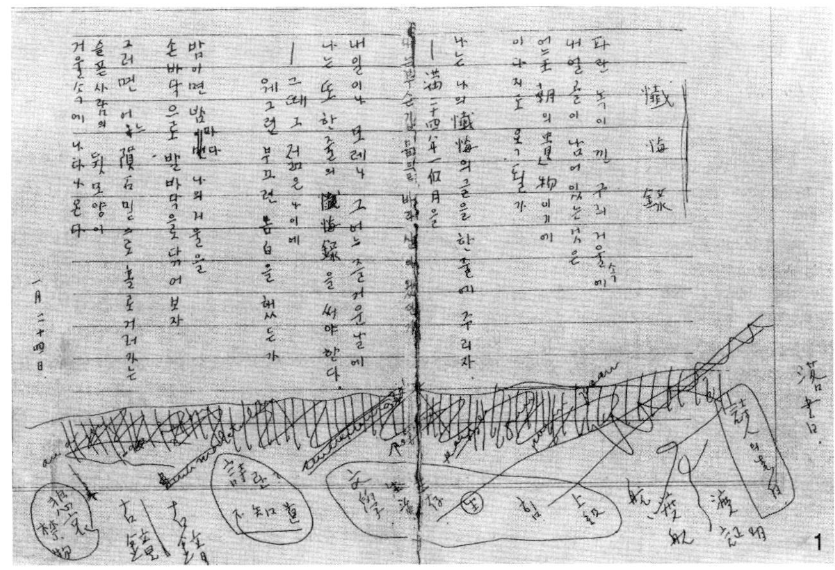

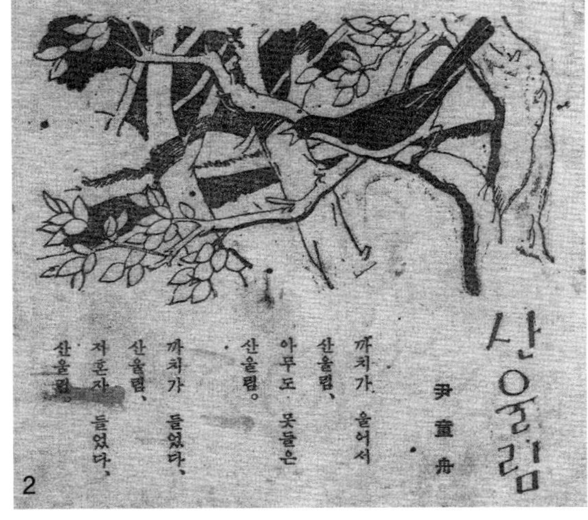

1. 시인이 남긴 「침회록」의
   원고
2. 「산울림」(《少年》 1939년 3
   월호) 동주(童舟)로 서명되
   어었다.
3. 간도 개척민이 세운 명동
   학교 졸업 사진

시인에게 금고 판결을 내린
경도지방재판소 정문

시인을 옥사 시킨 후쿠오카 형무소

용정시 선교사 언덕에 있는 윤동주 시인의 묘소

윤동주 묘비

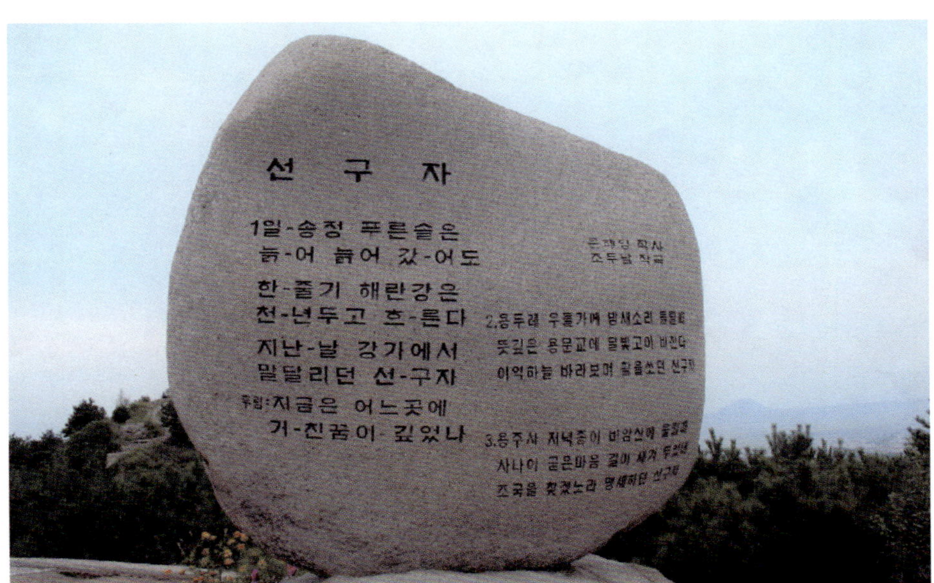

용정 〈선구자〉 가사비

일송정에서. 좌로부터 최동호, 필자, 장영우, 서지월, 고지나, 이근배, 김성우

용정의 독립군유적지를 돌아보고.
좌로부터 박태상, 임영무, 필자, 이근배, 최동호, 김성우, 장영우, 서지월

북한 남양 대안에 있는 도문에서

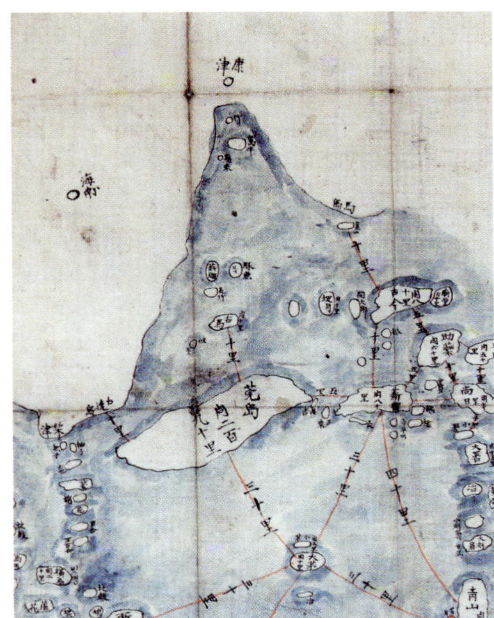

정약용과 윤시유가 함께 만든
강진 고지도

강진 3 · 1만세 봉기 기념탑

기념관 앞 시인의 동상

1. 김영랑 시인의 생가
2. 기념관에 보관된 시인의 초상
3. 재판 김영랑 시집의 영랑 초상

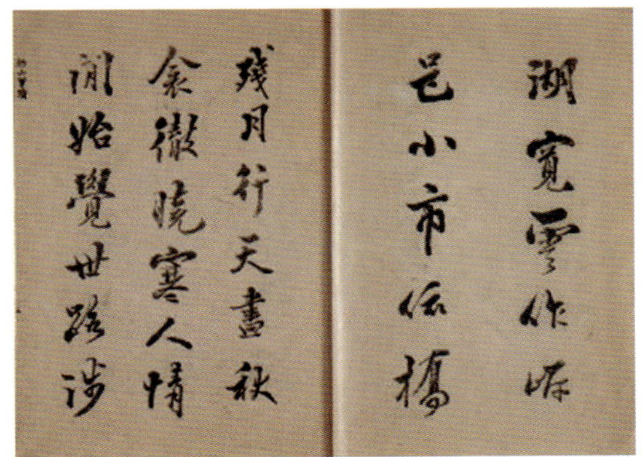

다산의 필적

다산의 초상

▲다산의 동상

▲목민심서

다산초당 판액

다산초당

 먼 고장 · 이웃 나라 · 내가 사는 땅

시인의 초상

『청록집』(초판)
(을유문화사, 1946, 5×7판)

『청록집』(재판)
(을유문화사, 1949, 4×6판)

조지훈 시비

조지훈 문학관

주실마을 앞 숲의 시비

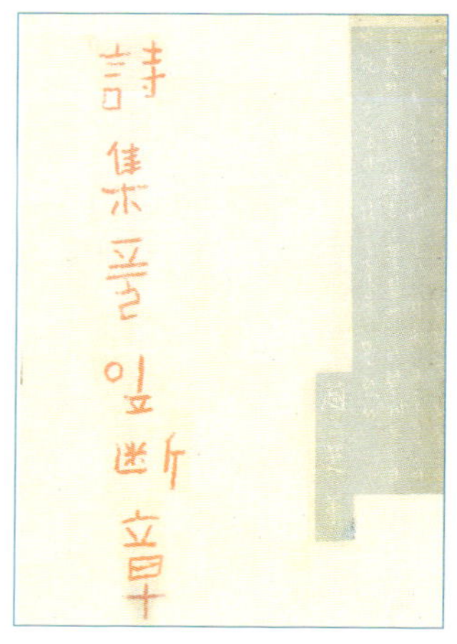

조지훈, 『풀잎 단장』
(창조사, 1952, 5×7판)

▶월정사 강원 시절의 시인
▼조지훈 생가

하회마을 전경▲
하회마을의 고지도▶

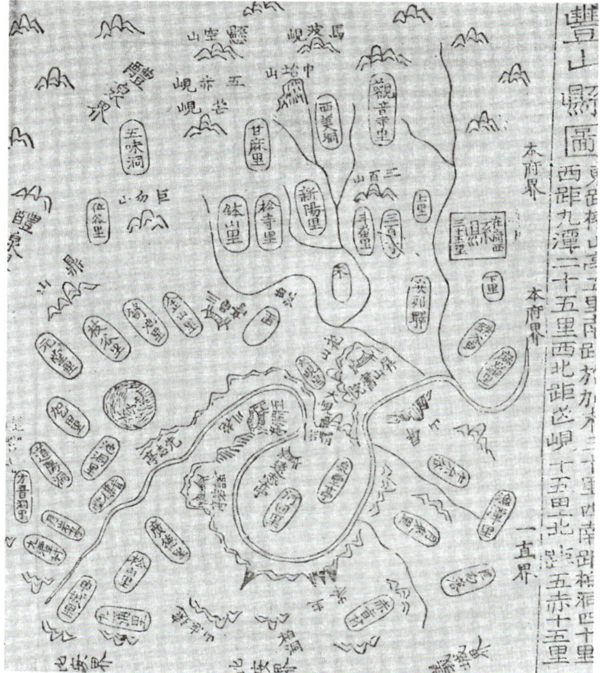

◀허미수가 쓴 충효당 현판
▼충효당 전경

양진당 현판

하회의 큰 종가 양진당

양진당 대청마루에서 내다본 솟을대문

1. 겸암정의 후면도
2. 원지정사
3. 삼신당의 나무
4. 만송정 소나무 숲

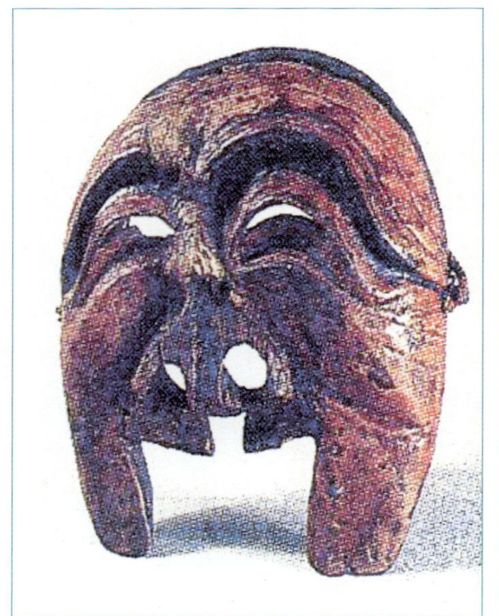

하회탈 이매

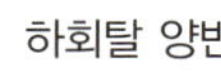

하회탈 양반

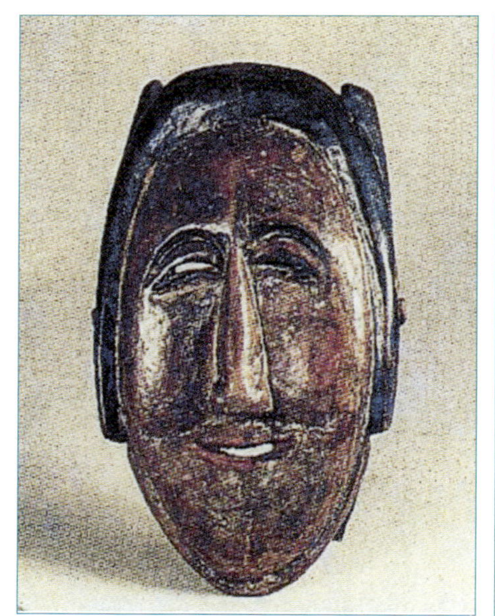

하회탈 부네

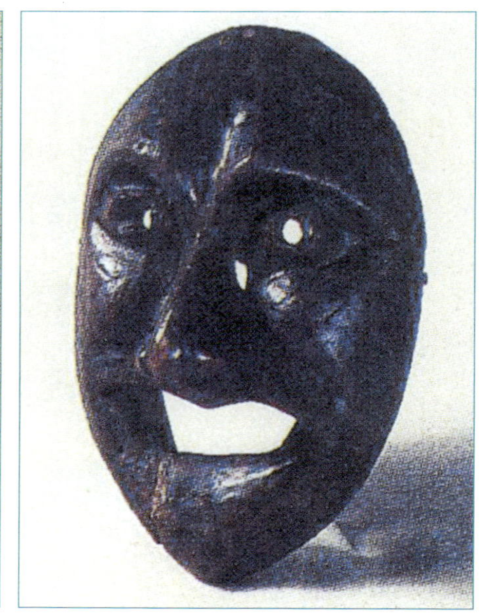

하회탈 할매

　내가 태어나서 자란 우리 집은 남쪽을 향한 언덕 위에 있었다. 그 사랑채 큰방에는 날이 밝기만 하면 창호지가 가득하게 선홍색 햇살이 피어올랐다. 어느 날 나는 그런 정경을 바라보다가 문득 앞산 너머 솟아오르는 해의 고장이 어디인가 의문이 생겼다. 어른들은 그곳을 동해라고 알려 주었다. 철부지였던 나는 그곳에 가기만 하면 무한량의 햇살을 쏟아내는 햇님을 만날 수 있을 것이라고 믿었다. 이것은 내가 가져본 여행의 원초(原初) 형태 체험이 동쪽 바닷가에 상관되었음을 뜻한다.

　내가 태어나 자란 고장은 영남 북부 낙동강 상류 지역의 한 산협촌(山峽村)이었다. 가을이 되면 우리 마을의 하늘에는 기러기 떼가 지나갔다. 달이 밝은 밤 높이 하늘을 가로질러 남녘을 향하는 기러기의 비상을 보면서 나는 그들의 본향을 생각했다. 훗날 춘원의 『유정』을 읽게 되자 나는 그들의 출발 지역인 바이칼 호반을 그리게 되었다. 톨스토이와 도스토예프스키를 읽은 다음에는 자작나무 숲이 우거진 원시림, 오로라가 떠오른다는 북극권에 대해서도 막연한 동경을 가진 채 오늘에 이르렀다.

　사전을 찾아보면 여행은 우리가 거주지를 떠나 다른 곳을 찾아보는 과정이다. 이런 여행을 우리는 크게 두 가지로 나누어 볼 수 있을 것이다. 그 하나가 단순 여행이며 또 다른 하나가 본격적인 의미의 여행이다. 단순 여행의 경우 우리는 일상사의 가닥에 속하는 인사를 위해서나 정을 나누려고 길을 떠난다. 그러나 본격 여행의 경우 그 동기가 되는 것은 상당히 빈번하게 우리 자신의 시야를 넓힌다든가 세계 인식의 기틀을 잡으려는 욕구가 전제된다. 더러는 우리가 속한 집단, 사회의 요구에 따른 일정 지역, 또는 전혀 알려지지 않은 땅을 향하는 열정도 거기서는 중요한 몫을 차지할 수 있다.

짧은 것이든 긴 노정이 되든 우리가 꾀하는 여행이 제대로 이루어지기 위해서는 세 가지 정도의 요건들이 갖추어져야 한다. 그 하나가 재정적인 여유이며 그 밖의 요건이 시간 개념에 수렴되는 기회나 건강 등이다. 돌이켜 보면 꽤 오랫동안 나에게는 위에 든 여행 요건들이 제대로 갖추어지지 못했다. 어렸을 적부터 그려본 일출(日出)의 고장 동해를 나는 스무 살의 문턱을 넘으려 한 때 군용트럭 위에서 처음 보았다. 기러기 떼와 카추샤의 심상에 수렴되는 시베리아를 보기로 들면 그 사이의 사정이 더욱 비참하다. 아직도 나는 다른 사람들이 수시로 드나드는 러시아의 어느 지역에도 발을 붙인 적이 없다. 여기에 모아본 내 여행기들은 그렇게 여행운을 타고나지 못한 내가 그래도 어렵사리 나그네 길에서 얻어낸 낙수같은 것들이다.

제Ⅰ부 1. 「호수와 숲의 나라―스웨덴 기행」은 2000년의 북구(北歐) 여행 기록이다. 나는 당시 한국문학번역금고 소속이었다. 그 해 초에 김종길(金宗吉), 백낙청(白樂晴) 교수, 시인 고은(高銀), 소설가 이문열(李文烈) 등과 함께 한국 문학의 홍보 활동을 위해 스톡홀름과 요테보리를 다녀왔다. 이것은 그때 내가 일기장에 메모해 둔 기록을 토대로 한 것이다.

2. 지난해(2010) 여름 학술원 파견으로 나는 IAU 총회에 다녀왔다. 동행한 분은 같은 학술원 소속의 이돈희 교수였는데 그의 배려로 내 여행은 참

즐거운 것이 될 수 있었다. 호수가 출몰하는 노정을 지나 채색도 선명한 트라카이성에서 들은 민속춤의 가락이 아직도 귓가에 맴도는 것 같다.

3. 2004년 6월 21에서 30일까지 나는 9박 10일 여정으로 인천공항을 출발하여 프랑스의 파리와 독일의 본을 다녀왔다. 학술진흥재단의 지원으로 유럽에서 이루어진 한국어 교육과 연구상황을 조사하여 보고서를 작성하기 위해서였다. 이 글은 당시 내가 보고용으로 작성한 원고를 바탕으로 한 것이다.

제Ⅱ부 1. 「송화강 상류 지방 문화답사」는 2009년도 가을 중국 길림에서 열린 동북아시아 연구 발표대회에 참가한 것이 기틀이 되었다. 그 해 7월 16일 나를 포함한 한국 측 대표들이 인천공항을 출발했다. 주최교인 북화대학(北華大學)에서 우리는 17일, 18일 양일간에 걸친 연구토론회를 가졌다. 그에 이은 일정으로 우리는 고구려와 발해의 고토를 돌아보았고 우리 민족의 발상지인 백두산도 등정했다. 이 글은 그때에 내가 보고 느낀 것을 간추려서 적어본 것이다.

2. 「저항시인 윤동주(尹東柱)와 나」는 흔히 있는 여행기와 그 성격이 다소 다를 것이다. 이 글의 주제격이 되는 것은 말할 것도 없이 윤동주다. 널리 알려진대로 윤동주는 일제 암흑기의 극한 상황 속에서 민족저항의 불씨를 끝까지 사수하다가 순국한 저항시인이다. 나는 그런 그의 모습을 제대로 파악해 보기 위해서 세 차례에 걸쳐 간도 지방을 다녀왔다. 일본의

하까다 지방도 두 번이나 여행했다. 이 글은 거기서 얻어낸 여행 체험 가운데 시인의 모습을 내 나름대로 부각시키는 데 도움이 되리라고 생각되는 것을 추려내어 적어본 것이다.

3. 「중국 산동 지방 제남(濟南), 곡부(曲阜) 탐방」의 바탕이 된 것은 지난해(2010) 한여름 제남의 산동대학(山東大學)에서 열린 〈한국어문교육연토대회(韓國語文敎育硏討大會)〉다. 대회 참석을 위해서 우리 일행은 7월 16일 인천공항을 출발했다. 그날 저녁 전야제를 치른 다음 17, 18일 양일에 걸친 발표 토론 회의가 있었다. 그 사이 우리 일행은 제남 일대의 관광명소를 답사했으며 이어 19일에는 공자(孔子)의 유적으로 이름이 높은 곡부(曲阜)를 참관했다. 상상을 훨씬 웃도는 공묘(孔廟)와 공부(孔府)의 여러 건물과 수장품들을 보게 되자 내가 받은 감명은 상당히 컸다. 그 일단을 적어본 것이 이 한 편이다.

제Ⅲ부는 국내의 몇 군데를 돌아본 다음 적어본 것들이다. 1. 「순수와 역설의 땅끝―강진(康津) 기행」은 시인, 작가들의 현지 답사 때 내가 그 일원으로 참가한 것이 계기를 이루었다. 2003년 1월 18일은 강진이 배출한 서정시인 김영랑의 100주년 기념 탄신일이었다. 첫날 우리 일행은 서울을 출발하여 오후에 강진에 도착했다. 그날은 강진문화원에서 기념 강연과 시낭독회가 있었고 다음날 우리는 다산(茶山)의 유적지인 만덕산(萬德山) 자락의 백련사(白蓮寺)와 다산초당(茶山草堂)을 찾았다. 인근에서 후원자가 나타나 아침, 저녁의 끼니 걱정은 없었다고 하지만 어떻든 그곳은 다산(茶山)이 귀양살이를 간 유배지였다. 그런 적소에서 다산은 500여 권의 저작을 했다. 그런 사실을 되새기게 되자 만덕사 일대의 풍물은 나에게 그 모두가 문화사적인 의미를 지닌 상징이 되었다. 거기서 얻은 느낌을 적어본 것이 이 기행문이다.

Ⅲ부에서 2, 3은 엄격하게 따지면 여행기의 테두리에서 벗어날지 모른다. 조지훈 시인은 출생연도로 치면 나보다 열두 해가 앞선다. 오랜 세교(世交)가 있는 집안 간이라고 해도 그와 나 사이에는 허교가 가능하지 않은 사이였다. 그런 그를 나는 철든 직후부터 형님처럼 생각하며 사숙했다. 그 외모에서 풍기는 표표한 풍모가 나를 그렇게 만들었다. 또한 작은 기법을 아랑곳하지 않는 그의 시작태도가 내 마음을 사로잡았다. 그가 작고했을 때 나는 지체하지 않고 빈소에 달려가 분향재배를 했다. 그의 묘비가 건립될 때나 고향에 시비가 설 때도 나는 빠지지 않고 참석했다. 그리고는 주실마을에 조지훈 문학관이 건립되자 나는 여러 참여자 틈에 끼어 축하의 박수를 쳤다. 「조지훈(趙芝薰) 문학 주변과 나」는 그 사이의 사정을 적어본 것이다.

「산태극(太極) 물태극의 고장—안동 하회(河回)마을」 또한 양식적 자리매김으로 문제가 될 수 있는 글이다. 그럼에도 기행문집으로 간행되는 이 책에 굳이 이 글을 붙인 이유는 별 것이 아니다. 하회마을은 소속 면이 다를 뿐 예부터 우리 마을과는 같은 안동부(安東府)에 속해온 고장이다. 뿐만 아니라 이 마을은 나에게 조모가 되는 분의 친정집이 있었던 곳이기도 하다. 어려서 나는 아침저녁으로 조모의 일들에 곁들여 하회마을 이야기를 들으며 자랐다.

그런 나에게 평소 흉허물이 없이 지낸 사이인 열화당(悅話堂)의 이기웅 사장이 하회마을을 주제로 한 글을 쓰라고 원고 청탁을 했다. 처음 나는 그것을 어렵지 않은 일로 생각하고 선뜻 응락했다. 그러나 막상 일을 시작을 하고 보니 그것은 내 속단이며 오판이었다. 하회마을에 대해 내가 알고 있는 것은 두어 집의 내력이라든가 몇 사람의 이력서 사항 정도여서 줄거리를 가진 이야기가 되지 않았다. 당황한 나는 관계 자료를 모으고 두어 번 다시 현지 답사를 하는 절차를 거치지 않을 수 없었다. 그것으로 나는 이 글에 대해 적지않은 애착을 가지게 된 것이다. 이것이 이 글을 굳이 여기에 수록한 이유의 전부다.

객적은 이야기가 되어버리지만 어려서 나는 훌륭한 글을 쓰기를 소망했다. 학교선생님이나 집안 어른들이 좋은 글, 이름 높은 사람이 쓴 글이라고 하면 가능한 대로 그것을 익혀서 암송이 가능하도록 노력했다. 나는 또한 훌륭한 글의 기준을 내 자신이 만족할 수 있고 남에게 감동을 줄 수 있는 글이라고 생각하며 살아왔다. 그런 기준으로 보면 여기에 수록된 글들에는 내 스스로가 보아도 부드럽지 못한 말들이 섞여있는 것 같다. 남에게 감동을 줄 수 있는 요소는 더더욱 드문 것들이다. 내가 만약 자신에게 좀 더 엄격한 사람이라면 여기에 수록된 아홉 편은 전면 개고와 절반 이상의 삭제가 마땅한 것들이다.

이미 다른 자리에서 밝혔지만 지난 세기말 경에 나는 평생 그 주변을 맴돈 모교에서 정년을 맞이했다. 정년과 동시에 나는 강의와 학생지도의 책무에서 벗어날 수 있었다. 그를 계기로 나는 수기(修己)에 힘쓰고 피붙이들을 보살피며 이웃에게도 따뜻한 사람이 되어보리라 마음먹었다. 돌이켜보면 지난 10여 년 동안 나는 그 어느 경우에도 그럴듯한 실적을 쌓지 못한 채 오늘에 이르렀다. 특히 어려운 집안 살림을 꾸려 내느라고 이제는 머리에 가득히 흰 것을 지니게 된 아내에게 미안한 생각을 금할 수가 없다.

끝으로 이것은 내가 도서출판 푸른사상의 신세를 진 일곱 번째의 책이다. 세상이 다 아는 바와 같이 내 글들은 기발한 생각이나 재치있는 말솜씨로 읽는 이들을 사로잡아 판매성적을 올릴 구석을 전혀 갖지 못한 것들이다. 그 사이의 사정을 다소간이라도 짐작하는 나에게 이번에도 내 책의 출간을 흔쾌하게 맡아준 푸른사상의 후의가 참으로 고맙다. 아울러 여기저기에 한자(漢字)가 섞이고 때로 원전의 인용이 나오는 글들의 교정을 맡아준 편집부의 사람들에게도 고개 숙여 감사한다. 나에게 힘이 되어준 모든 분들에게 건강과 행운이 함께 하기를 빌고 바란다.

2011년 8월
김 용 직

중국 산동 지방 제남(濟南), 곡부(曲阜) 탐방
– 2010년 여름, 한중국제학술대회 참가기

제3부 내 고장 이곳 저곳

순수와 역설의 땅끝 – 강진(康津)기행

내가 가 본 먼 나라

호수와 숲의 나라
스웨덴 기행

가을과 더불어

체질적으로 나는 가을을 앓는다. 철이 가을에 접어들면 유별나게 나는 나그네 길에 오르고 싶어진다. 내가 자란 마을 앞에는 상류였지만 낙동강이 흘렀다. 그곳에서 가을은 물빛이 옥색이 되고 수증기를 피우는 것으로 시작되었다. 그때쯤이면 우리 고장의 앞뒷산이 채색도 선명한 단풍으로 덮였다. 그리고 그 산 위의 하늘이 문자 그대로 감청색을 하며 구만리 장공이 되었다.

그런 우리 고장의 하늘은 밤에 이르면 잊혀지지 않는 풍경을 만들었다. 북쪽 나라라고 하는 먼 나라에서 기러기들이 나타난 것이다. 달이 밝은 밤 툇마루에서, 또는 멍석자리에서 그것들이 떼를 지어 날아가는 모습은 언제나 나에게 먼 곳에 대한 그리움을 자아냈다. 또한 우리 고장에는 가을이 되면 여름내 우리 또래가 자맥질을 한 낙동강 굽이굽이가 오리로 뒤덮였다. 지금도 나는 눈을 감고 그 채색도 선명한 무리들을 머리에 그릴 수 있다. 공연히 심술이 난 우리 또래가 돌을 던지거나 소리를 지르면 오리는 한 마리로 시작되어 곧 온 하늘을 덮다시피 하고 날아올랐다. 지금도 나는 그 날갯짓이 잊혀지지 않는다. 가을이 되면 무시로 나는 그 정경을 떠올린

다. 그리고는 그와 병행상태에서 집을 떠나 먼 고장 낯선 땅을 찾아나서고
자 하는 충동을 갖는다.

문학기행의 기회

가을과 함께 앓는 내 여행 병은 대개 며칠만으로 끝난다. 일상생활에서
생각이 앞서고 실천력이 모자라는 나는 여행의 경우에도 선뜻 짐을 꾸려
집을 나서지 못한다. 그런데 올해 가을에는 사정이 좀 달라졌다. 내가 일
을 보고 있는 번역금고에는 해마다 스웨덴 쪽에 작가를 파견하는 프로그
램이 있다. 관례에 따라 그 인선을 위한 소위원회가 열렸고 그 자리에서
시인 고은(高銀), 소설가 이문열(李文烈), 평론가 김종길(金宗吉) 교수 등이
파견대상으로 선정되었다.

이 행사에는 해마다 국악인들을 포함시킨다. 외국에서 한국 시와 소설
을 읽고 말하는 자리에는 그 윤활유 격으로 장구와 가야금 등 노랫가락으
로 이루어지는 음악판을 벌려야 한다. 그런 관례에 따라 우리 일행에는 명
창 홍성덕과 가야금의 달인인 정영자를 초청, 동행하기로 했다.

이렇게 선정된 다섯 사람과 함께 우리 일행에는 인솔을 관장할 사람이
필요했다. 작년에는 그 일을 고영일 과장이 맡아 주었다. 이번에는 그 대
상자로 내가 지명되었다. 이런 일은 그 성격상 여러 가지 사무절차가 따
르고 또한 그때그때의 금전출납도 챙겨야 된다. 나 같은 문학도 출신은 그
적격자가 아니었다. 그럼에도 인선 과정에서 내가 사무장 격의 일을 맡도
록 지명이 되었다. 그러지 않아도 그동안 나는 해외여행의 기회가 없을까
생각해왔다. 그래서 두어 번 사양을 하다가 못 이기는 척 수락을 했다.

이때의 작가 파견 행사에는 뜻밖의 좋은 여건 하나도 첨가되었다. 그것
은 문화부에서 재정적인 보조를 하는 조건으로 스톡홀름에서 한국문학세

미나를 해달라는 것이었다. 그동안 우리 행사는 그 성격이 요테보리에서 열리는 도서전시회 참가형태로 이루어져 왔다. 따라서 그것은 시인, 작가들을 상대로 하는 세미나에 그쳤다. 우리는 이왕 먼 길을 날아가는 판이니 스웨덴에서 본격적인 한국 문학 소개 학술발표대회도 치를 수 있었으면 했다. 그런데 그것이 정부 측의 재정원조로 이루어지게 된 셈이다. 이에 우리는 기쁜 마음으로 그것을 응낙했다. 그리하여 2000년도의 스웨덴 행사에는 요테보리의 시인, 작가세미나와 함께 스톡홀름대학과 공동으로 개최하는 한국문학세미나가 추가되기에 이르렀다.

스톡홀름의 한국문학세미나에는 요테보리에 참가하기로 예정된 여섯 명을 모두 포함시키기로 했다. 그와 함께 구라파 쪽에서 한국 문학을 전공하는 A. 후베(독일), M. 리오또(이태리), 아나똘리 김(러시아) 등과 국내에서 서울대학교의 백낙청 교수가 참여하기로 결정되었다. 예년에 비해 참가 인원의 수가 배로 불어난 셈이다.

예정된 행사를 차질 없이 치르기 위해 번역금고 실무자들은 8월 중순부터 분주하게 뛰었다. 한마디로 스웨덴에서의 한국문학세미나라고 하지만 그것은 참가하는 사람들에게 항공편을 마련해주고 숙소와 교통편도 제공해야 되는 일이다. 또한 발표장에서 읽을 에세이나 작품들도 미리 준비해둘 필요가 있었다. 그 위에 필수적인 것이 안내장이나 초청장을 만드는 일이었다. 이것을 우리 번역금고의 행사 팀이 맡아서 꾸리지 않으면 안 되었다. 이들 일을 행사 일정에 맞추느라고 실무자들이 진땀을 빼는 것을 보았다.

9월 9일 출국, 날개를 달고

우리가 김포공항을 떠난 것은 9월 9일이다. 이날은 음력으로 치면 중양절(重陽節)에 해당되어 까닭 없이 기분이 좋았다. 김포공항 출발은 하오 1시 20분. 그러나 나는 9시 30분에 집을 떠났고 리무진 버스로 공항에 도착한 것이 11시경, 막상 도착해 놓고 보니 너무 이른 시간이어서 내 스스로가 적지 않게 어처구니가 없게 생각되었다. 1시가 지나서야 출영을 나온 고 과장과 함께 김종길 선생이 나타났다. 이어 고은, 이문열, 백낙청과 함께 두 사람의 국악인인 홍성덕과 정영자가 도착해서 출국 수속을 밟았다.

항공편은 KAL이었는데 예정된 시각을 20분 정도 지연한 출발이었다. 2시경 서해를 횡단했고 마침 하늘은 쾌청하였다. 내 좌석은 이문열 옆 자리로 마침 창가여서 중국의 화북(華北) 쪽으로 생각되는 들판과 강들이 내려다 보였다. 그런 체험을 밑천으로 칠언절구 한 수를 얻을 수 있었다.

치솟으니 푸른 하늘 한여름도 서늘하다
눈 아래 내 나라는 석양에 물들었네
세상살이 시름걱정 통틀어 떨쳐내니
날개 단 신선이라 사해가 굽어 뵌다

直上蒼穹八月寒
靑丘眼下夕陽殘
紅塵形役渾忘却
羽化登仙四海看

- 「離陸機上作」

9월 10일 발표대회 전일, 현지답사, 관광

밤새도록 두 대륙을 횡단해서 밤 9시에 스톡홀름 도착. 공항에는 현지 가이드인 한인자(韓仁子)와 홍보원 측의 장길남이 나와서 마중을 해 주었다. 그들의 안내를 받아 호텔 Birgerfarl에서 여장을 푼 것이 11시 30분, 이렇게 말하면 김포공항에서 스톡홀름까지 8시간 남짓밖에 걸리지 않았나 할지 모르겠다. 그러나 그것은 도착부터 현지 시간이 적용된 결과다. 실제 우리는 런던의 외곽인 히드리 공항에서 비행기를 바꾸어 탔다. 거기서 소요된 시간이 2시간 남짓, 그리고는 다시 온 길을 되돌아가는 꼴로 동북쪽을 날았다. 그러니까 우리는 인천공항을 떠난 다음 거의 24시간을 소비하고 스톡홀름에 도착한 셈이다.

다음날 아침에는 일찌감치 호텔식당에서 아침을 먹었다. 식사는 물론 양식이었는데 질은 KAL의 기내식에 미치지 못했다. 한국에서는 스웨덴이 복지국가이며 의식주가 일찍부터 국가차원에서 보장된 것으로 알고 있었다. 거기서 빚어진 선입견 탓으로 날마다 먹는 음식도 꽤 맛있는 것이려니 생각했다. 그러나 막상 현지에 도착하여 식탁을 대하고 보니 그런 기대는 상당히 빗나갔다. 나는 아침에 대개 우유를 따뜻하게 데워 콘플레이크를 타서 먹는다. 그런데 이 나라에서는 아예 콘플레이크가 나오지 않았다. 그리고 우유도 차가운 채 데울 길이 없었다. 뿐만 아니라 이때 곁들인 과일들도 그 맛이 우리나라 것에 미치지 못하는 것 같았다.

이날 우리 일행은 사전 답사 격으로 세미나가 열리는 스톡홀름대학 동양학부를 찾아보았다. 그리고 이어 스톡홀름 시내와 이름 높은 호수 지역을 둘러보기로 했다.

아침 8시 30분 호텔을 나서서 먼저 이름 높은 스톡홀름 시청을 찾았다. 이 건물 대강당에서 해마다 노벨상이 시상된다. 마침 그 방은 닫혀 있어서 들어가보지 못했다. 우리는 가이드인 한인자의 안내를 받아 관광명소의 하나인 시청의 전망대에 올라갔다. 이 전망대는 다섯 층까지 5~6명이 타면 만원이 되는 엘리베이터를 이용한다. 그 다음에는 한 사람이 간신히 지나갈 수 있는 계단을 이용해서 여러 층을 오른다. 그러면 그 정상에 시청의 옥상이 있는 것이다. 이것은 어떻든 적지 않게 불편한 일이었다. 그러나 여기서는 그것을 고쳐서 성능이 좋은 엘리베이터로 시청 조망대에 단숨에 오르도록 만들지 않았다. 그것은 마치 좋은 경치를 보기 위한 보상 행위로 불편한 과정을 치르어 보라는 의도가 내포된 결과인 것 같았다.

　　많은 층계를 거쳐 시내가 굽어보이는 시청 옥상에 이르자 우리 일행은 누구라 할 것 없이 모두가 탄성을 올렸다. 조망대에서 바라보는 도시는 많은 부분이 푸른 물결에 에워싸여 있었다. 그 사이사이에는 늦가을임에도 상당량의 잎새를 단 나무들이 보였다. 시가지가 그 틈새로 숨은 듯 나타났다. 정오 가까이여서 북쪽나라 하늘에는 부드러운 햇살이 쏟아지고 있었다. 그런 풍광을 보면서 불현듯 한 가지 생각을 했다. 뜻밖에도 스웨덴은 자연환경이 좋은 나라구나 그리고 그 자연을 잘 이용하고 보살핀 것이 이 도시며 이 나라로구나 한 것이다.

　　시청 방문 후 우리 일행은 크루즈 관광 길에 올랐다. 바다처럼 큰 물길이었는데 여행 안내자는 그것이 호수라고 했다. 여기저기에는 물새가 보였다. 그리고 그에 못지않게 많은 섬들이 뱃길 앞에 나타났다가는 사라졌다. 이윽고 배가 닻을 내린 곳은 맑은 물기슭에 솟은 왕성이었다. 회백색과 흰색의 조화를 이룬 그 왕성은 한 번 본 적이 있는 베르사유 궁전을 연상케 했다. 우선 그 건물이 높은 언덕에 자리한 것이 아니라 그저 평지에 세운 것부터가 그랬다. 그리고 전체 윤곽이 네모의 틀을 느끼게 하는 것도 베르사유와 비슷했다. 그러나 가까이 다가가 보니 거기에도 역시 대제국을 지배하는 황제의 입김이 서리어 있었다. 문들이 육중했고 계단들도 매우 크고 튼튼해 보였다. 돌로 된 왕궁 바로 앞에는 푸른 물이 출렁이었고 하늘은 그날따라 맑고 높았다. 나는 불현듯 한 제국의 어제와 오늘을 생각하고 사방을 살펴보았다. 이 때 얻은 것이 다음과 같은 절구 한 수다.

돌로 올린 왕성 앞에 푸른 물 차가운데
높은 하늘 서릿발 속 국화 향기 그윽하다
누구라 옛 궁궐이 잡초에 묻혔댔나
한 제국 떨친 자취 벽상에 남아 있다

- 「스웨덴 왕궁」

石造城前碧水寒
天高霜落菊香殘
誰云古闕多秋草
帝國威光壁上看

―「瑞典王宮」

한국문학세미나

9월 11일 한국문학세미나 제1일

어제 하루 망중한을 이용한 관광은 참 좋았다. 우리는 여기저기에 나타나는 물과 숲의 향기에 취했고 그 속에 사는 사람들의 여유 있는 모습에 감동을 받았다. 특히 인상적인 것이 이 나라의 환경보호 정책이었다. 우리는 관광지나 유원지 어디에도 아무렇게나 버려진 생활폐품을 발견하지 못했다. 또한 전혀 없지는 않을 환경감시원이나 기타 행정당국의 규제와 간섭이 눈에 띄지도 않았다. 그럼에도 숲이나 물은 거의 옛적의 자연상태 그대로를 유지하고 있었다. '환경보호가 일반 사람들에게 규칙이나 법률로가 아니라 생활화되었구나'라고 짐작이 가서 적지 않은 감명을 받았다. 여러 가지 여건으로 보아 내 나라의 자연이 스웨덴보다 못한 것은 아닐 터이다. 그럼에도 지금 우리는 급격하게 오염되는 국토를 바라보고 있는 중이다. 이런 생각에 내 머리는 적지 않게 무거웠다.

전날 아침과 같이 11일 우리는 호텔식당에서 식사를 했다. 8시 10분 호텔을 출발, 스톡홀름대학에서 열리는 세미나 첫날 행사에 들어갔다. 우리가 회의장인 동양학부 3층에 도착한 것은 10시경. 대형 강의실로 생각되는 회의장은 수용 능력이 150명 정도로 보였다. 마침 내 자리가 청중석을 향해서 앉는 우측으로 창가에 있었다. 붉은 빛깔로 된 커튼을 걷자 잔디와 나무들로 이루어진 교정이 보였다. 그 다음이 푸른 물을 담은 호수였다.

한국문학세미나는 예정보다 약 30분이 늦어서 10시 30분부터 시작되었다. 사회를 맡은 가브리엘 교수의 소개와 함께 곧 번역금고 이사장으로 내가 등단했다. 나는 한국어로 된 개회사를 읽었다. 내용은 세미나에 참석해 준 주제 발표자와 토론자들에게 감사한다는 것과 그에 못지않게 이 세미나를 공동개최한 스톡홀름대학에도 고맙게 생각한다고 했다. 그런데 뒤에 내 개회사 내용에 조그만 잘못이 발견되었다. 개회사의 한 부분에서 스웨덴이 6·25전쟁 때 한국을 도와준 것을 감사했다. 그리고 그 구체적인 체험으로 내가 부산 피난 시절에 제2부두에서 정박한 스웨덴 병원선의 적십자 표시가 아직도 잊혀지지 않는다고 말했던 것이다. 그러자 질의 토론시간에 스웨덴 인 한 사람이 손을 들고 나에게 잘못을 바로 잡아야 한다고 말했다. 그는 자신이 6·25전쟁 때 스웨덴의 의료지원기관에서 일한 사람임을 밝혔다. 그런데 제2부두에 정박하면서 의료활동을 한 것은 스웨덴의 병원선이 아니라 덴마크의 것이었다고 정정을 요구했다. 나는 곧 내 잘못된 발언을 시정하지 않을 수 없었다.

개회식은 내 개회사에 이어 스톡홀름대학 동양학부의 S. 로젠 교수(한국문학 전공)의 환영사, 주 스웨덴 대사관의 손명현 대사의 축사 등으로 진행되었다.

로젠 교수는 이번 학술세미나의 주최자이기도 했다. 그는 서울대학교에서 한국 문학을 배운 적이 있고 또한 사람이 매우 유순해 보였다. 손명현 대사는 백낙청 교수와 경기고의 동기동창이었다. 매우 친절한 분이어서 조금도 격의가 느껴지지 않아 기분이 좋았다.

본론 격인 학술세미나는 예정보다 20분가량 늦어져 10시 50분경에 시작되었다. 오전에 백낙청의 「통일 시대의 문학 −남한의 관점에서(Literature in the Age of Reunification −A South Point of View)」 아나똘리 김의 「문학을 통한 남북한 화해 문제(South −North Reconciliation through Literature)」 알

브레히트 후베의 「현대의 한국 문학(Contemporary Korean Literature)」 등 세 편의 논문이 발표되었다. 그것을 김종길 교수가 사이사이에 요약 제시를 하고 질의 토론을 진행해 나갔다. 다만 아나똘리 김은 소련에 거주하는 교포 2세여서 영어도 한국어도 제대로 하지 못하였다. 그런 나머지 가브리엘 교수가 그것을 영어로 요약하는 수고를 했다. 아나똘리 김은 러시아에서 활약하는 인기 작가로서 한국에도 한두 번 왔다 간 적이 있다.

백낙청 교수는 오랫동안 문학과 역사, 상황의 문제를 다루어온 분이다. 이번 발표논문에서도 문학을 정치적 상황과 결부시켜 논하고 있었다. 그의 결론 가운데 '통일 시대 문학의 과제가 핏줄 찾기에 있는 것도 아니요, 한국 단독론으로 이루어질 수 없다'는 말이 포함되어 있었다.

후베는 보훔대학에서 한국 문학을 가르치는 현직 교수다. 그는 한국의 성균관대학에서 석사를 했는데 그 때 논문제목이 「한국 낭만주의에 관한 연구」였다. 논문에 필요한 자료를 모으면서 여러 번 내 연구실을 찾아온 적이 있었다. 그는 이질성이 매우 강한 인구어로 한국 문학을 번역할 때의 여러 문제점을 이야기했다. 그 과정에서 이미륵의 『압록강은 흐른다』를 보기로 들어 인상적이었다.

본래 오전 세미나는 12시 30분에 끝나기로 되어 있었다. 그런데 1시 30분 가까이 끝났으니 시간이 상당히 지연이 된 셈이다.

다음은 점심시간이었다. 한국에는 전래 속담 가운데 '시장이 반찬'이라는 말이 있다. 그런데 스웨덴 음식의 맛은 우리 속담의 뜻을 무색하게 하고 남았다. 우리가 스톡홀름대학 교수의 안내를 받아 들어선 곳은 동양학부에서 가까운 학교의 구내식당이었다. 거기서 우리를 꽤 기다리게 한 다음 빵과 야채 등이 나왔다. 조금도 에누리 없이 말해서 나는 이제까지 그렇게 맛이 없는 서양식을 먹어 본 적이 없다. 나중에 마신 커피조차도 그러했다.

점심시간을 이용해서 나는 논문 발표자들과 질의 토론자들에게 사례비

를 나누어주느라고 부산을 떨었다. 비용은 한국에서 달러로 준비해 간 것
이 있었다. 서투른 솜씨로 그것을 나누어주고 영수증도 받아 두어야 하는
것이 내가 할 일이었다. 나는 본래 '수무집전(手無執錢)'을 선비의 미덕으로
믿는 환경에서 자랐다. 또한 전공도 회계, 경리와는 영 거리가 먼 것을 택
해서 평생을 지낸 터이다. 그래서인지 어설프게 봉투를 건네고 이상하기
그지없는 영어로 사정 이야기를 말하면서 영수증을 챙기는 내 꼴에 저절
로 웃음이 나왔다.

　이날 오후 세미나는 오후 2시 30분경부터 시작했다. 백낙청 교수가 사회
를 맡은 오후 행사는 국악 연주로 막을 열었다. 가야금의 정영자가 임시로
만든 무대에 등장해서 열여섯 폭 치마를 펼치고 앉았다. 그리고 내 귀에조
차 색다른 가야금 산조를 탔다. 이어 소리를 전공한 홍성덕의 무대가 이어
졌다. 그는 새타령을 한 곡조 구성지게 뽑았다. 그리고는 장기라고 생각되
는 춘향전에서 사랑사설을 노래해 주었다. 이 소리와 선율로 장내는 삽시
간에 축제 분위기가 되었다. 외국인 교수와 교포들의 박수갈채가 쏟아져
나왔다. 이래저래 오후 세미나는 3시가 지나서야 시작되었다. 주제논문 발
표자는 마우리찌오 리오또 교수, 그의 논문 제목은 「20세기에 있어서 한
국 문학의 궁극적 평형성: 전통, 사조 동향, 전망(A Final Balance of Korean
Literature in the 20th Century: Tradition, Trend, Perspectives)」이었다. 그는 외
국인치고는 한국어 구사능력이 제법이었다. 그런 한국어 실력으로 상당량
의 한국 작품들을 읽은 듯 보였다. 어떻든 그에 따르면 한국 문학은 아주
듬직한 전통의 부피를 가지고 있다는 것이었다. 그에 비해서 해외 진출이
활발하지 못하다는 것이 그의 판단이었다. 최근까지 서구에서 한국 문학
수출 실적은 아주 떨치지 못하고 있는 실정이다. 그것을 지적하면서 얼마
간의 방안도 말한 것이 그의 논문이었다.

　이날 밤에는 손명현 대사가 초대한 저녁 연회가 열렸다. 우리 일행과 스

톡홀름대학 관계자 등 30여 명이 초대되었다. 뷔페식인 저녁이 끝나고 이어 고은과 김종길 두 사람의 시 낭독회가 있었다. 고은은 「거북의 시간」 이하 세 편의 작품을 읽었는데 그에 곁들인 제스처가 아주 볼만했다. 한국어를 알 리 없는 외국인 교수들도 그 몸짓에 이끌리어 절로 웃고 찡그리는 표정이 되는 것을 보았다. 그 다음을 이은 김종길 교수는 「고고(孤高)」, 「낙조」 등 여섯 편의 작품을 낭독하였다. 그는 스스로 마련한 영어 번역시도 그와 함께 읽었는데 그 사이사이에는 해설까지가 곁들였다. 그 자리에 참석한 외국인들이 다소곳이 경청하는 것이 인상적이었다.

시 낭독과 해설이 끝나자 홍성덕, 정영자의 소리와 가야금이 뒤를 이었다. 음악은 역시 국제 공통의 언어였다. 시 낭독 때는 졸기까지 하던 몇 사람이 언제 그랬냐는 듯 눈을 크게 떴다. 이날 밤은 마침 한국으로 치면 추석 전날이었다. 대사관저 주변에는 아직 북국의 나무들이 잎을 달고 있었다. 그리고 하늘에는 뚜렷이 보이지 않는 달이 은은하게 빛을 선물하고 있었다. 그 가운데서 한국의 전통음악을 듣고 있노라니 이국풍정이 새삼스럽게 가슴을 스치고 지나갔다. 이때 얻은 체험을 메모해 두었다가 나는 7언시를 지었다.

가야금 맑은 소리 북쪽 하늘 서늘하고
깊은 밤 노래잔치 가락 메아리로 길게 진다
몇만 리 낯선 나라 그지 없는 즐거움에
한가위 밝은 달을 벗들님네 함께 본다

올해 9월 달 한국학대회 일에 참가하려 스웨덴에 간 적이 있다. 하루 저녁 그곳 대사가 초대하여 여럿이 환담을 했는데 같이 간 국악인들이 우리나라 음악을 들려주었다. 때는 대보름으로 창밖에 북쪽나라의 만월이 떠 있어서 느꺼웠기에 지어본 것이다.

– 「국악을 듣고 나서」

淸琴融却北天寒
盡夜歌筵反響殘
萬里殊方如此樂
仲秋明月好同看

今年九月 韓國學大會參如欠 寄留瑞典 一夕 現地大使招待 一行歡談 同行
國樂人演奏邦樂 時仲秋住節 窓外見北國滿月 有感而作

－「國樂有感」

9월 12일 학술세미나 제2일

어젯밤에는 좀 늦어서 호텔에 돌아왔다. 일행 중 고은과 이문열이 각각 현지의 교포 팬들의 2차를 초대받았고 그런 나머지 아침 기상에 적지 않은 문제가 생겼다. 특히 이문열을 7시 30분경 문을 두드렸더니 작취미성의 상태였다. 오전에 그는 고은과 함께 세미나에 참석할 몸이었다. 그래서 9시경까지 기다렸다가 강제로 기상을 시켰다.

이날 행사의 사회는 백낙청 교수가 맡았다. 예정된 10시보다 30분쯤 늦어서 행사가 시작되었다. 곧 고은과 이문열의 에세이 읽기 차례였다. 그 중 고은의 에세이는 "안녕하십니까?"로 시작되어 "나는 명사보다 형용사가 많은 나라에서 온 시인입니다."로 이어졌다.

본래 나는 고은의 시에 대해서는 50%의 공감과 50%의 의구심을 품어온 사람이다. 그의 시는 때로 당돌한 비유와 그를 통해서 충격적인 이미지를 출몰시킨다. 그러나 그에 못지않게 그의 작품에는 고개를 기웃하게 만들 정도로 객기와 범속한 말들이 섞여드는 것이다. 그러나 이날 읽은 그의 에세이의 몇 마디는 참 좋았다. 그 나머지 나는 앞으로 내가 생각한 그의 문단 등급을 좀 격상시켜야겠다고 마음을 고쳐먹었다.

이문열은 그가 아는 동양고전의 지식을 동원해서 한국의 소설에 대한 정의를 다시 정립하려고 시도했다. 본래 한국 작가 중에는 글쟁이에 그치려는 습성에 젖은 사람들이 적지 않다. 그런 틈바구니에서 이문열은 상당한 양에 달하는 독서 실적도 가지고 있는 작가다. 이번 발표에도 그 일단이 피력되었다. 그런 이문열을 바라보면서 나는 솟아오르는 웃음을 주체하지 못했다. 바로 두 시간 전에 그는 밤새 마신 술로 세면조차를 제대로 하지 못할 상태였기 때문이다.

점심은 어제와 같이 대학 구내식당을 이용했다. 어제 하루 꽤 바쁘게 일들을 치르었기 때문에 우리는 고단하고 시장기도 있었다. 그런 우리임에도 스웨덴에서의 식사는 별로 입에 맞지 않았다. 그러나 점심을 마치고 둘러본 스톡홀름대학의 풍광은 참 좋았다. 대학구내에는 잔디가 다 마르지 않아서 푸른 기를 띠고 있었다. 그에 이어 여기저기에 나무들이 심어져 있었으며 둑 아래에 호수가 펼쳐져 있었다. 호수는 넘칠 듯 많은 물을 담고 있었는데 그 물이 또한 아주 맑았다. 들은 바에 의하면 이 나라도 산업화의 부작용으로 한때 환경이 상당히 오염되었다고 한다. 그것을 충분한 예산을 쓰고 행정당국과 일반 시민들이 잘 협력해서 정성을 들인 결과 오늘과 같은 자연 환경의 회복이 이루어졌다는 것이다. 그런 이야기를 들으면서 나는 몇 번이나 호숫가의 나무 앞에서 심호흡을 했다.

오후 시간은 다시 국악 2인조의 연주로 시작되었다. 오늘은 홍성덕이 선창해서 몇 마디 소리 연습도 해보았다. 이어 나의 「근대 한국 문학에 끼친 외국문학의 영향에 대한 고찰(A Study of Foreign Influences on Modern Korean Literature)」과 김종길 교수의 「민재식, 잊혀진 한국의 모더니스트(Min Chae—Shik : Korea's Forgotten Modernist)」가 발표되었다. 김종길 교수의 논문에는 민재식의 시에 나타나는 T. S. 엘리엇의 영향을 지적한 부분이 포함되어 있었다. 시를 전공한 사람이 그 자리에 있었다면 상당한 반응이 있을 것으로 기대가 되었다. 그러나 결과는 그렇지 못한 것이 아쉬웠다.

내 논문은 1920년 초부터 30년대 초에 걸리는 시기의 한국 시에 수용된 외국시, 특히 서구시의 영향을 자료 중심으로 살펴본 것이다. 나는 스웨덴이라는 나라가 우리와는 문화적 접촉이 활발하지 못한 곳인 데 유의했다. 또한 청중이나 토론자들도 한국 문학에 대한 인식 수준이 크게 높지는 않을 것이라는 짐작도 했다. 그 나머지 내 이야기를 가능한 한 간결하게 그리고 실증적인 각도에서 풀어가기로 했다. 그와 아울러 전공자가 아닌 경우에는 접할 기회도 흔하지 않은 문헌 자료를 소개했다. 그것이 『오뇌의 무도』, 『기탄 자리』 등의 초판본이다. 논문을 읽어 가다가 해당 대목에 이르면 방청석을 향해 책들을 들어서 보였다. 그럼에도 발표가 끝나고 나서 내 논문 내용에 대한 질의는 거의 없었다.

스톡홀름대학 동양학부의 초대로 저녁은 시내 중국음식점에서 먹었다. 여기서 우리는 이번 행사 과정 중 처음으로 요리를 먹었다. 스웨덴 요리에서 받은 인상이 다소간 회복되었다. 호텔에 돌아와서는 몇 사람과 작별의 인사를 나누었다. 스톡홀름의 세미나만 참석하기로 한 백낙청 교수와 후베, 리오또, 아나똘리 김 부부 등이다. 이 가운데 후베는 연말에 한국으로 여행할 계획이 있다고 하였다. 또한 리오또와도 번역금고의 일로 곧 우리나라에 들어올 것이라고 하여 재회를 약속했다.

밤 10시경 한국인이 경영하는 음식점 '남강'을 둘러보았다. '남강'은 우리가 도착한 첫날 식사를 한 곳이다. 그때는 우리가 스웨덴 요리에 질리기 전이었는데 '남강'의 저녁은 아주 푸짐하고 또 맛도 좋았다. 그래서 이야기도 할 겸 작별인사도 나누고 싶어 둘러보았더니 그곳에는 이미 약속이 있었던 듯 이문열이 교포 독자들에게 에워싸여서 벌써 술이 거나해 있었다. 자연 그와 한자리가 되어 나는 못 마시는 술을 여러 잔 들이켰다. 본래 나는 체질이 술을 받아들이지 않을 뿐 아니라 웬만해서는 취하지도 않는다. 그걸 본 '남강'의 주인과 교포들이 자꾸 술잔을 넘겼다. 그날 밤에 나는 위스키와 왜정종 등을 컵으로 네댓 잔 분량은 마셨을 것이다. 그리고 호텔에 돌아왔는데도 새벽까지 잠이 들지 못했다. 나로서는 아마 어지간히 행사 일정에 신경이 곤두서 있었던 모양이다.

요테보리 국제 행사 참석

어제 늦게 잤는데도 4시 30분쯤 깨었다. 불을 켜놓고 그동안 쓴 비용을 이모저모로 따져서 맞추어 보았다. 또한 앞으로의 여행비용이 어떻게 될 것인지도 걱정이 되었다. 아주 다행스러운 것은 떠날 때 번역금고에서 짜준 예산이 아주 면밀하다는 것이었다. 이대로라면 크게 빗나가는 액수의 돈을 쓰지는 않겠구나 생각했다.

9월 13일 요테보리 이동, 전야제

9시에 스톡홀름을 떠나 요테보리로 이동했다. 호텔의 체크아웃은 가이드인 한인자가 도와주어서 쉽게 해결했다. 어제까지 열세 명이었던 일행은 김종길 교수와 나, 고은, 이문열, 홍성덕, 정영자, 그리고 현지 가이드인 한인자 등 일곱 명으로 줄어들었다. 중앙역에서 기차를 타고 요테보리로 이동했다. 10시 12분 요테보리행 열차를 탔는데 목적지 도착이 하오 1시 50분경이었다. 우리가 탄 열차는 들판과 숲을 지나고 다리를 건너갔다. 연변에는 아직도 푸른 기를 간직하고 있는 초원과 그에 이은 목장이 펼쳐져 있었다. 그 사이사이에 마을과 시가지들이 보였다. 북극이어서 늦은 가을철이었지만 우리나라처럼 붉고 노랑빛의 단풍이 든 숲은 별로 보이지 않았다. 가이드에게 궁금해서 물었더니 여기 나무들은 가을에 그저 청회색으로 물들어서 잎이 진다고 했다.

요테보리에서 우리가 투숙한 호텔은 '에오로파', 영어로는 '유럽'에 해당되는 이름의 호텔이었다. 점심은 호텔 앞의 중국음식점에서 먹었는데 생선튀김이 예상한 이상의 맛이었다. 뒤에 안 일이지만 스웨덴에서는 요리를 시키려면 생선메뉴를 택하는 것이 상책이었다. 이 나라는 여기저기에 바다를 끼고 있었다. 그 바다는 신선한 물고기를 거의 무진장으로 기르고 있는 수산자원의 보고였다. 그곳 고기는 살이 많이 붙어 있을 뿐 아니라 육질도 부드럽고 감칠맛이 있었다. 그걸 먹으면서 나는 좀 익살스러운 생각을 했다. 어자원이 풍부한 나라에서는 그 요리가 발달하지 못한다는 사실이다. 그러나 워낙 감이 좋으니까 양념기가 별로 없어도 유별나게 맛이 있는 것이 스웨덴의 생선요리였다. 이 단계에서 스웨덴 음식에 대한 내 편견이 상당히 수정되었다.

점심을 하고 일행은 사전 답사 격으로 세미나 예정 장소를 둘러보았다. 요테보리의 행사는 도서전시회의 일환으로 개최되는 것이었다. 행사 장소는 상공회의소 건물이었는데 우리가 갔을 때는 준비 중이라는 팻말을 내걸어 놓고는 문을 닫고 있었다. 일행은 에오로파로 돌아와 여기저기를 돌아보기로 했다. 호텔에 인접한 쇼핑센터를 지나자 곧 여러 척의 보트와 소형 선박들이 닻을 내리고 있는 수로가 나타났다. 그 물길은 바다, 곧 북해의 일부였다. 그제야 나는 이 거리가 서울처럼 연기와 매연 냄새에 절어 있지 않은 까닭을 알 수 있을 것 같았다.

저녁 무렵에 우리는 전야제가 열리는 상공회의소 건물로 갔다. 회의장에는 대형무대가 준비되어 있었고 요란한 조명에 음악이 연주되었다. 그 무대를 향해서 참가자들이 긴 줄로 서서 바라보았고, 곧 식이 시작되었다. 그런 행사에 의례 등장하는 개그와 춤, 노래도 곁들여졌다. 우리는 곧 여기저기에 차려놓은 테이블의 음식들을 먹으면서 이야기를 주고받았다. 내 옆의 아가씨 둘은 덴마크 출신이었고, 잡지 편집자들이라고 했다. 이문열을 한인자가 작가라고 소개하니 반색을 하며 그와 이야기에 꽃을 피우는 것을 보았다.

짧은 영어로 여기저기 기웃거리다가 보니 50대는 넘어 보이는 남녀 한 쌍이 다가 왔다. 부부작가냐고 물었더니 남자는 출판사를 하고 여자가 아동문학가라고 했다. 그리고는 두 사람 다 스웨덴 사람이기는 하지만 부부가 아니라 여기 와서 처음 만났다는 것이었다. 내가 두어 마디 응수했더니 별안간 여성 아동문학가의 말이 빨라지기 시작했다. 그렇게 되면 내 영어 실력으로는 세 마디에 한 마디도 알아듣기가 힘들게 된다. 그래서 나는 마침 틈이 난 이문열과 고은 쪽을 가리키면서 저 사람들이 한국의 저명한 시인이며 작가니까 잘 사귀어 보라고 떠넘겼다. 내 꼴을 옆에서 보고 있던 한인자가 가만있으면 맥주도 마시고 춤도 추자고 할 텐데 좋은 기회를 왜 마다하시느냐고 웃어대었다. 이런 사람들에게 술도 못 마시고 춤은 영 손방인 내 속사정을 이야기해 보아야 하는 생각이 들었다. 그래서 마침 무료해하는 일행을 구슬려서 소란스럽기만 한 전야제 자리를 빠져 나왔다.

9월 14일 요테보리 제2일, 세미나

아침 6시에 잠이 깨었다. 한참 회계, 경리 작업(?)을 하던 중 고은 시인이 방을 노크했다. 마침 김종길 선생도 깨어 있어서 셋이서 호텔 밖으로 나섰다. 어제 걸어본 수로 쪽을 돌아서 선착장 밖으로 나가 보았다. 한국에서라면 으레 시끌벅적할 선창가인데 전혀 그렇지 않았다. 지나가다 보니 음악 소리가 들리는 배가 있었다. 이 나라에서는 별로 흔하지 않은 일이어서 간판을 보았더니 식당 영업을 하는 배였다. 나는 부산에 피난한 적이 있어서 바닷가 음식점의 생태를 눈이 시리도록 보아왔다. 한국에서는 그 앞을 지나가면 무엇이 좋다거니 무엇이 끝내주는 맛이니 해서 손님을 이끌어 들인다. 그런데 여기서는 지나가는 손님들을 그대로 내버려둔다. 그런 선착장에는 갈매기도 날아오기를 사양한 듯 바람만이 좀 차갑게 불었다.

아침은 숙박비에 포함되는 것이어서 호텔 식당을 이용하기로 했다. 그런데 여기 음식은 스톡홀름에 비할 바가 아니었다. 우선 내 아침식사의 필수 메뉴인 우유부터가 그랬다. 여기서는 식사용 우유가 따로 마련된 것 아니라 커피용이 있을 뿐이었다. 또 햄이나 베이컨은 놀라울 정도로 짰다. 과일도 영 시원치 않았다. 그래서 불평을 좀 했더니 마주 앉아 식사를 하던 고은이 한마디를 건네 왔다. '이 나라는 과일을 수입해서 먹는 나라잖아.' 그 순간 나는 스웨덴이 북쪽에 있어서 우리나라처럼 마음대로 사과, 배, 포도를 재배할 수 없다는 사실을 깨쳤다. 그러면서도 고은 시인의 접시에 놓인 포도를 서슴없이 빼앗아 먹었다.

이날 일정은 먼저 도서전시회를 참관하기로 되어 있었다. 그 다음 세미나는 하오 3시 30분부터 시작했다. 그런데 4시 30분까지 우리 행사가 모두 끝나야 했다. 행사 내용은 국악 연주에 고은과 이문열의 작품에 관한 이야기, 그리고 김종길 선생과 나의 논문 발표로 되어 있었다. 이곳의 행사 사정은 스톡홀름대학과 아주 달랐다. 스톡홀름대학의 세미나에서는 영어를 공통언어로 쓸 수 있었다. 그런데 여기서는 스웨덴어가 그에 대치되어 있는 것이다. 그래도 영어를 평이하게 쓸 수 있는 김종길 선생은 큰 문제가 없었다. 그러나 그런 능력이 없는 나와 고은, 이문열은 부득이 스웨덴어로 통역을 구하는 이중언어 사용이 필요했다.

이날의 세미나를 위해 통역과 사회를 본 사람은 한인자다. 그런데 그의 통역이 아무리 요령을 부려도 한 시간으로 네 사람이 문학 이야기를 하고 그 위에 국악을 연주할 시간이 나올 것 같지가 않았다. 이에 대한 고육책으로 나는 아예 내 이야기를 프로그램에서 삭제해 버리기로 했다. 그래도 다섯 사람을 등장, 활약(?)시키기에는 한 시간이라는 시간이 너무 짧았다. 그래서 나는 몇 번이나 사회자에게 시간을 엄격히 제한하라고 무례한 주문을 하는 만용을 서슴치 않았다.

우리가 행사 장소에 도착한 것은 한 시가 좀 넘어서였다. 몇 군데 묻고 찾아서 우선 한국 도서가 전시된 곳을 가보았다. 거기서 우리는 실망스럽다는 생각을 몇 번이고 곱씹어야했다. 우리가 찾은 한국관에는 제대로 도서전시를 하려는 낌새가 나타나지 않았다. 그저 몇 권의 책이 서가에 꽂혀 있을 뿐이었다. 뿐만 아니라 전시량이 빈약한 것이 더 문제였다. 독일이나 일본처럼 우리나라를 대표하는 문학작품들이 전시되어 있는 것이 아니었다. 그저 손에 잡히는 책을 꼽아 둔 듯 스웨덴어로 번역된 것, 불어, 독어로 번역된 것들이 있었을 뿐이다. 참 어처구니가 없다는 생각을 버리지 못한 채 나는 일을 보는 아가씨에게 물어보았다. '이것이 출협에서 보낸 것들입니까?' 그러자 아가씨들은 출협이 무엇인지 못 알아들었다. 이 도서전시회의 한국 코너는 그러니까 개인의 손으로 이루어졌다는 것을 알았다.

이런 실망스러운 사태는 작가세미나 때도 계속되었다. 우리가 사용할 장소는 3시가 조금 지나서야 비게 되었다. 그런 게재를 이용해 나는 곧 정영자를 무대에 오르게 하고 가야금을 뜯게 했다. 그 소리에 이끌리어 몇 사람의 외국인이 모여들었다. 그러나 정작 본론 격인 시인, 작가의 세미나가 시작되어도 그 이상 외국인은 들어오지 않았다. 그 자리가 이런저런 기별을 듣고 찾아온 교포들로 메워졌다. 그들을 앞에 놓고 고은, 이문열, 김종길 등이 작품을 읽고 또한 해설을 곁들였다. 그것을 사이사이에 한인자가 스웨덴어로 바꾸어서 요약을 하고 또 통역을 해나갔다.

어떤 경우에도 시인이나 작가가 장사꾼이 될 수는 없을 것이다. 그럼에도 나는 이것은 장꾼이 없는 가게를 편 난전의 주인 꼴이 아닌가 생각하면서 안타까워했다. 여기서 얻어낸 교훈이 좋은 약이 되어 내년에는 한국 코너가 풍성한 도서전시로 이루어졌으면 했다. 그와 아울러 해외에서 이루어지는 한국 문화나 문학 홍보 행사는 사전에 충분한 준비가 이루어져야 기대하는 정도의 성과가 오를 수 있을 것이라고 믿었다.

이날 저녁에 우리는 교포 사업가의 초대를 받았다. 한인자가 소개하여 가게 된 곳은 식당이 아니라 그냥 가정집이었다. 주인은 50대에 접어든 사람이었는데 삼성상사의 직원으로 스웨덴에 오게 되었다고 했다. 그러다가 이곳이 마음에 들어서 주저앉게 되었는데 살림 형편은 상당히 좋은 것 같았다. 워낙 국토가 넓은 나라가 스웨덴이다. 요테보리만 해도 인구가 60, 70만밖에 안 되는데 차지한 면적은 한국의 대도시 정도가 된다. 그런 여건에 힘을 입어서인지 이 집은 뒷문을 여니 뜰이 있고 그 뜰은 그대로 울창한 나무가 우거진 숲과 연결되어 있었다. 참 좋겠다고 했더니 그래도 때때로 고국이 그리워져 향수병을 주체할 수가 없다고 말했다.

저녁은 한국식 불고기에 오이김치와 나박김치가 나왔다. 나는 본래 김치를 좋아하지 않는 식성이다. 그런데도 며칠을 빵과 버터, 베이컨만 먹다가 한국의 김치를 대하니 그렇게 맛있을 수 없었다. 그래서 염치 불구하고 더 달라고 해 일행의 실소를 자아내게 했다.

9월 15일, 구름 갠 하늘가의 인어상 – 덴마크

아침 7시경에 바다를 건너 코펜하겐에 다녀오기로 했다. 본래 스웨덴과 덴마크는 바다를 사이에 둔 나라이다. 그러나 그 바다는 해협이라고 해도 좋을 정도로 좁은 것이어서 두 나라 사이에 다리를 놓기로 결정이 되었다. 비용은 물론 두 나라가 나누어 맡는 형식을 취했다고 한다. 그 다리가 완성된 것이 바로 우리가 그곳에 간 해의 일이다. 그것을 안 김종길 선생이 이왕 스웨덴에 왔으니 덴마크에도 가보아야 하지 않느냐고 의견을 내어놓았다. 처음 나는 선뜻 그에 대해서 응낙의 말을 하지 못했다. 이유는 아주 간단한 데 있었다. 이번 여행은 사적인 것이 아니라 공적인 것이었다. 공적인 여행에서 여가를 이용하는 경우 그 경비가 공금으로 쓰일 수가 없었다. 이런 내 생각을 김종길 선생이 눈치 챈 모양이었다. 처음부터 코펜하

 먼 고장 · 이웃나라 · 내가 사는 땅

겐행은 얼마씩 추렴을 해서 하자는 것이었다. 그리하여 우리는 각자 100불씩을 내기로 하고 7인승 소형차를 빌려서 하루 여행길에 올랐다.

요테보리에서 코펜하겐으로 가는 고속도로는 길게 남북으로 뻗어 있었다. 그 길을 네 시간 달리자 스웨덴 반도의 남단에 위치한 말뫼에 이르렀다. 그곳의 바다는 푸른 빛깔보다 짙은 감청색이어서 북해의 이름이 실감났다. 스웨덴과 덴마크 사이에 가로놓인 다리는 진입로에서부터 그 높이가 조금씩 높아지는 것으로 시작되었다. 다리 문턱에서 우리는 운전기사에게 차를 세워달라고 했다. 다리 주변에는 여기저기에 꽃들이 피어 있었다. 그 위를 부는 바람도 북쪽나라라고 생각되지 않을 정도로 부드러웠다. 우리는 그 싱그러운 향기를 마음껏 마신 다음 몇 장의 기념사진을 찍었다.

코펜하겐 관광

스웨덴과 덴마크, 두 나라를 잇는 긴 다리는 그 절반을 지나자 바다 밑으로 들어갔다. 이 다리가 코펜하겐 쪽으로는 터널이 되어 있다는 것을 알았다. 터널을 지나자 코펜하겐의 교외가 나타났다. 거기서부터 거리는 다시 사람 떼로 북적였다. 일행은 시장했던 터라 음식점을 찾았다. 중국집에서는 맥주도 마시고 청요리를 시켜 먹었다. 적지 않은 식대를 이문열이 치렀다. 이유는 며칠 전 술에 취한 것의 턱을 낸다는 것이었다. 하지만 그가 취해서 우리 일행에게 물질적 손해를 끼친 것은 전혀 없다. 그래서 일단 만류를 해보았으나 막무가내였다. 이런 일이 각자 부담이 체질화된 서구사람들에게 어떻게 비칠 것인가를 생각하면서 나는 아직도 이렇게 남아 있는 한국 사람의 인정을 가슴으로 느꼈다.

일행은 왕궁 뜰에 들어서 보고 꽤나 북적대는 의류가게 골목도 돌아다녀 보았다. 거기서 나는 번역금고 동료들에게 선물할 넥타이를 골라 보았다. 그리고 몇 곳 모자 가게도 둘러보았다. 그때까지 민머리 바람인 김종길 선생이 베레모를 하나 샀으면 했기 때문이다. 몇 군데 가게에는 우리가 찾는 베레모가 없었다. 한참을 헤맨 다음 나는 김종길 선생에게 캡 하나를 권해 드렸다. 그 다음에 그는 며느리와 딸에게 줄 선물이라고 부녀용 상점을 찾았다. 그런 모습을 보면서 나는 공연히 가슴 한구석에 빈자리가 생기는 것을 느꼈다.

김종길 선생과 나는 고향이 같은 영남 북부 지방이며 여섯 살 차이다. 그런 그가 다섯 자녀를 모두 성가시켜 손자 손녀를 보았고 먼 나라에서 자녀들에게 줄 선물을 고르고 있는 것이다. 나는 두 아들을 두었다. 그 둘이 모두 30대 중턱의 나이다. 그럼에도 나는 한 사람도 성가를 시키지 못했다. 아직도 나는 상당히 많이 옛날 예속에 젖은 생각을 하는 사람이다. 그런 내가 선물 가게에서 자녀의 선물을 고르지 못하는 데서 빚어지는 감정이 참 묘했다. 이것은 교양이라든가 논리와는 전혀 별도의 문제일 것이다.

쇼핑을 마치고 난 다음 일행은 인어상이 있는 해안에 가보기로 했다. 인어상은 얼마간 제방을 한 해안의 한 모롱이를 차지하고 있었다. 마침 날씨가 푸근한 저녁이어서 몇 사람이 그 언저리에서 사진을 찍는 것이 보였다. 나는 청동으로 된 그 상이 조금 추울 것 같아서 안쓰러웠다. 그리고 서울에 돌아가서 제출해야 할 한시 난사(蘭社) 숙제를 생각하면서 운자에 맞는 시구들을 떠올려 보았다. 다음 7언시의 초가 그 자리에서 잡힌 것이다.

<blockquote>
벗은 몸에 긴 머리라 두 팔이 서늘하다
구름 갠 앞바다에 꿈 조각이 남아 있네
아득한 나그네 길 정한은 실타랜데
낯선 땅 서녘 하늘 내 홀로 바라본다
</blockquote>

－「코펜하겐 해안 인어상」

長髮裸身雙腕寒
雲收近海夢華殘

無端旅路生情恨
異城西天獨我看

-「哥本哈根海岸 人魚像」

코펜하겐을 중국에서는 가본합근(哥本哈根)이라고 쓴다. 한시에는 한자가 제격이기 때문에 그 표기가 이렇게 된 것이다. 또한 인어상을 본 사람은 알겠지만 그것은 긴 머리칼이 아니라 짧은 머리로 되어 있다. 그러나 시에서는 이 정도의 과장이 허용될 여지가 있다. 다만 과장이 과장에 그쳐서는 좋은 시가 되지 않는다. 다소간의 과장이나 허구는 사실을 말할 때 이상의 진실로 노래되어야 한다. 그런데 내 한시는 많은 경우 그런 경지에는 미치지 못한다. 이것은 내 한시 솜씨가 아직 본격적인 수준에 이르지 못했음을 뜻한다.

저녁은 한참 기다려야 자리가 나올 정도로 성업 중인 한국 식당에서 먹었다. 거기서는 한국인 주인이 나보다도 더 표준에 가까운 서울말을 쓰면서 손님들을 접대했다. 우리가 저녁을 먹을 때는 북극의 긴 해가 조금 남아 있었다. 그러나 그것을 마치고 밖에 나왔을 때는 이미 땅거미가 완연했다. 그럼에도 우리 일행은 다시 안데르센의 집이 있었다는 물가로 갔다. 거기서 다시 얼마간을 서성거리다가 코펜하겐을 떠났다. 올 때는 남쪽으로 달린 길을 북쪽으로 거슬러 올라갔다. 국경을 이룬 다리를 지날 때는 이미 바다의 파도가 보이지 않을 정도로 날이 어두웠다.

그 길을 우리는 번갈아 노래를 불러 가면서 지났다. 김종길 선생은 본래 여흥의 자리에서 노래를 부르는 법이 없는 분이다. 그런 그도 하루를 이용한 덴마크 여행의 흥취를 주체하지 못하는 듯 한시창을 여러 수 피력했다. 그리고 국악을 하는 두 사람은 고운 목소리로 가요를 불러서 음치인 내 자의식을 뒤흔들었다. 사이사이에 번갈아 주고받은 농담들도 참 재미있었다. 일행이 다시 호텔 에오로파에 들어선 것은 새벽 1시 가까이였다. 그러니까 꼬박 하루를 바쳐서 우리는 키에르케고르과 안데르센의 나라를 보았고, 북쪽의 바다와 바람을 실감한 것이다.

내 스카이 패스의 기록에 따르면 서울에서 런던 히드리공항까지 거리가 5,663마일로 나와 있다. 거기서 다시 우리 일행은 스톡홀름까지 날아갔다. 돌아오는 길은 그것을 되짚어 난 것이다. 그리하여 우리는 15,000마일에 이르는 먼 길을 날아서 이번 여행길을 마감하게 되었다.

9월 16일 요테보리 출발, 런던 거쳐 귀국

우리 일행의 요테보리 출발은 하오 4시 30분이었다(현지시간). 그 시간에 맞추기 위해 에오로파 호텔을 2시에 떠났다. 요테보리공항에서 현지 가이드인 한인자와 헤어져야 했다. 그 전에 그는 우리가 쓰다 남은 스웨덴의 크로니 화폐를 달러로 바꾸게 하는 등 마지막 봉사를 아끼지 않았다. 그는 본래 외국어대 졸업생으로 스웨덴 정부 장학금을 얻어서 그쪽에 간 신분이었다. 그러다가 동구 쪽의 유학생과 결혼을 했고 지금은 두 딸의 어머니가 되었다. 스웨덴에 정이 깊이 들었냐고 물어 보았다. 대답은 "그렇다."였지만 거기에는 단서가 붙어 있었다. 북국은 10월 말부터 긴 겨울에 들어간다. 그때는 밤이 낮의 두 배가 되어버린다. 그런 겨울을 맞고 보내는 일은 한국 태생인 그에게 적지 않은 마음의 부담이라는 것이었다. 그런 말을 만리 타국인 스웨덴에서 살아가는 한인자의 입을 통해 듣게 되자 나는 한 차례의 여행 다음에 고향으로 돌아갈 수 있는 내 자유를 새삼스럽게 실감했다.

스웨덴과 달리 히드리공항은 많은 사람들로 붐볐다. 거기서는 앉을 의자가 없어서 많은 사람들이 선 채로 항공편을 기다렸다. 우리도 그렇게 몇 시간을 소비했다. 영국에서는 김종길 선생이 빠져서 서울행 대한항공편을 이용한 것은 나와 고은, 이문열, 홍성덕, 정영자 등 다섯이 되었다.

 먼 고장 · 이웃나라 · 내가 사는 땅

마지막 다섯이 모인 자리에서 나는 주머니를 뒤적이다가 그만 두었다. 주
머니에 손을 넣을 때 나는 얼마를 투자해서 맥주라도 한 캔씩 마시면 어
떨까 했다. 그러나 다시 생각해보니 우리네 생 자체가 여행인 것 같았다.
태어나서부터 우리는 새로운 곳, 미지의 삶을 향해 떠나고 달려가는 사람
들이다. 그런 터수에 여수(旅愁)를 달래려고 이국의 공항에서 못 마시는
술을 내가 일행에게 권할 것은 없지 않나 생각이 들었다. 이래저래 나는
파격을 할 수 없는 체질이 아닌가 생각하면서 내 나라로 돌아가는 비행기
에 올랐다.

호박과 별 사이
리투아니아 기행

유년의 기억과 리투아니아

지난해(2010) 6월 중순 며칠 동안 나는 리투아니아를 다녀왔다. 여행 목적은 IAU가 주관한 국제학술회의 참가였고 그 개최지는 리투아니아의 수도 빌니우스였다. 여행 목적지가 리투아니아로 결정되었을 때 내 뇌리에 떠오른 것은 내가 다닌 시골 소학교의 행사 장면이다. 당시 우리 또래에게 학교란 황민화 교육의 도가니를 뜻했다. 교실 정면에 일장기가 내어 걸리고 일제의 해군 행진곡이 행사장을 가득 메우듯 울려퍼지고 있었다. 교정에 벚꽃이 다 지고 그 자리에 신록이 피어오르고 있었으니까 계절은 초여름에 접어들 때였을 것이다.

그때 우리는 일제가 국민학교라고 개칭한 소학교의 4학년이 되어 있었다. 그 자리는 일제의 해군기념일을 위한 특별 행사식장이었다. 행사장 단상에는 여느 때와 같이 학교장과 면장, 파출소장 등이 자리를 차지했다. 그런데 그날 거기에는 우리가 한 번도 본 적이 없는 낯선 얼굴이 하나 추가되어 있었다. 교장 바로 옆 자리에 앉은 그는 일제의 해군복 차림을 한 군인이었다. 기념식이 시작되어 특별 행사 순서가 되자 교장이 연단에 올라서 그를 소개했다. 그에 따르면 바로 그는 도고(東鄕)연합함대의 일원으로 러시아의 발틱함대를 대마도 해역에서 맞아 세계 해전 사상 유례가 없는 대승리를 거둔 동해해전의(일제는 일본해해전이라고 했다) 참전 용사라는 것이었다.

그가 단상에 오르자 우리는 전쟁영웅에 걸맞는(?) 무용담이 펼쳐지리라 기대했다. 그럼에도 도고함대에 참전한 옛 용사의 이야기는 도무지 그렇지 못했다. 말머리로 우리가 다 알고 있는 전투일자와 러시아와 일본의 함대명칭, 사령관 이름을 든 다음 그는 한 장의 해도(海圖)를 펼쳐보였다. 거기에는 러시아 본국의 기지를 떠나 멀리 극동으로 향한 발틱함대의 항해 노정이 붉은 선으로 표시되어 있었다. 구일본해군의 하사관은 그 지역들을 판서까지 해가면서 러시아 함대의 항로와 출항, 기항일자들을 제시해 나갔다. 그때 그가 판서한 것이 그 이전 우리 또래가 대개 얻어들은 핀란드, 노르웨이 등과 함께 발트 연안의 세 나라 이름이었다. 그것으로 그는 자신이 세계지리에 대해 상당히 밝은 점을 알리고 싶었는지 모른다. 어떻든 그때 나는 에스토니아, 라트비아와 함께 리투아니아의 이름을 처음 들었다. 이것은 리투아니아에 대해 내가 가지게 된 첫 심상이 밝은 편에 속했다기 보다는 어둑신한 그림자를 거느리고 있었음을 뜻한다.

IAU, 그 출발과 과제

내 여행이 결정되기 직전까지 나는 리투아니아의 역사, 지리, 문화에 대해서는 물론 IAU에 대해서도 아는 바가 거의 없었다. 그런 터수여서 막상 국제회의 참석이 결정되었다는 통보를 받자 나는 상당히 당황스러웠다. 부랴부랴 동행이 된 이돈희(李敦熙) 교수에게 연락하여 수속 절차를 상의했다. 다행하게 그는 해외학술회의 참여의 달인이었다. 내 성가신 질문들에 조금도 싫어하는 빛이 없이 자상한 안내역이 되어 주었다.

우리나라에서는 많이 알려지지 않은 IAU는 국제고등교육연합(International

Association of Universities)의 약칭이다. 이 국제기구가 창립된 것은 우리나라에서 6·25전쟁이 일어난 1950년 바로 그 해였다. 제2차 세계대전 후 국제사회는 급변하는 시대 상황과 세계 정세, 특히 문화와 교육 여건의 변화에 대처해 나가기 위한 청사진을 만들지 않으면 안 되었다. 이런 요구에 부응하기 위해 유럽의 몇몇 나라 교육문화부 장관들이 모여 새 시대의 요구에 부응하는 고등교육의 국제적 연락기구를 만들기로 했다. IAU는 이런 시대적 여건을 바탕으로 탄생한 것이다.

지금 IAU 사무국은 파리에 있다. 비정부조직기구의 하나로 유네스코의 후원을 받는다. 2008년부터 2012에 걸치는 기간에 IAU가 중점적으로 추구하는 목표는 ① 국경을 초월한 교육, ② 중단 없이 형성, 전개가 가능한 고등교육, ③ 지구 전체에 걸치는 고등교육의 기회 증진과 차별 철폐 등이다.

실제 참가해 보고 놀란 것은 IAU에 이름을 올린 대학이나 연구기관의 숫자였다. 거기에는 유럽 여러 나라는 물론 아프리카와 남북 미주, 대양주와 아시아, 특히 인도와 중국, 일본의 여러 대학이 두루 망라되어 있었다. 우리나라에서도 연세대학교가 참여교로 되어 있었으나 2010년도 학술발표대회의 참석자는 없었다.

IAU가 그 본래의 행동강령과 함께 최근에 들어서 역점을 두고 추진 중인 실천 목표가 있다. 그 하나가 경계 허물기와 함께 유연한 기술(soft skills)을 개발해 가려는 시도다. 21세기에 접어든 다음 국제사회는 저마다 독자성을 주장하는 가치체계, 존재의의의 첨예한 대립에 맞닥뜨리게 되었다. 그 단적인 보기가 되는 것이 종교의 갈등에서 야기되는 집단과 지역 간의 충돌이다. 기독교의 행동철학으로는 아랍권의 생존논리를 이해해내기는 손쉽지 않다. 또 동아시아의 전통적인 윤리, 도덕관을 유럽의 시각에서 저항감 없이 받아들이기도 어려운 일일 것이다. 그런데 이 지역과 집단의 복잡다단한 사상체계, 세계 인식 형태의 포괄적인 인식과 이해 없이 인류의 새 지평 타개는 이루어질 수가 없다. IAU가 지향하는 것은 고등교육의 새 차원 구축으로 이런 세기의 난제들을 풀어내는 기틀을 마련하는 일이다.

평원의 나라 리투아니아의 역사, 문화

우리가 흔히 리투아니아라고 부르는 나라의 정식 이름은 리투아니아 공화국(Lietuvos Respublikas)이다. 그 국토면적은 6만 5200㎢. 전 국토의 30%가 평야로 되어 있는데 거의 모두가 숲으로 이루어져 있다. 남부에는 구릉지대가 형성되어 있으나 가장 높은 곳이 293m에 지나지 않는다. 한마디로 이 나라에 산맥은 없는 셈이다.

2001년의 정부 통계에 따르면 리투아니아의 인구는 약 350만. 이 나라에서 중심 종족은 리투아니아족으로 전체 인구의 83%를 차지한다. 그밖에 폴란드와 러시아족이 8%를 조금 넘는다. 이런 종족구성으로 보아 리투아니아의 주인은 리투아니아족인 셈이다.

그 정치사적 역정에 비추어 애초 나는 리투아니아의 언어가 폴란드어나 러시아어의 종속 형태이거나 적어도 혼합이 아닐까 생각했다. 언어지리학 관계 기록을 보고 난 다음에야 이런 지레짐작이 근거가 없는 것임을 알게 되었다. 지금 리투아니아에서 사용되고 있는 공용어는 인도겔만어계 가운데 하나인 발트어 어군에 속한다. 슬라브 어군에 속하는 러시아어나 폴란드어와는 계통이 다른 것이다.

언어학자들은 리투아니아어가 인도겔만어족 중 가장 고형에 속하는 것으로 본다. 그 보기로 드는 것이 모음 e에 e, ę, é 등 세 개가 있다던가 u에도 u, ų, ū 등 세 종류가 있는 점 등이다. 복수(複數)를 나타내는 형태부를 명사와 동사 양쪽에 사용하는 점도 그 증거의 하나로 손꼽힌다. 이와 함께 일부 언어학자 가운데는 낱말들의 단순 비교를 통해서도 리투아니아어와 고대 인도어인 산스크리트어 사이에 친족성이 있다고 지적한다. 그들에 따르면 리투아니아어로 신 dievas가 범어의 devasa에 대비되며 양 avis는 범어도 그대로 avis라는 것이다.

민족국가가 형성되기 이전의 리투아니아는 여러 부족 국가로 나뉘어져 있었다. 그것이 지양, 극복된 것은 13세기 중반기 경부터다. 이때 독일의 기사단이 이교도 정벌을 구실로 리투아니아를 침공하여 지배하고자 했다. 이 이민족의 정복전쟁에 맞서 궐기한 세력의 지도자가 민다우가스였다.

민다우가스의 통일국가는 10년 뒤 그가 암살당하자 다시 혼란에 빠졌다. 그 후 리투아니아는 기독교 십자군의 공격 목표가 되어 약탈과 살육에 시달렸다. 이때에 밖으로 외세를 배제하고 안으로 파벌싸움을 조정해 낸 것이 게디미나스다. 그는 리투아니아족의 힘을 결집시켜 13세기 중엽에 비로소 폴란드, 러시아와 국경을 맞닿게 한 나라를 만들었다. 이때에 국토가 지금 러시아의 곡창지대인 벨로루시를 포함한 대공국(大公國)을 이루어 낸 것이다. 그에 이어 나타난 것이 알기르다스 대공이다. 1386년 그는 튜턴 기사단의 압박을 배제하고 그 여세로 대왕국을 건설했다. 이때 리투아니아의 판도는 중세의 유럽에서 가장 큰 것이 되었다. 그의 뒤를 이어 기독교로 개종을 한 비타우타스가 나타났다. 그는 기독교의 세례를 받고 폴란드와 연대했다. 그것으로 리투아니아 역사상 최초의 리투아니아─폴란드 왕국이 탄생했다. 비타우타스는 왕위에 오르자 강력한 군사력을 바탕으로 리투아니아 영토를 다시 확장했다. 한때 그의 판도는 남으로 크리미아와 흑해, 동쪽은 모스크바, 우크라이나에 까지 걸치게 되었다.

16세기 후기에 리투아니아는 폴란드와 합병이 되었다. 그 후 두 세기에 걸쳐서 리투아니아는 슬라브족의 끈질긴 침공을 받았다. 그 나머지 리투아니아는 영토의 대부분을 러시아에 점령당했고 그로인해 나라조차 빼앗겼다.

역사의 파랑(波浪)과 인간띠의 나라

　제정러시아의 식민지 지배는 리투아니아인에게 유례가 없을 정도로 가혹한 압제를 몰고 왔다. 이 민족적 암흑기에 리투아니아인은 끈질기게 반식민지 투쟁을 전개했다. 그 결과로 리투아니아는 1905년 자치권을 인정받았고 제1차 세계대전을 거친 다음 독립하여 리투아니아 공화국이 선포된 것이다. 그 후에도 리투아니아의 역사는 결코 순탄하지 못했다. 제2차 세계대전의 발발과 함께 리투아니아는 다시 소련과 나치 독일의 군대에 의해 침략의 희생양이 되었다. 1940년 소련은 주권 국가들인 발트 3국에 대해 느닷없는 병합 선언을 했다. 이 돌발적 사태는 리투아니아 사람들을 반소 레지스탕스 운동으로 내어몰았다. 지하 활동 형태를 취한 가운데 전국적 규모로 이루어진 이 대소항쟁은 곧 스탈린 정권의 전면 탄압을 불러왔다. 저항조직기구인 LAF(리투아니아 행동전선)의 소속 대원들 대부분은 체포, 투옥되어 처형되거나 강제 노동 수용소로 이송되었다.

　1941년 6월 나치 독일은 선전포고도 없이 발트 3국에 진주했다. 이때 리투아니아는 불과 4일 만에 히틀러 병단의 구둣발 아래 유린되었다. 스탈린의 소련에 맞선 것과 똑같이 리투아니아의 저항 투쟁이 나치 독일에 대해서도 전개되었다. 나치의 불법 점령이 있자 소련이 다시 리투아니아의 빨치산 원조를 명목으로 낙하산을 통하여 지원 병력을 보냈다. 리투아니아가 다시 두 개 침략군의 첨예한 각축장으로 화한 것이다.

　1944년 퇴세에 몰린 나치를 소련군이 그들의 국경선 밖으로 내어 몰았다. 스탈린의 군대는 그 여세를 몰아 나치에게 가차 없는 공격을 가했다. 이에 호응하여 리투아니아의 빨치산들도 궐기했다. 그 해 여름까지 리투아니아의 해방 전선은 나치의 군대를 깡그리 국경 밖으로 패퇴시켰다. 이어 독일 본토가 연합군의 맹공을 받았고, 나치는 그들 앞에 무릎을 꿇고 항복했다. 그러나 나치의 패망이 그대로 리투아니아의 해방과 자주, 독립으로 연결되지는 못했다. 전승국이 된 소련의 군대는 그 후 리투아니아와 발트 3국에서 물러가지 않았다. 뿐만 아니라 1945년 이후 그들은 빨치산 전사들을 비밀리에 체포, 투옥하여 처형, 말살시키는 악랄한 행위를 서슴지 않았다.

  그러다 1953년 3월, 동구진영에 절대 군주로 군림한 스탈린이 사망했다. 이에 고무된 철의 장막 내 곳곳에서 자유 회복을 위한 시위와 폭동이 일어났다. 이 시대 상황의 물결을 타고 리투아니아를 비롯한 발트 3국에도 주권 회복을 위해 민중들이 궐기했다. 동구권에서 이루어진 반소 봉기의 결과 체코를 비롯한 유고와 폴란드, 헝가리 등 여러 나라가 구소련의 기반에서 벗어나 자주 노선을 택할 수 있었다. 그런 상황에도 불구하고 리투아니아는 다른 발트 연안 국가와 똑같이 오랫동안 그들을 괴롭힌 스탈린의 망령을 떨쳐버리지 못했다. 리투아니아가 이와 같은 사회주의 전제 체제의 사슬을 시원스럽게 벗어던진 것은 1990년대에 이르러서였다. 그 결정적 계기를 지은 것이 인간띠의 형성을 통한 반러시아 궐기였다. 이것이 우리나라의 신문에도 보도된 바 있는 발트 3국의 반러시아, 완전 해방 투쟁으로 표현된 발틱 웨이(Balitic Way) 운동이다. 발트 연안국 세 개 나라의 인민들이 총 궐기한 이 운동에는 총 200만 명의 사람들이 참가했다. 당시 발트 3국의 총 인구는 800만에도 미치지 못했다는 점을 감안하면 인구 비율로 볼 때 4명 가운데 1명이 이 운동에 참가한 셈이다. '발틱 웨이'의 참가자들은 손에 손을 잡고 러시아의 지배체제 완전 철폐와 함께 그들의 자유(Laisres)를 소리 높여 외쳤다. 참가자들의 인간띠는 동쪽으로 에스토니아의 타린에서부터 서쪽의 리투아니아 빌니우스에 걸쳤다. 총 길이가 650km에 달하는 인류 사상 최장의 인간띠가 이때에 형성된 것이다.

  발트 3국에서 '인간띠'가 나타나자 당시 페레스트라카이 체제에 들어간 소련 공산당은 이례적이라고 할 정도로 강한 반감을 보였다. 이 사태에 대하여 프라우다는 '이런 방식으로 전쟁이 시작되었다'라는 제목을 단 논설을 실었다. 당시 소련 공산당의 서기장인 고르바초프는 그 논설이 크레믈린의 공인을 거친 것이라고 선언했다. 그리고는 소련의 굴레를 벗어나 독자노선을 걷고자 한 리투아니아 인민들의 지향, 곧 사유디스 운동에 대해 위험하기 그지없는 도전이며 나쁜 선례를 남길 것이라고 경고했다.

고르바초프와 소련 공산당의 강력한 경고와 부정에도 불구하고 리투아니아 인민들의 반소, 자유를 위한 투쟁은 멈출 줄 몰랐다. 끈질긴 위협과 공격에도 불구하고 민족적 저항 운동이 식어들 줄 모르자 마침내 소련도 리투아니아의 독립을 시인하지 않을 수 없었다. 1990년 3월 11일 리투아니아는 새로운 역사의 장을 열게 되었다. 이때까지도 리투아니아의 공식 호칭은 리투아니아 소비에트 사회주의 공화국이었다. 이날 새롭게 탄생한 사유디스·세미마스 평의회의의 의장으로 비타우타스 랜스벨키스(Vytautas Landsbergis)가 선출되었다. 그를 중심으로 한 의회는 곧 공화국의 호칭에서 소비에트와 사회주의를 제거했다. 국회 회의실에 걸린 소비에트의 문장도 그와 동시에 폐기되고 그 자리에 리투아니아의 삼색기(三色旗)가 내어 걸렸다.

6월 23일, 인천공항 출발, 프랑크푸르트 투숙

아침 5시경에 잠을 깼다. 여행 가방을 꾸리고 다른 채비는 어제 저녁 무렵까지 모두 마쳤다. 그래도 이른 시간부터 이것저것을 다시 살피고 이방저방을 드나들고 있으니까 아내가 한마디했다. "당신 아직 시간이 넉넉한데 벌써부터 왜 그래요. 어른이 되었으면 좀 느긋할 줄 알아야지, 꼭 소풍을 떠나는 소학교 학생 같아요." 정곡을 찌르는 아내의 핀잔에 나는 무어라고 대꾸할 말이 없었다. 그러나 속으로 생각했다. 여행을 떠날 때 내가 보이는 조바심은 소학교 때 소풍으로 비롯된 것이 아니다. 그것은 학교 소풍에 앞서 어머님과 함께 다녀온 외갓집 나들이였다. 그때 밤잠을 설칠 정도로 어린 마음이 뒤설레었다. 새벽닭이 울고 먼동이 트기가 무섭게 때때 옷을 입고 신발까지 신었다 벗었다 한 기억이 희미하게 떠오른다.

내 나이 여섯 살에 갓 들어섰을 때의 봄이었을까. 그날 나는 새로 지은 초립동의 옷을 입고 숙모와 누이들이 지켜보는 가운데 동구 밖을 나섰다. 반은 업히고 반은 걸어서 산모롱이를 돌고 시내를 건넜다. 나중에 안동역 다음의 간이 정거장이라고 알게 된 조그만 역에서 난생 처음 기차를 탔다. 집채보다도 큰 무쇠 열차가 산골짜기를 지나 요란한 소리까지 내며 철교 위를 통과했다. 어린 나에게 그것은 신기한 것을 넘어 놀라움 그 자체였다. 어머니와 나는 그 다음 역에서 내렸다. 그리고는 언덕 가득 복사꽃이 핀 산 모롱이를 지나 외갓집에 이르렀다. 외갓집에서 나를 기다린 것은 반갑다, 잘 왔다의 연발이었고 이손 저손이 건네는 절값이었다. 그때 나는 생각했 다. 집을 떠나서 기차여행을 하는 것은 참 신나고 재미있는 일이구나.

학술원 사무처에서 예약을 한 항공편은 하오 1시 45분에 인천공항에서 출발하는 프랑크푸르트행이었다. 내가 사는 분당에서 인천공항까지는 리 무진 버스가 운행된다. 그것을 이용하면 대충 한 시간 남짓으로 공항에 도 착할 수 있다. 기내 탑승 시간이 12시 45분까지였다. 내가 분당에서 버스 를 탈 시간은 11시면 넉넉했다. 아침이라고 우유를 마신 다음 나는 무료한 시간을 보내기 위해 TV를 틀어보았다.

마침 화면에는 우리 축구팀의 대 나이지리아 경기가 방영되고 있었다. 전력이 막중해 보이는 경기에서 우리 팀은 2:2로 비겼다. 중계방송을 하는 아나운서가 그것으로 월드컵의 본선 진출 길이 열린 것이라고 좋아했다. 그런 아나운서의 말을 듣자 내 장거리 여행도 무사하고 즐거운 것이 될 수 있을 것 같아 가벼운 마음으로 집을 나섰다.

인천공항에서 내가 이용하게 된 항공편은 KE 905. 내가 공항에 도착해 보니 이미 이돈희 교수가 와서 기다리고 있었다. 그 부지런함에 속으로 혀를 내두르면서 탑승 수속을 마쳤다. 이날따라 유럽으로 가는 항공편은 초만원이었다. 처음 연발 시간이 1시 30분이라고 하더니 그 시간에도 우리가 탄 비행기는 이륙을 하지 못했다. 그로부터 한 시간이 더 지난 2시 30분에야 우리가 탄 비행기는 고개를 창공으로 치켜세우고 먼 서쪽 나라를 향해 날아올랐다.

여행 첫날 우리는 리투아니아가 아닌 독일행을 택했다. 아직 우리나라에서 그쪽으로 가는 직항 비행기편이 없기 때문이다. 리투아니아를 가기 위해서 우리가 택할 수 있는 경유지로는 대충 세 가지가 생각될 수 있었다. 하나는 러시아의 모스크바였고 다른 편이 헬싱키와 프랑크푸르트를 거치는 길이었다. 청소년 때부터 나는 톨스토이와 안톤 체홉, 고리키 등의 소설을 읽었다. 학부에 진학하고는 야스나야폴랴나나 페테르부르크, 시베리아의 횡단 철도를 마음속으로 그려가면서 러시아어 학반에도 나갔다. 거기서 생긴 향수 비슷한 것으로 한 번쯤 러시아의 어느 지점에 기착이라도 해보았으면 하는 생각을 품어왔다. 이번 여행이 그 계기가 되어 모스크바공항이라도 들렀으면 했다. 하지만 나에게는 마음속 생각을 혼자서 반추할 뿐 남에게 좀해서 말하지 않는 이상한 습벽이 있다. 그렇게 한 번도 내 생각을 다른 이에게 밝히지 않았다. 결국 학술원 사무처에서는 더 편하다고 하며 우리 항공권을 프랑크푸르트 경유로 예약해 주었다.

우리가 탄 KE 905편은 서방세계로 향하는 운항의 정석대로 황해를 가로지르더니 지상 수천 피트의 성층권 비행을 했다. 두어 번 기내식이 나왔다. 몇 번인가 구름뿐인 창밖의 지상을 굽어보다가 조금 눈을 붙이고 나니 우리가 탄 KE 905편이 프랑크푸르트공항에 도착했다. 그 사이에 단수이기는 하나 낮과 밤이 지나갔을 것이었다. 도착은 현지시간으로 하오 1시 30분. 비행기에서 내려 여행 가방을 찾고 보니 가벼운 문제가 있었다. 집에서 여행을 떠날 때 나는 별도로 자물쇠를 사서 그것을 잠금 장치로 채

왔다. 그 자물쇠가 깨어져 있었던 것이다. 내 짐작으로는 한국이나 독일의 세관원, 또는 보안요원이 수하물을 검사하는 과정에서 취급 부주의로 훼손된 것이 아닌가 생각했다. 어느 쪽이든 승객의 것을 못 쓰게 만들고 사죄의 메모 하나 남기지 않은 것은 유쾌한 일일 수가 없었다.

우리는 프랑크푸르트에서 빌니우스행 비행기를 타기 위해 하룻밤을 독일에서 묵어야 했다. 용의주도한 이돈희 교수가 사전에 예약을 해 둔 숙소가 레오날드호텔이었다. 우리가 전화를 하자 호텔의 차가 공항까지 마중을 나왔다. 공항에서 호텔까지는 20분 정도가 걸렸다. 길가에는 여름철을 맞이한 나무들의 푸른 잎새들이 싱그러웠다. 활엽수가 대부분인 숲에는 사이사이에 한국의 소나무와 비슷한 침엽수들도 섞여 있었다. 그 줄기가 유난히 붉은 것이 우리 고장의 명물인 춘양목을 연상하게 만들었다.

어느 해였는지 나는 아테네 쪽을 여행하다가 에게해 쪽 섬에 들른 적이 있었다. 거기서 명물인 산상의 고대 신전들을 보았다. 그 쪽을 무대 배경으로 한 작품들에 흔하게 등장하는 올리브 숲에 서 본 것도 즐거운 일이었다. 그런데 바위 틈서리 척박한 땅에 뿌리를 내린 소나무를 보고는 이럴 수가 하는 생각을 저버릴 길이 없었다.

한국에서 소나무라면, 특히 내 고장의 소나무들은 하늘 자락에 솟아올라 해를 겨냥하고 서릿발을 이겨내는 독야청청(獨也靑靑)의 상징이다. 특히 바위틈 벼랑 끝을 가리지 않고 뿌리를 뻗고 가지를 펼쳐 하늘을 향하는 그 모습이야 말로 소나무가 소나무로 손꼽히는 절대적 자격, 요건이다. 에게해의 섬들은 그 표층의 거의 모두가 바위로 되어 있었다. 그것들이 만들어낸 벼랑도 한국의 강가나 바닷가에 나타나는 절벽에 비해 손색이 없었다. 그럼에도 거기 솟아있는 소나무들은 줄기가 백색이 더 많이 섞인 암회색이었다. 가지는 건드리기만 해도 삭다리가 되어 부서질 것만 같았다. 잎새들도 우리나라의 소나무처럼 짙푸른 빛이 아니었다.

에게해의 물결 빛깔은 듣던 대로 쪽빛이었다. 그에 대조되는 소나무들의 생기가 없는 모습은 나를 적지않게 실망시켰다. 나는 그때 생각했다. 서구에서도 어느 지역에는 우리 고장의 적송에 비견될 만한 소나무, 태백산의 산자락을 가득 메우고 하늘의 해를 손짓하는 적송(赤松)이 있지 않을까. 그런 나에게 프랑크푸르트공항 가까이에 숲을 이룬 소나무는 참 반가운 모습과 빛깔을 하고 있었다.

호텔에 도착하여 짐을 챙긴 다음 샤워를 하고 나니 시계 바늘이 5시를 가리키고 있었다. 기내에서 오후 식사를 한 터였으나 그렇다고 그 시간에 우리가 그대로 잠을 잘 수는 없었다. 이돈희 교수의 방문을 두드렸더니 그러지 않아도 그가 대기 상태로 있었다. 우리는 독일의 명물 포도주 이야기를 주고받으며 식당으로 내려갔다. 소규모로 뷔페식 식사가 제공되는 것 같았다. 나는 거기서 연어 스프와 토마토 샐러드를 택하고 우선 맥주를 한 잔 곁들였다. 내 밥통에 기내식을 한 잔량이 남아 있어서였는지 프로시아의 음식 맛은 별로 좋지 않았다. 특히 내가 즐겨먹는 토마토 샐러드는 소금에 절인 것 같아서 절반 이상을 남겼다.

식사를 마치고 나서 일어서려고 보니 모두가 제자리에 앉아서 TV에 시선을 집중시키고 있었다. 웬일인가 하고 투숙객들의 표정을 살폈다. 까닭이 있었다. 화면에 독일 대 가나의 축구 중계방송이 시작되고 있었던 것이다. 이돈희 교수도 축구에 대해서는 일가견이 있는 듯했고 식당 전체가 이상 열기를 느끼게 할 정도였다. 나도 사람들의 그런 열기에 빨려들 수밖에 다른 선택이 없었다. 대 가나전에서 독일팀이 한 골을 먼저 넣었다. 그 순간 모두가 환호성을 올리고 박수를 치는 정경이 벌어졌다. 장거리 여행의 피곤을 느낀 터여서 나는 후반전이 시작되기 전에 자리를 떴다. 10시 반경 이돈희 교수가 방으로 올라와서 독일이 이겼다고 알려주었다.

IAU 학술대회

6월 24일, 빌니우스 도착, 학술대회 참석

먼 거리를 날게 된 탓인지 오랜만에 꿈도 꾸지 않고 하룻밤을 잤다. 눈을 떠보니 벽상의 시계가 다섯 시를 가리켰다. 커튼을 걷어치우고 창밖을 보았다. 거리와 골목길에 아침 햇살이 가득했다. 이상하다고 생각되어 알고 보니 한국과 달리 독일에서는 썸머타임이 실시되고 있는 것이 아닌가. 일곱 시경 이돈희 교수와 함께 식당에 내려갔다. 어제 호텔 음식의 소금기에 질린 터였으므로 스프는 그만두었다. 그래도 다소간 짠 빵에 샐러드를 택해서 아침을 먹었다. 8시경 다시 여행 가방을 들고 빌니우스행 루프트한자를 탔다. 눈 아래 푸른 빛깔로 덮인 들판과 마을, 도시가 깔려 있었다. 그 사이를 휘감아 도는 듯 흐르는 강들도 보였다. 간간 구름이 창 밖을 가린다고 생각한 시간이 세 시간 남짓 지난 다음 빌니우스공항에 도착했다. 공항 건물을 벗어나자 지면이 물기로 조금 젖어있었다. 안내책자에 따르면 발트해 연안 국가인 리투아니아는 안개 끼는 날이 많고 바람, 서리, 눈보라가 치는 날도 적지 않다는 것이다. 우리나라의 기후가 좋은 것이 다행이며 축복으로 생각되었다. 공항에서는 해외여행 때의 정석 가운데 하나로 택시를 탔다. 우리가 2박 3일 동안 묵을 호텔에 30분이 걸려 도착했다. 호텔 이름 노보텔(Novotel). 우리가 여장을 푼 방은 이돈희 교수가 631호, 내가 630호였다. 방은 널찍했고 욕실에는 욕조도 딸려 있었다. 나는 여행 중 버릇처럼 하는 샤워를 짧은 시간에 마쳤다.

전야제

5시 20분, IAU 참가자를 위한 전용 버스가 호텔 앞에 도착했다. 여러 참가자들 틈에 끼어서 그것을 타고 회의장으로 갔다. 우리가 사흘 동안 자리를 같이하여 논문을 읽고 질의 토론을 벌일 곳은 미코라스 로메리스(Mykolas Romeris)대학. 도착해 보니 그 대학 교사는 흰색 건물로 되어 있었고 그 사이에는 잔디가 깔린 언덕과 푸른 잎들을 가득 단 나무들이 여기저기를 차지하고 있었다.

도착해서 안 사실이지만 리투아니아에는 우리나라와 달리 대학의 숫자가 아주 제한되어 있었다. 이미 드러난 바와 같이 빌니우스는 리투아니아의 수도다. 그럼에도 이 도시에 종합대학교는 빌니우스대학 하나 밖에 없었다. 대학의 숫자가 많으면 순기능도 없지는 않을 것이다. 무엇보다 앞서는 그 이점은 원하는 많은 사람들에게 고등교육을 받을 수 있는 기회가 고루 제공되는 점일 것이다. 그러나 우리나라처럼 대학이 난립하는 경우에는 그에 따른 부작용도 생기게 마련이다. 그 첫째 폐단이 고급인력의 생산과잉에 따른 실업자의 양산 사태다.

일찍 미코라스 로메리스대학은 그 전신이 리투아니아 법과대학(Law University of Lithuania)이었다. 그러니까 이 대학은 법학 중심의 단과대학으로 출발한 것이다. 2004년에 큰 폭으로 기구 개편이 이루어졌다. 그때 법학 일변도의 운영체제가 바뀌어져 경제, 정보공학과 법학, 행정학, 기업경영, 정치, 심리, 사회, 사회복지 등 여러 분야의 전공학과가 새로 생기거나 개편의 수순을 밟았다고 한다. 지금 이 대학의 학생 수는 21,000명 수준, 캠퍼스에는 학생들이 밝은 표정으로 오고가는 모습이 눈에 들어왔다.

미코라스 로메리스대학이 신흥기분에 싸인 대학이라면 그와 맞선 자리에 위치한 것이 빌니우스대학이었다. 이 대학의 창설 연도는 16세기 후반인 1579년으로 거슬러 오른다. 그 발족은 다른 유럽의 명문 대학이 그런 것처럼 교회가 모태로 이루어졌다. 구체적으로 이 대학의 요람이 된 것은 성 요한 성당으로 나타난다. 리투아니아 사람들은 이 대학을 유럽에서 가장 오랜 역사를 가진 것으로 손꼽고 자랑한다. 실제 이 대학에 들어서 보면 곳곳에 만만치 않은 전통을 표상하는 듯 푸른색 이끼로 덮인 건물들이 서 있다. 대학 본부와 그에 딸린 교회의 벽과 기둥은 더욱 인상적이다. 그 천장과 벽에는 그 자체가 문화재급인 그림과 조각들이 여기저기에 나타나고 감추어져 있는 것이다.

2010년도 IAU 학술대회 대주제는 〈세계화 시대의 고등교육이 지향할 윤리와 가치의 문제—여러 학문 분야에 요구되는 역할은 무엇인가〉로 잡혀졌다. 그 회의장소가 미코라스 로메리스대학의 국제관이었다. 우리 버스가 도착하자 안내역을 맡은 학생들이 우리를 인도하여 접수 수속을 마치게 했다. 학술대회 참여 때의 정석대로 우리는 각자의 명찰과 회의 일정, 전체 발표자의 논문 요약을 모은 책자와 함께 서류가방을 받았다. 그런 다음 우리가 들어선 방은 계단식인 대형 강당이었다. 어림잡아 400명도 수용이 가능하지 않을까 생각되는 자리가 거의 찬 듯 보였다. 예정보다 조금 늦은 6시 30분에 발표대회의 전야제 막이 열렸다. IAU 회장의 인사, 대학 총장의 환영사에 이어 대학에서 IAU 회장에게 명예박사학위 수여 절차가 있었다. 이 환영식 다음 우리를 기다린 것이 모든 참가자들이 함께하는 만찬의 자리였다.

내가 만난 사람들

회의장 앞 넓은 홀에서 벌어진 만찬 자리에는 한국에서도 유행하고 있는 뷔페식 식사가 마련되어 있었다. 포도주를 곁들여 과일이 나오는 자리에서 나는 얼마동안 망연하게 여러 참가자들 사이에 섞여 있었다. 그런 내 앞에 콧수염에 안경을 낀 동양인이 나타났다. 서로 명함을 교환하고 보니 그는 일본 북해도대학 영문학과의 세나하 에이준[瀬名波 榮潤] 교수였다. 대학에서 낭만주의 시를 전공한다고 하였다. 학위 논문 제목을 물었더니 W. 워즈워스의 청년 시대를 다루었다고 하는 답이었다. 접수 때 얻은 발표자 소개란을 보았다. 『여성의 고통, 여성의 쾌락(Women's pain, Women's pleasure)』, 『시(詩)에 나타나는 마약과 광기(Sex, Drugs and Madness in poetry)』 등 몇 권의 책을 가지고 있었다.

이야기를 주고받는 가운데 내가 궁금했던 것이 세나하 교수의 원고향(元故鄕)이었다. 에이준[榮潤]이라는 이름이 일본 사회의 일반 작명 기준으로 보면 이색적으로 생각되었기 때문이다. 일본의 전통적인 이름은 거의 모두가 훈독(訓讀)형으로 부른다. 영윤(榮潤)이라는 한자 이름을 '에이준'으로 읽게 하는 것은 일본식 작명의 정식(定式)에서는 빗나가 있는 것이다. 또한 우리와 달리 일본에서는 성(姓)과 씨(氏)가 다르게 해석된다. 씨(氏)는 한 종족의 뿌리에 근거를 둔 것으로 고대에는 겐지[源氏]나 헤이께[平家] 등 대대 세습하는 것이었다. 그와 달리 일본의 성(姓)은 유동적인 측면이 상당히 강하다. 비근한 예를 들자면, 일본에서는 아비가 요시다[吉田]인데 아들이 사이토[佐藤]라는 성을 가지는 일도 얼마든지 가능하다. 이렇게 가변적인 성인데도 막상 그것을 고치는 경우에는 거기에 일종의 법식 같은 것이 있다. 상당히 많은 경우 개성(改姓)의 기준이 되는 것은 그가 사는 지역이나 장소며 그 지형지물(地形地物)이다. 시냇가 마을의 위쪽에 사는 사람은 가와카미[川上]라는 성을 가질 수가 있다. 그가 사는 집이 소나무가 우거진 언덕 가까이라면 마쓰오카[松岡]라고 성을 고치는 경우가 생긴다. 세나하 교수와 말을 주고받는 가운데 내 머리에는 혹 그가 일본의 본토에서 떨어진 섬 출신이 아닐까 하는 생각이 떠올랐다. 물결을 뜻하는 세[瀨]나 하[波]가 그런 추측을 가능하게 만든 것이다. 나는 그에게 그의 본향이 혹시 오키나와가 아닌지 물어보았다. 내 추측은 빗나가지 않았다. 내 질문에 그는 조부 때까지 그의 집안이 오키나와에서 살았다고 했다.

이 자리에서 나와 인사를 나눈 이 가운데 인상에 남은 사람들이 IAU의 부회장을 역임한 올리브 무젠다(Olive Mugenda)와 아프리카 대학 연합의 회장인 이즈-학 오. 올로예데(IS-Maq O. Oloyede)였다. 세나하 교수와 담소를 하고 있으니까 우리 앞으로 다가서는 사람들이 있었다. 고개를 들어 보았더니 한눈에 아프리카 출신임을 알 수 있는 두 사람이 웃으며 손을 내어 밀었다. 명함을 교환했다. 얼굴빛이 우리와 가깝게 황색기가 있는 여자 교수가 무젠다였다. 무젠다의 전공은 가족관계로 미국의 아이오와주립대학 출신이었다. 한편 올로예데는 나이지리아의 이로린대학교(University of Ilorin) 소속이었는데 그쪽에서 이루어지는 행정과 사회제도, 교육개혁에서 중요한 역할을 하는 듯 보였다. 이슬람과 아랍권 전체의 사회, 정치 문제 해결에도 상당한 발언권을 가진 것 같았다. 두 사람은 나를 보고 한국 대학의 운영 실태와 함께 새마을 운동에 대해서 물었다. 새마을 운동에 대해서는 우리나라에서 그쪽에 인력과 재정 원조가 이루어진 것으로 안다고 대답했다. 그러나 대학 운영에 대해서 나는 전혀 문외한이었다. 그래서 필요하면 한국에 돌아가 제대로 된 안내서를 주선해 줄 수 있다고 더듬거리면서 말했다. '전공이 아니다', '잘 모르겠다'를 연발한 내 말에 그들 둘은 자주 웃었다.

6월 25일, 학술대회 소묘

아침 6시에 일어나 호텔 밖 광장을 보았다. 나중에 게디미나스 거리라고 이름을 알게 된 길을 건너 정부청사의 하나인 흰빛 건물이 기역자로 놓여 있었다. 그 앞이 광장이었는데 중앙에 동상과 탑이 솟아있었다. 이른 아침의 광장은 비어 있었고 비둘기가 한가롭게 모이를 찾는 풍경이 펼쳐졌다. 한동안 넋을 잃고 그런 정경을 보다가 시간을 꽤 잡아먹어 버렸다. 부랴부랴 샤워를 하고 옷을 챙겨 입었다. 7시에 호텔 앞 출발인 버스에 가까스로 올라탔다. 약 30여 분이 걸려 어제 오후 들러 보아서 낯이 익은 미코라스 로메리스대학에 도착했다.

정각 9시에 시작한 개회식에는 대통령(Dalia Grybauskaité)이 직접 나와서 환영사를 했다. 국제회의라고 하지만 교수, 연구자 모임에 지나지 않은 학술 행사에 한 나라의 대통령이 대독자를 보내지 않고 몸소 나와서 환영사를 읽는 모습은 상당히 인상적이었다. 이어 등단한 것이 교육과학부 장관 긴타라스 스테포나비쳐스(Gintaras Steponavićius)였다. 그는 미리 준비해온 「2009년 이후 리투아니아에서 이루어진 고등교육 개혁과 그 성과 (Higher Education Reform and its development in Lithuania since 2009)」를 자그마치 한 시간에 걸쳐서 읽었다. 이어 그는 두 사람의 질의 토론에도 진지하게 응하고 자신의 생각도 피력했다. 그런 광경을 보면서 나는 생각했다. 우리나라에서 열린 학술 발표 자리에 관계 장관이 의례적인 인사말이 아닌 본격 논문을 발표하고 질의 토론까지 벌이는 일이 자주 있는 일인가. 답이 '아니다'로 기운다. 이것은 우리나라의 정부 운영이 자칫 수박 겉핥기식 차원에서 이루어지는 것임에 반해 리투아니아의 경우에는 알찬 전문지식을 가진 사람들에 의해 시도되고 있다는 증거로 생각되었다.

11시에 우리는 30분 동안 커피 브레이크를 가졌다. 이어 시작된 발표대회는 두 개의 전체 발표와 세 개의 분임 토론으로 나뉘어 진행되었다. 첫 번째 발표의 주제가 된 것은 〈윤리와 가치－사회과학, 인문학 및 응용과학의 특성과 관련 양상의 도전〉이었다.

여기서 논의된 것은 ① 다양한 연구 분야에서 보편적으로 검토되어야 할 윤리적 가치는 무엇인가? ② ①에서 제기되는 문제를 대학의 중심 기능, 특히 교육과 연구, 봉사 등을 통해서 어떻게 중점적 관심사로 집약, 정착시킬 수 있는가? ③ 현재와 같은 다양성의 시대에 학문의 여러 분야들이 기본가치의 전수에서 어떤 기여를 할 수 있는가? 등이었다.

이어 개최된 분임 토론의 첫 번째 분과의 주제가 〈생존인가 재활인가? － 시간과 문화를 초월한 고등교육의 가치〉였다. 여기에는 IAU의 회장을 역임한 스위스 제네바대학의 J. 도렌스(Justin Thorens) 이하 세 사람이 등단하였다. 각자 자기 나름대로 생각하는 바를 말하는 토론의 장이 벌어졌다.

이 분임 토론의 두 번째 주제는 〈근대 대학의 특징적 가치〉였고 그에 이어 분과에 참석한 모든 사람들이 참가하는 이야기판이 벌어졌다. 회의의 공간의 달랐으므로 4시 30분부터 시작된 분임 토론을 내가 자세하게 살필 기회는 없었다. 뒤에 이 분야를 전공한 이돈희 교수가 제출한 보고서를 통해 그 윤곽이 파악되었다. 그에 따르면 두 번째 분임 토의에서 논의된 것이 ① 경쟁 세계의 교육 기회 증진, ② 학문의 자유와 대학의 자율성에 대한 위협 요소, ③ 국제적 학생 선발과 국제 연구 협력의 윤리적 차원 문제 등이었다.

IAU 2010년도 대회에서 주제 발표를 하고 질의 토론에 참가한 인원은 세 자리 숫자를 헤아리고 남을 정도였다. 다양한 생각이 이야기되고 토론의 장이 벌어진 이 대회에는 그러나 그 속에 하나의 초점 같은 것이 있었다. 우리는 우리와 동시대 학문이 갖는 다양성을 인식하는 공통된 전제를 가지고 있었다. 이런 전제 위에서 각 분야 연구의 독자성을 충분히 인식하면서 그 여러 분야를 포괄, 수용할 수 있는 통섭적 연구를 슬기롭게 이루어 나갈 길이 무엇인가가 이번 대회의 바닥에 깔린 노림수였다.

이번 대회의 참가자들이 가진 또 하나의 공통된 인식은 우리와 동시대 학문과 교육이 갖는 특수성이었다. 지금 우리는 서로 모순, 충돌을 일으키는 가치체계와 존재의의, 각양각색의 이념과 사상체계의 시대를 산다. 지구의 일일생활권화는 그런 우리 시대의 세계를 불가피하게 한 가족과 같은 생활공동체로 만들어 버렸다. 그에 따라 빈번한 교류 관계가 형성되니까 그와 병행인 상태로 연구와 교육의 각 분야에서 제기되는 문제점들도 기하급수적으로 증가되는 추세에 있는 것이다. 또한 그 사이에서 인식의 격차도 빚어진다. 여기서 제기되는 것이 우리와 동시대 교육, 특히 고등교육에서 제기되는 모순, 충돌, 알력, 마찰의 중화제 내지 조정, 조화 역을 담당할 수 없는가 하는 점이다. 앞에서 제시된 '유연한 기술'의 개념이 여기서 제기된 것이다.

이 대회의 주제 논문 가운데 특히 우리의 관심을 끈 것이 산티아고 아코스타(Santiago Acosta)의 생각이었다. 그는 윤리적 차원에서 제기되는 문제가 우리와 동시대 대학의 연구와 교육 등 전 영역에 걸쳐 두루 침투되어 있다고 전제했다. 기초훈련과 응용과학, 경영 행정의 어느 분야에서나 결정적인 영향력을 행사할 수 있는 것이 그런 측면이라고 본 것이다. 그러면서 그는 그 종속 개념에 속하는 덕성과 가치를 분리해서 정의할 것을 주장했다. 그에 따르면 덕성은 주관적인 것이지만 가치는 객관적 범주에 속한다. 덕성이 실천적 과정을 통해서 확보될 수 있는 것임에 반해서 가치는 지식을 통해 전수가 가능하다는 것이다. 실천적 활동으로 덕성을 기르면 이상적인 인간의 양성이 가능하지만 가치는 그와 달라서 지식의 양을 제고, 함양시키는 데 기여하고 인간, 곧 인격의 완성에 직접적으로 작용하지 않는다. 또한 가치는 교육이 가능한 것이나 그 과정에서 드물지 않게 덕성이 무시, 배제되어 버리는 경향이 생긴다. 여기서 윤리학적 논의는 추상화될 수 있다는 것이다.

대학 사회에서 이런 윤리와 가치를 존중한다는 것을 아코스타는 두 가지 각도에서 해석했다. 대학의 기능 가운데 하나인 교육을 통해 대학은 진리탐구를 전제로 한 가치를 정립시켜야 한다. 그 구체적 형태가 과학과 기술의 전수다. 그러나 고등교육이 이에 그친다면 그것은 일방통행형 절름발이식 지식 전수에 그쳐 버린다. 지식 전수와 동시에 대학은 반드시 실천을 통하여 덕성을 배양시키도록 힘써야 한다. 그것으로 가치와 덕성이라는 수레의 두 바퀴에 대비되는 교육이 이루어질 수 있고 이론과 실제가 조화를 이루는 인격 형성이 가능해진다. 바로 여기에 우리와 동시대의 고등교육이 지향할 미래가 열릴 것이라는 생각을 아코스타 교수가 피력했다.

아코스타의 발표를 들으면서 나는 두 가지 생각을 했다. 한마디로 윤리와 덕성이라고 하지만 서구에서 근대 이후에 정립된 그 개념과 우리 사회의 그것 사이에는 상당한 격차가 있다. 아직도 나는 삼강오륜의 덕목 가운데 효(孝)라든가 장유유서(長幼有序)의 강목이 우리 사회의 질서유지에 유용한 버팀목이 된다고 생각한다. 그러나 서구에서 부모와 어른에 대한 젊은이의 태도는 적지 않게 이와 다르다. 이렇게 지역이나 시대의 격차를 가지는 덕성을 대학의 교육과정에서 어떻게 해석하며 실천시켜야 할 것인가. 그 다음 산업사회에 진입한 이후 우리 대학의 경영 개념에는 급격하게 기능주의의 시각이 도입되었다. 지금 한국의 대학은 생산 현장이나 실제 생활에서 동떨어진 교육을 지양, 극복하고 산학협동을 지향하는 움직임이 팽창 일로에 있다. 대학에서 현장 교육, 생산 방식을 개선, 개혁해내는 기술이 강화되면 경제 성장의 지표는 올라갈 수 있을 것이다. 그러나 그와 역비례로 우리 대학의 교육에서 덕성 교육은 후퇴해 버릴 수밖에 없다. 그 끝자리에는 공작기계의 부품과 같은 인간성 고갈의 세대가 등장할 수 있는 것이다.

내가 아코스타가 펼치는 생각을 메모하고 있는 가운데 그의 논문 발표가 끝이 났다. 그에 이은 과정에서 내가 마음속으로 제기해 본 문제들에 대해서도 토론이 있었다. 첫 번째 문제에 대해서는 좀 막연하게 다음 세대의 윤리 교육을 위해 새로운 가치관의 정립이 요구된다는 발언이 나왔다. 다음 두 번째 문제에 대해서는, 대학교육에서 가치의 개념이 경제적 측면, 곧 생산성과 밀착되어 버리면 고등교육이 시장화되어 버린다. 그 지양, 극복을 위해서 철학, 윤리, 역사, 문학, 예술 등의 인문학 분야에 속하는 교육이 기능적으로 이루어질 필요가 있다고 보는 견해가 제출되었다.

어떻든 이날의 발표 토론은 아침 9시에서 저녁 8시 가까이까지 계속되었다. 그 사이에 커피 브레이크와 점심식사 시간이 있기는 했다. 그러나 300명에 가까운 참가자들이 모여 아침 일찍부터 저녁 식사를 뒷전에 돌리면서까지 제자리를 지키며 서로의 공통 관심사를 집약시킨 주제를 내걸고

진지하게 질의 토론을 벌여가는 모양은 놀라운 일이 아닐 수 없었다.

리투아니아의 긍지, 유럽의 중앙의식

리투아니아 사람들은 그들의 근대사가 고난에 찬 것임을 잘 알고 있다. 일찍 그들에게는 대제국 건설의 꿈이 있었다. 그러나 열강의 세력 다툼 틈바구니에서 그들이 지키려고 한 국가와 주권은 빈번하게 침략자들의 말발굽 아래 짓밟혔다. 그로 인하여 그들의 국토가 발트 연안 구석 자리로 축소되었고 한때 그들은 나라가 없는 식민지 백성이 되었다. 뿐만 아니라 리투아니아는 국토가 좁고 천혜의 자원도 부족하다. 그들이 가진 부존자원 이래야 산림을 바탕으로 한 것과 함께 양질로 세계에 널리 알려진 호박이 있는 정도다. 리투아니아 사람들은 거기서 빚어진 보상의식을 다른 자리에서 구해왔다. 그 가운데 하나가 그들이 유럽의 중앙에서 살고 있다는 생각이다. 이에 대해서 폴란드, 슬로바키아, 우크라이나 등은 반발, 거부하는 입장이다. 그 이유는 유럽연합의 회원국 숫자에 따라서 유럽의 중심부 자리 계산에 조금씩 등차가 생기기 때문이다.

호박과 별 사이

1990년 유럽연합의 회원국이 열둘이었을 때 그 중앙은 프랑스의 세인트—클레망이었다. 그것이 1995년 회원국의 숫자가 열다섯으로 불어나자 벨기에의 비로인발이 되었다. 이어 스물다섯 개의 나라가 되자 유럽의 중앙은 클라인마이슈아이트로 바뀌었다. 그 후 2007년에 이르러서는 유럽연합에 루마니아, 불가리아가 추가되었다. 그 결과 겔른하우젠이 유럽의 중앙이 되었다는 것이 독일의 주장이다.

그러나 리투아니아 사람들은 그런 주장을 일축한다. 그들에 따르면 회원국을 기준으로 한 대륙 중심부 산출은 자연 지리의 원칙에 어긋난다는 것이다. 그것을 밑받침해 주는 것이 프랑스 국립지리연구소의 연구 결과다. 1989년 프랑스의 국립지리연구소는 유럽의 북단을 노르웨이의 스핏스베르겐섬으로 잡았다. 남쪽은 대서양의 스페인령인 카나리아 제도, 동쪽은 러시아의 우랄산맥으로 책정되었으며, 서쪽은 포르투갈의 아조레스 제도로 기산된 것이다. 그런 동서남북의 극지(極地) 책정과 함께 이루어진 유럽의 중심부는 바로 리투아니아의 수도 빌니우스 북쪽 26㎞ 거리에 있는 푸르누쉬게스(Prunuškés) 마을이었다.

프랑스 측에서 나온 유럽 중심부 빌니우스 근접 지역설은 당시 소련의 기반에서 갓 벗어나 독립을 이루어낸 리투아니아 사람들을 크게 고무시켰다. 그들은 1992년 그 지점을 사적지로 지정하고 거기에 표지석까지 세웠다. 2004년에 이르러서는 리투아니아의 유럽연합 정식 가입을 기념하는 기념탑을 거기에 세웠고 대리석 광장까지 만들었다.

기념탑의 본체는 흰색 대리석의 기둥으로 되어 있다. 그 위에 12개의 별이 화관 모양을 이루며 하늘로 치솟아 있는 것이다. 이때의 별들은 한때 유럽연합인 나라들 숫자를 뜻하며 흰 대리석 기둥은 리투아니아 사람들의 긍지를 상징한다. 리투아니아 사람들은 그들의 수도 빌니우스 가까이가 유럽의 중심이라는 사실을 큰 자랑거리로 생각한다. 여러 글과 그림, 노래들에 그런 의식이 담겨 널리 퍼져있다. 다음은 리투아니아에서 모두가 즐겨 부르는 노래 〈유럽의 중앙에〉의 가사 후렴구다.

유럽의 중앙에
호박과 별 사이
그런 나라 있네
유럽의 중앙에
동과 서 사이에

거기에 너는 사네
유럽의 중앙에
밤바다 소리를
넌 듣고 있네
그 일부가
너는 되고 싶다
— 최대석, 『유럽의 중앙, 리투아니아』(재승출판, 2010)에서

늑대의 꿈을 빌린 도시, 빌니우스

리투아니아의 수도 빌니우스는 상징적인 뜻을 가진 전설과 함께 태어난 도시다. 이 도시의 창시자는 민다가우스에 이어 통일 리투아니아의 꿈을 실현시킨 게디미나스였다. 그는 집권하고도 얼마 동안 아름다운 호반의 도시 트라카이에 자리를 잡고 그곳을 수도로 했다. 어느 날 그가 평소 즐겨하는 사냥을 떠났다. 그가 일단의 기사들을 거느리고 이른 곳은 사냥감이 많기로 이름이 난 신성한 숲이었다. 거기서 그는 사냥감으로 나타난 큰 들소를 쫓다가 그만 저녁을 맞이했다. 트라카이의 성으로 돌아가고자 했으나 이미 땅에 어둠이 짙게 깔린 때여서 그럴 수가 없었다.

뜻밖의 사태에 직면하게 되자 게디미나스는 네리스 강변의 숲에서 야영에 들어가지 않을 수 없었다. 야영지에서 그는 곧 깊은 잠에 빠졌다. 그때 상징적인 꿈을 꾸었다. 꿈속에서 그는 산마루턱에서 철갑을 두르고 있는 늑대 한 마리를 만났다. 그 늑대는 으르렁대는 소리가 매우 커서 그 울림이 다른 늑대 백 마리가 지르는 울음소리와 맞먹을 정도였다.

게디미나스는 꿈속에서 늑대를 겨냥하여 화살을 날려보았다. 그러나 화살은 깡그리 늑대의 철갑을 뚫지 못하고 부질없는 소리만 내며 튕겨져 나올 뿐이었다. 참으로 이상한 꿈이라고 생각한 게디미나스는 트라카이로 돌아간 다음 이름 높은 해몽사에게 그 내용을 말했다. 그의 이야기를 다

듣고 나자 해몽사가 말했다.

"우리의 제왕이신 대공작님이시여. (당시 리투아니아는 로마법황청의 인정을 거치지 않는 나라, 곧 비기독교 국가였다. 그것으로 로마법황청이 관장하는 왕국 칭호를 행사하지 못했다. 따라서 게디미나스는 큰 판도를 개척한 왕국의 주재자였음에도 대공작으로만 불리었다.) 철갑을 두른 늑대가 나타난 꿈은 이 숲 가까이에 이 나라의 수도가 설 것임을 말하는 것입니다. 또한 늑대의 소리가 다른 늑대의 100마리가 지르는 성량을 가졌다는 것은 장차 이 나라 수도의 이름이 전 세계에 울려 퍼질 것을 알리는 징조이옵니다."

게디미나스의 이름과 함께 전해져오는 이 이야기는 말할 것도 없이 우리나라나 다른 나라의 왕조교체기에 흔히 나타나는 천도설화(遷都說話)의 하나다. 그러나 우리는 적어도 이런 이야기를 통해서 하나의 상징적 뜻을 파악할 수 있다. 그것이 바로 게디미나스 때부터 빌니우스가 리투아니아의 수도 구실을 하기에 최적지로 생각되어 왔다는 사실이다.

게디미나스의 정도(定都)와 함께 빌니우스를 관통하며 흐르고 있는 것이 네리스(Neris)강이다. 지금 빌니우스는 이 강을 경계선으로 하여 크게 두 개의 구역으로 나뉘어진다. 이 강의 북쪽에 있는 것이 신 시가지다. 빌니우스의 신 시가지에는 근대적인 도시 계획에 따른 구획 정리가 이루어져 있고 거기에 들어선 것은 하늘을 찌를 듯 솟아오른 고층 건물들이다. 그것들은 대개 무역, 경영의 센터로 쓰이며 발틱 연안 지역의 경제활동에서 중심기지 역할을 한다. 지난 세기말에 이르러 리투아니아가 러시아의 예속 상태에서 벗어나 자유와 번영의 길을 걷기 시작한 사실은 이미 밝힌 바와 같다. 빌니우스의 신 시가지는 거기서 얻어낸 국제 경제, 무역 활동의 교두보 역할을 하며 미래를 향한 꿈의 뱃길이 시작되는 모항 구실을 한다.

지금 빌니우스의 인구는 60만 정도다. 우리나라의 중소도시에 해당되는 규모지만 그 문화, 정치, 경제적 위상은 상당히 높다. 소비에트 체제의 패퇴와 함께 발트 지역에서 리투아니아의 위상이 제고되자 이 도시의 역할도 급부상하기 시작했다. 21세기에 접어들면서 빌니우스는 착실하게 국제화 도시의 문턱을 넘어서고 있는 것이다.

빌니우스의 구 시가지는 네리스강 남쪽을 차지하고 신 시가지의 대각선 방향에 자리를 잡고 있다. 이 지역 일대를 차지한 언덕에는 곳곳에 나무들이 들어선 숲이 있다. 그 사이사이의 건물들은 거의 모두가 중세 유럽의 묵직한 전통을 느끼게 할 정도로 고색이 창연하다. 또한 이 지역에는 어디에나 가톨릭과 신교, 러시아 정교, 유태교의 성당, 교회, 사원들이 솟아 있다. 해묵은 장식을 단 교회의 문들을 밀어 보면 그들 거의 모두는 오랜 세월의 흐름을 느낄 수 있을 정도로 삐걱이면서 열린다. 많은 기둥과 벽면에는 지난날 명장들의 손길로 이루어진 그림이나 조각이 보인다. 또한 예배 공간 정면에는 명장의 솜씨를 자랑하는 마리아상이 우리 눈을 눈부시게 만든다. 어떤 대성당 벽에는 진귀한 보물들이 비장된 예가 있고 더러는 그 마루 아래 신비스럽고 환상적인 지하실이 나오기도 한다.

빌니우스에 들어선 교회와 성당 가운데 건축미로 가장 이름이 높은 것은 오나 성당이다. 이 성당의 외벽은 붉은 벽돌로 이루어진 것인데 후기 고딕양식의 최대 걸작품으로 평가된다. 이에 대해서는 하나의 전설이 남아 전해 내려온다. 1812년 나폴레옹은 60만 대군을 이끌고 빌니우스에 진주했다. 그의 목표는 제정러시아의 심장부인 모스크바였다. 이때 리투아니아 사람들은 나폴레옹의 군대를 열렬히 환영했다. 제정러시아의 압제에 시달리고 있었던 그들에게 프랑스군의 러시아 정복이 자유를 되찾을 수 있는 호기로 생각되었기 때문이다. 역사가 가리키는 바와 같이 이때 프랑스군은 러시아의 동장군으로 하여 처참한 패배의 구렁텅이에 떨어졌다. 나폴레옹이 거느린 60만 대군이 다시 빌니우스로 돌아왔을 때 그 수는 고작 3만 명이었다. 실로 원정군의 95%가 북극의 눈보라와 얼음 속에서 동사체로 화해 버린 것이다. 나폴레옹은 그런 프랑스의 생존자를 발트 해안에 남긴 채 본국으로 사라져버렸다.

그 해 발트 연안의 추위는 매우 기승스러웠다. 벌판과 강, 숲과 마을을 깡그리 휩쓴 혹한의 겨울이 끝났을 때 3만 명의 프랑스군 가운데 온전하게 살아남은 자는 거의 없었다. 이 처절한 패전의 책임자가 나폴레옹이었다. 그런데 그는 빌니우스 주둔 때 전투나 전략으로서가 아니라 문화재를 두고 길이 사람들 입에 오르내릴 말을 남겼다. 그가 빌니우스의 오나 성당 앞에 섰을 때다. 그 아름다움에 깊이 감동한 나머지 나폴레옹은 말했다. "이 성당은 할 수만 있다면 내 손바닥에 얹어 파리로 가져가고 싶구나!" 구전되는 이 말이 참으로 나폴레옹이 한 말인가 아닌가는 별로 문제가 되지 않는다. 이런 구전 자체가 오나 성당의 건축미를 용변으로 말해주고 있기 때문이다.

26일, 게디미나스 거리 산책, 트라카이 관광

새벽 3시경 발치가 시린 것 같아 잠이 깨었다. 눈을 뜨고 보니 몸을 뒤틀고 잔 나머지 담요가 바닥에 떨어져 있었다. 꿈속에서 어머님을 뵈었으나 말은 없으셨다. 평소 그대로 흰 옷에 반듯한 자세로 나를 바라보실 뿐이었다. 어머님이 시집오신 것은 당신이 꽃도 부끄러워 한다는 방년 열여섯인 때였다. 좋은 집의 고명딸로 자랐으므로 시집오실 때에는 우리 어머님도 아름다운 꿈을 꾸셨으리라. 그러나 해달같이 섬겨야 할 우리 아버님은 결혼하고 나서 얼마 안 된 후부터 무시로 집을 비우셨다.

그렇게 아버지가 없는 우리 집 살림을 어머님이 맡으셨다. 15대 종가의 둘째로 시집오신 우리 어머니에게는 봉제사와 접빈객으로 눈코 뜰 새가 없는 세월이 시작되었다. 우리 아버님은 상경 후 곧 일제가 사갈시하는 사상범의 길을 택하셨다. 어쩔 길 없이 불고가사(不顧家事)가 되지 않을 수 없었다. 어머니 앞으로는 무시로 아버님이 연행, 구금, 투옥당했다는 소식이 날아들었다.

우리 어머님은 그런 식민지 상황의 소용돌이 속에서 아내로서, 며느님으로서 의무에 한 치도 차착이 없는 세월을 사셨다. 특히 아버님이 지키시지 못한 가정을 가냘픈 손으로 꾸려가면서 당신 앞으로 태어난 우리 여섯 남매를 가꾸고 길러내기에 온갖 정성을 다 바치셨다. 그런 어머님은 내 나이가 여 쉰을 넘겼을 때 유언 한 마디도 없이 이 세상을 하직하셨다.

그렇게 가신 후 어머니는 아주 드물게 밖에 내 꿈결 속에 나타나지 않으시는 분이다. 그런 어머니가 그것도 이국 수십만 리에서 허튼 잠을 잔 내 머리맡에 나타나신 것은 무엇 때문이었을까. 그 지극한 자애로 이불을 걷어 차버린 아들이 감기라도 들새라 걱정을 하신 나머지셨을까. 그런 생각을 하면서 나는 몇 번인가 잠결에 뵈인 당신의 모습을 다시 그리며 되새겨 보지 않을 수 없었다.

게디미나스 거리

일단 눈을 뜬 다음에는 다시 누워도 잠은 오지 않았다. 5시가 조금 지났을 뿐인 시간에 나는 호텔을 벗어나 새벽 산책을 나섰다. 창밖으로 보기만한 호텔 앞 광장에는 회백색 바탕에 연분홍기가 조금 섞인 정부 청사가 들어서 있었다. 건물 하나는 4층으로 되어 있었고 교회가 있는 또 하나의 건물은 5층이었다. 그들을 배경으로 한 위치에 기념비와 함께 동상이 서 있었다. 검은색 외투를 입은 인물의 입상 동상 기대 쪽에 새겨진 이름은 Kincas Kubirka. 그 높이가 내 키의 3배 정도는 훨씬 넘을 것 같았다. 속으로 5m 정도일까라고 생각해 보았다.

정부 청사 건물 아래쪽에 자색 바탕을 한 돌이 박혀 있는데 거기에

'Gediminos 9'라는 활자체의 글자가 새겨져 있었다. 그것으로 나는 이 일대가 리투아니아에서 민족적 영웅으로 추앙받는 게디미나스 대공작을 기념하는 거리임을 알게 되었다. 아침 햇살이 비치자 광장에는 비둘기가 날아들었다. 그 사이를 검은색 옷을 입은 남자와 함께 흰 블라우스에 푸른색 치마가 참 청순해 보이는 여성들이 지나갔다.

나는 그들이 걸어가는 반대 방향을 택했다. 광장에서 약 200m를 갔더니 러시아 정교회 계통으로 생각되는 사원이 나왔다. 높은 종탑을 뜰 앞에 둔 교회의 벽은 순백색에 가까웠다. 벽의 테두리 일부가 연푸른 빛깔을 띠고 있었다. 그 가까이에 국립미술관 방향을 알리는 표시판이 보였다. 거기로 가서 전시장을 보기에는 너무 이른 시간이었다. 나는 다시 발길을 돌려 남쪽으로 방향을 잡았다. 은행과 상점들이 문을 열 채비를 하고 있었다. 그런 거리를 지나 조금 비탈진 곳에 이르자 나무들이 숲을 이룬 공원이 나왔다.

나는 앞뒤가 모두 산으로 에워싸인 시골에서 태어나 자랐다. 그래서인지 어느 나라 어느 땅에서건 숲이 있고 그 사이에 정갈한 물을 담은 샘물이 보이면 나는 그곳을 고향으로 생각해 버리는 이상한 버릇을 가졌다. 그래서 내 나름의 기대를 품고 숲에 들어섰다. 뜻밖에도 그 공원의 숲은 바닥이 질척거리는 진흙으로 되어 있었다. 이끼가 낀 곳이 있었으나 맑은 물을 담은 옹달샘은 발견되지 않았다. 뿐만 아니라 그 바닥 여기저기에는 신문지와 비닐종이들이 찢긴 채 흩어져 있었다. 그에 비하면 내가 사는 분당의 길거리와 소공원들은 깨끗하게 청소가 된 편이다. 남의 나라에 나가게 되면 흔히 내가 갖는 버릇 가운데 하나가 우리 것에 남의 것을 견주어 보는 일이다. 그런데 아득한 땅끝 리투아니아에서 물질적인 비교가 아닌 교양, 문화의 차이를 견주어 보는 자리에서 내가 사는 고장의 그것이 한 발자국 앞선 점도 있다는 사실을 확인하게 되는 것은 싫지 않은 일이

 먼 고장 · 이웃나라 · 내가 사는 땅

었다.

호반의 중세성, 트라카이

IAU 대회 마지막 날 우리는 오후 늦게야 학술토론회를 마쳤다. 그 다음 순서로 우리를 기다린 것이 트라카이성 관광이었다. 이미 밝혀진 바와 같이 트라카이는 게디미나스가 빌니우스로 터를 잡기 전 리투아니아의 수도였다. 이 호반의 도시는 빌니우스에서 28㎞ 떨어진 자리에 있다. 거리로 보아서는 빌니우스의 인접 지역에 자리를 잡고 있는 셈이다.

중세로 거슬러 오르면 트라카이는 단순한 수도로 그친 것이 아니다. 리투아니아의 정치, 경제, 군사상의 거점 역할을 넉넉하게 수행했다. 뿐만 아니라 14세기에 이르기까지 이 성은 이민족의 침공으로부터 리투아니아를 지켜낸 방어벽 구실도 했다. 거듭된 적의 침공에 대해 여러 대공작들은 이 성을 근거지로 하여 리투아니아의 주권을 수호할 수 있었다. 1410년을 분수령으로 이런 이 도시의 기능에 큰 변동이 생겼다. 1410년 구룬발트전투에서 비타우타스는 튜턴 기사단을 격파했다. 그 후 트라카이는 방어기능을 위주로 한 성에서 벗어나 리투아니아를 지배한 대공작들의 거주지로 그 기능이 바뀌었다.

비타우타스의 시대에 리투아니아가 그 영역을 남으로는 크리미아 반도까지 넓힌 점은 이미 밝힌 바와 같다. 우크라이나와 전 폴란드, 모스크바를 포함할 정도로 크고 넓었다. 이 광대한 지역을 차지한 인구는 200만 정도, 그 가운데서 리투아니아인은 8분의 1 정도에 그쳤다. 이에 대한 대책으로 비타우타스는 프로시아, 프라하와 더 남쪽에 유대인들을 이주시켰다.

이런 비타우타스의 정책에 따라 트라카이로 이주하게 된 것이 흑해의 크림반도 출신인 유대인의 분파 카레이테(Karaite)다. 카레이테는 언어가 터키계에 속했으며 종교는 이슬람이었으나 그 가운데도 구약성서의 계율을 엄격하게 지키고 있었다. 비타우타스는 카레이테의 충직성을 높이 샀다. 그런 나머지 그는 자신과 트라카이성의 호위 임무를 카레이테에게 맡겼다. 비타우타스가 서거하고 트라카이의 위상에도 큰 변동이 생겼다. 수도가 비리니우스로 옮겨가자 그들이 맡은 대공작과 왕성의 호위 책임도 해소가 되었다. 그러나 본래의 기능에 변동이 일어난 후에도 카레이테는 다시 그들의 본향으로 돌아가지 않았다. 지금도 그 후예들이 트라카이 주변에 집단 취락을 형성한 채 거주한다. 이 지방에는 그들이 고집스럽게 물려 내리는 습속과 전통문화가 있다. 그 가운데 하나가 카레이테의 전통음식인 기비나이(Kibinai)이다. 고기 소스를 안에 넣어 구운 빵이다. 지금도 트라카이에서는 이 빵이 토산품의 하나로 관광객에게 제공되고 선물로 팔린다.

동부 유럽에서 유일한 수상성으로 일컬어지는 트라카이성은 삼면을 호수가 감싸고 있다. 우리가 갔을 때 그 물은 청옥색으로 맑았고 마침 날씨도 잔풍(殘風)했다. 잠잠한 수면은 문자 그대로 거울과 같았다. 물기슭에는 울창한 소나무들이 숲을 이루고 있었는데 그 언덕에 주홍색에 가까운 트라카이성이 하늘을 배경으로 솟아있었다. 트라카이성 앞의 호수 이름이 루카이다. 공중에서 루카호수를 내려다보면 우리는 눈을 의심하게 된다. 그 모양이 우리가 사는 국토인 한반도 같이 보였기 때문이다.

우리가 도착했을 때 트라카이성 호반에는 이미 땅거미가 기어들고 있었다. 버스를 내린 다음 우리는 나무다리를 건너서 성문 앞에 이르렀다. 관광지였으므로 트라카이성의 문은 열려 있었다. 그래도 한 줄로 서서 들어가야 하는 문을 통해서 우리는 성내의 광장에 이르렀다. 광장은 약 일개대대의 병력의 수용이 가능하지 않을까 생각될 정도의 넓이였다. 본진 쪽에 한 계단 높은 자리가 마련되어 있었다. 한때 사령관과 그 막료들이 올라서 병사들을 호령한 자리로 생각되었다.

우리가 들어서자 곧 단상에 마련된 가설무대에는 일단의 민속악단이 나타났다. 그들의 악기 중에 특히 이색적이었던 것은 어른의 키보다 훨씬 긴 뿔피리였다. 악단의 주재자인 듯 보이는 사람이 우리 가운데 아무나 그것을 불어보아도 좋다고 가지고 다녔다. 호기심이 동한 관광객 가운데 몇 사람이 시험삼아 그것에 입을 대어 소리를 내어보려고 했다. 서너 사람 가운데 한 사람이 곡조를 이루지 못하는 바람소리를 내었을 뿐이다.

저녁때가 지난 시간이어서 우리는 광장 일각에 마련된 간이음식점 앞으로 안내되었다. 식사는 뷔페식으로 접시에 각종 먹거리를 각자가 골라 먹을 수 있게 마련되어 있었다. 한국으로 치면 꼬지와 불고기 종류에 뜨거운 국물을 마실 수 있는 스프 종류들이 제공되었다. 나는 또 치유 불가능의 호기심이 작동하여 가비나이를 연발하며 몇 군데 식사자리를 돌아다녀 보았다. 그러나 아무도 나에게 그것을 맛보게 해주는 사람은 없었다.

식사가 대충 끝나자 다음 차례로 나타난 것이 관광객 모두가 참가하는 춤판이었다. 처음 그것은 민족의상을 차려 입은 소년, 소녀들이 짝을 이루며 스텝을 밟은 형태의 민속무용으로 시작되었다. 그에 이어 남녀노소 구별 없이 손에 손을 맞잡고 음악의 선율에 몸을 맡기면서 돌아가는 군무(群舞)판이 벌어졌다. 평생 그런 춤이라고는 가까이 해보지 못한 나는 부득이 몸을 사리지 않을 수 없었다. 그런 내 주변에 이돈희 교수, 세나하 등 몇 사람이 모여들었다.

춤꾼이 못되는 우리는 구경꾼의 자리도 사양하는 것이 좋을 것 같았다. 아름답다고 생각한 군무의 자리에서 이탈하여 트라카이성의 본채 쪽으로 걸음을 옮겼다. 이 아름다운 중세의 성곽 기단은 바닥이 돌로 다져져 있었다. 그 위에 벽돌을 포개어 올려 튼튼한 외벽이 되게 한 것이 보였다. 벽돌 빛깔이 거의 주홍색에 가까운 붉은색이었다. 그 위에 올린 지붕은 벽보다 더 진한 붉은 빛깔로 되어 있었다. 멀리서 바라보면 이 성이 청옥색 물과 초록색 숲, 푸른 하늘을 배경으로 한 그림보다 더 아름다운 그림이 되는 까닭이 그런 데 있었다.

　내친김에 우리는 가파른 계단을 타고 성곽 내부에도 올라가 보았다. 침략자를 막기 위한 설계가 그렇게 만든 것인지 성곽 내부의 통로는 좁았다. 여러 방들의 크기도 작은 편이어서 그 일부는 호위 무사들이나 전투 대원의 숙소로 쓰인 것이 아닌가 생각되었다. 창문을 열어둔 곳이 있어 그 쪽에서 시원한 바람이 부는 호수를 바라보았다. 님프의 노랫소리라도 들려올 것 같은 그 수면에서 엷은 안개와 함께 물 냄새가 풍겨 왔다.

　트라카이성 본채 앞에는 우리나라의 천자총통과 비슷하게 생긴 중세의 화포가 진열되어 있었다. 지키는 이가 없는 것을 기화로 나는 가까이 다가가서 그것들을 들어 올려 보려고 시도했다. 이순신 장군이 남해전투에서 쓴 총통과 달리 그것은 묵직한 양감을 느끼게 했다. 약골인 내 힘으로는 움직이지 않았다. 그런 내 꼴이 가관이라고 생각했는지 누군가가 나를 이끌고 광장으로 다시 돌아가자고 했다.

　우리가 자리를 뜬 사이에 한바탕 펼쳐진 군무도 막판이 되어 있었다. 손목시계를 보았더니 그 바늘이 9시를 가리켰다. 호수 쪽에서 불어오는 바람이 시원하다 못해 냉기까지 느껴졌다. 호텔에서 출발할 때 나는 스웨터를 챙겼으나 이돈희 교수는 그렇지 못했다. 뚜렷이 더 볼 것도 없는 것 같았으므로 안내역을 맡은 미코라스 로메리스대학 여교수를 보고 한마디를 건넸다. "날씨가 좀 쌀쌀한 것 같다. 이제 그만 숙소로 돌아가는 것이 어떨까."

　내 영어는 물론 심한 콩글리쉬여서 어법이 맞지 않고 발음도 엉망일 터였다. 그럼에도 해외에 나가면 바쁠 때마다 나는 그것으로 의사소통을 시도한다. 그리고 미국이나 캐나다의 경우와는 달라서 내 멋대로의 영어가 그런대로 상대방에게 의사 표시의 수단 구실을 한다. 트라카이성 관광의 밤에도 그랬다. 내 위험하기 그지없는 영어를 지켜보는 이돈희 교수의 표정은 적지 않게 굳어보였다. 그럼에도 안내역을 맡은 미코라스 로메리스 대학 교수는 "알아보겠다. 조금만 기다려 달라." 라는 말과 함께 주최 측으로 갔다. 그가 내 앞에 돌아온 것은 시간이 얼마 되지 않아서였다. 그는 웃으면서 내 의견이 인솔팀에게 수용되어 관광시간을 30분 단축하기로 되었다고 알려주었다.

트라카이성에서 빌니우스로 돌아가는 길은 조용했다. 한국의 산업도로 정도로 생각되는 그 길 위에는 간간 연선의 마을을 알리는 표지판이 보일 뿐이었다. 한국에서는 그런 시간 시골길에 흔히 있는 차들의 경적소리와 불빛, 개 짖는 소리도 들리지 않았다. 그런 정경의 틈새에서 나는 사흘로 막판에 이른 학술대회와 관광을 생각했다. 사람들이 만나고 헤어지는 자리 어느 곳에나 사연은 쌓이게 된다. 나에게 마르코폴로의 열정이나 박연암(朴燕巖)의 글재주가 있었다면 그것이 한 편의 서사시가 될 수도 있었을 것이다. 아쉽게도 나는 그 어느 것도 지니지 못했다. 그래서 4박 5일에 걸친 내 체험을 몇 줄의 토막글로 적어보았다.

一.
나무다리 건너서니 새 풍경이 기다리고
비바람 견딘 성터 거친 이끼 덮여 있데
뜨락 가득 우는 젓대 넘실대는 가락 속에
너나없이 느끼었다. 가이없는 정이었다.

二.
다락집 예대론데 문은 반만 열려 있고
오랜 세월 지났는가 반나마 녹슨 철포
고개들어 바라보는 내 나라는 구름 저쪽
한 조각 귀향심을 술잔에 맡겨봤다.

－「북구 트라카이 섬 옛 성에 노닐다」

一.
渡涉板橋一景開
風磨城隅占荒苔
滿庭鼓角洋洋裏
興趣無端人我杯

二.
古閣依然門半開
經年鐵砲半莓苔
回顧太白雲濤外
一片歸心托酒杯

—「北歐多樂嘉誼(Trakai) 島城遊覽」

프랑스와 독일의 한국학 연구와 교육

프랑스의 한국학은 도버해협을 건너 있는 영국과 좋은 대조가 된다. 영국에서 한국학은 어학훈련을 거친 다음 곧 전공화 경향을 띤다. 그에 반해서 프랑스 대학의 한국학은 언어와 문학의 좁은 테두리에 그치는 것이 아니라 문화 전반에 관한 교양습득을 요구한다. 이 경우 우리는 그 구체적 보기의 하나를 파리7대학에서 구할 수 있다. 여기서는 한국학이 1학년과 2학년 과정에서 한국어의 읽기와 쓰기, 말하기를 훈련시키는 각도에서 시도된다. 그와 아울러 제2유형의 이수과목으로 한국 문화 관계 교과목들이 제시되어 있다. 그 가운데는 동아시아 문화(Civilisation de l'Asie Orientale) 단위가 있고 한국의 지리, 역사, 미술, 풍습(Civilisation Coréenne 1 : geographie, histoire, arts, coutumes) 등의 교과목 이수가 의무화되어 있다.[1] 이것은 프랑스의 한국학 교육이 영국과는 거리가 있음을 뜻한다. 런던대학의 예로 나타난 바와 같이 영국의 한국학 교육은 기본적인 것을 훈련시키는 데 주안점이 놓여 있다. 이것은 영국 대학의 한국학이 전공지향의 경향이 강함을 뜻한다. 그에 반해서 프랑스의 그것은 일종의 문화, 교양주의를 택한 것으로 판단된다.

---

[1] 파리7대학의 한국학 관계 교과과정 열람은 아래 LACO 홈페이지에서 제공되는 브로슈어 파일 참조(인터넷사이트 http://www.univ-paris7.fr/LCAO).

문화, 교양주의로 지칭할 수 있는 프랑스 한국학의 특성은 그 개척자들의 학문적 성향에서 빚어진 것으로 보인다. 프랑스에서 한국학의 기틀을 만든 사람은 C. 아그노엘이었다. 그는 언어학자였고 고고인류학자로 일본어를 전공했다. 동북아시아의 문화에 깊은 관심을 지녔던 그는 자연스러운 형태로 한국의 역사와 문화에 관심을 가졌다. 그 연장선상에서 그는 파리대학에서 한국학을 가르치고 배울 제도적 장치를 마련하고자 시도했다. 그것이 1950년대라는 철늦은 시기였다. 이때에 아그노엘에 의해 선택된 사람이 프랑스 유학 중이었던 역사학 전공의 이옥이었다.[2] 그는 그 후 파리대학의 한국학과를 독립운영하게 되었고 끄세쥬 문고본의 하나로 『한국의 역사』를 써내기도 했다.[3] 그의 전공에 말미암은 것으로 이옥 교수는 한국학의 좁은 테두리를 고집하는 언어, 문학자가 아니었다. 그와 교직상태가 된 것이 프랑스 학계의 전통을 이룬 포괄적 문화주의이다. 프랑스의 한국학이 그 중요한 경향으로 문화, 교양주의를 택한 이유가 여기에 있었던 것으로 생각된다.

프랑스 한국학의 선구, 모리스 꾸랑과 그 주변

이미 밝혀진 바와 같이 프랑스의 한국학이 그 교육을 제도적으로 전경화시킨 것은 아그노엘과 이옥 교수를 통해서였다. 그러나 그 이전에도 프랑스에서는 한국에 관계되는 조사, 보고나 연구물이 나온 바가 있다. 그 선편을 이룬 것이 H. 하멜의 표류기이다. 하멜은 네덜란드 사람으로 우리

---

2) 이부련, 「프랑스 한인 교육 및 학술활동」, 『유럽한인사』, (한-유럽연구회편, 2003), p.250.

3) Li Ogg, Histoire de Corée, (Press Univ. de France, 1969). 이 책은 문고판으로 127면 부피이며 그 첫장이 선사시대(La Préhistoire)이고 마지막이 제7장, 1945년 이후의 한국(La Corée depuis, 1945)이다.

 먼 고장·이웃나라·내가 사는 땅

나라 효종 4년(1653) 제주도에 표착한 선원이었다. 그는 무단입국자 신분이 되어 조선 정부에 의해 오래 억류생활을 하는 몸이 되었다. 그러나 현종 17년(1666) 전라남도 해안 지방에서 탈출에 성공했다. 그는 귀국하여 그의 체험담을 토대로 한 『조선국기(Description du Royaume de Corée)』를 지었다. 이 책은 네덜란드판이 1668년에 나오고 이어 1670년에 프랑스어판이 간행되었다. 이것으로 그 무렵까지 프랑스에서는 이름조차 낯설었던 한국이 그곳에 소개되는 문이 열렸다.[4]

하멜에 이어 한국에 관한 저서가 나온 것은 C. 달레(Charles Dallet)의 『조선교회사(Histoire de L'Eglise de Corée)』(1874)였다. 이 책은 여행, 견문기가 아닌 최초의 한국관계 조사, 보고서의 성격을 띤 책이다. 이 책의 저자인 달레는 파리외방선교회 소속 신부로 베트남과 일본에 체재한 적이 있었다. 그는 현지 신부들이 수집한 자료를 토대로 이 책을 지었다. 그 내용에는 교회 선교의 기본 자료가 들어있을 뿐 아니라 192면에 달하는 서문에서 한국의 지리, 역사, 사회, 정치, 종교, 대외관계 등 다양한 분야를 기술한 것이 포함되어 있다.[5] 기독교 선교 사회라는 제한된 테두리가 있기는 했으나 한국에 관한 것으로 프랑스에서 나온 최초의 본격 보고서였다. C. 달레에 이어 나온 한국 관계 서적은 레옹 드 로니(Leon De Rosny)의 『한반도와 그 장래』(1859), 『한국어에 관한 고찰』(1864) 등이다. 로니는 동양어학교의 일본어 교수였다. 이와 거의 비슷한 시기에 홍종우(洪鍾宇)가 파리에 머물렀다. 그는 소설가인 로니(J. H. Rosny)로 하여금 한국의 대표적인 고대소설 「춘향전」을 번안하여 프랑스에 소개시켰고, 자신의 손으로 「고목생화

---

4) H. 하멜, 이병도(李丙燾) 역, 『하멜漂流記』, (일조각, 1954), p.11.
5) C. C. 달레의 이 책은 안응렬, 최석우 공역, 『한국천주교회사』, (한국교회사연구소, 1987)로 간행된 바 있다.

(枯木生花)」(1895)를 낸 바 있다.

프랑스에서 이루어진 초기 한국 관계 연구서 가운데 최대이며 본격적으로 생각되는 것이 모리스 꾸랑(Maurice Courant)의 『조선서지(Bibliographie Coréenne)』이다. 모리스 꾸랑의 생애와 업적에 대해서는 다니엘 붓세 교수의 자세한 조사, 보고가 나온 바 있다. 그것이 『동방학지(東方學誌)』(1986)에 두 회에 걸쳐 발표된 「한국학의 선구자 모리스 꾸랑」이다. 그에 따르면 꾸랑은 1865년 10월 12일 파리에서 태어났다. 1883년 파리대학 법학과 입학, 1885년부터 법학공부를 계속하는 한편 동양어학교에 등록하여 중국어와 일본어의 학습을 병행했다. 1886년 파리대학 법과 졸업, 이어 두 해 뒤인 1888년에 동양어학교를 마치고 그 해 9월 6일 중국 북경의 프랑스 공사관의 통역관이 되었다. 그가 한국에 들어온 것은 1890년 프랑스 정부의 사령을 받고 서울 근무가 결정되고 나서부터다.[6] 당시 서울 주재 프랑스 공관원은 꾸랑과 그가 보좌하게 된 빅또르 꼴랭 드 쁠랑시(Victor Collin de Plancy) 두 사람뿐이었다. 이 꼴랭은 꾸랑에게 깊은 영향을 주었다. 꼴랭은 외교관으로서의 직무를 충실하게 수행하는 한편 그 무렵 서울 거리에서 흔하게 나돈 한국의 고서적들을 살피고 입수하는 데도 힘을 기울였다. 당시 그가 입수한 한국의 고서적 가운데는 주조활자본인 『백운화상초록(白雲和尚抄錄)』, 『불조직지심체요절(佛祖直指心體要節)』 제2권이 포함되어 있었다. 이 책은 한국에서 1377년에 간행된 것으로 구텐베르크의 활자본 성서보다 그 간행년도가 71년 앞서는 것이었다.[7]

꾸랑의 『조선서지』는 먼저 세 권으로 1894년에서 1896년에 걸쳐 간행되었다. 그 총 면수는 1878쪽에 달한다. 그리고 이어 증보판인 제4권이 1901년

---

6) D. 붓세(Bouches), 「한국학의 선구자 모리스 꾸랑」, 『동방학지(東方學誌)』(51), (연세대, 1986), pp.154~155.
7) 상게서, p.156.

 먼 고장·이웃나라·내가 사는 땅

(122쪽)에 나왔다. 그 제목으로 짐작되는 바와 같이 이 책은 한국의 고전문헌을 모아 그에 대한 해제를 가한 것이다. 여기에 이름이 올라있는 한국의 고서는 모두 3821책이다. 그들을 9부 36개의 종류로 구분하여 수록하고 있다.[8]

『조선서지』의 체재는 그 자체가 독립된 논문으로 이루어진 서설이 허두에 나온다. 여기서 꾸랑은 한국의 서책과 전적들이 높은 수준의 문화적 산물이라고 전제했다. 이어 나오는 각 부의 책 제목은, 우선 한자서명(漢字書名)이 먼저 제시되고 그에 곁들여 그 한국음을 로마자로 표기하고 있다. 그와 아울러 프랑스어로 번역 서명이 붙어 있는 것이다. 해제 내용을 이루는 본문에는 고유명사에 한자(漢字)가 병기되어 있어 이용자들이 찾기에 편리하다.

『조선서지』의 기술내용에는 한계로 지적될 수 있는 것이 없지 않다. 이 책 「한어류」 1. 일반서 부에는 「어제훈민정음(御製訓民正音)」이 첫째 항목으로 되어 있다. 그런데 그 설명은 '한자(漢字)를 한글로 옮기는 것에 관한 책으로 세종대왕이 지었다. 삼성성휘(三聲聲彙)의 범례(凡例)와 발(跋), 진언집(眞言集), 대동운옥(大東韻玉)에 언급되어 있다. 문헌비고(文獻備考) 권51에는 이 책의 내역에 대해 설명하였고 서와 본문을 거의 전재했다'로 되어 있다.[9] 여기서는 초성자(初聲字)와 중성(中聲)에 대한 해례(解例)가 '아음(牙音)-ㄱ-군(君), 연(蜎)의 머리글자(초성), ㅇ-탄(呑)의 중성'과 같이 제시되어 있다. 그러나 중성자의 용례에 대해서는 전혀 언급이 없다. 한국에서 『세종어제훈민정음』의 해례본이 발견된 것은 1930년대에 접어들고 나서의 일이다. 꾸랑은 이 항목을 원본이 없는 상태에서 작성하지 않을 수 없었다. 이 항목에서 그가 보인 한계는 여기에서 빚어진 것이다. 이 밖에도 꾸랑은 『사성통

---

8) Maurice Courant, *Bibliographie Coréenne*는 이희재(李姬載)에 의해 완역판이 『한국서지(韓國書誌)』라는 제목으로 1994년 일조각(一潮閣)에서 나왔다. 총 면수 p.922.

9) 상게서, p.103.

고(四聲通考)』나『홍무정운통고(洪武正韻通考)』에 대해서는 요를 얻은 해설을 붙였다. 그러나『동국정운(東國正韻)』은 '세종대왕의 왕명에 의해 만든 책' 식으로 간략한 몇 마디가 붙어 있을 뿐이다. 이 역시『동국정운』을 원본으로 보지 못한 데서 빚어진 결과일 것이다.[10] 이『조선서지』의 내용 가운데는 당시 있었던 문헌으로 그 뒤 없어진 한국 것이 상당수 포함되어 있다. 그런 정보가 포함된 점만으로도 이 책의 가치는 작은 것이 아니다.

프랑스 한국학의 형성과 전개

이미 앞에서 드러난 바와 같이 프랑스에서 한국의 문화와 역사가 소개된 것은 19세기 말경부터다. 그러나 그것이 본격적으로 학문의 성격을 띠고 프랑스에서 뿌리를 내린 것은 1950년대 파리대학에 이르러서였다.

① 프랑스의 대학들

㉠ 소르본느대학의 한국학 강좌

소르본느대학의 한국학은 중국, 일본보다 상당히 늦게 발족했다. 그 토대를 닦게 된 것은 이미 지적된 바와 같이 일본학자인 아그노엘에 의해서였다. 그는 당시 파리대학의 문과학장인 피에르 누르뱅의 지원을 받아 연세대학교 전임강사로 있는 이옥 교수를 그곳으로 초빙했다.[11] 그 이전 파리대학에는 한국학을 가르칠 교수가 한 사람도 없었다. 그것이 이옥 교수의 초빙으로 해결된 것이다.

---

10) 상게서, p.105.

11) 이부련,「프랑스 한인의 교육 및 학술연구 활동」,『유럽한인사』, (대해, 2003), p.250.

 ┆ 먼 고장·이웃나라·내가 사는 땅

이옥 교수는 소르본느에서 한국어를 가르치는 한편 「한국 고대에 대한 연구 -고구려사」(국가 박사학위논문)를 제출하고 이어 끄세쥬 문고로 간행된 『한국사』를 냈다. 이옥이 소르본느에서 한국어 강의를 시작한 것은 1956년 1월 25일이었다. 그때 그의 강의를 들은 것은 후에 동양어학교와 파리7대학의 교수가 된 앙드레 파브르(A. Fabre) 이하 4명이었다. 이렇게 시작한 소르본느의 한국학과는 1959년에 한국학 고급강좌를 설치하기에 이르렀다. 이어 그것은 학사학위를 취득하는 데 필요한 4개의 필수과정으로 승격했으며 대학의 정식 교과과정으로 등록되었다. 이것으로 프랑스에 한국학이 본격화된 기틀이 열렸다. 독일, 프랑스, 기타 유럽대륙에서 한국학이 대학에서 본격적으로 교육, 연구되기 시작한 것이다.

ⓛ 국립동양어학교의 한국학 강좌

한국학 강좌는 1959년에 국립동양어학교(INALCO의 전신)에도 설치되었다. 여기서는 이듬해부터 강의가 시작되었고 그 교육은 소르본느에서 한국학을 가르친 이옥이 맡았다.

동양어학교는 프랑스의 대표적인 외국어교육기관으로 200년의 전통을 가졌다. 이 학교는 프랑스 혁명 중에 설립되었고 유럽에서의 동양어 교육의 요람으로서 프랑스뿐만 아니라 전 유럽에서 동양에 관심 있는 학생들이 이곳에서 배출되었다.

ⓒ 파리7대학

이 대학은 프랑스의 대학 제도 개편에 따라 신설된 것이다. 파리6대학과 함께 주시유(Jussieu) 거리에 있다. 7대학교 학생 2만 8천 명, 6대학교 학생 3만 4천 명이다. 7대학에 동양학부는 중국학, 일본학, 월남학, 한국학의 4개 학과로 구성되어 있다. 동양학부 내의 한국학과는 70년대 초에는 이옥 교수가 과장이었고 그의 밑에 강사 2~3명이 교육을 담당했다. 현재의 교수진은 최승언 교수를 비롯해 11명에 이른다. 교과과정은 1970년부터 교양과정(DEUG, 1·2학년), 학사(Licence, 3학년), 석사(Maitrise, 4학년), 박사(Dotorat)과정까지이고 전 과정 학생 수는 70년대에서 80년대 중반까지 30여 명이었다. 이 등록생 수는 월남보다 적다.[12] 이 대학의 한국학과는 상당한 규모의 도서실을 보유하고 있는데 장서의 수는 2만 8천여 권에 달한다.

㉣ 국립동양어대학(INALCO)

국립동양어대학은 1969년에 파리3대학에 소속되어 있었다. 1985년에 분리, 독립하여 단일 대학교가 되었다. 한국어과정은 1969년부터 한국-일본학부 내의 한국학과로 분리 운영되기에 이르렀다. 이때에 앙드레 파브르가 정교수로 취임했다. 여기서는 1960년에 정규 한국어 전공 국가학위과정을 시작해서 1963년에 1명이 학위를 받은 이래 1994년까지 74명이 한국어를 전공하여 학위를 받았다.

㉤ 리옹3대학

리옹3대학은 파리7대학과 동양어대학교 다음으로 한국학을 설립했다. 지방대학으로는 처음으로 1983년에 한국어 강좌가 개설되었다. 한국어 강좌가 설치된 지 5년 후인 1988년에 한국어 전공 교양과정의 운영을 보았다. 한국어 교양과정(DEUG) 설치와 더불어 강사였던 이진명 교수가 현재 교수로 한국어과를 책임 맡고 있다. 강사는 2명이다. 최근 학생 수가 줄어들어 존폐가 문제되고 있다.

---

12) 단 여기 제시된 피교육자의 수는 2003년도 기준이다. 이하 각 대학의 경우도 이에 준한다.

ⓑ 보르도대학, 르아브르대학

한국학이 독립학과가 아니라 강좌만 설치되어 있는 학교가 보르도대학
과 르아브르대학이다.

보르도대학에서는 1993년 이래 김보나 선생이 부교수로 임명되어 그 학
과의 책임을 맡고 있다. 최근 조사에 따르면 수강생은 1학년 50명, 2학년
15명, 3학년 10명 모두 70~80여 명으로 예상외로 많다.

르아브르대학은 파리 서쪽 대서양 연안의 항구 도시인 르아브르시의 르
아브르에 있다. 여기서는 한국학으로 한국어/문화를 가르친다. 한국어 강
좌는 1987년에 개설되었다. 중국어, 일본어와 더불어서 동양어과를 구성
하며 한국어는 필수 선택과목이다.

② 또 다른 연구기관들

이밖에도 프랑스에는 대학이 아니면서 활발하게 연구 활동을 하는 기관
들이 있다. 그 가운데서 한국학과 관계가 있는 곳을 들어보면 다음과 같다.

㉠ 국립학술연구원(CNRS)

이곳은 순수 학술 연구 기관이다. 1939년에 설립되어 인문, 사회, 자연,
과학의 모든 분야를 다룬다. 직원이 2만 6천 명에 이르며 그 중 연구원이
만 천 3백 명이다. 이 가운데 70%가 대학교 연구소에서 일한다. 여기에는
일찍 모리스 꾸랑과 다니엘 붓세, 마르크 오랑쥬, 알렉상드르 기요모즈 등
이 연구원으로 일한 바 있다. 유능한 한국학 연구, 교육자를 배출한 것을
긍지로 생각하는 곳이다.

ⓛ 사회과학대학원(EHESS)

여기서는 1989년 6월에 동대학원의 한국경제·사회연구그룹의 설치를 의결했다. 정성배 교수를 부교수에서 정교수로 임명함으로써 한국학이 자리 잡게 되었다.

ⓒ 응용사회과학대학원(EPHE)

국립응용사회과학대학원이다. 그 제4학과에서 1970년까지 샤를르 아그노엘이 문화사를, 1970년에서 1977년까지 이옥이 한국 고대사를, 그 후부터 1994년까지 다니엘 붓세가 한국 고전문학과 문헌학을 강의했다. 국립학술연구원 소속인 언어학자 최석규가 1977년부터 1993년까지 구조언어학을 담당한 바 있다.

ⓓ 한국학연구소(Centre d'etudes Coréennes)

1959년 소르본느대학 학장 앙드레 애마르의 지원으로 설립되었다. 소르본느의 한 부속연구소를 발족한 것이며 동대학교에 샤를르 아그노엘이 초대소장이 되었다. 설립목적은 한국과 프랑스 간의 문화교류의 촉진, 프랑스에 한국 문화와 어문을 소개하는 일, 한국의 대학 및 학회의 교류, 한국의 고대 및 현대언어/문학/문화에 대한 교육제도 추진, 그에 관한 연구, 프랑스에서의 한국에 관한 연구논문의 발간, 한국학자들의 연구업적의 소개 등이다. 1970년대에는 한국 정부에서 상당한 지원을 받았으나 지금은 그렇지 못하다. 그 나머지 자구노력을 포함한 활성화 방안이 모색되고 있다.

이상을 간추리기로 한다.

프랑스에서의 한국학은 아그노엘과 이옥이 터전을 마련한 것으로 길이 열렸다. 그들의 손에 의해 양성된 여러 후진들이 지금 프랑스의 한국학 연구, 교육의 주역으로 활약한다. 다시 되풀이하면 프랑스의 한국학은 모리스 꾸랑에 의해 기폭장치가 마련되고, 1956년 소르본느에서 그 둥지를 틀었다. 그 후 그것은 동양어학교(1960)에 또 하나의 교두보를 마련했다. 1970년부터 파리7대학교, 1970년대부터 국립학술연구원, 1983년부터 지방의 리옹3대학, 1986년부터 보르도3대학, 1987년부터 르아브르대학, 1989년부터는 사회과학대학원으로 확장되었다. 이제 프랑스의 한국학도 어느덧 50년의 본격적인 역사를 갖게 되었다. 그 기간을 통해 어느 정도의 틀을 지니게 된 것이 프랑스의 한국학이다. 그러나 아직도 거기에는 취약점이 도사리고 있다. 이 지양, 극복은 해외 한국학을 화두로 삼는 우리의 공통된 관심사이다.

③ 현지에서 논의된 프랑스의 한국학

우리는 맡은 바 연구 활동을 기능적으로 이루어내기 위해서 유럽 한국학의 현장을 방문하고 발표와 토론도 갖기로 했다. 6월 21일 사전 계획대로 우리는 인천공항을 떠났다. 일곱 시간의 시차를 안고 우리가 탄 비행기는 다음날 프랑스에 도착했다. 이어 우리는 파리의 한국학자들을 만나고 23일로 예정된 세미나와 리셉션 준비를 점검했다. 그동안에 우리는 파리7대학의 이병주 교수와 조교인 고인숙 양을 만났고 소르본느대학도 방문했다. 파리7대학의 한국학과장인 마르띤느 프로스트(Martine Prost) 교수, 프랑스 한국학의 대표적 학자 가운데 하나인 마르끄 오랑쥬(Marc Orange)와 연락하여 우리 모임의 성격을 자세히 알리고 한국학 관계 발표토론회의 성공적인 개최에 적극 동참할 것을 부탁한 바도 있다.

2004년도 프랑스에서의 한국학 관계 세미나는 예정대로 6월 23일 파리의 한국문화원에서 개최되었다. 회의 장소는 문화원의 세미나실이었다. 이때의 세미나는 100여 석에 가까운 좌석들이 거의 빈자리가 없을 정도로 성황을 이루었다. 세미나가 개최된 시기는 이미 파리가 여름에 접어든 때였다. 날씨도 무더웠고 시간도 주중인 수요일의 오후였다. 그럼에도 프랑스의 한국학 관계자들이 우리 모임에 거의 빠짐없이 참여한 것으로 파악되었다. 우리로 하여금 현지의 관계학자와 연구자들이 지닌 한국학에 관한 열기가 어느 정도인가를 실감케 하는 대목이었다.

이 날의 회의는 예정된 시간보다 약 30분이 늦은 3시 30분에 시작되었다. 사회를 맡은 마르끄 오랑쥬 교수와 예정된 종합토론 논평자로 나와 마르띤느 프로스트, 이병주 교수 등이 단상에 올라 회의가 시작되었다. 마르끄 오랑쥬 교수의 간단한 인사말에 이어 이병주 교수의 개최사가 있었다.

그는 미리 준비된 「프랑스에서의 한국어 교육과 한국학 연구」를 한국어로 읽었다. 그를 통해 이병주 교수는 최근 한국어 피교육자의 수가 줄어들고 있는 현상을 지적했다. 그에 따르면 1998년도의 동양어학교에서 한국어와 한국학 관계 강의 수강생 수는 128명이며 파리7대학이 100여 명이었다는 것이다. 그러나 2004학년도에는 이들 학교의 수강생 수가 50명 안팎으로 줄어들었다고 했다. 그 원인으로 이병주 교수는 한국국제교류재단의 한국학 이수자에 주는 장학금이 줄어든 것이 가장 큰 걸림돌이라고 보았다.[13]

우리 세미나의 본론은 내가 발표한 「한국 현대시의 미친 해외문학의 영향(A Study of Foreign Influence on Modern Korean Poetry)」으로 시작되었다. 나는 우리 모임이 국제적인 것을 감안하여 영문으로 논문초록을 만들었다. 거기서 나는 내가 말하는 한국 현대문학의 개념을 19세기 말의 개항에서 시작하여 1930년대 초의 시문학파가 등장하는 시기라고 밝혔다. 한국

---

13) 이때 이병주 박사는 장학금의 양적인 감소를 구체적으로 말했다. 그에 따르면 파리7대학의 경우 그동안 석사, PEA, 박사과정에 5년 동안 장학금이 지급되고 있었다. 그런데 2002년부터 이 장학금이 유럽 전체에 5명으로 줄어들었고 그 여파로 파리7대학에는 1명만이 수혜자가 된 것이라고 말한다.

에서 서구시의 수용이 본격화가 된 것은 1910년대 말부터 20년대 초이다. 그 주역들이 된 것은『창조』,『폐허』,『백조』와『금성』의 동인들이었다. 그리고 이 연대 말경에 등장한 해외문학파로 이 시기의 해외문학 수용이 대단원에 이른 것이라고 말했다.[14] 이 발표에서 나는 초기 한국의 해외시 수용이 세 단계의 변화양상을 거친 것으로 보았다. 그 제1단계는 개항기에서부터 1910년대 말경,『태서문예신보』가 나오기 직전까지로 잡았다. 이때의 한국 해외시 수용자들은 육당 최남선(六堂 崔南善), 고주 이광수(孤舟 李光洙) 등이다. 이들의 번역은 시와 문학을 전공한 감각에 의한 것이 아니라 보다 범박한 문화사적 관심에 의한 것이었다. 그 번역 솜씨도 다분히 번안, 초역의 테두리에 속해 있었다.

한국의 근대 해외시 수용의 제2진을 담당한 것이『창조』,『폐허』,『백조』동인들이다. 이들은 대부분 시인, 작가들이다. 그러니까 이들에 이르러 한국의 해외시 수용은 그 앞선 세대의 경우와는 달리 전공자의 몫이 된 것이다. 이들 가운데 주역은 김억(金億)이다. 그는『태서문예신보』에 편집 동인으로 참가하여 거기에 베를렌느 이하 프랑스 상징파 시인들 작품에 역점을 둔 해외시의 수입, 소개를 시도했다.[15] 이 자리에서 나는 상징파의 시가『백조』와『금성』등 동인에 의해서도 줄기차게 번역, 소개되었다고 밝혔다. 상징파 시의 본 고장은 말할 것도 없이 프랑스다. 이에 대한 실상을 밝힘으로서 한국 현대문학의 프랑스 문화와 문학에 힘입은 단면을 현지에서 알리고자 한 것이다.

한국 근대시의 있어서 해외시 수용이 또 하나의 변모양상을 띠고 나타

---

14) 이런 생각은 이미 내 저서 가운데 하나인『한국근대시문학사』(학연사)를 통해 피력된 바 있다. 특히 이 책 상권 제8장「해외시 수용의 본론화와 그 양상」에서 그 사이의 사정이 어느 정도의 폭은 가지고 검토된 것으로 믿는다. 이때의 내 견해도 그 뼈대가 여기서 이루어진 것이다.

15) 이에 대해서 자세한 것은 김용직,「김억론」,『한국현대시인연구』, (서울대 출판부, 2000) 참조.

난 것이 1920년대 후반기부터다. 그 주역으로 등장한 사람들은 김진섭, 손우성, 정인섭, 이하윤, 함대훈 등이다. 이들은 모두가 학부에서 영, 독, 불, 러시아 문학을 전공한 사람들이다. 이들은 1927년에 이르러 그들의 기관지격인 『해외문학』을 발간했다. 이들은 원전에 의거한 해외문학의 번역, 소개를 시도했다. 이들의 노력으로 한국의 근대시는 그 다음의 차원인 현대적 문학이 될 수 있었다. 또한 그 이전 다분히 암중모색의 상태로 있었던 시 쓰기의 감각, 또는 시에 대한 이론적 정비도 어느 정도 이루어질 기틀이 마련된 것이다. 내 발표가 끝나자 청중석에서 두어 사람의 질문이 있었다. 그 가운데 하나가 한국의 근대문학이 왜 30년 정도의 짧은 시간 내로 규정되는 것이냐는 것이었다. 그에 대해서 나는 근대라는 시대를 해석하는 입장에서 유럽, 또는 프랑스와 한국의 차이가 있음을 말하고자 했다. 이때 논의는 시간의 제약이 따랐고, 또한 언어의 구사능력에도 문제가 있었다. 그리하여 질의에 대한 내 설명은 기능적으로 이루어지지 못한 것 같다. 다만 한국학에 대한 이때의 열기는 피부로 느낄 수 있었다. 내 발표에 이어 주제논문을 발표한 사람들은 마르띤느 프로스트를 비롯하여 이진명, 서은숙, 임준서, 김대열 교수 등이다. 이들의 발표를 간추려 적어보면 다음과 같다.

㉠ 이진명 : 프랑스의 한국학 교육과 연구

이진명 교수는 현재 리옹3대학 한국학의 전임이다. 그는 서울대학교 불문과 출신으로 한국 문학과 문화에 대해 정력적인 연구를 하고 있다. 프랑스에서는 이옥의 다음을 담당하는 한국학의 중심으로 A. 파브르와 함께 손꼽힌다.[16] 우리 발표회 때 이진명 교수가 마련한 논문은 크게 네 부분으

______

16)   이부련, 전게서, p.251.

 먼 고장 · 이웃나라 · 내가 사는 땅

로 구분되는 것이었다. 제1부는 프랑스에서 이루어지고 있는 한국학의 연구, 교육현황이었다. 여기서 이 교수는 프랑스에서 한국학을 교육, 연구하고 있는 각 대학과 연구소들을 차례로 거명했다. 그와 함께 각 대학의 학과나 연구소의 교수, 교육담당자나 연구자들을 밝혀나갔다.

이진명 교수는 그의 논문 제2부를 통해서 리용3대학의 한국어 교육을 중점적으로 살펴주었다. 여기서 그는 리용대학이 프랑스에서 한국학의 토대를 닦아낸 최초의 대학이라고 지적했다. 그 주역이 된 사람이 모리스 꾸랑이었다.

리용대학은 프랑스 한국학의 선구자 모리스 꾸랑이 1900년부터 1935년까지 재직한 교육기관이다. 그는 이 대학에서 주로 중국어와 중국 문화를 가르쳤지만, 그의 생애의 말년인 1930년대 초에는 조선의 역사와 정치, 제도에 대한 강의를 많이 했다. 돌에 조각된 그의 흉상이 지금도 리용대학 본관 계단의 벽면에 안치되어 있다.[17]

모리스 꾸랑이 강단에 서 있을 때 한국학은 리용대학의 정식 교과목이 아니었다. 이진명 교수는 이런 사태가 타개된 것은 1983년부터라고 밝혔다. 이 해에 리용대학의 평생교육원이 대학 학위인 Brevet과정 및 한국어를 필수 제2외국어로 하는 학제를 채택했다. 단 강의 시간은 저녁 6시~8시 사이에 실시되었고 주당 1학년 2시간, 2학년 2시간, 3학년 3시간의 시간이 할당되었다. 이런 강의 과목 운영은 한국어 외에도 23개 언어가 채택되어 실시된 것이라고 한다.

리용대학의 한국학 교육은 2003~2004학년도부터 실시된 LMD(Licence-Master-Doctor) 제도에 의해 보강되었다. LMD는 프랑스뿐만 아니라 대부

---

17) 이진명, 발표논문 「프랑스 한국학 교육과 연구」, (2006. 6. 23), p.2.

분의 유럽 국가들이 최근에 시행하고 있는 학제다. 학부 3년, 석사과정 5년, 박사과정을 8년으로 한다. 학년을 1학기와 2학기로 나누며 한 학년에서 취득해야 할 학점을 60점으로 하고 있다. 이 학제에 따라 한국어는 제3외국어(Lv3)로 되었다. 새로 시행된 제도에 따라 한국어의 주당 시간 수는 1학년과 2학년에서 주당 2시간씩 2회로, 그리고 3학년에서 2시간 1회(언어학 1시간, 문화 1시간)로 바뀌었다. 리옹대학에서 Lv3 강좌를 가지고 있는 언어는 20개이다.

1988년에 이르러 리옹대학의 한국어 강좌는 국가학위과정(DEUG)으로 승격되었다. 이와 아울러 그동안 하위단위에 머문 이 과정에 부교수 자리가 마련되었다. 이것으로 리옹3대학의 한국어 교육은 독일어, 영어, 아랍어, 중국어, 히브리어와 현대 그리스어, 이탈리아어, 일본어, 러시아어와 함께 세계 10위권의 자리를 얻게 된 것이다. 그러나 이런 제도적 격상에도 불구하고 리옹대학의 한국학에는 어두운 그림자가 깃들고 있다. 한국어가 아닌 이상 세계 10위권 언어들은 학부와 석사과정의 각 학년에 학생들이 고루 자리를 차지하고 있다. 그럼에도 이 대학에서 한국어를 이수하는 학생 수는 매년 1학년 3~4명, 2학년 2~3명 정도에 그친다고 한다. 이 숫자로는 600여 시간에 이르는 대학의 전공시간 수를 채울 길이 없다. 이에 따라서 10여 년간을 꾸려온 리옹대학의 한국학 강좌가 프랑스 문교부의 승인에서 제외되는 사태가 야기되었다. 현재 현대 그리스어도 같은 상황이라고 한다. 이런 사태의 결과 1998~1999학년도부터 현대 그리스어와 한국어는 DEUG과정에서 탈락되었다.

이런 어두운 그림자에도 불구하고 이진명 교수 자신의 결의는 매우 확고했다. 그는 이미 드러난 바와 같이 1988년도부터 리옹대학의 부교수였다. 그런 그가 열세에 몰린 한국학 강좌의 한계를 딛고 2001년에는 정교수로 임명되었다. 그는 2000년 3월 파리7대학에서 「현대 한국에 관한 연구

업적: 경제사, 인구사, 한불관계, 한국어 교육」으로 박사학위 지도자격을 얻었다. HDR(Habilitatión à diriger des recherches). 이것은 한국 출신의 한국학자가 프랑스 현지에서 이루어낸 연구와 교육의 성공사례 가운데 한 보기가 될 수 있다. 그가 주역이 되고 있는 리옹대학의 한국어 교육과 한국학 연구가 훌륭하게 피어갈 수 있도록 우리의 도움이 필요하지 않을까 생각되는 대목이다.

ⓛ 최은숙 : 프랑스에서의 한국학 연구와 교육의 현황 및 발전방향

최은숙 교수는 르아브르대학에서 한국학 강의를 맡고 있다. 르아브르대학은 아직 학과체제로 한국학이 운영되지는 못하는 곳이다. 그러니까 최은숙 교수는 전임이 아닌 신분으로 르아브르대학의 한국어 교육을 위해서 헌신하고 있는 것이다. 그는 발표를 위한 논문의 머리에 마담 샤발(Madame Chabal)로 기명되어 있었다. 이런 사정에 익숙하지 않은 나는 발표자가 바뀐 것인가 하는 생각을 했다. 그러나 Chabal이라는 기명은 최은숙 교수가 그런 성을 가진 프랑스인 부군을 맞이한 데서 빚어진 서구식 표기였다. 다른 자리에서는 그가 최 샤발 은숙으로 된 것을 보고 그런 사정을 짐작할 수가 있었다.

최은숙 교수의 발표에 따르면 르아브르대학은 1988년 10월에 한국학의 강좌를 개설했다고 한다. 처음 이 대학의 한국학은 아시아무역학과의 대학원 이수과목으로 시작되었다는 것이다. 당시 교과 강의 내용은 1년에서 언어 100시간 문화 분야 25시간으로 되어있었고 그런 강의를 2년간 이수하도록 하는 제도였다. 1994년도부터는 이런 현상에 큰 호전이 있었다. 이 때부터 인문사회대학와 국제무역대학의 모든 학과 학생에게 중국, 일본과 함께 한국어가 과해졌다는 것이다. 그러나 현재 르아브르대학에서 한국학은 5년간만 이수가 가능하다. 그 이상 공부를 더 계속하고 싶은 학생은 다

른 대학에 전학이 불가피한 실정이다.

한편 이 대학에서는 1996학년도부터 DULCO라는 동양학 학위과정을 만들었다. 이 제도가 생기기 전까지 한국학의 연간 이수시간 수는 언어 100시간, 문화 25시간이었다. 그것이 DULCO제도에 따라 언어 150시간, 문화 50시간으로 배가되었다는 것이다.

르아브르대학의 한국학 이수학생 숫자를 살펴보면 최근에 그 선이 하강 상태에 있는 것으로 나타난다. 1988년 개설 당시 10명 선이었다고 한다. 그것이 1996년도에는 60여 명 선까지 올랐는데 그 다음해인 1997년 IMF가 한국을 강타하자 이 대학의 한국학 학생 수가 줄어들기 시작했다. 2004년도에는 20여 명이 되었다는 것이다.[18] 최은숙 교수는 이와 같은 현황보고와 함께 프랑스 현지에서 이루어지고 있는 한국학의 교육이 내포한 문제점을 매우 적절하게 요약, 제시했다. 여기 그 요지를 가감 없이 옮겨보기로 한다.

첫째, 적은 학생 수의 문제다. 현재 한국학 강의에 등록학생은 20여 명으로서 약 60여 명을 상회하는 중국학과, 일본학과의 3분의 1 수준에 머무르고 있다. 그 근본적 원인으로는 세계 속에서 한국이 보유하는 정치, 경제적인 역량이 중국이나 일본에 비해 떨어지는 수준, 한국이 잘 알려지지 않은 점 등을 들 수 있지만 또한 한국어가 프랑스 중 · 고등학교 교과과정에서 배제되어있는 것도 그 원인 중의 하나이다. 이를테면 르아브르대학교에서 5년간 가르치는 동양어들 중 한국어만이 프랑스 고등학교에서 배울 수 없는 언어이다.

---

18) 이런 현지조사 숫자와 달리 전게서 『유럽한인사』에서는 르아브르대학의 한국어 교육이 해마다 40~50명 수준의 숫자를 확보한다고 기록하고 있다. 이런 사실을 제대로 파악하기 위해서 현장답사가 반드시 필요한 일임을 실감할 수 있었다.

 먼 고장 · 이웃나라 · 내가 사는 땅

　1999년 통계에 의하면 중국어는 프랑스에서 58개 고등학교, 일본어는 35개 고등학교에 제3외국어로 들어가 있다. 그런데 한국어는 전무상태이다. 일반적으로 학생들이 대학에 들어가면 일단 본인들이 고등학교에서 배운 언어를 계속하는 것이 상례이다. 그 때문에 한국어는 고등학교에서 선택했던 외국어를 바꾸려는 학생들이나 새로운 동양어를 선택해보려는 학생들에 의지할 수밖에 없는 형편이다. 이런 이유로 한국어 강좌는 안정된 학생 수를 기대하기가 어렵다. 중국학과나 일본학과는 학과 홍보를 안 해도 저절로 학생들이 모이지만 한국학과는 학생들에게 신학기마다 적극적인 홍보를 해도 학생유치에 있어서는 저조한 현상을 보이는 것이다.

　둘째는 적은 교수진의 문제다. 한국학과는 현재 부교수 1명, 계약제 전임강사 1명, 이렇게 2명으로 운영되고 있다. 강의와 학과 행정을 이 두 명으로 감당한다는 것은 사실 무리이다. 하지만 한 학과의 교수 증강은 학생 수에 비례한다. 때문에 프랑스 문교부에서 한국학 교수 자리 만들기를 꺼려하는 경향도 있다. 학교에서 일단 교수신청서를 올려야 문교부에서 결정을 하게 되는데 2002년과 2003년, 이렇게 두 해에 걸쳐 학교 내에서는 한국학 교수진 증원을 우선 순위로 문교부에 신청했다. 불행히도 2003년도에는 문교부에서 르아브르대학교의 전 학과에 걸쳐 교수를 한 자리도 증원하지 않았다. 이 모든 노력이 수포로 돌아간 것이다. 올해도 대학 내에서 교수신청을 했으나 한국학과는 우선순위에서 제외되었기 때문에 자리를 얻기가 힘들게 되었다. 학과들 간의 경쟁문제도 있고 또 대학 교수 임원회에서의 힘의 관계도 있기 때문에 작년에 우선순위로 되었다가도 올해는 제외되는 경우가 발생한다.

　셋째, 문화강의에 있어서 다루게 되는 주제가 한정되어 있는 것도 문제다. 두 교수가 언어와 문화강의를 모두 담당하기 때문에 학생들의 석사논문 주제에 있어서도 주제 선택의 범위를 다양하게 넓힐 수가 없다. 문화강의 주제에 있어서도 제한될 수밖에 없다. 두 교수가 문화, 정치, 경제 등 전 분야에 걸친 주제를 담당하는 것은 불가능하다. 학생들의 주제 선택 요구를 수용하기 위해서는 보다 다양한 전공 교수진을 늘릴 필요가 있다.

넷째, 인적, 물적 자원의 부족이다. 프랑스에서는 각 학과에서 등록이나 성적 등 사무직을 담당하는 사무직원이 있을 뿐이다. 한국처럼 교수를 보조하는 일을 담당하고 도서 관리에 이르기까지 학과 일을 전담하는 조교라는 제도가 없다. 그리하여 프랑스에서는 한국에서 조교가 하는 일까지 모두 교수의 몫이다. 한국국제교류재단에서 해마다 지원해주는 책과 시청각 자료의 경우 현재 책장에 배치는 되어있지만 도서 분류와 목록 정리가 안 되어있는 상태이다. 학교 측에 이를 위한 비용을 신청해봤으나 다른 학과에는 없는 일이기 때문에 한국학과만을 위해 비용을 줄 수 없다는 논리로 도움을 못 받고 있는 실정이다. 약 천여 권이 넘는 이 도서 자료와 시청각 자료들을 정리하려면 약 300여 시간이 필요하다고 예상된다.

이상과 같은 문제점을 지적한 다음 최은숙 교수는 한국학의 발전계획을 한국어 교육과 한국학 연구 등 두 분야로 나누어 제시했다. 그가 제안한 연구 활성화 방안은 재정적 지원, 국제세미나의 활발한 운영과 장학제도의 확충이었다. 그러나 한국어 교육의 확충 방안에는 매우 독특한 의견이 포함되어 있었다. 최은숙 교수가 생각하는 한국어 교육의 활성화는 그 가장 큰 역점이 학생 수의 확보라고 요약될 수 있는 것이었다. 그 대책의 하나로 최은숙 교수는 대학 진학의 전 단계인 고등학교에서 한국어 교육이 이루어져야 한다고 보았다. 그리고 그 방안의 하나를 한국 정부의 전략수립이라고 주장했다. 그에 따르면 한국 정부가 프랑스에 혜택을 줄 때 그 반대급부로 일부 고등학교만에 한해서라도 한국어 교육을 실시하도록 부수 조건을 다는 것이 좋겠다는 의견을 제시했다. "떼제베와 같은 큰 계약을 할 때 한국어를 그

랑제꼴에 몇 군데 넣는 것을 조건부로 생각해 볼 수도 있을 것 같다."[19]

ⓒ 임준서 : 프랑스 한국학의 현황과 전망－루앙의 사례를 중심으로

임준서 교수는 여러 발표자 가운데 유일하게 프랑스 대학 소속이 아닌 경우였다. 그는 한국학술진흥재단에서 루앙대학으로 파견된 신분이었다. 임준서 교수가 다른 경우와 달리 루앙대학에 파견되어 온 까닭은 독특한 데 있다. 본래 루앙대학은 70년대 말부터 한글교육프로그램을 도입한 대학이다. 이 지역에서는 한국의 입양아가 상당수 있었다. 이들 교육프로그램 가운데 일환으로 루앙 대학이 한글 교육을 맡고 나선 것이다. 80년대에 이르기까지 이런 추세가 그대로 이어졌다. 그러다가 80년대 중반기부터 루앙대학 내에 한국학에 대한 관심이 싹텄다. 이를 기틀로 하여 1999년도에 한국학술진흥재단에서 루앙대학에 정식으로 한국학 강좌에 대한 지원이 이루어졌다.

현재 이 대학은 한국학술진흥재단의 지원에 의해 한국학 강좌를 운영하고 있는 프랑스 내의 유일한 대학이다. 이 대학 이외에도 한국학 운영이 한국의 지원으로 이루어진 대학이 있다. 그러나 그 지원기관은 국제교류재단이다. 임준서 교수는 그런 프로그램의 틀 속에서 2004학년도에 루앙대학의 한국학 강의 담당자가 된 것이다. 임준서 교수는 프랑스 지방대학의 한국학 교육연혁과 내용을 잘 파악하고 있었다. 그의 발표논문에서는 그것이 도표로 제시되었다. 그것을 보면 다음과 같다.

---

19) 최은숙, 발표논문 「프랑스에서의 한국학 연구와 교육의 현황 및 발전방안」,
(2004. 6. 23), p.4.

프랑스 지방대학의 한국학 현황[20]

대학교	강좌 개설	소속 기관	전임 교수직	학위	비고
리옹3	1983	외국어대학 (Faculté des Langues)	부교수(1988)	DN (1988~2000)	학술진흥재단 지원 동양학연구소(1992) DEUG전공과정 폐지 (2000) 정교수직 신설(2001)
보르도	1986	외국어대학 (UFR LE-LEA), 기타 언어 (Dpartement DADL)	부교수(1993)	DU	학술진흥재단 지원
르아브르	1987	국제상경대학 (Faculté des Affaires Internationales)	부교수(1992)	DU	대학 자체 재원
루앙	1999	사회대학 (UFR de Psychologie, Sociologie et Sciences de l'Education)	학진파견교수 (1999)		학술진흥재단 지원 한국사회문화연구소 (1999) 한국학 연구실 및 도서 관 (2002)
에브리	2001	무역연구소 (IUP)동아시아과정	강사		국제교류재단(2001)
라로셸	2002	문과대학 (Faculté FLASH), 응용외국어학과 (Dpartement LEA)	부교수(2002)	DU	대학 자체 재원 Option Asie- Pacifique

임준서 교수의 보고에 따르면 현재까지 루앙대학의 한국어는 모든 학생
이 자유롭게 들을 수 있는 개방강좌가 되어있다고 한다. 이것은 엄격하게

---

20) 임준서, 발표논문 「프랑스 한국학의 현황과 전망—루앙의 사례를 중심으로」,
    (2004. 6. 23), pp.2~3.

  먼 고장 · 이웃나라 · 내가 사는 땅

말하면 한국학이 이 대학의 정식 교수과목이 아니라는 이야기가 될 수도 있다. 다행히 이런 사태는 그동안의 한국 측 지원이 열매를 맺어 해결의 실마리가 열렸다. 즉 다음 해의 신학기부터 이 대학의 한국어는 선택, 교양과목으로 정규 교과목이 되었다는 것이다.

임준서 교수의 보고에 따르면 현재 루앙대학의 한국어 수강자 수는 30명 선이라고 한다. 그런 실정을 말하면서 임 교수는 이 대학의 한국학이 활성화되는 길을 두 가지로 보았다. 그 하나는 제도적 장치를 확보하는 일이라고 했다. 적어도 루앙대학의 한국학이 본격화되기 위해서는 지금의 선택과목 상태가 극복되어야 한다는 것이다. 한국학이 초급 학위과정으로 승격될 필요가 있다는 생각이었다. 이와 아울러 임준서 교수도 한국학을 위한 학생 수를 거론했다. 종래 이 대학은 학생의 수원을 입양아로 삼았다. 그것을 극복하기 위해 대학교육의 전 단계 이수자들에게 한국어와 한국 문화를 교육할 필요가 있다는 견해였다. 또 하나 그는 루앙의 현지사정도 말했다. 현재 루앙대학에는 한국학뿐만 아니라 동양학을 강의, 연구하는 교수가 없다는 것이다. 그의 현장 체험을 듣고 보니 이 역시 우리가 보완할 수밖에 없는 과제로 생각되었다.

ⓔ 김대열 : INALCO에서의 한국학 현황과 과제

두루 알려진 것처럼 INALCO는 아시아와 아프리카 지역의 언어, 문화를 연구, 교육해온 프랑스의 가장 대표적 대학이다. 이 대학은 1669년 꼴베르(Colbert)가 세운 청년언어기관에 그 기원을 둔다. 이에 이어 그 무렵 마침 체제를 갖춘 혁명의회가 동양어특수학교를 만들었다(1795). INALCO는 이 두 개의 기관을 합친 형태로 발족했으며 그 후 오랫동안 프랑스에서 동양과 아프리카권 언어, 문화의 교육기관으로 군림했다. 그러다가 이 학교는 1969년 프랑스의 대학학제 개편에 따라 파리3대학에 편입 소속되었다.

이어 1985년 현재의 명칭으로 바뀌면서 파리대학과 별개의 국립대학으로 개편되어 오늘에 이르고 있는 것이다.[21]

그 명칭이 동양어학교임에도 불구하고 INALCO의 한국학 연구와 교육은 상당히 뒤늦게 이루어졌다. 이 대학의 한국어 교육은 1969년 한일학부(韓日學部)라는 명칭을 달고 개설되었다. 그 이후 정교수 A. 파브르, 부교수 패트릭 모리스(Patrick Maurus), 전임강사 이병주, 심승자 등이 있었다.[22] 김대열 교수는 그곳의 현재 교수이다. 김대열 교수는 INALCO의 한국학이 그 대학의 제도적 장치에 따라 기초과정으로 시작된다고 밝혔다. 그에 따르면 기초과정은 언어강의와 문화강의로 이분화되어 있고 문화강의보다 언어강의 시간 수가 두 배 많다는 것이다. 학생들이 이 기초과정을 이수하게 되면 DULCO를 얻게 된다. 여기서 DULCO란 '단일 동양어와 문화 과정 이수학위'이다. 한국학과에서 DULCO를 취득하려면 그 기간은 원칙적으로 2년이다. 이 2년 동안에 학생들은 20개의 강의를 이수하고 학점을 얻어야 한다. 이 강의에는 442시간에 해당되는 한국어 강의 12개와 221시간에 이르는 6개의 한국 문화 강의가 포함되어 있다. 이 과정 다음에 해당되는 것이 LLCE이다. 이것은 '외국어와 문학 학사학위'라는 명칭을 가지고 있다. 이 과정은 2학기로 나뉘어 있다. 각 학기에 학생들은 110시간에 해당되는 언어강의와 6개 78시간에 이르는 해당 문화의 강의를 이수해야 한다. 이 단계에서는 외국인을 위한 불어교수법이 부전공으로 제공되어 있다. INALCO의 다음 단계 교육과정은 석사과정에 해당되는 Maitrise로 되

---

21) 송영규, 「프랑스의 한국연구소고」, 『인문과학연구』, (성신여대 인문과학연구소, 1998), p.88.

22) 상게서, p.88. 단 앞의 4명은 그 후 거의가 다른 대학으로 자리를 옮겼다. 특히 이병주, 심승자는 그 후 파리7대학 한국학과로 옮겨 앉아 2004년 여름 그곳에 재직하고 있었다.

어있다고 한다. 이 과정에서 학생들은 4과목, 총 156시간의 강의를 이수해야 한다. 그런 절차를 거친 다음 논문을 써서 제출하면 그 심사에 통과하는 것으로 이 과정이 끝나는 것이다.

INALCO의 한국학 이수 학생 수는 한때 150명 선까지 이르렀다고 한다. 그것이 IMF를 겪은 다음 130여 명 이하로 줄어들었다. 그 후 2000년도 104명, 2001년도에는 46명으로까지 떨어졌다. 그러나 2002년도 54명, 2003년도 71명으로 차츰 회복세를 보인다는 것이다. 이와 같은 INALCO의 한국학 현황을 말하면서 김대열 교수는 현장체험을 통해서 파악된 문제점을 두 가지로 요약, 제시했다. 첫째로 그는 한국어 교육이 활성화되는 방법으로 교육장치, 곧 교육법을 들었다. 그는 언어의 교육이 기능적으로 이루어지기 위해서는 언어실습, 그에 대한 측정과 교재를 위한 구상과 전략수립, 교육의 체제 등을 분석, 검토하는 일들이 전제되어야 한다고 보았다. 그럼에도 프랑스 전역에서 한국어 교육은 이에 대한 대책이 없는 채 이루어지고 있는 실정이다. INALCO에서뿐만 아니라 이런 현상은 해외의 한국어 교육이 활성화되기 위해서 시급하게 타개되어야 할 과제라고 그는 못 박았다. 김대열 교수는 이와 함께 한국학 교육에서 제기되는 문제점을 지적했다. 그 하나로 그는 박사과정 이수자가 지극히 적은 점을 들었다. 그는 한국학이 프랑스에서 제대로 전재, 발전해가기 위해서는 기초과정 학생 수의 저변확대와 함께 높은 수준으로 한국의 역사, 문화를 연구하는 전공과정 활성화가 요구된다고 보았다. 모든 교육은 수준 높은 연구를 바탕으로 이루어져야 한다. 그런 관점에서 생각하면 김대열 교수의 이 지적 역시 요를 얻은 것이다.

김대열 교수는 한국학이 프랑스에서 부진한 이유를 두 가지로 들었다. 첫째 한국학을 전공해도 진로가 보장되지 않은 점, 그와 함께 그는 한국어의 습득이 한글과 아울러 한자와 한문을 익혀야 하는 이중의 통과의례를 거쳐야 하는 점도 지적했다. 전자는 INALCO만이 아니라 해외의 한국학에 부수되는 일반적 장애요소다. 그와 아울러 두 번째와 같은 생각도 흔하게 지적되는 일이다. 그러나 본래가 외국인에게 다른 나라의 말과 문화는 손쉽게 습득이 이루어질 수 없는 것이다. 그런 생각을 하면서 나에게는 다음 세대가 되는 그의 이야기도 조용히 들었다.

ⓜ 마르띤느 프로스트(Martine Prost)
: 한국학 분야에서의 한국과 프랑스 간의 협력(La Coopération Franco-Coréenne dans le domaine des études Coréennes)

마르띤느 프로스트는 다니엘 붓세, 마르끄 오랑쥬, 알렉상드르 기요모즈 다음을 이은 프랑스 국적의 한국학자다. 그는 문화담당 외교관 출신으로 한국 체제 경험을 가진 파리7대학의 한국학 교수이다. 그의 발표논문인 「한국학 분야에서의 한국과 프랑스 간의 협력」은 A4용지 6페이지를 넘는 것이었다. 그가 주제를 분석, 검토하는 솜씨는 상당히 착실하고 세부적이었다. 우리 세미나가 개최되면서 사회를 맡은 오랑쥬 교수는 우리 논의가 한국과 프랑스 서로 간의 기능적인 이해, 협력의 길을 마련하는 지름길이 되었으면 바란다고 했다. 이진명 이하 세 명의 발표자는 그것을 한국 측의 관점에서 검토, 분석한 것이었다. 마르띤느 프로스트는 그와 달리 프랑스의 시각을 통해서 한국학의 문제를 검토, 논의하는 입장이었다. 나로서는 그의 발표내용이 그 누구의 것보다도 관심이 쏠리는 경우였다.

마르띤느 프로스트 교수의 발표논문은 크게 세 개의 단락으로 이루어진 것이었다. 먼저 그는 한국과 프랑스의 사회문화적 배경을 이야기했다. 그는 한국과 프랑스가 다같이 오래되고 훌륭한 문화전통을 가진 나라라고 했다. 특히 프랑스가 그리스 로마 문화를 계승 발전시켜 유럽 문화의 근대화에 크게 기여한 것처럼 한국은 세계문화의 빛나는 성과인 동양문화의 형성, 전개에 결정적 역할을 한 것으로 보았다. 그는 한국이 동양문화의 성공적인 전개에 기여한 점을 중국 문화의 수용과 그것을 일본에 전파한 점이라고 보았다.

이에 이어서 M. 프로스트 교수는 한국과 프랑스 사이의 문화적 협력이 원활하게 이루어지지 못하는 이유를 들었다. 그에 따르면 한국의 언어, 문화는 프랑스에서 그 인지도가 아직도 미약하다. 그 이유를 그는 자연지리의 측면과 인문지리의 측면 등 두 가지로 나누어 들었다. 전자의 면에서 보면 프랑스와 한국은 그 거리가 먼 두 나라다. 그와 아울러 두 나라의 문화는 그 형성, 전개의 여건, 배경에도 매우 많은 차이가 난다. 특히 프랑스인에게 한국의 언어는 매우 접근하기 어려운 것의 하나가 된다. 그 이유를 프로스트 교수는 한국어가 순수 한국어로만 이루어지지 않고 엄청난 양의 한자체계에 의거하는 점을 들었다. 이 부분에서 그는 한국어의 인지도가 인접국인 중국이나 일본에 비해서도 훨씬 떨어진다고 말했다.[23]

이어서 M. 프로스트 교수는 한국과 프랑스 문화 교류의 장애요인이 되는 것의 하나로 관념상의 차이를 들었다. 그에 따르면 ① 프랑스인이 지구적(持久的)이며 성급하지 않는 데 반해서 한국인은 너무 서둘러 결과를 기대하며, ② 한국인은 개별 단위의 협력 결과만을 기대한다(이 부분을 M. 프로스트 교수는 협력을 위한 협력에 편중한다고 함). 그러나 프랑스인은 협력과 그에 부수되는 여러 상황, 여건을 감안할 줄 안다. ③ 한국인들은 의사결정에서 크게 유교적인 경로사상, 가부장적 경향이 있다. 이에 반해서 프랑스의 그것은 강하게 반권위주의적이며 민주적이다. ④ 한국은 한

---

23) 이런 의견에 대해서 필자는 얼마간 다른 생각을 가지고 있다. 한국어와 거의 같이 일본어도 그 자체에 고유요소와 함께 방대한 양의 한자와 한문에서 빚어진 요소를 내포하고 있다. 그럼에도 프랑스를 비롯한 인도유럽어족 사용권에서 일본학은 중국학 이상으로 많은 사람들이 습득한다. 이 차이가 한국어의 난해성을 한자 문화 혼합사용설로는 풀어낼 수가 없다.

국학, 한국 문화를 위한 쌍방협력사업에서 드물지 않게 주제 자체를 망각하는 수가 있다. 한국은 한국학을 위한 사업에서 때때로 그것을 뒷전으로 돌리고 다른 국가사업에 역점을 두는 경향도 보인다.

위와 같은 분석과 함께 M. 프로스트 교수는 한국의 협력형태에서 빚어진 시행착오 현상으로 재정지원에서 일으킨 무방향성을 들었다. 그가 든 사례는 1997년도에 빚어진 것이었다(이때 한국은 IMF사태를 겪고 있는 중이었다). 그 무렵 한국은 정치, 경제적으로 심하게 혼란에 빠진 상황이었다. 거기서 빚어진 부작용으로 프랑스의 여러 대학에 약속된 장학금 지급이 중단되었다. 파리대학에서도 그 결과로 석, 박사과정에 수여되는 장학금이 취소되는 사례가 일어났다.[24] 이와 같은 M. 프로스트 교수의 지적에는 재검토되어야할 것도 있었다. 가령 한국인이 프랑스인에 비해서 성급하다는 것은 그 문화의 속성 자체에서 유래된 것이 아니다. 새삼스레 밝힐 것도 없이 한국의 전통문화는 농경문화에 기반을 둔 것이다. 유럽 문화의 뼈대가 된 해양문화와 달리 농경문화는 순응과 조화의 감각을 토대로 한다. 농경의 바탕을 이루는 곡물재배는 성급하고 서둘러 결과를 얻으려는 행동양태와 반대되는 위치에 있는 것이다. 그것을 맹자는 물조장(勿助長)이라고 말했다. 이에 반해 해양문화에 바탕을 둔 유럽형 문화는 느긋하게 기다리는 경우가 아니다. 바다는 땅처럼 기다림을 가르치지 않는다. 그곳은 사람들에게 그때그때의 사태에 대비하는 것이 슬기로운 일임을 알려준다. 그리하여 동양보다 이 지역의 문화가 더 호흡이 짧은 것이다. 이런 사실에도 불구하고 프로스트 교수의 지적에는 일면의 진실이 내포되어 있다.

---

24) Martine Prost, 발표논문 「La Coopération Franco-Coréenne dans le domaine des études Coréennes」, p.5. 중, Irrégularités des soutiens financiers 항의 내용 일부.

　1970년대 이후 한국 사회가 이루어낸 고도성장의 결과로 한국인의 행동에도 변화가 빚어진 것은 사실이다. 1970년대 이후 한국이 이룩해낸 고도성장은 에누리 없이 말해서 생산체제의 공업화로 가능했다. 이때부터 한국 사회는 산업사회체제로 바뀌었다. 그 토대가 된 중공업화 시대와 그에 이어 형성된 전자산업, 정보화산업체제는 유럽이 적어도 몇 세기에 걸쳐서 이루어낸 성과였다. 그것을 한국은 불과 2, 30년 동안에 도입, 적용해서 결과를 뽑아내지 않으면 안 되었다. 이것은 농경문화가 기능주의로 바뀌고 해양문화의 감각을 도입했음을 뜻한다. 이것은 M. 프로스트와 같은 프랑스 지식인이 본 결과가 한국과 한국인의 성급함으로 판단된 것이다. 그런 사실에 대한 해석이야 어떻든 그의 지적은 우리로서는 범해서는 안 될 정책상의 실수를 말한 것이다. 그런 사실을 지적해 준 것만으로도 M. 프로스트 교수의 논문 발표는 매우 고맙고 유익한 것으로 생각되었다.

　우리 세미나는 M. 프로스트 교수의 논문 발표에 이어 종합토론의 시간을 가졌다. 이때에는 청중석에서 많은 분들이 여러 주제 발표자들의 논문 내용에 대해 의견을 교환했다. 특히 마침 파리에 왔다가 우리 모임에 참석한 변규용 교수가 한불문화교류에 대해 논리정연하면서도 심도를 지닌 의견을 말해 주었다. 그는 일찍 파리대학에 유학한 분으로 서강대학에서 강의를 한 분이다. 자기 자신의 경험을 토대로 변 교수는 이제까지 한국은 프랑스 문화의 수혜국으로만 생각되어 왔다는 것이다. 그에 따르면 이것은 일방적인 것으로 이제부터는 프랑스도 한국과 한국 문화, 한국학을 전면적으로 받아들일 마음의 자세를 지녀야 할 것이라고 말했다. 특히 그는 프랑스의 일부 대학이 한국학의 운영에서 지나치게 한국 측의 재정적 지원을 요구하는 태도를 문제 삼았다. 그에 따르면 한국은 프랑스처럼 상대국의 연구에 대한 대가를 요구하는 사례가 적다. 그렇다면 프랑스 역시 그에 준하는 입장으로 한국학을 하는 것이 마땅하다는 것이었다. 변 교수에 이어 파리7대학의 심승자 교수와 국립도서관의 학예관인 송길자 선생 등 여러분들이 전공을 바탕으로 의견들을 개진해 주었다. 그 결과 우리 모임은 예정된 시간을 훨씬 넘긴 오후 7시경까지 연장되었다. 세미나가 끝나자 우리는 한국문화원의 큰 방을 빌려 환담의 자리도 가졌다. 거기에는 한국 대사관의 관계자와 파리에 거주하는 교포들도 다수 참석했다. 모두가 즐겁고 보람 있는 자리가 될 수 있었다.

독일 한국학 연구와 교육

유럽의 다른 나라들과 엇비슷하게 한국과 독일의 국교가 열린 것은 19세기 말경부터다. 1876년 일본의 함포외교로 마침내 한국은 오랜 쇄국의 문을 열지 않을 수 없었다. 먼저 한국과 국교를 가진 것은 일본이었고 이어 미국이 1882년에 통상조약을 체결했다. 다음 해에 독일도 막스 · 폰 · 브란트 공사를 임명, 한국의 외무대신 조영하(趙寧夏)와의 사이에 통상조약이 체결되었다.[25] 그 이전에 독일은 묄렌돌프(Paul George von Möllendorff)를 고종의 정치고문으로 취임시키는 데 성공했다. 그는 부임과 동시에 격변의 소용돌이를 겪고 있었던 한국 정부의 자문역이 되어 외교관계뿐만 아니라 내정의 여러 가지 문제에도 영향력을 행사했다. 이런 두 나라의 관계는 그러나 오래 가지 못했다. 1905년 을사보호조약이 한일 양국 간에 체결되었다. 이것은 한국이 일방적으로 일본에게 외교권을 박탈당한 사태였다. 이러한 까닭에 다른 나라의 경우와 같이 서울의 독일공사관은 다음 해에 폐쇄되었고 양국 간의 국교관계는 단절되었다.

---

25) 최종고, 『한독교섭사』, (홍성사, 1983), p.39.

1910년 일제의 국권침탈로 한국은 완전하게 식민지 상황이 되었다. 그 결과 두 나라 사이의 교섭은 지속적으로 이루어질 수가 없었다. 다만 한국에서 민간인 차원의 유학생이 독일에 건너가 수학하고 돌아온 예는 있다. 그 보기가 되는 이들이 안호상, 이극로, 김준연, 김현준, 윤치형, 이갑수, 박계영, 정석해 등이다. 이들은 대개 1920년대 중반기 경 독일에 유학하여 소정의 과정을 마치고 학위를 받아서 귀국했다.[26] 그러나 이 무렵 독일의 한국에 대한 이해는 아주 낮은 수준에 머물러 있었다. 그 좋은 보기가 되는 것이 작고한 정석해 박사의 체험이다.

그는 1927년 독일의 프라이부르크대학에 유학하여 박사학위를 받은 분이다. 그가 베를린대학에서 수학할 때 〈노동과 리듬(Arbeit und Rhythmus)〉이라는 강의를 수강했다. 강의를 담당한 교수가 그의 시간에 한국에서는 일을 할 때 노래를 한다고 소개했다. 그리고는 그 노래로 모심기 노래를 음반으로 틀었다는 것이다. 강의가 끝나고 학생인 정석해가 그 교수의 방을 찾았다. 인사 절차로 그는 자기가 한국에서 온 학생이라고 신분을 밝혔다고 한다. 그러자 그 교수는 매우 반가워하면서 손을 잡았다. 그리고는 "고종황제는 아직 살아계시는가"라고 물었다는 것이다. 그 교수는 구한말 독일 영사관 서기관 슈마허(Schumacher)였다.[27]

독일에서 한국에 대한 논의가 어느 정도의 수준으로 이루어진 것은 1930년대 이후부터다. 그 주역이 된 것은 A. 에카르트(Andre Eckardt) 교수다. 그는 베네딕트회의 신부로 1909년부터 20여 년간 한국에 체류했다. 그때의 경험을 토대로 그는 한국의 언어, 예술, 교육과 동화, 인삼 등 문화의 다방면에 걸친 기록을 남긴 바 있다. 그는 또한 1955년부터 1977년에 이르

---

26)　이정모, 「독일 한인동포사회」, 『유럽한인사』, (다해, 2003), pp.398~399.
27)　정석해, 『뿌리 깊은 나무』, (1979. 3), p.123.

는 기간 동안 뮌헨대학에서 한국학 강의를 담당했다.[28]

① 독일 한국학의 역사와 현황

독일에서 한국학은 오랫동안 동양학과 미분화 상태로 있었다. 그것이 독립된 학과로 운영된 것은 훔볼트대학에서 비롯된다. 이 대학의 한국에 관한 교육은 20세기 초로 거슬러 올라간다. 당시 독일의 황제였던 프리드리히 빌헬름 3세는 베를린대학 내에 동양어학연구소를 설치하도록 했다. 한국어학 훈련을 주로 한 이 대학의 한국학은 동양어학연구소의 한 분야로 발족된 것이다. 이때 한국어 강의를 담당한 이가 네덜란드 출신의 사회학자 드 그로트(de Grott)였다.[29] 그러나 이 대학에서 한국학이 독립된 학과로 운영된 것은 제2차 세계대전이 끝난 후인 1945년부터다.

㉠ 베를린 훔볼트대학

통독 전 훔볼트대학은 동독에 속해 있었다. 그런 연유로 이 대학의 한국학은 북한과 제휴상태에서 운영되었다. 이 대학 출신으로 한국학 관계 활동에서 이름이 가장 널리 알려진 사람이 H. 피히테다. 그는 1977년에 박사학위를 취득하고 같은 대학의 강좌를 담당하게 되었다. 그런데 그 학위논문 제목이 「한국에 있어서의 마르크스-레닌주의 전파보급」이었다.[30]

1980년대에 유럽한국학회(AKSE)가 창설되었다. 동독에 속해 있으면

---

28) 김기선, 「독일어권 지역에 있어서의 한국학」, 『인문과학연구』(18), (성신여대 인문과학연구소, 1998), p.56.
      최종고, 전게서, pp.363~364.
29) 성선환, 「독일의 한국학 실태와 한인의 교육 및 학술활동」, 『유럽한인사』, p.491.
30) 상게서, p.292.

서 훔볼트대학의 한국어과정이 동구체제 안에서는 유일하게 이 학술회의
에 참가했다. 그 혜택으로 이 대학은 대한민국의 도서 및 관계 자료를 받
을 수 있는 길을 트게 되었다. 1990년 독일 통일 후 이 대학은 학교의 체제
를 서구식으로 바꾸었다. 그리하여 한국학연구소에 교수 2명, 부·조교수
4명을 두게 되었다. 1996년 11월에 이루어진 구조개편으로 이 대학의 한
국학 연구는 독립학부체제를 뜻하는 Seminar für Koreanistik으로 승격했다.
2001년 9월 이후 이 학과에는 부교수 2명과 조교수 1명이 있다.[31]

   Ⓛ 본대학

  통독이 되기까지 본은 서독의 행정수도였다. 그런데서 연유된 까닭인지
이 대학의 한국학은 다소 특수한 형태로 출발했다. 이 대학의 한국학은 학
부 소속이 아니라 부설 연구소의 형식으로 시작되었다. 본래 번역/통역사
양성을 목적으로 설립된 것이다. 그리하여 이 대학의 한국어과정은 석사,
박사과정이 아니라 디프롬(Diplom)과정으로 운영되었다. 독일의 다른 대
학의 경우 한국학 강좌에 등록하는 학생은 30~40명 정도다. 그에 반해서
이 대학의 경우 그 숫자는 120~130명 선에 이르렀다고 한다(주전공 80명,
부전공 40~50명). 2002년 기준으로 이 대학의 디프롬과정을 끝낸 학생은
120명이다. 이 가운데 12명이 대사관과 국제기관(Deutsche Welthungerhilfe)
등에서 한국어/한국 기관 관계의 일을 보는 중이다.[32]
  이 대학의 한국학은 오랫동안 고 구기성 교수의 주재 하에 이루어졌다
(1967~1997). 그가 정년퇴직한 뒤 이 대학의 한국학은 후베(Dr. Albrecht
Huwe) 교수가 맡고 있다. 이 대학의 한국학과 교과과정도 매우 특색이 있

---

31) 상게서, p.493.
32) 김기선, 전게서, p.67.

다. 즉 이 대학에서는 한국어를 주전공으로 택한 학생에게 반드시 부전공
으로 유럽어(영어, 불어 등)와 동양계 언어(일어, 중국어 또는 근동 지역
언어)를 의무적으로 과하고 있다. 이와 아울러 보충교과(Ergänzungsfach)를
과한다. 여기에는 언어학, 사회학, 정치학, 경제학, 법학 중 한 과목이 의
무적으로 과해지는 것이다. 이와 아울러 인접 언어와의 연계교육도 시행
중에 있다. 즉 같은 대학에서 일본이나 중국어를 선택한 학생에게 한국어
이수가 요구된다. 이 대학의 한국학 이수자의 숫자가 많은 원인의 하나가
여기에 있다.

ⓒ 보흠대학

이 대학의 한국학은 본래 일본학을 전공한 브루노 레빈(Bruno Lewin) 교
수가 주도해 왔다. 그는 삿세(Prof. Dr. Werner Sasse), 아이케마이어(Prof.
Dr. Dieter Eikemeier), 본대학의 후베(Dr. Albrecht Huwe) 등 유능한 한국학
자를 길러냈다. 레빈 교수가 정년을 하자 그 후임으로 삿세 박사가 취임했
다. 1992년 그가 함부르크대학으로 옮기게 되자 이 대학의 한국학은 한동
안 침체되었다. 그러나 1999년 3월에 이 대학의 한국학과장으로 M. 에거
트(M. Eggert) 교수가 취임했다. 2001년 3명 선으로 줄어든 학생 수가 그
후 다소 증가세로 돌아섰다고 한다.[33]

ⓓ 함부르크대학

이 대학의 한국학은 1962년에 시작되었다. 1992년 정교수 자리가 결정
되기까지 한국어 강의는 오태영, 오명호 선생 등이 담당했다. 그 후 삿세
교수가 학과장으로 취임 후 현재까지 재직 중이다. 그는 중세 한국어의 전

---

33) 김기선, 전게서, p.68.

공자이며 1999년 4월에는 제19회 AKSE를 개최하여 2년 동안 회장직을 맡았다. 2001년 여름학기 기준으로 재적학생 수는 51명이다. 이 학교의 한국학과 학생은 한국외국어대학에서 어학연수를 받는다. 그 지원은 독일학술교류처(DAAD)의 지원으로 이루어지는데 자매교인 한국외국어대학도 독일어 전공자가 함부르크대학에 파견, 교환교육을 받는 프로그램이 운영 중에 있다.[34]

ⓓ 튀빙엔대학, 기타

튀빙엔대학의 한국학은 아이케마이어 교수에 의해 개척되었다. 그는 한국의 토속신앙, 그 가운데서도 샤머니즘의 전공자다. 한동안 이 대학의 한국학은 전공학과로 운영되었다. 그러나 2002년 이후 주전공이 취소되어 과는 폐쇄되었다. 2000년 겨울 학기의 학생 수는 하위 강좌가 빠진 채 석사과정만 10명이었다.[35]

독일에서 한국학의 강의가 이루어지고 있거나 이루어진 대학들은 이밖에도 뮌헨대학, 자유베를린대학, 레겐스부르크대학, 하이델베르크대학 등이 있다. 뮌헨대학에는 1960년대와 70년대에 걸쳐 에카트 교수가 있었다. 그 무렵은 학생 수가 상당했으나 그 후 에카트 교수가 물러나고 정식교수가 없는 상태이다. 레겐스부르크대학에는 2003년 현재 김영자 박사(Dr. Becker-Kim)가 한국어와 지역정보수업을 진행 중에 있다. 하이델베르크대학에는 중국학과의 한 부분으로 한국학이 이루어지고 있다. 전임이 없는 상태이며 한국어 강좌가 2개이다.[36]

---

34) 성상환, 전게서, pp.497~498.
35) 전게서, p.498.
36) 상게서, pp.498~499.

② 독일 한국학 강의 현장

이 연구계획을 기능적으로 수행하기 위해서 나와 김춘희, 두 사람은 파리를 거쳐 독일에 갔다. 2004년 6월 26일 8시 45분 파리 북역을 출발했다. 도중 브뤼셀에서 기차를 갈아타고 목적지인 본(Bonn)역에 도착한 것이 오후 1시 45분이었다. 3시간의 여행으로 후베 교수가 마중 나온 본역에 도착한 것이다. 그 다음날 우리는 후베 교수의 안내로 본대학 동양어학부를 찾았다. 그 건물은 근대형의 무게를 가진 구조로 이루어져 있었는데 우리가 숙소로 한 메르체스 호텔(Hotel Merces)에서 불과 6~7분의 거리에 있었다. 우리를 안내한 후베 교수는 이번 우리 연구계획의 공동연구자이기도 했다. 연구계획을 세우면서 우리는 그의 강의 참관도 예정에 넣었다. 그것이 독일에서 한국학이 이루어지고 있는 현장 체험의 아주 좋은 기회로 생각되었기 때문이다. 후베 교수의 강의는 11시부터 시작되었다. 강좌에 참석한 학생은 총 40명, 그 가운데 백인계가 6명, 흑인계가 1명이었고 나머지는 동양계의 학생들이었다. 또한 남학생이 모두 6명이어서 후베 교수의 학반에는 압도적으로 여학생이 많았다.

후베 교수의 강의는 먼저 '눈', '바위', '숨', '친구', '깨끗하다' 등의 단어를 불러 주는 것으로 시작되었다. 받아쓰기가 끝난 다음 나는 그 결과물도 보았다. 학생들이 자기가 쓴 한국어를 후베 교수가 판서하는 것을 보며 자체 채점을 했다. 대부분의 학생들이 한두 개만 잘못 쓰고 나머지는 맞게 쓰고 있었다. 그 중에 몇 명은 만점을 맞는 것을 보았다. 시간이 끝나고 그 학생에게 다가가서 물어 보았다. 그랬더니 서울에서 중학교까지를 다녔다는 답이었다. 후베 교수는 이어 학생들에게 한국어의 어법을 가르쳤다. 그는 미리 마련된 강의안을 통해서 학생들에게 한국어의 정확한 발음 교육을 시켰다. 가령 'ㅣ'의 보기로 '피다'를, 'ㅔ'의 예로 '세다'를, 'ㅐ'의 예로 '깨다'를 들고 학생들에게 차례로 그것을 발음시켰다. 또한 한국어의 특성

가운데 하나인 서술어의 활용 형태도 가르치고 있었다. 그의 교안에서 해당 부분을 발췌해 보면 다음과 같은 것이 있다.[37]

(1)

ㅣ	보다	sehen	보이다	sichtbar sein, u.a.
ㅣ ㅜ	서다	stehen	세우다	aufstellen, u.a.
ㅜ	피다	brennen	피우다	rauchen, u.a.
리	알다	wissen	알리다	wissen lassen, u. a.
히	앉다	sich setzen	앉히다	hinsetzen, u. a.
기	끊다	beenden	끊기다	beendet werden

(2)

	Präteritum Ⅰ -ㅆ	Präteritum Ⅱ -ㅆ 었	Futur -겠	Dubitativperfekt -ㅆ 겠
가다 gehen	갔다	갔었다	가겠다	갔겠다
오다 kommen	왔다	왔었다	오겠다	왔겠다
먹다 essen	먹었다	먹었었다	먹겠다	먹었겠다
살다 leben	살았다	살았었다	살겠다	살았겠다
모르다 nicht wissen	몰랐다	몰랐었다	모르겠다	몰랐겠다
듣다 hören	들었다	들었었다	듣겠다	들었겠다
돕다 helfen	도왔다	도왔었다	돕겠다	도왔겠다

(1)은 한국어의 동사 파생(사동접미사에 의한)을 보인 것이며 (2)는 동사 시제를 가르치기 위해 작성된 것이다. 같은 과거라도 'ㅆ'형과 'ㅆ었'의 형이 있음을 알리고 훈련시키고 있었다. 학습은 원리를 가르친 다음 학생들을 차례로 지명하여 단어를 바꾸어 그 용례를 말하는 방식을 취했다. 본래 기능적인 교육이란 강의자의 일방적인 수업이 되어서는 안 된다. 가르친 것을 피교육자가 받아들여 제때에 익히도록 해야 한다. 그 방법으로 어학

---

37) 이 교안은 후베 교수가 비공개로 작성한 것이다. 따라서 부분적인 인용이라도 이용자는 사전허가를 받아야 한다.

에서는 학습자가 제자리에서 훈련을 받는 것이 좋다. 후베 교수의 교수 방법은 그에 대한 감각이 잘 살아 있었다.

한국에 관한 기록이 단행본 형태로 독일에서 간행된 것은 1880년의 일이다. 그 저자는 에른스트 오퍼어트(Ernst Oppert)로『닫힌 나라, 한국 기행(Ein verschlossene land, reisen nach Corea)』이 그 책 제목이다. 오퍼어트는 1860년 한국과 국교를 트기 위해 파견된 독일인이다. 그러나 그의 한국 견문기는 실제 답사에 의거한 것이 아닌 중국과 일본 서적의 참고로 만들어졌다. 그 나머지 거기에는 많은 부분에서 사실과는 다른 허구와 과장이 뒤섞이게 되었다.[38]

이런 실정에 있는 독일의 한국 이해가 제대로 자리를 잡기 시작한 것은 각 대학에서 한국학 강좌가 개설되고 또한 한국연구소가 설치되고 나서부터다. 그 시기는 대체로 1960년대 이후부터다. 이 무렵인 1964년 보흠대학에 동양학부가 설립되었다. 한국학은 그 일부로 교육이 시작되고 연구자도 나타났다. 이때 한국학의 토대를 만든 이가 브루노 레빈 교수다. 본래 그는 한국학 전공이 아니라 일본학 전공이었다. 그는 전공과 관계없이 보흠대학에 한국학 교육을 실시했다. 이미 언급된 바와 같이 그의 지도로 삿세, 아이케마이어, 후베 등 한국학 전공논문을 쓴 학자들이 배출되었다.[39]

유럽의 다른 나라에 비해 독일의 한국학은 늦게 출발했다. 또한 제도의 특수성 때문에 독일에서의 한국학 연구는 그 후에도 크게 떨치지 못했다. 독일에서 대학의 한 학과는 그것을 주재할 정교수요원을 필요로 한다. 이때의 교수요원이란 국가에서 시행하는 자격증을 가진 사람만이 그에 해당된다. 다른 나라처럼 박사학위만으로는 교수 자격이 인정되지 않는다. 현

---

38) 김기선, 전게서, p.54.
39) 성상환, 전게서, pp.494~495.

 먼 고장 · 이웃나라 · 내가 사는 땅

재 독일에서는 한국학 전공자 가운데 교수자격증을 가진 사람이 서독에 2 명, 동독에 3명이 있다. 그런데 이들 가운데 동독의 2명은 이미 퇴직하였다.[40] 그렇다면 독일에서 한국학의 강좌가 독립될 수 있는 대학은 셋뿐이라는 계산이 나온다. 이것이 독일에서 한국학이 활성화되는 데 가장 큰 걸림돌이 된다.[41] 뿐만 아니라 현지답사의 결과 최근에 독일을 지배하고 있는 사회의 분위기도 한국학에는 이롭지 못한 것으로 나타났다. 통독 이후 독일에도 불황의 물결이 밀려들었다. 그 여파로 독일의 청장년이 상당한 취업난을 겪고 있는 중이다. 그런데 상대적으로 중국 쪽을 공부하면 진로가 열릴 전망이 밝다. 그에 비해 한국학을 해도 앞길은 밝지 않다. 그 결과로 학위 소지자들까지 방향을 바꾸는 사례가 나타난다는 것이다.[42]

③ 현장에서 논의된 독일의 한국학

우리는 우리 보고서를 좀 더 충실한 내용으로 만들기 위해서 독일을 찾았다. 그곳 대학 가운데 하나인 본대학에서 워크숍을 가졌다. 계획, 수립, 집행은 나, 김춘희, 후베 3인이 맡았다. 이 가운데서 현지의 사정에 밝은 후베 교수가 실제 회의 개최의 실무를 담당했다. 학술모임의 큰 주제를 〈독일의 한국학 연구, 교육 그리고 발전을 위한 보강전략에 대한 워크숍〉으로 하고 일시 2004년 6월 28일 14시, 장소 독일 본대학 상원대회의실로 결정했다. 이때의 주제 발표자는 본대학의 성상환 박사, A. 후베 교수, 배윤경, 김영진, 보훔대학의 M. 에거트 교수 등과 함께 DAAD의 토이카 푸

---

40) 김기선, 상게서, pp.64~65.
41) 상게서, p.64.
42) 2004년 6월 27일, 28일 본대학 관계 교수가 학생들을 대상으로 구두 조사한 결과로 나온 것임.

옹 박사가 맡았다. 이와는 별도로 독일대학총장협의회에 재직 중인 마라이케 발러스가 독일 대학들이 이미 실시하고 있거나 추진 중에 있는 BA/MA 프로그램에 대해 설명을 했다.

먼저 성상환 박사는 서울대 독어교육과 출신으로 미국 버클리대학에서 독어학 박사학위를 취득한 분이다. 그는 1998년 이후 서울대학교의 강사 신분인데 본대학의 한국어과에서는 객원교수였다. 또한 이미 거듭 인용된 『유럽한인사』의 독일 한국학 집필자이기도 하다. 그는 몇 해 동안 현지에서 교육과 연구에 종사한 경험을 토대로 논의를 전개시켜 나갔다. 먼저 그는 2004년 현재 독일에서 박사학위를 취득한 한국인의 숫자가 약 2,500명에 이른다고 지적했다. 이것은 DAAD를 비롯한 독일의 여러 학술재단에 힘입은 바가 참으로 크다는 것이었다. 한편 한국 측에서는 국제교육진흥원에서 연 2명의 독일 학생에게 장학금을 지원한다고 밝혔다. 기타 한국학술진흥재단과 한국국제교류재단(The Korean Foundation) 등의 지원 프로그램도 소개했다. 이어 그는 베를린 훔볼트대학, 보훔대학, 본대학, 함부르크대학, 튀빙엔대학의 한국학 운영상황을 차례로 짚어나갔다. 그리고는 연구의 활성화 방안으로는 인력의 확보 문제와 아울러 한국과 독일의 재정적 지원이 절대적으로 필요하다고 결론지었다.

M. 에거트 교수는 2001년 10월부터 시행되고 있는 BA/MA(학사/석사) 프로그램에 대해 집중적인 설명을 했다. 그에 따르면 독일의 학제는 BA 3년에 MA 2년제로 개편, 통일되었다는 것이다. BA 곧 학사과정에서 학생들은 2개의 전공과목을 선택할 수 있다. 인문과학 전공자가 사회과학뿐만 아니라 자연과학도 전공으로 택할 수 있다는 말이었다. 학사과정 3년을 마친 학생들은 곧이어 사회에 진출해도 무방하다. 학사과정을 마치고 석사과정으로 진학한 학생들은 1개 또는 2개의 전공과목을 선택할 수가 있다. 독일은 한국이나 미국과 달라서 박사과정의 강좌는 개설이 되어 있지 않

았다. 그에 대체되어 있는 것이 고급 세미나들이다. 학제에 대한 소개에 이어서 에거트 교수는 보홈대학의 한국학 연구를 소개했다. 현재 그의 대학에는 6명의 한국학 박사 후보자가 있다는 것, 그 중 3명은 한국학술진흥재단의 장학금 수혜자라는 것이었다. 그들의 연구 분야는 문학, 역사, 한독 문화 교류 등 세 갈래라고 했다. 또한 보홈대학의 플라센 교수는 신라시대 및 고려시대의 역사와 불교에 대해 연구 중이며 에거트 교수 자신은 박지원의 전공자이다. 그는 또한 이상(李箱)의 작품을 독일어로 번역하고 있다고 자기를 소개했다. 이와 함께 에거트 교수는 한국학의 발전을 위해 두 가지 과제가 추구, 실행되어야 할 것이라고 강조했다.

첫째, 종합적이며 구체적인 교육 목적과 전략이 수립되어야 한다는 것, 다음 독일 학생들에게 한국의 이미지를 긍정적이며 확실하게 세워줄 필요가 있다고 강조했다. 그의 발제는 매우 진지하고 열의에 찬 것이었다. 우리로서는 반드시 참고, 수용할 필요가 있다고 생각했다.

후베 박사는 우리 작업의 공동연구자이며 이때의 세미나 주재자이기도 했다. 그는 우선 본대학의 한국학이 소속되어 있는 동양어학부의 커리큘럼을 소개했다. 그에 따르면 본대학의 한국학은 2년에 걸친 기본학기과정을 단위로 한다. 후베 교수의 설명에 따르면 그 내용이 다음과 같이 되어 있다.

· 본대학 동양어학부의 전공언어는 한국어, 일본어, 중국어, 베트남어를 비롯하여 동남아시아의 언어와 터키어를 비롯한 근동 지역 언어로 되어 있다. 학생들은 이들 언어를 부전공으로 선택해도 무방하다.
· 번역 전공을 뜻하는 학생들을 위해서는 번역의 전략, 방법 등이 연구되는 방역이론을 이수할 수가 있다. 선택과목으로 사회학, 정치학, 경제학 등의 이수가 가능하다. 이는 전문번역인 양성프로그램으로 이 프로그램을 위한 교양과 지식의 폭을 넓히려는 데 그 목적이 있다.
· 한국어 전공의 경우 2년에 걸친 기본학기과정을 마치면 한독―독한 기초 번역 실습, 한국문화학, 기초번역 이론을 익혀야 한다. 이와 아울러 한국

어 문법 및 회화 공부를 마치고 그 이수자들은 중간시험을 통과해야 한
다. 중간시험에 합격, 통과한 학생은 번역 실습에 들어가며 고급번역이
론, 한국문화학 등을 연구하도록 되어 있다.

이상 과정이 끝난 다음 학생 자신이 관심을 가진 분야에 대한 번역논문
을 제출해야 한다. 그와 함께 최종시험을 치르고 합격하는 것으로 본대학
의 한국학의 이수가 끝난다.

본대학의 한국학 교과운영 설명에 이어 후베 교수는 번역의 정의를 재
미있는 비유로 설명했다. 그는 번역을 다리로 비유했다. 그의 경우 다리의
본체는 번역본이다. 다리의 양 기둥은 각기 번역 원본의 내부 요인과 외부
요인, 목적어(상대국 언어)의 내부 요인과 외부 요인이다. 다리의 두 기둥
이 부실하거나 균형을 잃으면 그 다리는 기울어지거나 붕괴해버린다. 그
처럼 번역에서 원본을 정확하게 이해, 파악하지 못하거나 그것을 다른 문
화권의 독자에게 기능적으로 전달하지 못하는 경우 번역은 실패로 돌아간
다는 설명이었다. 후베 교수는 특히 원본의 정확한 읽기와 그것을 다른 문
화권의 독자에게 기능적으로 전달하는 기법 터득이 번역의 요체가 된다고
강조했다.[43)

성상환, 에거트, 후베 교수에 이어 주제 발표자가 된 배윤경과 김영진은
본대학의 학위과정 이수자들이었다. 그들은 체험을 토대로 하여 한국학
전공에서 파생되는 문제점을 밝혀 주었다. 특히 김영진은 「한국어를 외국
어로 교육할 때의 문제점」을 이야기했다. 그는 연구방법으로 설문지를 만

---

43)　후베 교수의 이와 같은 생각은 한국문학번역원이 주관하고 2000년 9월 11일, 12
　　일 양일간에 걸쳐 스톡홀름대학에서 개최된 국제한국학심포지엄에서 이미 피력
　　되었다.
　　　그때 후베 교수의 논문 제목은 「Translation of Korean Literature into European」이
　　었다.

들고 한국어 이수자와 면담해서 자료를 작성했다. 그가 대상으로 한 것은 독일인 학습자 5명과 한국교포 2세 학습자 5명이다. 또한 그 내용은 2학기 동안 한국어 수업을 받은 학생으로 학습 초보자 3명, 학사과정을 마친 중급 학습자 1명, 석사과정 이수자 등으로 구성된 것이었다.[44]

한국어를 배우는 목적(복수응답)	응답자 수	
	독일학생	교포 2세
언어에 대한 관심	5	0
문화에 대한 관심	2	0
한국어가 부전공이기 때문	1	0
한국 여행을 위해	1	0
민족적 동질성, 자신의 뿌리를 찾기 위해	0	5
한국이나 아시아가 경제적으로 중요하기 때문에	1	0
장래의 직업을 위해	1	3
장래 한국에 거주하기 위해	0	2

– 김영진, 「한국어를 외국어로 교육할 때의 문제점」, p.3 인용

이 설문조사를 제시한 다음 김영진은 학습동기부여가 매우 중요하다고 지적했다. 그는 하와이대학의 손호민 교수가 이에 대해 관련성, 유용성, 흥미성의 세 요소로 보았다고 밝혔다. 김영민은 구체적 방책으로 한국인 2세에게는 민족동질성과 직업선택의 이로운 점을, 그리고 독일 학습자에게는 민속놀이나 시청각 교재가 개발되어야 할 것이라고 말했다. 이어 그는 한국어의 학습에 대한 친밀도 조사도 보였다. 여기서 친밀도란 재미있고 즐거운 것인가 아닌가를 뜻하는 것으로 해석이 가능하다. 김영진의 조사

---

44) 김영진은 조사결과를 도표화해서 보여주었다. 김영진, 「한국어를 외국어로 교육할 때의 문제점」 중 2.2의 내용 일부.

결과는 다음과 같다.

한국어 학습이 쉽고 친밀하게 여겨집니까? 또는 막연하고 어렵게 느껴집니까?	응답자 수	
	독일학생	교포 2세
쉽다	3	5
어렵다	2	0

이밖에도 김영진은 한국어 학습에서 이수자가 느끼는 어려움에 대해서
도 여러 항목에 걸친 설문을 했다. 그 결과가 다음과 같이 제시되었다.

한국어 학습에서 어떤 것이 어렵습니까?(복수응답)	응답자 수	
	독일학생	교포 2세
알고 있는 문법의 실제 적용	4	0
문장구조(Syntax)	3	1
문법	3	4
이미 알고 있는 유럽어와 비교할 수가 없다	3	2
어휘	2	2
듣고 이해하기	2	0
발음	2	0
한자	1	2
번역	1	1
독일인과 한국인의 사고 구조의 차이	1	0
어감의 구별	1	2
구어(口語)와 문어(文語)의 구분	0	3
독해	0	2
맞춤법	0	2
작문	0	2
심리적 장애: 남 앞에서 한국어 하기가 쑥스러움	0	1

이런 조사결과는 물론 고급전공자를 대상으로 한 것이 아니다. 그러나

독일의 한국학이 활성화되기 위해서는 그 기초전략이 모색, 시행될 필요가 있다. 김영진의 조사연구는 그에 대한 대책을 세우기 위한 것이라는 점에서 매우 유익한 것이었다.

2004년 6월 28일 본대학에서 가진 한국학 연구에 관한, 교육 세미나에는 교수, 연구자뿐만 아니라 학부와 석사과정 이수자들도 다수 참석했다. 질의 토론의 시간에는 그들도 함께 한국학의 활성화를 모색하는 질문을 던지고 토의에 참여했다. 그리하여 이때 워크숍은 매우 진지하고 열의에 찬 것이 되었다. 이 모임에 참여한 DAAD의 토이카 푸옹 박사는 한국을 비롯한 아시아 여러 나라에 대한 DAAD의 학술교류 장학생 지원 실적을 말했다. 그는 일본을 제외하면 다른 아시아 여러 나라에 비해 한국에 대한 DAAD의 지원이 적지 않게 후한 편이라고 했다. 그럼에도 더 많은 지원요청이 있고 그에 대해서 긍정적으로 대처하겠다고 결론지었다. 그의 말에 대해서는 우리 측에서 감사하다는 인사와 함께 독일의 적극적인 지원이 있기를 바란다고 거듭 요청을 했다. 푸옹 박사는 활짝 웃으면서 힘이 닿는 대로 협력하겠다고 하여 모든 사람들이 밝게 웃을 수 있었다.

유럽 한국학의 푸른 초원을 위해

이 작업에 임하면서 우리는 프랑스와 독일을 중심으로 한 유럽 한국학의 현상을 파악하고자 했다. 그와 아울러 우리가 바란 것은 한국학의 시원스러운 새 지평의 타개였다. 처음부터 우리는 해외 한국학이 아무런 문제 없이 이루어지고 있으리라고 생각하지는 않았다. 거기에는 반드시 제약요소들이 있으리라고 생각했고 그 실상이라도 파악하자는 것이 우리가 공동작업에 들어간 이유였다.

프랑스와 독일 등 두 나라로 집약시킨 작업이었으나 우리는 일을 진행하면서 한국학의 교육과 연구에 적지 않은 난점이 있음을 알게 되었다. 프랑스와 독일 두 나라에서 한국학은 한때 약간의 신장세를 누린 시기가 있었다. 그것이 한국이 경제성장기에 접어든 1970년대와 1980년대였다. 이 시기에 프랑스와 독일의 몇 개 대학은 한국학 강좌를 개설하게 되었고 연구소도 운영할 수 있었다. 이런 분위기 조성에는 한국 정부, 그 산하기관, 민간단체 등의 정신적, 물질적 지원이 있었다. 그러나 1990년대 중반기 이후 한국은 경제적으로 어려움을 겪게 되었다. 몇 개 대학과 연구소의 한국학은 그에 따라서 종래와 같은 지원혜택을 받지 못했다. 이것이 역기능으로 작용했음은 말할 것도 없는 일이다.

최근에 들어 해외의 한국학은 동기부여라는 시각에서도 저해요소에 부딪히고 있는 실정이다. 본래 독일과 프랑스에서 한국학은 일본학보다 후발상태에 있었다. 특히 독일은 한때 일본의 맹방이었고 오랜 문화교류의 역사도 가지고 있는 나라였다. 한국은 역사적으로 그들의 비가 되지 못했다. 이와 아울러 최근에는 중국세가 팽창일로에 있는 현실이다. 지금 유럽에서는 중국어를 하게 되면 취직의 문이 넓게 열려있다. 이것이 중국학을 하려는 사람들에게는 결정적인 동기부여가 된다. 다 같은 동북아시아의 국가라도 한국의 경우는 그렇지 못하다. 이런 사실들이 유럽의 한국학에 어두운 그림자를 던진다.

인문과학과 기초과학 분야에서는 언제고 지름길이 없다. 한국학도 결국은 인문과학의 한 분야이며 기초과학의 한 갈래다. 그러므로 단방약식으로 들 수 있는 전략이나 대책은 존재하지 않는다. 그러나 몇 가지 원론적인 말은 할 수 있을 것이다. 이제는 해외 한국학의 활성화를 위해서 우리나라와 문화 자체의 매력을 증진, 배가시켜야 한다. 아직도 해외의 많은 사람들이 한국에 대해서 아는 것은 남북분단과 6·25전쟁, 88올림픽, 2002월드컵 정도다. 그들에게 우리가 적어도 2000년의 역사를 가진다는 사실을 알려야 한다. 한국 문학이 특히 그 시가 양식(한시 포함)에 있어서는 중국에 비견될 정도의 수준 높은 작품들을 가지고 있음을 인식시켜야 한다. 한국이 가지고 있는 사상, 철학, 지성의 수준도 해외에 홍보할 필요가 있다.

이 경우에 또 하나 지적되어야 할 것이 한국학의 주체가 될 연구자와 교수요원의 확보 문제다. 그 해당자는 말할 것도 없이 자생적으로 한국학을 전공할 사람들 가운데서 선발되어야 한다. 그러나 일단 그 테두리가 정해지면 그들에 대해서는 기능적인 혜택이 주어지는 장치를 마련할 필요가 있다. 지금 프랑스나 독일에서는 한국학을 해도 진로가 밝지 않다. 상대적으로 이 지역에 중국학이나 일본학을 하는 경우 직장을 얻을 길이 더 많다. 그러므로 한국학 수혜자의 자질과 능력에 따라서는 한국 내에서의 직장 보장이라든가 경제적, 문화적 혜택의 길이 열려야 할 것이다. 또한 그들을 지도하는 데 필요한 교육기관, 인적 자원, 편의시설 등도 개발, 운영해 나갈 필요가 있다.

이미 그 이름이 나온 김기선 교수는 독일어권 한국학의 활성화 방안 가운데 또 다른 여건으로 잠재인력 발굴 육성 문제와 한국학술진흥재단 지원이 좀 더 다각화될 것을 들었다. 그가 말한 다각화는 한국학 관계 단체뿐만 아니라 소규모 모임을 대상으로 하는 일, 교재 개발을 위한 것, 한국 내와 외국학도들의 공동참여로 이루어지는 워크숍 등 다방면에 걸친 것이었다. 또한 잠재인력의 발굴이란 동기유발 이전의 인력을 이끌어 들이는 것을 뜻한다.[45] 이것은 이 지역에 한정될 것이 아니라 해외의 한국학을 활성화시키는 데 매우 강한 촉매체가 될 수 있다. 이밖에도 많은 문제가 제기되는 것이 해외의 한국학 연구와 교육이다. 이번 우리는 현지 답사를 통해서 이상 문제들에 대한 우리 나름의 인식을 가질 수 있었다. 이런 사실만으로도 이 작업이 시도된 것에는 보람이 있다고 생각한다.

---

45) 김기선, 전게서, pp.73~74.

이웃나라 여기 저기

송화강(松花江) 상류 지역 문화답사
국제학술대회 참가기

2009년도 가을 초에 나는 내가 관계하는 육당학회의 일원으로 중국 길림에서 열린 국제학술대회에 참석할 기회를 가졌다. 우리 일행은 9월 6일 인천공항을 출발하여 길림 소재의 북화대학에서 개최된 〈동북아시아의 교류, 접촉의 과거, 현재, 미래〉를 대주제로 한 논문 발표와 질의, 토론회에 참가했다. 논문 발표는 7일과 8일 이틀간에 걸쳐 있었고 그 내용도 문학과 어학, 역사, 정치, 외교, 사회 및 경제 등 여러 분야에 걸친 것이었다. 발표자들은 한, 중, 일 세 나라 출신으로 여러 분야에 걸친 주제 논문 발표에 진지한 의견들이 제기되어 보람 있는 시간을 가질 수 있었다. 전후 사흘간의 연구 발표회가 끝나자 우리는 다시 북화대학 동아시아연구센터(北華大學東亞研究中心)의 후원으로 고구려와 발해의 고토를 돌아보고 백두산에 등정하는 역사탐방 여행의 기회도 가졌다. 이것은 그때 내가 작은 수첩에 틈틈이 적어둔 메모를 토대로 한 여행기 중 일부에서 뽑아낸 것이다.

9월 6일, 겨레의 옛터를 찾아서

언제나 해외에서 이루어지는 학술대회 참가에는 다소간의 사연이 뒤따른다. 우리 학회가 주최의 한 축이 된 이번 학술대회도 그 예외는 아니다.

우리가 한, 중, 일이 공동 참가하는 학술세미나를 중국에서 개최하기로 한 것은 2008년도였다. 그 주선역을 맡은 최박광(崔博光) 선생이 산동대학에 체류하면서 차분하게 일을 추진했다. 그런데 공교롭게도 그 직후부터 신종플루가 유행하기 시작했다. 처음 미주 쪽을 떠들썩하게 만든 이 독감이 다음 지역으로 중국에 상륙했다. 그때 최박광 선생의 동분서주에도 불구하고 작년 여름에 개최하기로 예정되었던 학술대회가 오늘에까지 연기된 것이다. 사실은 어젯밤 나는 늦게까지 잠이 들지 못했다. 혹 산동대학의 최박광 선생이 중국 측의 사정으로 이번 대회가 다시 연기된다는 장거리 전화가 오지 않을까 걱정이 되었기 때문이다. 새벽에 눈을 좀 붙였다가 깨어보니 어느새 5시 가까이였다. 곧 A.K.플라자 쪽에 가서 인천국제공항행 리무진 버스를 탔다. 내 인천공항 도착은 7시 조금 지난 시각이었으나 그때까지 우리 일행 중 나보다 먼저 공항에 나와서 출국 수속을 준비하는 사람은 없었다.

8시 20분 장춘행 여객기의 발권 시작 시간까지 인천공항 대합실에 나타난 사람들은 윤홍로, 주종연, 황호덕, 최원규, 전성곤, 신인섭 등 교수와 성균관대학의 연구생 등이었다. 우리가 인천공항에서 이륙하는 시간은 11시 30분 예정이어서 상당한 시간의 여유가 있었다. 그런데 막상 비행기표를 사려고 했을 때 문제가 생겼다. 일행 중 윤홍로 교수가 집을 나설 때 확인을 하지 않고 구 여권을 들고 나온 것이다. 윤 교수는 휴대전화로 부인에게 연락하여 새 여권을 가지고 올 수 있겠느냐고 물었다. 그렇게 해보겠다는 부인의 답을 듣고 윤 교수는 기다리기로 했다. 뒷꼭지가 당기는 일이었으나 예정된 탑승시간이 있었으므로 우리는 그를 남겨두고 기내로 오를 수밖에 없었다. 자리를 잡고 나서도 우리는 탑승구를 줄곧 지켜봤다. 그런데 문자 그대로 기적 같은 일이 일어났다. 이륙 5분 전에 윤홍로 교수가 기내로 들어선 것이다. 우리 모두가 한꺼번에 박수를 치고 탄성을 올렸다. 내가 알고 있는대로라면 윤홍로 교수의 집은 용인시의 수지지구에 속하는 아파트였다. 거기서 인천공항은 전문 경주용 차로도 한 시간 이상이 소요되는 거리다. 그런 거리를 윤 교수의 부인은 여권을 찾아내어 몇 번이나 신호 대기를 받으면서 인천공항까지 달려와 부군에게 그것을 전달한 것이다. 참으로 대단한 부인을 두었다고 우리 일동의 화제가 되었다.

우리가 탄 비행기는 11시 30분(중국시간 10시 30분) 장춘공항에 도착했다. 우리 일행이 출찰구를 벗어나자 북화대학의 이선홍(李善洪), 염송심(廉松心) 등 두 교수가 마중을 나와 있었다. 두 교수는 모두 조선족이어서 서로 반갑게 인사를 하고 우리는 곧 목적지인 길림으로 향했다. 우리가 탄 차는 봉고형이었는데 장춘시를 빠져 나가자 거의 일직선으로 된 고속도로를 동쪽으로 달렸다. 때가 가을에 접어들었는데도 도로 양측의 들판에는 푸른빛이 더 많은 경작지들이 끝없이 펼쳐져 있었다. 그 사이사이에 무거운 이삭을 단 벼를 보면서 한 가닥 감회가 일어나는 것을 막지 못했다.

본래 벼의 원산지는 양자강 남쪽으로 아열대 지역이었다. 삼국시대까지 그런 이유로 도작농사는 한강 이남선을 넘어서지 못했다. 조선조 후기에 이르러 우리 농민들이 북간도 개척에 나섰다. 그것으로 벼농사가 두만강과 압록강 북쪽까지 뻗치게 된 것이다. 특히 송화강 유역의 벼농사는 1910년의 주권상실과 함께 우리 우국지사들이 결행한 만주행과 불가분리의 관계를 가진다.

경술국치를 당하자 국경선을 넘어 독립군 기지를 만주에 건설하고자 한 지사의 한 사람이 석주 이상룡(石洲 李相龍)이었다. 본래 그는 500년 동안을 안동 지방에서 세거한 고성 이씨 이청각(固城 李氏 臨淸閣)의 종손이었다. 그는 보수 유림의 집에서 태어났으나 서구의 충격에 접하자 상투를 자르고 신식 교육기관인 협동학교를 세우기에 앞장섰다. 도저한 민족운동자이기도 해서 한때는 일제타도의 실력 투쟁의 길을 모색하여 의병활동에도 참여했다. 그런 그가 우리 주권이 송두리째 일제의 손아귀에 넘어가자 안동 지역에서 김동삼(金東三), 유인식(柳寅植) 등과 동행하고 중앙에서 이시영(李始榮), 이회영(李會榮), 박은식(朴殷植), 신채호(申采浩) 등의 동지들과 제휴하여 일가족과 친지를 거느린 채 망명길에 올랐다.

석주(石洲)의 망명시기는 1910년 막바지 무렵이었다. 그가 고향을 등진 때는 세 말, 한겨울이었으므로 그가 망명지로 택한 서간도에는 이미 혹한이 시작되고 있었다. 그런 추위 속에 망명지사의 무리들은 홑옷에 한뎃잠을 자면서 1차 목표지가 된 회인현(懷仁縣)을 향했다. 그들의 망명생활은 유화(柳花)를 거쳐 삼원포(三源浦)에 자리를 잡으면서 본론에 접어들었다. 형식상 거처가 결정되었다고 해도 석주와 그의 동지들이 일상생활의 기본 요건이 되는 식생활이나 입을 것, 잠자리 걱정을 할 게재는 아니었다. 그들은 도착과 함께 여기저기에 흩어져 사는 우리 겨레를 모아 가르치는 일을 꾀해 나가야 했다. 청장년들을 훈련하여 일제 타도의 전력화하는 일을 시도하지 않을 수 없었다. 이를 위해 석주나 그의 동지들은 개척사를 만들었으며 부민단(扶民團)을 조직했다. 그런 토대 위에 군사 교육을 받았을 리 없는 청장년들을 모아 국내 침공의 실전부대를 편성하고 그 사령부인 군정부도 만들었다. 청산리와 봉오동전투의 기간요원을 기른 신흥무관학교가 설립된 것도 그와 같은 항일저항, 독립운동의 한 형태로 이루어진 것이다.

우리 망명운동자들의 민족투쟁은 문자 그대로 적수공권으로 시작된 것이었고 그것도 중국의 동북쪽 일각인 만리 이역에서 시도되었다. 그들의 독립운동을 위한 의기가 하늘을 찌르는 데 역비례 상태가 된 것이 있었다. 그것이 가족과 친지들의 생활대책을 전혀 세우지 못한 점이었다. 특히 일행 가운데 아들, 딸, 며느리에 손자, 손녀까지 거느리고 온 경우가 그랬다. 망명지사들의 민족운동은 무시로 집을 비우고 때로는 생사의 갈림길을 넘나드는 일이었다. 그런 서슬 속에서 그들이 가족과 피붙이들을 위해 땅을 갈고 먹을 것과 입을 것을 마련해낼 겨를이 있을 리 없었다. 이런 상황 속에서 망명집단의 생명선으로 떠오른 의식주 문제가 고스란히 그 전에 농사일을 해 본 적 없는 아녀자와 노약자의 몫이 되어 버렸다.

다음은 그 역시 경술국치를 당하여 고국을 등진 의병장 왕산 허위(旺山 許蔿)의 종손녀 허은 여사의 구술기록이다.

> 우두거우에 살던 우리는 무오년 하동 다두자로 옮기고(……). 큰오빠네는 다두자의 고산자 장터에서 한 10리 떨어진 노비팔음으로 살림나가 따로 살았다. 그때 내 나이가 열한 살이었다. 또 논을 개간하였다. 산전개간하듯이 땅을 덮은 나무와 풀뿌리들을 쳐내야 했다. 기구나 연장이 신통찮아서 여전히 힘든 작업이었다. 땅은 넓어서 확 트인 시야가 끝 간 데 없이 펼쳐져 있었지만 워낙 넓어서 일부만 했다. 또 미리 와있던 이북 사람들이 개간을 많이 해 놓았다(……). 둥근 상같이 땅속에 박힌 뿌리를 캐내어야만 제자리에 흙을 밟아 논을 만든다(……). 이렇게 논을 개간하여 논농사를 난 뒤부터 비로소 밥을 맛볼 수 있었다.
>
> — 변창애, 『아직도 내 귀엔 서간도 바람 소리가』, p.64

이런 회고담을 남긴 허은 여사의 집은 경상도 임은(林隱)에 세거한 명문이었다. 그 일족은 모두 살림이 유여했고 글로도 이름이 높았다. 그의 종조부인 왕산(旺山)이 을미의병 때 영남 지방 의병의 총대장이었다. 그가 일제에 붙잡혀 처형되자 허은 여사는 조부를 따라 압록강을 넘어 망명길에 올랐다. 때에 그의 나이 아홉 살이었다(허은, 가사 「회상」에 의거). 조부가 식민지 체제하의 삶을 받아들이기로 했다면 고향 임은에는 상당한 농토가 있었고 훌륭한 집과 다정하게 살 수 있는 이웃이 있었다. 그런 허은 여사가 망명 가족의 일원이 된 후 열 살 전후의 고사리 같은 손으로 만주땅 황무지를 개간하여 논으로 만들었다. 내가 지나게 된 장춘—길림 간 고속도로변의 논은 물론 영남 쪽의 망명객 가족들이 개간한 땅은 아닐 것이다. 그럼에도 그 위에 자란 벼 포기를 보게 되자 나라를 잃은 나머지 만리 이

국땅에서 우리 동포가 겪은 일들이 생각났다. 가슴에 안개같은 것이 끼어들어 한동안 들판의 정경이 제대로 보이지 않았다.

고구려 고성 – 용담산성(龍潭山城)

심양공항에서 길림까지는 뜻밖에도 가까운 거리였다. 우리가 탄 차는 약 한 시간 남짓으로 인구 150만을 헤아리는 길림시에 도착했다. 우리가 투숙할 신주대반점(神洲大飯店)에는 산동대학에서 온 최박광 교수, 박은숙 교수와 함께 북화대학의 정의(鄭毅) 교수와 그 밖의 여러 사람들이 나와 있었다. 얼마동안 그들과 인사를 하고 명함을 교환한 다음 우리는 일단 객실 배정을 받아 여장을 풀었다. 점심시간으로 예정된 12시에 2층 식당으로 갔더니 중국식 밥과 반찬이 나왔다. 나의 첫 중국 여행은 아직 국교가 정상화되기 전인 1990년도에 있었다. 그때 식사에 나온 밥은 찰기가 거의 없는 멥쌀이어서 맛이 좋지 못했다. 그런데 이번에 먹어본 밥은 그와 달리 우리나라 것과 거의 차이가 나지 않는 것이었다. 반찬의 질도 상당히 좋아져서 큰 거부감 없이 들 수 있었다. 불과 10여 년 상간에 중국 사회의 성장과 발전이 피부에 와 닿는 느낌을 받았다.

점심이 끝나자 우리는 시내 관광에 나서기로 했다. 처음 우리는 조금 성격이 다른 두 가지 안을 가지고 있었다. 하나는 길림성 박물관을 보자는 것이었고 다른 하나가 고구려 산성을 답사하자는 의견이었다. 두 안에 대해서 나는 후자를 택하는 것이 어떨까 하는 생각을 말했다. 심양에 있는 요령성 박물관에는 구 만주국 때의 유물이 보관되어 있어 볼만한 것이 상당량 소장되어 있었다. 그러나 길림은 오랫동안 교통이나 산업의 요충지였을 뿐 유형문화유산이 다수 수장될 가능성이 희박한 지역이다. 그러나 고구려 산성은 그와 사정이 달랐다. 우리 일행 가운데 고구려 산성을 실제 답사한 사람은 거의 없는 것 같았다. 앞으로도 우리가 전공하는 학문의 성격으로 보아 중국의 고적들을 답사할 기회를 얻기는 쉽지 않을 것이었다. 그렇다면 이번 기회에 2000년 가까운 세월을 거치면서도 그 모습을 간직하고 있는 고구려의 산성 하나를 보아 두는 것이 좋지 않을 것인가. 나는 그런 생각을 내 나름대로 말해보았다. 우리 일행은 다행히 내 의견을 긍정적으로 받아들였다. 그리하여 우리는 길림시를 가로질러 흐르는 송화강을 건너 구 시가지 쪽 외곽에 있는 용담산성으로 차를 몰았다.

길림시는 서울과 비슷하게 강 남쪽에 새 시가지가 형성되어 빌딩이 숲을 이루고 상업과 산업의 중심 지역 구실을 했다. 그에 비해서 구 시가지는 공장이 들어서고 집들도 낡은 것이어서 인기가 없는 것 같았다. 어떻든 우리가 탄 관광버스는 서북쪽으로 방향을 잡아 송화강 위에 걸린 제법 긴 다리를 건너갔다. 그리고 난 다음 구 시가지를 조금 벗어난 동쪽 끝자리에서 차가 멎었다. 중국 측이 용담산성이라고 게시한 고구려 산성 하나가 거기 있었다.

10여 년 전 한국어판이 먼저 나온 이전복(李殿福)의『중국 내의 고구려 유적』에 따르면 중국 동북 지방에 산재한 고구려의 고성은 길림성의 것이 국내성(國內城), 환도성(丸都城), 패왕조산성(覇王朝山城) 등 16개이다. 또한 요령성에서 발견된 것만도 오녀산성(五女山城), 흑구산성(黑溝山城), 봉황산성(鳳凰山城) 등 열에 이른다. 용담산성은 그 가운데 하나였다.

이 고구려 고성의 이름에 용담이 붙은 것은 성을 쌓은 산이 용담산이기 때문이었다. 그런데 용담산이란 이름은 성안에 만든 인공저수지인 용담에서 유래한 것이 분명했다. 그렇다면 용담산성이란 이름은 명백하게 고구려가 처음 이 성을 쌓은 다음 붙인 이름은 아닐 것이다. 중국 당국도 이런 사실에 대해 전혀 인식이 없지는 않았던 것 같다. 성 입구의 매표소 앞에 세운 안내판에는 일찍 이 성이 고구려 산성이었다고 설명의 말을 붙인 것이 있었다.

지금 이 성은 말할 것도 없이 우리 국토에 속하지 않는 땅에 있다. 그리하여 우리 학술조사팀이 이 성에 대해 제대로 된 조사를 하고 종합적인 보고서를 낼 수가 없는 실정이다. 다만 중국 측에서는 이미 1957년과 1958년 등 2회에 걸쳐서 성곽 일부를 발굴하고 특히 '용담(龍潭)'에 대해 자세히 조사를 한 모양이다. 그 결과 우물 바닥에서 요(遼), 금(金) 양대의 유물이 발견되어 이 성의 축조가 고구려 이전에 이미 이루어진 것이라는 주장을 제기했다. 얼핏 논거가 있는 듯한 중국 측 주장에는 되짚어 보면 감출 길이 없는 논리상의 허구성이 발견된다. 우리가 경주의 안압지를 준설, 조사한 것은 1970년대에 들어서고 나서의 일이다. 그때 안압지의 바닥에서 서역의 옥돌이 나왔고 중국 한대(漢代)의 것으로 추정된 동경도 발견되었다. 그렇다고 안압지를 만든 것이 페르시아였다고 하거나 한나라가 그것을 팠다고 할 수는 없을 것이다. 그 축성의 방식이나 당시의 고구려 강역을 생각해 보면 이 성이 고구려에 의해 그 군사전략적 목적으로 축조된 것은 의심할 여지가 없는 일이다. 용담산성은 엄연하게 고구려의, 고구려인이 축조한, 고구려의 산성일 뿐이었다.

우리 일행이 찾은 용담산성은 방패 모양을 하고 길게 남북으로 뻗어 있었다. 우리가 오른쪽은 옛적 서문이 있었던 곳으로 거기서부터 곧 정상을 향한 비탈이 시작되었다. 성곽은 오랜 세월, 풍상을 거치면서 많이 허물어져 있었다. 그래도 참나무, 이깔나무와 가문비나무가 들어선 숲길 사이사이로 황토를 다져 쌓은 성벽이 나타났다. 밑바닥 폭이 10m 정도, 상층은 그보다 좁아 가늠이 안 되었는데 뒤에 중국 측의 조사보고서를 보니 그 폭이 1m에서 2m 정도라고 적혀있었다. 이 성은 용담산 전체의 지형지물을 이용한 가운데 산을 한 바퀴 감아 돈 모양이었다. 사이사이에는 돌 구조물도 나왔다. 돌로 된 성의 하부는 굵고 큼직한 화강암이 이용되어 있었다. 위로 오를수록 작은 돌이 보였다. 거의 수직의 단애가 되게 쌓아 올린 모양도 TV에서 방영된 고구려 축성의 기법을 잘 드러낸 것이었다. 산성의 가장 높은 곳은 해발 344m. 거기에 오르기 전에 우리 일행은 남쪽으로 난 한 봉우리에 서게 되었다. 거기서는 우리가 건너온 송화강이 보였고 그 일대가 길림시 남쪽과 그에 이은 벌판이었다. 앞이 탁 트여 강 남쪽에 들어선 빌딩숲이 없었다면 일망천리라는 과장도 가능할 정도로 훌륭한 조망이었다. 우리 입에서는 약속이라도 한 듯 아, 좋다는 탄성이 흘러나왔다.

시간이 넉넉하지 못했으므로 우리는 산정에 위치한 조망대에 들른 다음 곧 귀로를 택했다. 올라온 길을 조금 북쪽으로 틀자 산의 7부능선쯤 되는 곳에 제법 규모가 큰 못이 나왔다. 그 모양이 말발굽에 가까웠는데 동서의 길이가 가장 길어 52m여, 남북이 25m가량이라고 적혀 있었다. 또한 안내판에는 그 수심이 여름철 가장 물이 많은 때가 9m 정도라고 되어 있어 비상시에 상당한 용수 저장이 가능했을 것으로 생각되었다. 얼핏 보아 전투가 시작되면 군사목적으로 사용된 식수와 용수원으로 축조되었음을 알 수 있었다.

용담을 돌아보고 조금 북쪽 길을 오르니까 중국 측이 한뇌(旱牢)라고 하는 마른 못이 나왔다. 이름이 못이지만 한뇌에는 물이 전혀 고여 있지 않았다. 그 지름이 100m 정도, 깊이가 3m 가량이었고 지표를 파고 둘레를 화강암으로 축조한 구조물이었다. 벽이 수직으로 되어있었고 바닥은 역시 석회로 다진 흔적이 남아있는 평면이었다. 사람에 따라서는 이 구조물을 저수용이 아닌 곡물저장용 창고라고 보는 이도 있다고 했다. 또한 죄수나 전쟁포로 수감용으로 만든 뇌옥시설 일부라고 해석하는 예가 있는 모양이다. 어떻든 이 산성을 돌아본 우리의 감회는 남달랐다. 중국 측에서 추정하는 대로라면 용담산성이 이루어진 연대는 고구려의 광개토대왕에서 장수왕(長壽王) 연간이다. 그러니까 성이 축조되고 난 다음 덧없는 세월이 2천 가까이 흘러갔다. 그 사이에 고구려가 무너지고 발해가 깨어졌다. 신라의 삼국통일 이후 우리 민족의 국경선은 압록강, 두만강 선을 넘지 못했다. 그리하여 단군과 해모수, 주몽의 고토가 남의 땅이 되어버린 것이다.

지금 우리는 그 땅을 속절없는 길손의 신세가 되어 바라볼 뿐이었다. 그런 생각과 함께 산성을 내려서는 우리 발길은 무거울 수밖에 없었다.

길림에 머물게 된 첫날의 만찬은 신주대반점 1층의 연회장에서 있었다. 이때 우리 일행은 주빈석 테이블을 차지했고 내 옆자리에는 북화대학의 관계자들과 함께 최박광, 주종연, 윤홍로, 최원규 등이 앉았다. 식사 전에 북화대학 측의 긴 환영사가 있었다. 북화대학 측의 말은 사회주의 국가의 관례대로 학술회의와 직접 관계가 없는 학교 소개, 중국의 문교 정책, 나아가 그와 학교 간부들의 경영전략에 관한 것과 실적 등으로 이어졌다. 그 소요 시간이 자그마치 30여 분, 식사 전 인사말치고는 조금 지루하게 생각되었다. 다만 북화대학이 한국의 몇몇 대학과 학사교류를 하여 서로 유학생들을 교환하며 일부 학과의 학점까지 인정하고 있다는 대목에는 흥미가 발동했다. 나는 중국어가 전혀 벙어리라 궁금한 것이 있어도 물어볼 수가 없었다. 그러나 북화대학과 학사교류가 이루어지고 있는 한국의 대학 이름을 듣게 되자 적지 않게 관심이 쏠렸다.

식사 중 우리는 중국식으로 몇 번인가 건배 제의를 받고 또한 그에 대한 응답 절차를 밟았다. 우리 일행 가운데 나는 술에 제일 약했다. 주빈석에 앉았으면서도 연거푸 돌아오는 술잔을 거듭 사양하지 않을 수가 없었다. 그런데 옆자리에 앉은 최원규 교수는 그렇지 않았다. 그는 대만 유학 때 배웠다는 중국말을 우리말과 섞어 써가면서 중국 측의 술잔을 차례를 받아 마시고 또한 건네주고 했다. 그의 덕택으로 자칫 절름발이 꼴이 될 뻔한 만찬자리가 제법 흥겨운 것이 될 수 있었다.

국제학술대회

9월 7일, 발표대회 첫날

먼 길을 오느라고 그랬는지 어젯밤에는 푹 잤다. 아침 6시에 잠이 깨어 수도꼭지를 틀어보니 문제가 있었다. 세면기에 붉은색 녹물이 쏟아져 나온 것이다. 호텔을 지을 때 건축자재업자 가운데 불량 수도관을 납품한 사람이 있었던 모양이다. 1960년대 후반기부터 한국의 일부 공공건물에도 이런 사례가 이곳저곳에 나타났다. 그때는 고도성장을 지향하면서 대소 구조물이 발주되고 서울이나 부산에서 고층아파트가 들어서기 시작했다. 그 틈을 타서 일부 공공건물에는 부실공사가 있었다. 수도꼭지를 틀면 녹물이 흘러나왔던 것이다. 중국의 산업사회 진입은 우리나라보다 한 세대 가량 늦게 이루어진 것으로 알고 있다. 그 여파가 오늘 내 목욕시간에 미친 것이구나 생각하고 쓴웃음이 나왔다.

아침 산책으로 호텔 앞을 흐르는 송화강 물기슭으로 나가보았다. 호텔에서 길을 건너가자 곧 강반이 되었다. 하천 둔치에 이르는 계단 다음으로 공터가 나왔다. 구획 정리를 한 강 건너에 어제 우리가 다녀온 길림시 북쪽 구역이 보였다. 그쪽에도 고층아파트들이 들어서 내가 살던 압구정 쪽의 한강둔치가 생각났다. 우리 쪽 둔치에는 대소 몇 개의 휴식공간이 마련되어 있었는데 큰 것은 정구장 정도였다. 그 하나에 100여 명 이상이 모여서 기공체조를 하고 있었다. 지도교사의 구령에 따라 여러 사람들이 진지하게 팔을 뻗고 몸을 굽히는 모양이 매우 유연해 보였다. 또 다른 자리에서는 여성들이 주로 모여 검무 동작을 하고 있었다. 사람들은 거의 모두 통상복이 아닌 민속 도복 같은 것을 입었고 두어 자 가량이 되는 칼자루에는 붉은 빛깔을 한 수술이 달려 있었다. 각자가 그런 칼을 들고 선도자의 구령에 따라 검무를 방불하게 하는 동작을 익히는 것 같았다.

내가 사는 성남 분당에도 중앙공원이 있다. 그 광장에도 아침마다 사람들이 모여 보건체조를 한다. 몇 번인가 그 광경을 보며 언젠가는 나도 그들과 함께 아침체조를 했으면 했는데 꼭 같은 생각을 다른 나라에서 해보았다.

9월달 송화강 강변의 공기는 스웨터를 걸친 내 피부에 좀 싸늘하게 느껴졌다. 내가 강물에 손을 담그어 보자 뒤에서 인사를 하는 사람들이 있었다. 어제 이웃방에 투숙한 최원규와 윤홍로 교수였다. 우리는 곧 한패가 되어서 조금 검은 빛을 띤 송화강 물을 만져보았다. 우리가 자리한 기슭에서 대안을 보았더니 강폭은 어림짐작으로 서울 한남대교 언저리의 한강 정도가 아닌가 생각되었다. 물 기슭에는 군데군데 잡초가 보였고 사이사이 키가 작은 버드나무의 군락이 있었다. 우리 앞자리에 물거품이 이는 것으로 보아 유속은 상당히 빠른 것 같았다. 한강처럼 강물을 스치며 날아다니는 새는 보이지 않았고, 물속에서 헤엄치는 물고기도 없는 것 같았다.

첫날 학술발표대회는 북화대학 제1캠퍼스에서 열렸다. 발표장에 가기 위해 우리는 8시 30분 호텔에서 버스를 타고 이동했다. 우리가 도착한 발표장은 150명 정도를 수용할 수 있는 강당이었다. 회의를 시작할 무렵에는 그 자리가 거의 차 있었다. 나중에 안 일이지만 북화대학의 동아시아연구센터 소속의 대학원생과 연구원이 다수 참석한 결과였다.

학술발표회는 예정보다 약 10분이 늦은 9시 10분에 시작되었다. 개회와 동시에 북화대학 총장 유화충(劉和忠)의 축사가 있었다. 어제 저녁 식사 때의 인사말과 비슷한 내용이었으나 거기에 살이 더 붙었다. 그의 치사는 자그마치 40분을 넘겼다. 그 다음이 내 차례였다. 나는 한, 중, 일의 문화상 유대관계가 이번 일을 계기로 더욱 두터워지기를 바란다는 요지의 몇 마디로 인사말을 끝맺었다. 이어 최박광 교수와 동북사범대학 고적연구소(東北師範大學 古籍研究所) 소장 이덕산(李德山) 교수의 인사말이 이어졌다. 두 분 다 시간을 끌지는 않았으나 그래도 네 사람의 축사가 끝나고 나자 다음 순서로 연결된 시간이 많이 잠식되어 있었다. 그 나머지 10시에서 10시 반까지 30분간으로 잡힌 커피 브레이크가 10분간으로 단축되어 버렸다.

학술회의 본무대인 논문 발표는 예정보다 20여 분이 늦은 11시 가까이에 시작되었다. 그 사회를 맡은 탕중남(湯重南) 교수는 중국사회과학원 세계역사연구소 소속이었다. 전공이 일본사로 중국일본사학회 회장직도 맡고 있는 것으로 보아 일본 연구의 권위인 것 같았다. 그의 사회로 오전에 세 사람이 논문을 발표하고 질의 토론을 가졌다.

> 趙軼峰(동북사범대학 아주문명연구원장), 「민족국가와 근대화(民族的 國家與近代化)」
> 尹弘老(단국대학교), 「개화기의 진화론 수용과 문학사상」
> 劉國石(북화대학 동아문화센터), 「동북 지방 중국어의 만주어적 요소(東北地區 漢語中 滿語因素)」

국제학술발표회의의 성격상 발표되는 논문은 통역자가 붙었다. 한국어로 발표되는 논문은 중국어로, 중국어의 경우에는 한국어로 통역이 되었고 일본어의 경우에도 그에 준했다. 그럼에도 나는 중국어에 귀머거리여서 발표논문의 중요 부분 내용을 제대로 파악할 수가 없었다. 적지 않게 불편했다.

조질봉(趙軼峰) 교수의 논문은 우리 세대가 그 일부를 겪은 중일관계를 다룬 것이었다. 그는 문제의 기점을 청일전쟁의 종결로 열린 마관조약(馬關條約)으로 잡고 그 후 일본의 영토적 침략이 거듭되었음을 지적했다. 그와 아울러 그는 동북아시아의 평화가 유지, 보장되기 위해서 민족국가와 그 역사가 존중되어야 한다는 결론을 내렸다. 역사, 특히 정치외교사에 문외한인 나에게도 수긍이 가는 데가 있는 논문이었다.

윤홍로(尹弘老) 교수의 논문은 그가 다년간 전념해 온 한국 근대문학 연구의 일환으로 이루어진 것이다. 그는 이광수(李光洙)에 대한 집중적 연구를 해왔는데 이번 논문은 진화론이 이광수와 같은 시기의 한국 작가들에게 어떻게 수용되었는가를 밝혀낸 것이다. 중국 측의 반응이 좋아 발표 후 북화대학에서 발간되는 논문집에 수록 허가 요청이 온 것으로 들었다.

유국석(劉國石) 교수의 것은 이번 발표대회에 나온 단 하나의 어학 논문이었다. 지금 중국에서 만주어는 문자 그대로 소수민족의 것이 되어 공식 문서에 쓰이는 예가 거의 없다고 들었다. 한때 대제국을 세운 민족어가 그렇게 쇠퇴해 버린 것이다. 유국석 교수의 논문은 그런 만주어를 중국의 지배세력을 이룬 한족(漢族)의 말에 비추어 보려는 시도여서 나에게는 적지 않은 관심이 갔다. 배포된 논문 별쇄를 보았더니 그 제1장이 「환경언어」로 되어 있었다. 그 허두에 목단강(牧丹江), 도문강(圖們江), 송화강, 압록강 등의 강 이름이 만주어에 대비되어 있었다.

　　① 牧丹江: 만주어 － 牧丹, 弯曲 그 음과 뜻이 감안되어 漢語의 牧丹江이 됨.
　　② 圖們江: 圖們 － 만주어로 萬의 뜻에서 萬源之江의 뜻으로 圖們江이라고 함.
　　③ 鴨綠江: 鴨綠 － 만주어로 池邊. 한어로 池邊江의 뜻.
　　④ 松花江: 만주어로 松阿里는 천하(天河), 烏拉은 江, 松阿里는 우리말의 미류내.

오전 연구 발표는 예정보다 한 시간가량 늑장이 되어 1시 30분에 끝났다. 우리는 중국 측의 안내를 받아 본부 서쪽에 있는 식당에서 점심을 먹었다. 대학 식당인데도 우리 일행을 배려한 것인지 반찬에 김치가 나왔다. 식사가 끝나고 우리는 정의(鄭毅) 교수의 안내로 대학 구내를 돌아보았다. 학교 여기저기에는 한국 대학처럼 학생들이 빠른 걸음으로 지나가고 있어 그 활기찬 모습이 보기 좋았다. 한국에서 유학한 학생 수를 물었더니 100여 명에 이른다고 했고 그 밖의 외국인 학생이 500명 선이라고 해서 놀랐다.

본부의 서쪽에 자리한 의과대학과 예술대학은 그 규모가 큰 것이 매우 인상적이었다. 또 하나 이색적인 풍경이 한 떼의 여학생이 전투복을 입은 모습이었다. 나는 혹 위탁생으로 받은 전투경찰이나 여군 훈련생인가 하여 정의 교수에게 물어보았다. 그의 말이 그들 여학생은 모두가 학부 신입생이라고 했다. 중국 정부는 모든 학생이 대학에 입학하면 그 첫해에 군사훈련을 이수시키고 있었다. 그의 말을 듣자 나는 곧 한국 대학에서 일어났던 교련 반대의 회오리를 생각했다. 1970년대와 80년대의 학원사태였다. 그 무렵 우리나라 대학에서는 학생들에게 과하는 군사훈련이 학원의 병영화이며 그것이 곧 군부독재의 연장 음모 수단의 일단이라고 하여 학생들의 거센 반발을 사게 되었다. 나도 그때 마음속으로는 정부의 그런 시책이 마음에 들지 않았다. 그런데 다른 나라에서 여학생들이 제복을 입고 질서 있게 걷는 것을 보니 생각이 좀 달라졌다. 젊은이들이 추구하는 무한 자유는 흔히 방종의 형태로 변질되기 쉽다. 그것을 완화, 수정하는 장치로써 대학에서 일정동안의 집단훈련이 필요할지도 모른다고 생각했다.

오후의 연구 발표 사회자는 한국 측의 최박광 선생이 맡았다. 그는 중국 체재의 경험이 상당기간이어서 사회를 통역 없이 하는가 했더니 그게 아니었다. 그가 한국말로 하는 사회 내용을 산동대학의 박은숙 교수가 맡아서 중국말로 옮겼다. 오후의 연구 발표는 논문 다섯 개가 될 정도로 강행군이 되었다.

　　湯重南, 「신중국의 대일외교와 중, 일 양국의 관계 발전(新中國的對日外
　交與中日關係發展)」
　　朱鍾演(국민대학교), 「한중설화의 모티브 연구」
　　程舒偉(동북산업대학), 「중일전쟁의 발단에 관하여(關于中日戰爭開端
　問題)」
　　崔元圭(충남대학교), 「육당(六堂)의 신문학과 불교」

鄭毅(북화대학 동아시아 연구센터), 「중일전쟁 전 일본의 제국의식 연구
　(戰前日本的帝國意識硏究)」

　탕중남(湯重南) 교수의 논문은 표제가 「공화국의 빛나는 60년(共和國輝
煌六十年)」이었다. 제목으로 짐작된 바와 같이 새 중국 정부가 수립된 이
후 일본과의 국교가 이루어진 경위를 밝힌 논문이었다. 그는 중국의 다 일
본 외교를 3기로 나누어 논술했다. 제1기는 정부가 수립되고 난 다음부터
1972년까지였다. 이 시기는 다시 1949년에서 1950년대의 중반기경과 그에
이은 1970년대 초까지로 구분되었다. 이 시기 전반부에 중국과 일본은 이
렇다 할 국교정상화의 움직임을 보이지 않았다. 후반기에 이르러 민간외
교의 형태로 양국 간의 내왕이 시작되었다. 그러나 그 사이에도 1958년 5
월 일어난 나가사끼 국기사건[長崎國旗事件]이 있어 한때 양국 관계가 경직
국면을 맞은 일이 있다.

　이 사건은 기시[岸信介] 정부가 반중화 정책을 채택한 데서 발단되었다. 극
렬우파가 중공기를 훼손시킨 사건으로 양국 간의 민간수준 교류조차가 한
때 끊어져 버렸다. 이런 사태는 주은래 수상이 양국관계 정상화를 위한 정치
3원칙과 무역 3원칙을 발표하고 일본 정부가 그를 수용하기로 하여 해결의
실마리를 얻었다. 정치 3원칙이란 일본이 중국 정부를 적대시하지 말 것과
함께 대만을 의식한 2개 중국 정책을 버릴 것, 양국 간의 평화적 관계 회복이
조속하게 실시될 수 있도록 노력할 것 등이었다. 또한 경제 3원칙은 ① 정부
수준의 통상협정, ② 민간과 정부가 함께하는 교역(民間合同), ③ 모든 사안들
은 개별적으로 정성들여 다룰 것(介別照顧) 등으로 되어 있었다.

　탕중남 교수에 의하면 중일 외교관계가 획시기적 타결국면에 접어든 것
이 1972년부터이다. 1971년 10월 중국국교정상화를 위해 주은래 수상이
복교(復交) 3원칙을 제출했다. 그것이 ① 전 중국을 대표하는 것은 중화인
민공화국 하나뿐이다(世界上只有一介中國), ② 대만은 중공의 영토로 영토

　먼 고장 · 이웃나라 · 내가 사는 땅

분할은 있을 수 없다(台湾是中華人民共和國領土不可分割一部分), ③ 일본과 대만 정부 사이의 조약은 불법적인 것이므로 마땅히 폐기되어야 한다(日臺條約是非法的 無效的 應予廢際) 등이었다. 당시 일본 정부의 수상은 다나카[田中角榮]이었다. 그가 주은래의 수교 3원칙을 받아들이기로 했고 그 후 여러 차례의 회담을 거쳐서 1976년 등소평(鄧少平)과 후꾸다[福田叫夫] 사이에 정부 간 수교의 길이 열렸다.

한중 국교의 제3기는 강택민 주석의 일본 천황 방문에 따른 일본 측의 답례 방문으로 시작된 것이다. 이때부터 중국과 일본은 평화원칙에 입각하여 서로를 대화, 협력관계로 삼았으며 두 나라 사이의 교역량이 기하급수격으로 불어났다. 탕중남 교수는 그 주역으로 강택민의 역할을 부각시키고 있었다. 그의 발표는 순수 연구자의 시각보다는 정책을 논리적으로 뒷받침하고 옹호하려는 측면이 더 강했다.

주종연(朱鍾演), 최원규(崔元圭) 교수의 논문은 중국 측의 것과 달리 순수 문학 연구에 속하는 것이었다. 주종연 교수는 한국과 중국의 고전에 나오는 도검(刀劍) 설화에 착안했다. 고구려의 유리왕은 부왕인 주몽과 어려서 헤어져 버렸다. 그는 주몽이 숨겨둔 동검을 마루 밑에서 찾아내어 부왕을 만남으로써 왕통을 계승하게 되고 대제국의 주인 자리에 오른다. 그에 대비되는 것이 『수신기(搜神記)』에 포함된 중국설화다. 오(吳)나라의 우장막야(于將莫耶)는 왕의 명령을 받들어 보검을 만들었다. 그것은 자, 웅으로 된 한 쌍의 칼이었는데 우장막야는 한 쌍 중에서 자검(雌劍)만 왕에게 바쳤다. 그는 집을 나설 때 부인에게 그가 만든 칼 가운데 웅검(雄劍)이 별도로 갈무리되어 있다고 말했다. 그가 왕에게 쌍검 중 하나만을 바치자 크게 노한 오왕(吳王)이 그를 죽여 버렸다. 억울하게 그가 죽은 다음 자라난 그의 아들은 아버지가 말한 보검의 수수께끼를 풀어 웅검을 찾았다. 아들은 그것을 들고 왕궁에 들어가 왕을 쳐서 원수를 갚았다. 주종연 교수의 논문은 비교문학의 정석인 모티브 대비에 그치지 않았다. 그는 결론에서 다 같은 보검설화임에도 한국과 중국의 그것이 반대되는 종결구조가 되어 하나가 비극임에 반해 다른 하나가 그렇지 않음을 지적했다. 이것은 이 논문에 이용된 방법이 단순 비교에 그치지 않고 그 시각이 문화배경론으로 확산되어 있음을 뜻한다.

최원규 교수의 논문은 육당(六堂)문학에 내포된 불교적 요소를 파악하고자 한 것이다. 문학자로서 육당은 문명개화의 선구자였고 조선주의의 확립을 지향한 문화운동가이기도 했다. 그런 그의 작품 속에서 해탈, 자재신(自在身)의 자취를 찾아내고자 한 일은 그 자체로서도 의의가 있는 일이었다.

정서위(程舒偉)와 정의(鄭毅), 두 교수는 다같이 중국 현대사를 다룬 논문을 발표했다. 이제까지 우리는 중일전쟁을 중국 현대사의 대전환기로 잡아왔다. 중일전쟁을 계기로 중국에서 전 민족이 단결, 총화를 이룬 총력동원 체제가 형성되었다. 그 연장형태로 사회주의 국가가 수립된 것이다. 그 중일전쟁이 발발한 시기를 이제까지 우리는 1937년 7월 7일의 노구교사건부터로 잡아왔다. 하지만 정서위 교수는 그것을 만주사변까지로 소급해야 한다고 주장했다. 그 무렵에 이미 일제가 대륙침공의 작전계획을 만들어갔다는 것이다. 그 결과 그는 중국민족의 대일항전이 1937년부터 1945년까지가 아니라 1931년(만주, 노구교사건 발발)부터로 소급되어 14년간으로 확장된다고 주장했다.

정의 교수는 1962년생으로 길림대학에서 정치학을 전공하여 학위를 취득하고 일본의 법정대학에 유학한 일본 외교사 전공자였다. 그는 공저로 『일본제국의 흥망(日本帝國的興亡)』, 『철완수상 요시타시게루(鐵腕首相吉田茂)』 등을 가지고 있었다. 오늘 발표 논문은 그 가운데 하나인 요시타[吉田茂] 연구의 부산물로 생각되었다. 요시타는 태평양전쟁 중 자유주의자로 낙인 찍혀 헌병대의 감시를 받고 가택연금된 사람이었다. 그런 그도 만주국 관리로 있을 때 일본의 대륙침략 정책수립에 참여한 적이 있었다. 그 근거 논문이

「나의 대만주 정책에 대한 견해(對滿政策之我見)」였다. 정의 교수의 논문은 거기에 대륙침략의 의도가 어떻게 내포되어 있는가를 논증해 나간 것이었다. 나는 한국에서 중국학이라면 경학이나 고전 연구에 치중된 것만으로 보았다. 그것이 편견의 하나였음을 정의 교수의 발표를 통해 알 수 있었다.

오전에 세 편, 오후에 다섯 편이 발표된 첫날 연구 발표와 질의 토론은 저녁 6시가 지나서야 끝났다. 중국의 표준시간은 한국보다 한 시간 늦은 것이니까 우리 시간으로 7시에 여덟 편의 논문 발표가 일단락을 본 것이다. 흔히 해외에서 이루어지는 연구 발표 모임에는 결석자가 나오고 중도에 자리를 벗어나는 사람도 생긴다. 그런데 이번 대회에서 그런 예가 하나도 보이지 않았다. 나는 중국 연구자들이 연구 발표에 임하는 진지한 정신 자세를 엿본 것 같아 적지 않게 긴장되었다.

6시에 회의가 끝나자 우리는 시내에 있는 중화요리전문점으로 옮겼다. 그 자리에서 다시 북화대학 총장의 초대사가 있었다. 그에 이어 내가 답사를 맡아야 했다. 나는 한국과 중국이 함께 겪은 일제시대를 이야기하고 그런 역사 속에서 우리가 지녀야 할 의식에 대해 언급했다. 이육사(李陸史)의 「광야」에서 "백마타고 오는 초인"을 인용한 것으로 내 이야기를 끝맺었다.

9월 8일

어제보다 한 시간 정도 빠른 5시에 일어났다. 어제 저녁 중국에서 샤워 때 녹물을 뒤집어쓰지 않을 요령을 얻어들은 것이 있었다. 목욕 전에 수도 꼭지를 크게 틀어 맑은 물이 나올 때까지 기다리고 그 다음에 샤워 쪽으로 돌리면 된다는 것이었다. 배운대로 약 10분 정도 수도꼭지를 틀어 놓았더니 녹이 거의 섞이지 않은 물이 나왔다. 덕분에 제법 개운한 샤워를 할 수 있었다.

6시경 이웃방의 주종연, 윤홍로, 최원규 선생과 연락하여 어제처럼 송화강 둔치로 나갔다. 나무의자가 놓여있고 조경수가 심어진 자리에 몇 사람이 모여 있는 것을 보았다. 얼굴 생김새가 우리 핏줄이 아닌가 하는 사람들이 보이길래 혹시 우리 교포인가 하여 말을 건네 보았다. 아주머니 한 분이 그의 조부가 충청도에서 살았다고 했다. 우리말을 어느 정도 할 줄 알았다. 그러나 한국에 대해서는 별로 아는 것이 없는 듯하여 더 이상 이야기를 주고받지는 못했다.

어제에 이어 두 번째 송화강 물에 손을 담그어 보았다. 손바닥에 느껴지는 싸늘한 물살이 한강이나 낙동강과는 다른 것 같아 한 가닥 서글픔 같은 것이 가슴을 스치고 지나갔다. 나는 혼자서 여기저기를 살피다가 어릴 때 고향 산기슭에서 주운 꿩알 크기의 돌 하나를 발견했다. 길림 쪽의 송화강 유역 일대는 화강암 지대가 아닌 듯 그 일대에 보이는 돌들은 거의 모두가 암회색에 석질도 단단하지 못했다. 그런데 내가 아침 산책길에서 발견한 돌은 그와 달랐다. 녀석은 거의 옥돌에 가깝게 석질이 부드러웠고 빛깔도 반투명으로 유백색(乳白色)이었다. 나는 우리 일정이 내일 길림시를 떠나게 되어 있는 것을 생각하고 기념될만한 것을 가지고 갔으면 했다. 그러던 차 마음에 도는 무돌 하나를 얻게 되어 마음이 적지 않게 개운했다.

오늘 연구 발표는 북화대학 제2캠퍼스에서 개최되었다. 8시 30분 아침 식사를 마치고 우리 일행은 대형버스를 이용하여 회의장소로 이동했다. 우리가 쓰게 된 논문 발표 장소는 북화대학 동아시아연구센터 1층에 있는 중형 세미나실이었다. 회의장 정면에 사회자와 발표자, 그리고 통역석이 마련되어 있었고 일반석은 서로 마주볼 수 있도록 테이블과 의자가 배치되어 있었다. 수용 가능 인원은 어림짐작으로 50석 정도라고 생각했는데 회의가 시작되기 직전에 보조석이 더 마련되는 것을 보았다.

어제와 달리 오늘 세미나는 예정시각인 9시 정각에 시작이 되었다. 제1부 사회자는 건국대학교의 신인섭 교수가 맡았다. 그의 곁자리에 산동대학의 박은숙 교수가 앉아 중국어와 한국어 통역을 했고 일본 측 발표자의 경우에는 신인섭 교수가 한국어로 그 내용을 요약하여 말했다. 오전에 다섯 명의 논문 발표가 있었다.

全成坤(고려대학교), 「'신동아시아론'의 창출과 일본의 제국주의 – 만주국과 주변민족의 설정 논리를 중심으로」
朴銀淑(산동대학 한국어계), 「근대 조선 문인의 만주의식(近代朝鮮文人的滿洲意識)」
黃鎬德(성균관대학교), 「근대 한국어와 이중어사전」
柴田淸繼(日本武庫川好大學), 「日本漢學家松崎鶴雄 在東北地久的學術文藝交流」
廉松心(북화대학), 「淸朝同治年間 鴨綠江中上遊地區的社會狀況」

전성곤(全成坤) 교수의 논문은 신동아론이 제기된 근거를 밝히는 것에서 시작되었다. 그에 따르면 동아시아에서 역사기술의 주체는 한족(漢族)으로 잡혀왔다. 1930년대에 일부 일본학자들이 그것을 뒤엎고 요(遼)와 금(金) 등 주변 민족들의 활동을 그에 대체시켰다. 그 논리가 일본 군부의 만주 건국에 논리적 근거를 마련했다는 것이다. 전성곤 교수의 논문에는 토리이[鳥居龍藏], 시라토리[白鳥庫吉], 이나바[稻葉君三], 에가미[江上波夫] 등의 업적을 거론한 것이 있었고 인용서목만도 20여 종에 이르러 나로서는 개발되는 바가 많았다.

박은숙(朴銀淑) 교수는 조선족 출신으로 한국 현대문학이 전공이었다. 그는 성균관대학교 대학원에 유학한 경력을 가지고 있어서 우리말 구사가 능숙했다. 한글로 된 논문에서 그는 일제시대 중기에 만주체제의 경험을 가진 최서해, 강경애, 박계주, 안수길과 그 후배 작가들인 황건, 김창걸 등의 작품을 거론하였다. 60년대 이후 한국에서 현대작가에 관한 연구는 기하급수격인 팽창계수를 그려 왔다. 그러나 그 가운데서 만주라는 특정 공간을 통한 작가세계를 파악한 예는 많지 못하다. 박은숙 교수의 논문은 그 빈터를 메우기 위한 시도로 보아 의의가 있는 작업이었다.

황호덕(黃鎬德) 교수의 논문은 개항기의 신문화 수용을 주도한 최남선이 서구 수용 과정에서 생긴 번역의 이중성을 다룬 것이었다. 새삼스럽게 밝힐 것도 없이 최남선의 시대에 우리 주변에는 번역의 수단이 되는 영, 독, 불, 러시아 사전이 간행되지 못했다. 근대적 우리말 사전도 간행된 것이 없었다. 거기서 빚어진 부작용으로 한동안 우리 주변에서는 영, 독, 불, 러시아어의 텍스트가 중개자에 해당되는 일본어판을 대본으로 하고 번역, 소개되었다. 이제까지 우리는 이런 번역을 이중번역이라고 하여 2차적인 것으로 생각해 왔다. 황호덕 교수는 이와 같은 종래 우리 주변의 통설에 대해 이의를 제기했다. 그에 따르면 원전이 아니면서 번역의 대본으로 이용된 제3국의 언어는 그 자체가 또 하나의 텍스트일 수 있는 것이었다. 1차 번역이 아닌 간접번역을 꾀한 경우 우리는 그를 통해서 우리말을 새롭게 만들고 정비, 개선할 동기를 부여받게 되었다. 이것으로 최남선이 선구적 역할을 한 개항기 직후의 이중번역이 우리말의 근대화에 긍정적인 역할도 했다는 것이 그의 견해였다.

젊은 세대로서 황호덕 교수의 논문에는 그 나름의 새로움 같은 것이 있었다. 다만 넓은 의미에서 사전은 일종의 정형화된(활자화된) 언어의 창고에 비유될 수 있을 것이다. 그런데 번역자가 써야 할 언어는 많은 경우 그처럼 고정되어 있지 않은 생명체에 대비될 수 있다. 어느 외국문학자나 어학자는 그가 전공하는 나라의 작품을 자국어로 옮길 때 그의 작업을 사전만에 의거하지는 않는다. 고 송욱(宋稶) 교수는 보오드렐 시에 나오는 찻잔을 다(茶)종이라고 옮긴 바 있다. 이런 번역을 가능하게 한 것은 번역자의 머리일 것이며, 그 문화감각이며 지적인 능력이라고 보아야 한다. 나는 황호덕 교수의 참신한 시각에 감동을 받으면서도 그의 시각이 그런 차원으로 확충되기를 빌지 않을 수 없었다.

시바타[柴田] 교수의 논문 발표가 있기 전에 나는 일본학자가 만주의 문인들과 교류한 일이 있었는지 여부에 전혀 관심이 없었다. 그의 말을 듣고 1930년대 초에 마쓰사끼[松崎鶴雄]가 현지에 체재하면서 중국 측의 나진옥(羅玉振), 양종희(楊種羲) 등과 깊이 사귀고 시문을 주고받은 바가 있음을 알았다. 단 발표논문은 요약만이 배포되어 나로서는 시바타 교수의 자세한 연구내용을 알아들을 길이 없어 유감이었다.

염송심(廉松心) 교수도 박은심 교수와 같은 조선족 출신이다. 그는 동북사범대학에서 역사를 전공하고 중앙민족대학에서 학위를 한 의욕적인 연구자였다. 그동안 한국에 유학하여 한중문화교류 관계를 집중적으로 연구했다. 그 결과물로 나온 것이 『십팔세기조중문화교류연구(十八世紀朝中文化交流研究)』(吉林文史出版社, 2006)이다.

염송심 교수의 논문은 부제목이 '이강북일기위중심(以江北日記爲中心)'으로 되어 있었다. 여기서 『강북일기』란 청나라 말 동치연간(同治年間)에 이루어진 압록강 주변의 답사기록을 가리킨다. 국경 지방에 산 우리 동포들이 이 시기에 서간도 농사라고 하여 압록강을 건너 그 북쪽인 만주땅에 자리를 잡고 농사를 지었다. 마침내는 그들의 숫자가 마을과 거리를 이룰 정도가 되자 조선 정부에서는 간접적으로라도 그들을 관리하지 않을 수 없었다. 그때 조선 측 지방관아에서 압록강 남쪽 행정지명을 따서 강북의 조선인이 개간한 구역에 삭주, 창성, 덕산 등의 명칭을 붙였다. 중앙에서는 청나라와의 외교관계가 있었으므로 그것을 공인할 수는 없었을 것이다. 그러니까 이것은 조정의 묵인 아래서 농업 이민을 통한 식민지를 우리가 압록강 북쪽에 가지고 있었음을 뜻한다. 염송심 교수의 연구는 이런 사실을 문헌 중심으로 밝혀낸 것이었다.

오후 회의는 점심시간이 끝난 1시 30분부터 열렸다. 첫 번째 발표가 내 차례였다. 내 논문인 「동북아시아의 문화전통과 한국 현대시」는 그 전문이 '동북안적전통화한국현대시(東北亞的傳統和韓國現代詩)'로 한역되어 먼저 배포가 되어 있었다. 그 내용은 이육사의 「광야」, 김소월의 「초혼」, 한용운의 「알 수 없어요」 등 작품 읽기를 한시와 대비시키면서 꾀해 본 것이었다. 시간을 단축할 생각에서 논문의 요점만을 간단히 말하고 내 차례를 마쳤다. 내 발표에 대해서 따로 질문이나 토론을 청한 사람은 없었다. 내 발표 다음 논문은 4명, 4편이었다.

田毅鵬(길림대학), 「세계화, 민족국가와 동아공영권(全球化民族國家與東亞認同)」
王立新(북화대학), 「20세기 30년대 미국의 동아 정책을 논함(20世紀30年代美國的東北政策述論)」
李善洪(북화대학), 「청나라 초 조선조 표전문제시고(淸初朝鮮表箋問題初探)」
申寅燮(건국대학교), 「Diaspora의 관점에서 텍스트 읽기」

막간의 사건, 한자의 본향에서 붓을 들다

내 발표가 끝나고 나서 잠깐 동안 휴식시간이 있었다. 그 사이에 동아시아연구센터의 정의 교수가 내 자리로 다가왔다. 그는 다음 차례를 지켜보는 나를 불문곡직으로 일으켜 세웠다. 내 힘을 빌려야겠다고 했다. 문제의 발단은 내 불용의한 입방아에 있었다. 오늘 우리 발표장이 된 동아시아연구센터 회의실과 복도에는 여러 장의 중국 서예가들 휘호가 걸려 있었다. 그 가운데 몇 분의 솜씨가 아주 훌륭하다고 논평을 한 것이 탈이었다. 내 말을 들은 정의 교수가 말씀을 하시는 것을 들으니 서예를 보는 상당한 안목이 있는 것 같은데 그러냐고 했다. 옆자리의 주종연, 윤홍로, 최원규 교수가 입을 모아 안목보다 글씨 솜씨가 그만이라고 농담을 했다. 정의 교수가 금세 눈이 둥글어졌다. 그렇다면 지, 필, 묵을 준비할 테니 일필휘지를

 먼 고장 · 이웃나라 · 내가 사는 땅

부탁한다고 서둘렀다. 거듭 손사래를 치고 부정했으므로 나는 그 이야기가 그 자리에서 끝난 줄 알았다. 그런데 정작 내 논문 발표가 끝나자 동아문화연구센터의 임원이 와서 나를 일으켜 세우게 된 것이다.

 다음 차례의 발표가 곧 시작될 무렵이어서 일단 나는 자리에서 일어섰다. 정의 교수의 인도를 받아 2층으로 올라간 것이다. 그 자리에는 벌써 중국 화선지와 붓이 준비되어 있었다. 벼루는 따로 없고 중국 서예가들이 흔히 그렇게 하는 것처럼 접시모양의 그릇과 먹물을 마련한 것이 보였다. 선무당 마당 탓한다고 그 서슬 속에서도 나는 붓이 너무 작고 문진이 있어야 한다고 말했다. 그러자 곧 문진과 함께 대소 두어 자루의 붓을 가진 학생이 나타났다. 먹물을 다루는 그의 솜씨가 범상하지 않은 것 같아 나는 거두절미한 상태에서 서예를 했느냐, 몇 년째가 되었느냐고 물어보았다(내 말은 같이 올라온 한국 학생에 의해 그대로 통역이 되었다). 학생의 답이 학교 서예반에서 공부하고 있으며 글씨를 쓴지는 5년 남짓이라고 했다. 서예의 본고장인 중국에서 5년 경력의 서예 경력이라면 나 정도의 솜씨는 졸업한지 오래일 것이라고 짐작이 되었다. 그런 학생의 말은 더욱 내 손을 떨리게 했다. 그러나 어떻든 그릇의 물은 엎질러진 뒤였다. 나는 두근거리는 가슴을 쓰다듬어 가며 붓을 들었다.

 화선지 반절 정도의 종이에 한국에서 몇 번인가 써 본 경험이 있는 '근고지영(根固枝榮)' 넉 자를 썼다. 종이에 먹이 번져 첫장은 버리기로 하고 다음 장에 '조어화향(鳥語華香)'이라고 써 보았다. 이 역시 첫솜씨는 낙제일 것 같아 두어 장을 더 만들었다. 그 사이에 주종연, 윤홍로 교수가 올라오고 중국 쪽 발표자들도 여러 사람이 모여 들었다. 조금도 에누리 없이 식은땀이 등줄기를 타고 흘러내리는 것 같은 느낌이었다. 그런 때는 담배라도 한 대 피었으면 했으나 타고나면서 나는 그런 것도 배우지 못했다. 한숨 돌리려고 화장실에 다녀왔더니 커피에 다과가 나왔다. 그것으로 한숨

돌리고 크기가 다른 종이에 시경(詩經) 머리에 나오는 구절 '시삼백사무사(詩三百思無邪)'를 써 보았다. 이 장을 쓴 다음 더 써봐야 없던 솜씨가 별안간 나아질 것 같지 않아 붓을 놓았다. 다시 커피를 나눈 다음 중국 측 학생들과 몇 마디를 주고받았다.

우리가 서예라고 하는 글씨 쓰기를 중국에서는 서법(書法)이라고 했다. 일본의 서도(書道)와도 다른 말에 일리를 느끼고 다시 세미나 장으로 돌아갔다. 그동안 시간이 상당히 된 듯 내가 자리에 앉았을 때는 발표순서의 막바지여서 이선홍(李善洪) 교수가 차례를 기다리고 있었다. 프로그램의 순서로는 신인섭(申寅燮) 교수가 마지막이었는데 그 앞에 이루어진 몇 분의 논문 발표를 못 듣게 되어 죄송한 생각을 하면서 자리에 앉았다.

9월 8일 오후 발표

이선홍 교수는 역사학 전공학도로 한국중앙연구원에 와서 명청(明淸)의 외교문서를 모두 검토한 신진기예의 연구자였다. 그 연구결과가 2009년 7월 길림인민출판사에서 간행된 『조선시대명청외교문서연구(朝鮮時代明淸外交文書研究)』였다. 거기에는 우리나라 외교사절의 표(表)와 전(箋), 주본(奏本)과 자문(咨文) 등을 매우 성실하게 검토, 분석한 자취가 뚜렷하게 나타났다. 이 작업을 위해서 그는 중앙연구원의 도서실과 성균관대학, 서울대학 규장각의 문헌들을 두루 열람한 모양이다. 전공에 임하는 그의 태도가 진지 그 자체임에 적지 않은 감명을 받았다. 이번에 발표하는 그의 논문은 위의 저서 일부에서 제기된 문제를 다시 살피는 것이었다.

신인섭 교수가 맡은 Diaspora의 문학은 유이민(流移民)의 문학을 뜻하는 것이었다. 그는 일본 문화가 전공이었는데 그런 관점에서 1장과 2장에서는 아리시마[有島武郎]의 「카인의 후예」와 오에[大江建三郎]의 「동시대 게임」을 다루었다. 그리고 한국 작가의 경우에는 염상섭의 「만세전」과 안수길의 단편 「새벽」이 거론되었다. 처음 나는 간단하게 Diaspora의 개념을 고향상실 상황 쪽으로 생각했고 그 나머지 신인섭 교수가 같은 안수길의 장편 「북간도」를 접어둔 채 단편에 지나지 않은 「새벽」을 텍스트로 택한 이유가 궁금했다. 그러나 그 해답은 「새벽」 일부를 인용한 다음 그가 펼친 논의에서 명쾌하게 제시되었다. "'살기 좋은 고향과 대비해서 이주하는 곳의 척박함이 부각 표현되는 것이 디아스포라의 전형적 유형"

신 교수의 발표를 마지막으로 이틀에 걸친 국제학술 모임이 막을 내렸다. 지금 내가 가지고 있는 소형 수첩 9월 8일자 꼬리 부분에는 오후 5시경 학술발표대회 끝이라고 되어있다. 회의가 끝나자 북화대학 측의 송별 만찬이 있었다. 우리 일행은 버스에 분승하고 제법 거리가 있는 중화요리점으로 향했다. 도중 우리가 지나는 길에 육문중학(毓文中學)이라고 큰 간판을 단 학교가 보였다. 육문중학은 북한의 최고지도자로 오래 군림한 김일성이 한때 다닌 곳이다. 그 간판을 보면서 나는 우리가 2박 3일의 여정으로 묵은 길림과 그 주변 지역이 우리 민족의 과거 현재에 끼치는 그림자가 뜻밖에도 짙은 것임을 느꼈다.

「송화강방선가(松花江放船歌)」 읽기

또 하나 사족처럼 붙여두어야 할 것이 신주대반점 벽의 시폭이었다. 첫날 저녁을 먹은 다음 나는 연회장 한 벽을 가득 메운 강희제(康熙帝)의 「송화강방선가(松花江放船歌)」를 보았다.

송화강 강물은 청청하여라
지난밤 비개이고 봄물결인다
물에 뜬 꽃들은 비단 위에 놓은 자수

채색 배 그림 머리 물결 가르고
소소(簫韶)* 가락 한마디에 강심이 운다.

푸른 바위 솟은 절벽 빗겨가는 물기슭

구름 개어 솟은 해 눈부시는데
물살 갈라 배가 가니 미르가 운다
전함들 숲 이루어 강성(江城)이 되네

날랜 군사 굳은 갑옷 억센 병정들
전모는 물에 비춰 진홍빛 갓끈
나는 열병이 아니라 위문을 왔네

송화강 강물은 맑기도 해라
넘실넘실 출렁출렁 물결쳐가고
안갠가 구름인가 만리길 밝다

* 簫韶는 순(舜) 임금이 만든 노래 곡조.

松花江江水清
夜來雨過春濤生
浪花疊錦繡縠明

彩帆畫鷁隨風輕
簫韶小奏中流鳴
蒼巖翠壁兩岸橫

浮雲耀日何晶晶
乘流直下蛟龍驚
連檣接艦屯江城

貔貅建甲皆銳精
旌旄映水飜朱纓
我來問俗悲觀兵

松花江江水清

浩浩瀚瀚沖波行
雲霞萬里開澄泓

— 康熙帝, 「松花江放船歌」 전문

　나에게는 청나라의 황제인 강희제가 만리 변경인 송화강까지 순행한 사실부터가 놀라웠다. 그런데 그의 작품을 쓴 사람의 호가 의암(宜庵)이었다. 그는 단아한 행초로 강희제의 시를 쓰고 그 끝자리에 부서 도장으로 애신각라(愛新覺羅)를 사용하고 있었다. 널리 알려진대로 애신(愛新)은 여진족의 왕족명칭을 뜻하는 금(金)이다. 각라(覺羅)는 우리말의 겨레에 해당된다. 지난 세기 초에 청왕조는 망했다. 지금 만주족은 그 어디에도 국가 형태를 갖지 못하는 망국의 겨레가 되어버렸다. 그럼에도 옛 그들의 터전에는 아직도 한 세기 전 피붙이들이 영화를 잊지 못해 하는 사람들이 살고 있는 것이다.

고조선, 고구려, 발해의 옛 터전을 지나면서

　학술발표대회가 끝나자 우리는 신주대반점을 하직하고 우리는 다시 교하(蛟河)와 돈화(敦化), 송강(松江), 이도백하(二道白河)를 거쳐 백두산에 올랐다. 길섶 굽이굽이에는 고구려, 발해의 꿈이 서린 듯 했고 글안과 여진족이 끼친 역사의 자취도 남아있었다. 내가 거기서 얻은 감회를 7언으로 적어본 것이 몇 수 되었다.

　　구름 걷힌 넓은 들판 옛적 모습 그대론데
　　시골 마을 지붕 아래 들꽃은 진홍이데
　　대조영이 세운 나라 지금 어디 있단말가
　　옛날 그려 말을 잊긴 너도나도 한가질레

웅장했던 발해땅에 비는 그쳐 풍경좋고
구름 개인 골목턱에 목노집 깃발 붉다
오롯한 제국 벼리 물을 길 없는 자리
멀리 또는 가까이의 산과 강은 예대로다
                          ―「동화를 지나면서 발해의 서울 용천부 옛터를 바라보며」

(一) 雲散平蕪依旧容
      野村墻下雜花紅
      祚榮故國那邊在
      感古無言人我同

(二) 渤海雄邦雨後容
      雲收郊郭酒旗紅
      縱然帝紀尋無處
      遠今山河今古同

                                        ―「過敦化望渤海盛京故址」

다시 찾은 남의 나라 서릿발 스며들고
넓은 들판 틈서리에 단풍든 숲이 있다
상기도 백두산은 단군 자취 갈무렸고
압록강 물소리에 삼학사의 한 서렸네
몇천 리 가을바람 기러기 떼 거느리고
이랑이랑 메수수는 황금물결 이루었다
고개 들어 땅끝 보니 내 나라는 머나먼 곳
보이느니 거친 고을 종 달빛이 더불었다
                              ―「서간도에서 가을을 느껴워 하며」

重到殊方霜氣侵
平原添得好楓林
白山尚保神壇跡
鴨水猶鳴學士心
千里秋風先碧雁
萬畛野黍作黃金

위의 세 수는 발해의 옛 터전을 지나 백두산 가는 길에 본 정경들을 적
어본 것이다. 이날 우리가 신주대반점을 떠난 것은 8시 30분이었다. 차가
길림 시가지를 벗어나자 우리가 탄 버스는 곧 한국의 산업도로 정도의 노
폭을 가진 길을 달리기 시작했다. 차창 밖에는 강냉이와 콩, 고량들이 고
개를 숙인 들판이 펼쳐졌고 그 사이사이에 황금빛을 띤 벼가 있는 논이 나
왔다. 버스가 잠깐 멎은 곳이 장백산(長白山), 경박호(鏡泊湖), 육조산(六條
山) 등의 표시가 보이는 갈림길에서였다. 그 어름에서부터 고구려와 발해
의 유적지가 산재한 촌락과 숲이 시작되었다. 길가에는 조경용으로 심은
듯 보이는 화초들과 관목들이 끝없이 나타났다. 특히 그 가운데서 샐비어
가 인상적이었다.

녀석들은 대륙을 가로지르다시피한 도로 양쪽에 일정한 간격을 지키며
그 선지 색의 빛깔을 하고 가을 하늘을 향해 불타오르고 있었다. 옆자리에
앉은 안내원을 보고 나는 중국어로 샐비어의 이름이 어떻게 되는가 물어
보았다. 그러자 관홍(串紅) 또는 보보고(步步高)라는 대답이 돌아왔다. 관홍
이란 산적 꼬지처럼 된 샐비어의 모양에서 유래한 이름인 것 같았다.

차가 좀 좁은 길에 접어들자 우리가 가는 방향에 한글 간판을 단 부락이
보였다. 반가운 나머지 손을 흔들었으나 집들은 대개 비어있었다. 건물의
손질이 되어 있지 않고 몇몇 집은 문들이 떨어져 나간 것도 보였다. 옆자
리 사람에게 까닭을 물었다. 조선족들 부락에는 상당수의 사람들이 한국
으로 들어가 버려 저렇게 폐옥과 반폐옥이 있는 것이라는 설명이었다. 교
하(蛟河) 가까이에서 점심을 한 다음 다시 우리 일행은 돈화(敦化)휴게소에
서 휴식을 취했다. 돈화 일대는 일찍 발해의 서경압록부(西京鴨綠府)에 속

하는 지역이었다. 지금도 이 일대 여기저기에는 옛적 고구려와 발해의 유적이 산재해 있었다. 절구의 앞뒤에 대조영(大祚榮)과 발해웅방(渤海雄邦) 등의 말이 담긴 것은 그런 사실에 관계된다.

흔히 우리가 서간도라고 불러온 중국의 동북 지방을 내가 여행하게 된 것은 이번이 처음이 아니었다. 1990년 여름, 나는 아직 국교가 이루어지기 전의 중국을 여행한 적이 있다. 그때는 이중언어학회 주최의 학술발표대회에 객원으로 따라갔다. 내 두 번째 중국 여행은 2003년 가을 무렵이었다. 이때 나는 중국과 한국의 작가협회가 공동으로 주최한 정지용 문학제를 연변에서 열기 위해 5박 6일의 여정에 올랐던 것이다. 북경과 심양을 들른 다음 우리 일행은 연변대학에서 한국과 중국 합동으로 문학 강연과 시 낭송, 음악으로 이루어진 지용문학기념제를 가졌다. 이어 백두산에 오르고 귀로 청산리전투의 기념비 앞에 들국화를 바친 다음 긴 묵념을 했다. 8행으로 된 율시의 머리가 중도(重到―다시 오다)로 시작된 것은 그에 말미 않는다.

이번 우리가 고구려와 발해의 옛 터전에 섰을 때 계절은 뚜렷한 가을이었다. 한국에서는 반소매 차림의 평상복이 거기서는 한기를 느끼게 해서 입을 수가 없었다. 벌써 들판에는 무서리가 내려 나무들은 붉고 노란색으로 물이 들어 있었다. 끝이 없는 벌판을 달리고 어느 자리에 나타난 단풍숲을 본 광경이 너무 선명하였다. '평원첨득호풍림(平原添得好楓林) ― 들판은 단풍진 숲을 곁들여 훌륭하다'의 한 행은 거기에서 얻은 것이다.

백두산 기슭에 접어들게 되자 우리 머리에는 『삼국유사』의 허두에 나오는 환웅과 단군의 건국신화가 떠올랐다. 셋째 줄의 "백산상보(白山尚保)"는 거기서 빚어진 정서로 거의 자동기술로 나온 것이다. 돈화부터 우리는 지도를 보며 집안(輯安)을 찾아내고는 광개토대왕의 옛일을 떠올리기도 했다. 그와 아울러 신라, 고려, 조선조로 이어진 우리 역사를 돌이키면서 끝내 압록강과 두만강 남쪽으로 축소된 내 나라의 강역을 생각하지 않을 수 없었다. 특히 고려와 조선조에 이르는 기간 바로 이 지역에서 일어난 글안족과 여진족의 일들이 생각났다. 그들의 기마군단에 의한 습격을 받고 거듭 우리 강토가 유린당했다. 그 가운데도 병자호란은 참으로 우리 민족사에서 유례가 드문 대전란이었다. 이때 적화주전(斥和主戰)을 외친 벼슬아치와 선비들이 결박, 납치되어 갔다. 그 가운데 세 사람의 학사들이 있었다. 오달제, 윤집, 홍봉한 등은 거듭 항복, 칭신(稱臣)을 강요하는 청태조의 위협을 결연하게 맞서 싸우며 칭신을 거부하다가 순국했다. 우리가 선 서간도는 바로 그들이 피 흘리고 뼈를 묻게 된 땅이었다. '호태왕비전(好太王碑前)' 다음에 시대로 보아서 상당한 거리가 있는 '학사(學士)'가 놓여진 것은 대의에 산 그들의 정신이 너무도 절실했기 때문이다.

저항시인 윤동주(尹東柱)와 나
후쿠오카[福岡]와 북간도 체험을 바탕으로

항일 저항 시인 윤동주

윤동주는 1917년 12월 만주의 간도성 명동촌(明東村)에서 태어났다. 그는 간도 이민의 2세로 거기서 소학교를 다닌 다음 은진(恩眞)중학교를 거쳐 연희전문학교에서 수학하였다. 연희전문에서는 문과를 택하여 시 쓰기를 지망하고 정지용을 사숙하는 한편 키에르케고르과 도스토예프스키, 릴케 등에 깊이 빠져들었다. 연희전문을 마친 다음 일본에 건너가 입교(立敎)대학에 적을 두었다가 이어 경도의 동지사(同志社)대학으로 자리를 옮겼다. 윤동주가 동지사대학에 다닐 때 일본은 그들 스스로가 일으킨 침략 전쟁에서 패퇴를 거듭했다. 그것을 은폐하고, 퇴세를 만회하기 위해 일제의 군부는 전선에서 유혈 돌격, 자살, 특공 전투를 감행했다. 그리고 본국과 식민지에서는 국민총동원령을 선포하여 전력의 극대화에 광분하고 후방 단속에 혈안이 되어 있었다. 윤동주가 송몽규(宋夢奎) 등과 함께 일제의 사찰망에 걸려 투옥당한 것이 바로 이 무렵인 1943년 여름이다. 뒤에 알려진 바에 의하면 유학 생활 중 윤동주는 송몽규, 백인준, 고희옥 등 재일본 조선인 유학생들과 함께 비밀 조직을 만들었고 그를 통하여 식민지 체제를 분석, 비판하며 민족 해방을 위한 항일 투쟁 방법을 모색했다고 한다.

윤동주가 관계한 이런 반체제 활동은 후방 단속에 혈안이 된 일제의 탐지망에 걸렸다. 결국 여름방학으로 귀향하기 직전 그는 몇몇 친구, 동지들과 함께 악명 높은 일제 고등계 형사에 의해 연행, 투옥되었다. 협박과 고문 과정을 거친 취조 다음에 죄질이 무겁지 않다고 판단된 다른 사람들은 요시찰자의 딱지를 붙인 채 석방이 되었다. 그러나 윤동주는 송몽규와 함께 석방되지 못하고 투옥, 수감되었다. 그가 감옥살이를 한 곳은 일본에서도 악명이 높은 후쿠오카 형무소이다. 처음 윤동주가 받은 형량은 2년이었다. 이 복역 기간 동안 윤동주는 일제의 특수 약물 주사를 맞는 생체 실험 대상이 되었다. 당시는 일제의 전력이 바닥을 친 때여서 후방의 군사병원에서조차 치료약이 고갈 상태가 된 상황이었다. 그런데 바로 이 무렵에 윤동주와 송몽규는 일제 군의의 주사를 맞은 것이다. 전후 상황으로 미루어 보아 그들은 일제의 생체 실험 대상이 된 것임에 틀림없다.

윤동주의 최후는 1945년 2월 16일 후쿠오카 형무소의 철창 속에서 빚어졌다. 그때 그는 뜻을 알아들을 수 없는 외마디의 비명소리를 질렀다고 한다. 아마도 그것은 꿈을 이루지 못한 채 끝나버리는 그의 생이 올린 원한의 소리였을 것이다. 그의 나이 28세, 그가 우리에게 남긴 것은 유고 시집 『하늘과 바람과 별과 시』 한 권뿐이다. 이 시집은 그 한 해 전에 북경 감옥에서 절명한 이육사(李陸史)의 시집과 함께 일제 암흑기의 어두운 밤을 불밝힌 저항 문학의 본보기로 손꼽힌다. 윤동주의 이름은 그로 하여 우리 민족문학사의 한 기념비를 이루는 것이다.

윤동주와 후쿠오카

20대 후반부터 나는 한국 현대시와 시인을 감으로 한 역사 쓰기를 지망했다. 그 과정에서 관계 문헌과 자료를 모아 분석, 검토하는 일을 꾀하게 되었고 나아가 그것을 담론 형태로 묶어 내기를 시도해 왔다. 윤동주의 작품과 삶의 자취 역시 그 예외는 아니었다. 1976년 「윤동주 시의 문학사적의의」(『나라사랑』 27집)를 써본 이후 나는 몇 편의 윤동주에 관한 글을 발표했다. 또한 겨를을 얻는 대로 그 유적지가 되는 곳을 살펴보기로 했다. 그 결과물의 하나로 손꼽을 수 있는 것들이 1983년에 쓴 「현해탄의 해거름」이며 1900년 『현대문학』을 통해 발표한 「비석에는 그림자가 없었다 ─ 윤동주의 북간도」이다. 이와는 달리 나는 여행 때마다 현지에서 보고 느낀 것을 스케치나 메모 정도로 생각하고 한시(漢詩) 형식에 담아 보았다. 윤동주를 의식하면서 쓴 것 가운데도 다음과 같은 두 작품이 있다.

제비철 어촌에는 대숏대가 울바준데
닻을 내린 선박(船舶)들은 제스스로 모여 있네.
현해탄 돛배 지나 정은 일어 다함 없고
몸 던져 나라지킨 동주(童舟)의 피 땅에 흘러
　　동주(童舟)는 일제 말 저항시인 윤동주의 필명이었다.
땅을 덮은 고운 벚꽃 말과 글로 못 이르니
바다가 하늘인가 눈 던질 곳 바이 없다.
길손의 쓸쓸한 맘 내 나라는 머나먼 곳
저녁 붉새 서녘 땅을 내가 혼자 바라본다

─ 「하카다만 춘회」

燕月漁村柵竹干
投錨船舶自成團
片帆玄海情無盡
烈士童舟血未乾
　　童舟日帝末抵抗詩人尹東柱之筆名
掩地風櫻言表美
連天積水眼窮難
羈愁悄悄青丘遠
夕照西方我獨看

─ 「博多湾 春懷」

一.

유월달 남의 나라 바다를 바라볼 때
가이 없는 푸른 물결 뱃노래가 느긋하다
삼위태백(三危太白) 내 나라는 아득한 구름 저쪽
또 한 누리 예 있음을 오늘에사 알겠구나

二.

고래등 같은 배로 바다를 갈라낼 제
뫼두곤 높던 파도 헤치기가 어려웠지
몽고군졸 고려병사 고기밥이 되었거니
오늘 내가 되짚으며 가슴을 아파한다

三.

길손의 방 작은 등불 불빛이 구뭇한데
시인 동주(東柱) 생각나는 밤은 정녕 더디 갔다
끼치는 그의 시(詩)가 마디마디 새로웁기
곧은 인품 높은 이름 온 세상이 두루 안다

　홀필열(忽必烈)이 일본에 쳐들어갔을 때 고려와 몽고 연합군이 상륙한 곳이 하카다만(博多灣)이었다. 처절한 싸움이 며칠 계속된 다음 태풍이 불어 그 장수와 병졸들이 수없이 바다 밑에 가라앉았고 크고 작은 전함들이 모두 깨어져 침몰했다. 또한 일제 말기에 우리 민족의 시인 윤동주(尹東柱)가 후쿠오카 형무소에서 2년의 옥살이 끝에 목숨을 빼앗겼다. 이에 그들을 언급해 본 것이다.

– 「하카다 해안」 3수

一.

季月殊方望海時
蒼波萬頃棹歌遲
三危太白雲濤外
別有乾坤此日知

二.

萬斛龍驤渡海時

如山波浪運行遲
麗兵元卒爲魚鼈
今日愁心我獨知

三.
壁上孤燈殘影時
追思東柱夜遲遲
遺詩歷歷尙存世
高節淸名誰不知

忽必烈侵攻日本時 高麗蒙古同盟軍上陸
於博多灣 而血戰數日 被擊于颶風 許多將卒
溺死於海底 大小艦船無不沈沒 又日帝末
民族詩人尹東柱投獄於福岡刑務所 籠鳥之
歲月二年餘 終絶命於此地故及之

—「博多海岸」 三首

　이들 두 작품은 다 같이 기행시의 일종으로 내 여행 체험을 바탕으로 한 것이다. 앞의 것은 올해 3월 말 내가 그쪽을 여행한 체험이 토대가 되었다.

　올해로 부산의 큰 처남이 환갑을 맞았다. 그 기념 행사 가운데 하나로 처가의 형제자매들이 일본의 구주 쪽으로 온천 여행을 떠나게 되었고 그 축에 나도 편입시켜 주었다. 우리 일행은 3월 30일 아침에 부산 제2부두에 집합했다. 그리고 11시경 출국 수속이 끝나 부산항을 벗어나 대한해협과 현해탄을 거친 다음 후쿠오카시의 일부인 하카다항에 도착했다. 우리가 이용한 배편은 한일 간의 연락선인 코비호였다. 이 신형 공기부양 쾌속정은 달릴 때 선체가 수면 위로 떠오른다. 그리하여 여느 배와 달리 선체와 수면의 마찰 부위가 최소화되어 승선감이 매우 좋았다. 그런데도 부산항을 떠나서 2시간 가까이 되자 선체가 조금 흔들렸다. 지나가는 승무원을 보고 물었더니 거기가 현해탄 어름이라고 하였다.

사라진 절명(絶命)의 자리

 우리 일행이 하카다만에 도착했을 때 하늘은 조금 흐려 있었다. 부두를 벗어나 시가지에 접어들어서 보니까 남쪽 나라의 명물인 벚꽃은 아직 만개하지 않았다. 그러나 내항으로 날개짓을 하며 모여드는 갈매기 떼와 함께 하늘은 푸근하고 따뜻했다. 그런 풍경을 바라보면서 이제 윤동주가 절명한 시대와 달리 우리도 독립된 나라의 여권을 가지고 이곳을 여행하게 되었구나 생각하니 한 가닥 감회가 일어났다. 그리고 내 나이의 절반도 못되는 생을 일기로 이승과 인연이 끊긴 시인의 죽음이 생각났다. 그러니까 이 작품의 의미 맥락에서 역점이 놓일 자리는 당연히 4행인 '열사동주혈미건(烈士童舟血未乾)'에 있는 셈이다.

 여기서 윤동주의 본 이름인 동주(東柱) 대신 동주(童舟)라는 필명이 쓰인 것에는 설명이 필요하다. 율시 형식에서 측기(仄起)로 된 작품에는 함련(頷聯) 제2행이 '측측평평측측'으로 되어야 한다. 특히 이 행의 둘째 구 둘째 소리가 측성이 되는 것을 절대 금제로 한다. 그런데 동주(東柱)라고 쓰면 주(柱)가 높은 소리가 되어 한시 작법의 금기에 걸리는 것이다. 허두의 '연월(燕月)'은 3월(음력)의 별칭이다. 한시에 흔히 쓰는 계절 별칭으로 3월은 이밖에 '화춘(花春)', '상사절(上巳節)', '모춘(暮春)', '잔홍(殘紅)', '화월(花月)', '도월(桃月)', '청명절(淸明節)', '한식절(寒食節)', '곡우절(穀雨節)' 등으로도 쓰인다.

 현대시도 그렇지만 우리나라의 전통시 가운데 하나인 한시(漢詩)에는 심심치 않게 시적 허구(虛構)라고 할 말들이 섞여 있다. 실제 우리가 탄 코비호가 항해할 때 바다에는 돛을 단 배는 없었다. 그런데 이 작품 셋째 행에서 나는 현해탄에서 돛단배를 본 것인 양 읊었다. 이것은 다음 자리에 놓인 '정무진(情無盡)'을 부각, 강조하기 위해 써본 허구다. 그래야만 후쿠오카 형무소에서 절명한 시인 윤동주의 죽음이 좀 더 절실해질 것이라 생각되었기 때문이다.

다음 경련(頸聯)을 이룬 5, 6행에서 나는 적지 않게 붓방아를 찧게 되었다. 이 두 줄을 통해 나는 하카다만의 풍물에 곁들여 일어난 내 나름의 느낌을 펴고 싶었다. 그런 요량으로 이 작품 허두에서 구주(九州)뿐만 아니라 일본 전국의 명물인 벚꽃을 소재로 사용했다. 또한 하카다만은 바다의 일부였으므로 하늘과 맞닿은 그 모양으로 짝이 되게 했다. 이때 이 연의 둘째 줄이 먼저 이루어졌다. 그런데 그 대우가 되어야 할 벚꽃의 모양 그리기가 생각처럼 쉽지 않았다. 우리 일행이 갔을 때 북구주 지방의 사쿠라는 아직 절반 정도가 봉오리로 있었다. 그것을 '엄지(掩地)'라고 한 것은 '편범현해(片帆玄海)'식인 시적 과장이다.

'풍앵(風櫻)'이라는 표현에도 문제가 없지 않았다. 본래 한자로 '앵(櫻)'은 일본에서 쓰는 것처럼 벚꽃, 곧 사쿠라를 뜻하는 말이 아니다. 중국이나 우리나라의 한자 자전을 보면 그 뜻풀이로는 '앵도', '앵두나무'가 나와 있을 뿐이다. 앵두, 또는 앵도는 낙엽관목으로 그 꽃이 4월에 피며 열매는 6월에 들어가야 제대로 맺는다. 이에 반해서 일본의 사쿠라는 3월에 꽃이 피고 열매 또한 그 직후에 열리기 시작한다. 현대어에서 '앵(櫻)'에 해당되는 한자어를 우리는 '벚' 또는 '벗'으로 쓴다. 최세진의 『훈몽자회(訓蒙字會)』에는 이 자가 '이스라치'로 풀이되어 있고 그 주석으로 '즉도 일명함도(卽桃 一名含桃)'가 나온다. 이와 함께 우리나라의 전통 한자 입문서인 『천자문』에서 이 말의 해당되는 한자는 '내(柰)'이다.[1] 이 부분에서 '내(柰)'를 못 쓴 이유는 단순했다. 어느 한자 자전을 보면 이 말은 '능금나무'로 풀이

---

1) 김완진(金完鎭), 「고려가요 식품명의 두세 문제」, 『향가와 고려가요』, (서울대 출판부, 2000) 참조.

 먼 고장 · 이웃나라 · 내가 사는 땅

되어 있다. 뿐만 아니라 이 자는 측성이어서 경련 둘째 구절 둘째 자리에 쓰일 수 없다. 그러나 '앵(櫻)'은 평성이어서 염을 맞추는 데도 아무런 문제가 생기지 않는다. 뿐만 아니라 이제 사쿠라는 일본의 국화로 자타가 인정하고 있는 것으로, 그 표기로 '앵(櫻)'자가 두루 쓰이고 있다. 이런 논리를 근거로 나는 여기서 이 자를 썼다.

더욱 이 행에서는 다른 종류의 문제가 제기될 수 있다. 그것이 이 줄 둘째 절 끝자리에 놓인 '언표미(言表美)'다. 본래 여기서 내가 뜻한 것은 봄철을 맞이하여 일본 북구주 지방에서 흐드러지게 핀 벚꽃을 그려내는 일이었다. 처음 나는 이 부분을 소박하게 '언표절(言表絶)'로 해볼까 생각했다. 그러나 문제는 벚꽃이 일본의 상징인 데에 있었다. 일본의 상징인 사쿠라를 언어 표현을 초월한 것이라고 하면 나는 윤동주가 절명한 땅을 부각하고 싶다는 애초의 의도와 달리 일본의 무조건적인 예찬론자가 되어 버린다. 그렇게 되면 윤동주가 순국한 땅으로서의 후쿠오카의 심상이 아주 훼손되어 버리는 것이다. 그 나머지 나는 또 하나의 안으로 '외(外)'자를 생각했다. 그 다음 몇 개의 다른 표현을 생각해 보다가 마지막 쓰게 된 것이 '미(美)'자다. 단 이 말은 애초 내가 생각해낸 것이 아니다. 작품을 교열하는 과정에서 이우성(李佑成) 선생의 의견이 작용한 결과다.

「하카다만 춘회(博多灣 春懷)」와 달리 「하카다 해안」 3수는 절구로 작성된 것이다. 그 문맥으로 나타나는 바와 같이 이 작품은 같은 제목에 묶인 세 마디의 연체시다. 이 작품이 이루어진 시기는 햇수로 앞의 것과 10년의 상거가 생기는 1999년이다. 그해 6월 중순(16일~18일) 후쿠오카에서 한, 중, 일의 관계 연구자가 참여한 국제비교문학대회가 열렸다. 그 자리에 나는 한국 측 대표로 참석하여 「동아시아 문학과 서구문학의 수용」을 제목으로 한 논문을 발표하고 질의 토론에 응했다. 이 작품은 그때 얻은 것이다. 첫째 수에서 나는 하카다만에 도착하고 난 다음 후쿠오카시와 그 인근을 살펴본 소감을 펴고자 했다. 여기서 계월(季月)은 음력으로 6월을 가리킨다. 이 달은 요하(燎夏), 유하(流夏), 복염(伏炎), 형월(螢月), 소서절(小暑節), 유두절(流頭節) 등의 별칭을 가지는데 나는 그 가운데 계월(季月)이 내 작품의 허두에 가장 좋을 것 같이 생각되었다.

둘째 수의 시기 배경이 된 것은 홀필열(忽必烈)의 일본침공 때이다. 몽고는 1270년대에 이르자 그 판도를 멀리 유럽에까지 넓히고 이어 중국 본토도 장악해 나갔다. 글자 그대로 세계에 군림하는 대제국을 이룬 것이다. 그 황제가 홀필열이었다. 그는 세계 제패의 여세를 몰아 섬나라 일본의 정복을 꾀했다. 그는 고려의 충렬왕을 충동질하여 전선 건조를 명한 다음 몽고와 한족의 부대를 합세시켜 2만 5천의 군사로 일본 정벌 길에 올랐다. 그러나 이 1차 침공은 도중에 태풍을 만나 선단이 깨어짐으로써 실패로 돌아갔다. 이어 충렬왕 7년에 홀필열은 또 한 번 일본 정벌군을 출정시켰다. 이때에 그는 고구려 군의 도원수로 김방경(金方慶)을 임명하고 흔도(忻都), 홍다구(洪茶丘) 등이 이끄는 연합군을 편성했다. 그 군세가 총 10만 명이었다. 이 2차 정벌군 역시 하카다 해안지대에 일부가 상륙한 다음 태풍에 휩쓸렸다. 이때에 몽고군과 고려 군사 가운데 목숨을 건져 돌아간 자는 몇 천에 지나지 않았다고 한다. 이로 미루어 당시의 여몽연합군의 참패상이 어느 정도였는지 짐작된다. 이 둘째 수는 그런 사실들을 바탕으로 한 것이다.

셋째 수에 이르러 비로소 나는 이 시의 주인공이 되는 윤동주를 읊게 되었다. 이때 나는 일본비교문학회 쪽에서 지정해준 일급 호텔의 한 방에 투숙하고 있었다. 내 방은 한국 측 본부 격으로 쓰였고 나는 몇몇 친구들과 함께 밤이 늦도록 여러 가지 이야기를 했다. 따라서 '벽상고등잔영시(壁上孤燈殘影時)'는 실제 사실에서 보면 어긋난 표현이다. 그러나 윤동주의 절명지에서 그를 추모하는 감정을 담기 위해서 이런 표현은 또 다른 의미에서 필요한 것이었다. 이런 어세가 앞서야 혈서처럼 시를 남기고 순국한 윤동주의 심상이 제대로 떠오를 수 있기 때문이다.

한편 이때의 내 후쿠오카 체재는 그것이 첫 번째가 아니었다. 1983년도에 나는 연구교수로 일본에 일 년간 머문 적이 있었다. 그때 나는 한국 현대시사를 쓰기 위한 자료들을 수집하는 한편 가능한 대로 선배 문학자들이 수학한 학교와 다른 연고지도 찾아보고자 했다. 그런 틈서리에서 1983년 이른 봄 동경에서 북구주 쪽으로 여행길에 오른 적이 있다. 2박 3일인가의 예정으로 동경을 떠나 후쿠오카에 이른 다음 나는 윤동주가 옥사한 형무소 자리를 찾고자 했다. 그런데 안내자의 말이 그 자리는 헐리고 아파트가 들어서 볼 수가 없다는 것이었다. 그것으로 모처럼 내가 꾀한 계획 가운데 하나—시인의 절명지를 찾아 꽃을 바치고 묵념이라도 드렸으면 한 계획은 물거품이 되었다. 내 솜씨가 미치지 못하는 것이기는 하나 이 셋째 수는 그때에 내가 품은 아쉬운 마음을 담고자 한 것이다.

시인의 무덤, 그림자 없는 비석

첫 번째 나의 하카다 방문이 허망한 마음과 함께 끝난 다음 나는 곧 일본을 떠났다. 두 학기에 걸친 내 해외 파견 연구 생활이 그것으로 마감되었기 때문이다. 그러나 그 후에도 윤동주의 그림자를 좇고 싶은 내 감정은 가슴속에 제자리를 차지한 채 떠날 줄 몰랐다. 그 소망의 일단을 풀어볼 길이 1990년대 벽두에 열리게 되었다. 1990년 7월 중순경 나는 학술대회 참가자 자격으로 중국 여행의 기회를 얻게 되었다. 그때 나는 상해를 거쳐 심양을 경유해 연변대학에서 열리는 학술대회에 참가했다.

당시 우리 일행은 김포공항에서 국제선을 타고 상해로 갔다. 거기서 1박하며 학술발표회를 가진 다음, 심양까지는 국제선보다 좀 격이 떨어졌지만 그래도 제트기를 탔다. 그리고 심양에서 연길까지는 프로펠러로 가동되는 구형 비행기를 이용했다. 연변대학에서 열린 학회에 참석하는 틈틈이 나는 윤동주의 유적지 답사의 일을 알아보았다. 오랫동안 꿈꾸고 바란 것이라고는 하지만 나는 용정이나 해란강에 대해 아주 장님인 사람이었다. 그런데 그 안내역을 자진해서 맡을 사람이 나타났다. 그들이 연변대학 조선어문학과의 교수들인 권철과 서일권 씨 등이다. 그리고 그 자리에서는 행동을 같이할 일행도 결정되었다. 서울대학교의 서대석(徐大錫), 김대행(金大幸) 선생과 경희대학교의 김진영(金鎭英) 선생, 그리고 나 이렇게 모두 여섯이 일행을 이루게 된 것이다. 안내를 맡은 분들은 고맙게도 차편까지 주선해 주었다. 10인승 봉고차를 대절해준 것이다.

연길에서 용정에 이르는 길은 약 40리 정도였다. 그것은 명색이 포장도로였으나 노면 상태가 아주 좋지 못했다. 군데군데 패인 자리가 나오면 우리가 탄 중고차는 심하게 흔들거렸다. 그런데도 권철 씨는 초기 간도의 이민사에서 윤동주 사후의 일까지를 쉴 새 없이 알려 주었다. 그런 가운데 우리 일행을 태운 차는 완만한 언덕길을 지나 백양과 함께 참나무, 소나무들이 숲을 이룬 산모퉁이를 돌았다. 그러자 우리 앞에는 새로운 시야가 전개되었다. 서북쪽에서 남동쪽으로 비스듬히 놓인 푸른 들판이 나타난 것이다. 그 한 가운데를 흐르는 강이 해란강이라는 것은 안내의 말을 기다릴 것도 없이 곧바로 짐작이 갔다. 그리고 그 머리 부분에 꽤 높은 산들이 놓여 있고 또한 들판 일부를 차지한 용정 시내가 바라보였다. 우리 일행은 거기서 차를 세우게 했고 잠시 동안 하차해서 서전벌이라고 알려진 용정 들판과 멀리 바라보이는 용정 시가지를 지켜보았다. 들판은 대개 무논이었고 거기에는 우리 고장과 똑같은 벼들이 푸른빛으로 기세 좋게 자라고 있었다. 대부분의 가옥들도 어려서 우리가 산 집들과 똑같은 초가들이었다. 그 모롱이, 산자락, 들판이 고향을 등진 우리 동포 형제들이 뿌리를 내리고 삶을 엮은 간도땅의 한 자리였다.

용정 시내는 생각했던 것보다 규모가 작았다. 하지만 그곳은 우리 개척민이 판 우물, 용정(龍井)이 있었고 그 유래를 적은 게시판도 보였다. 윤동주가 거처한 집터도 남은 곳이었다. 우리는 은진중학과 광명중학(光明中學) 자리를 돌아본 다음, 일본 영사관 건물에도 들렀다. 그 건물은 중국공산당 용정지구당 위원회가 쓰고 있었으나 일반인들에게도 개방되어 있었다. 우리는 독립운동가 고문 장소로 악명이 높았던 그 지하실도 보았으면 했다. 그러나 마침 담당자가 자리를 뜨고 없어서 그럴 기회는 얻지 못했다. 이래저래 지체를 하고 나서 우리가 윤동주의 묘소를 찾은 것은 정오가 조금 지난 시각이었다.

윤동주의 묘소가 있는 곳은 용정 서남쪽에 자리한 산비탈이었다. 용정 시가지는 북쪽에 솟은 비암산과 주암산 사이를 흘러내리는 해란강 남쪽에 위치해 있었다. 그 서남쪽에 경사가 완만한 구릉이 보였다. 용정 시가지 일부는 구릉지대로 이루어져 있었는데 그 시가지 한 자리에 붉은 벽돌집으로 된 영국 선교사들이 산 선교사 언덕이 보였다. 그런 이름은 선교 사업에서 빚어진 것이었다. 즉 1910년대 초기에 북간도와 용정 일대에도 서양 선교사들의 활동이 시작되었다. 그 무렵 용정에 들어온 것이 그전에 이미 함경도 쪽에 발판을 굳힌 캐나다 선교회였다. 그들은 그 강한 포교의 열정으로 개척민 사회인 용정의 한인 구역에서 일지감치 선교 사업을 벌였다. 그리하여 한 차례의 기반 구축 작업을 거친 다음 그들은 은진중학을 설립, 운영했고 윤동주가 거기서 배운 것이다. 다만 그 언덕에 남아 있는 것은 선교사들이 쓴 것으로 짐작되는 주거 가옥 정도로 교회당 건물은 없었다. 전혀 외래 신앙을 인정하지 않았을 중공의 사회주의 혁명 초기와 그 후 일어난 문화대혁명의 소용돌이가 그런 사태를 빚어낸 것이다.

캐나다 선교회에서 지은 붉은 벽돌집 구역을 지나자 잡초들이 자란 사이로 소형차가 간신히 지날만한 비탈길이 이어졌다. 길가에 자란 풀들은 우리 고장에서 흔하게 볼 수 있는 억새가 주종이었다. 그리고 그 사이사이에 민들레, 엉겅퀴, 소리쟁이, 익모초, 싸리 등이 뒤섞여 있었다. 또한 그 다음 자리에는 언덕 일대에 걸친 경작지가 나타났다. 마침 요철이 심한 길 때문에 우리가 탄 중고차는 언덕을 오르기가 힘에 겨운 듯 식식거리기 시작했다. 그러자 우리는 바람도 쏘일 겸 도보를 택했다. 우리는 거기서 우리 고장과 똑같은 모양으로 자라고 있는 콩과 옥수수, 감자들을 보면서 일하는 사람에게 말을 건네 보았다. "실례지만 조선족이신지요?" 그러자 햇볕에 검게 탄 얼굴을 한 30대의 부부가 강한 북도의 억양이 섞인 말씨로 대답해 주었다. "그렇습니다. 남쪽에서 오신 분들인가 보지요? 윤동주 선생 묘에 가는 길입니까?"

이어 우리는 그들의 농사일을 물어 보았고 성씨와 선대의 고장, 세상살이 형편에 대해서도 주고받았다. 그럴 때 우리의 눈앞에는 한말 개척민들이 봇짐을 푼 용정평야, 서전벌이 푸르게 바라다보였다. 그 북쪽에는 부드러운 선으로 하늘을 향해 솟아오른 관모봉과 마제산이 있었다. 그 위에 펼쳐진 하늘은 한반도에서와 똑같은 쪽빛이었다. 언덕 위에는 무시로 싱그러운 바람이 밀려오고 밀려갔다. 그런 자리에서는 밤하늘의 별들도 한결 그 빛이 더할 수밖에 없을 것이었다. 그런 환경에서 자라나서 시인을 지망한 윤동주가 그의 시화집 제목을 『하늘과 바람과 별과 시』로 한 것은 너무도 당연한 일로 생각되었다.

윤동주의 무덤은 우리가 오른 언덕 일대를 차지한 공동 묘역의 거의 중앙부에 있었다. 우리 동포의 무덤이 대개가 그렇듯 윤동주의 무덤 또한 둥근 봉분으로 된 흙더미 아래 황토를 덮개로 한 모양으로 웅크리고 있었다. 그 위에는 곱지는 않으나 그래도 푸르게 자란 잔디가 보였다. 어디서 이름모를 풀벌레의 울음소리도 들려오는 자리였다.

어머님,
그리고 당신은 멀리 북간도에 계십니다.

나는 무엇인지 그리워
이 많은 별빛이 내린 언덕 위에
내 이름자를 써보고,
흙으로 덮어 버리었습니다.
딴은 밤을 새워 우는 벌레는
부끄러운 이름을 슬퍼하는 까닭입니다.

그러나 겨울이 지나고 나의 별에도 봄이 오면
무덤 위에 파란 잔디가 피어나듯이
내 이름자 묻힌 언덕 위에도
자랑처럼 풀이 무성할 게외다.

— 「별 헤는 밤」 부분

　시키는 이가 없는데도 우리 일행은 떠나가고 말이 없는 윤동주의 무덤 앞에 무릎을 꿇었다. 고맙게도 무덤은 잘 보존되어 있었다. 먹빛도 선명한 비석 전면의 묘표는 '시인 윤동주지묘(詩人 尹東柱之墓)'라고 적혔고 그에 이은 비문은 후면과 측면을 가득 채우고 있었다. 음각으로 된 그 전문은 세로 22자에 모두 11행이었다. 그러니까 총 242자 속에 스물아홉 해를 산 윤동주의 일생이 축약된 것이다. 순한문으로 된 그 전문을 다음에 옮겨 보면 다음과 같다.

　아, 돌아간 시인 윤동주는 그 선세가 파평인이다. 어려서 명동소학을 마치고 다시 화룡현립 제1교의 고등과를 졸업한 다음 이어 용정 은진중학에 입학하여 3년을 수학하였고 평양 숭실중학에 전학하여 한 해 동안 학업을 닦았다. 다시 용정에 돌아와 우등의 성적으로 마침내 광명학원 중학부를 졸업한 바 있다. 1938년 경성 연희전문학교 문과에 올라갔고, 네 해 겨울을 넘겨 졸업하니 공이 이미 이루어졌던 것이다. 그러나 공부를 더 하고자 하는 뜻은 오히려 끝일 줄 몰라 다음해 4월 책짐을 지고 동으로 바다를 건너 경도의 동지사대학 문학부에 적을 두어 외곬로 갈고 다듬으려 하였다. 그러나 뜻밖에도 학해(學海)에 물결이 뒤설레어 자유를 잃으니 형설의 생애가 조롱 속에 갇힌 새의 신세로 바뀌었다. 그에 더하여 몹쓸 병에 걸리어 1945년 2월 16일 길이 잠드니 때의 나이는 스물아홉이었다. 그 재목은 당세에 넉넉히 쓰일 만했고, 시는 장차 사회에 울려 퍼지려 한 것인데 무정한 봄바람이 꽃의 열매를 앗아가니 애닯구나. 군은 장로 하현의 영손이요 영석 선생의 맏아들이니 민첩하면서 배우기를 좋아했고, 신시(新詩)에 능하여 작품이 자못 많았으며 필명을 동주(童舟)라고 한 바 있다.

嗚呼故詩人尹君東柱 其先世坡平尹氏人也 童年畢業於明東學校及和龍縣
立第一校高等科 嗣入龍井恩眞中學修三年之業 轉學平壤崇實中學閱一歲之
功 復回龍井竟以優等卒業于光明學園中學部 一九三八年升入京城延禧專門
學校文科 越四年冬卒業 功已告成志猶未已 復於翌年四月負笈東渡 在京都
同志社大學部 認眞琢磨 詎意學海生波身失自由 將雪螢之生涯 化籠鳥之環
境加之二竪不仁以一九四五年二月十六日長逝時年二十九 材可用於當世 詩
將鳴於社會乃春風無情花而不實吁可惜也 君夏鉉長老之令孫永錫先生之肖
子 敏而好學尤好新詩作品頗多其筆名童舟云
　　(비석 원문 띄어쓰기는 편의상 필자가 한 것이다.)

비문 끝자리에 그것을 세운 때와 글을 짓고 쓴 이, 세운 사람의 이름이 다음과 같이 적혀 있었다. '1945년 6월 10일 해사 김석관(海史 金錫觀)이 글을 짓고 글을 썼으며 아우인 일주와 광주가 삼가 세우다(一九四五年 六月 十四日 海史 金錫觀 撰竝書, 弟 一柱·光柱 謹竪).' 그 날짜로 보면 비석이 선 것은 동주가 죽고 나서 넉 달 뒤가 된다. 그리고 그 글을 짓고 쓴 사람이 김석관이라든가 비를 세운 사람 이름이 일주(一柱)와 광주(光柱) 두 아우인 것 역시 지나쳐 볼 수 없다. 1945년 6월 중순은 패색이 짙은 전세에 핏발이 선 일제가 사냥개처럼 설치며 후방 단속에 물불을 가리지 않았을 때다. 당시 일제는 그

 먼 고장·이웃나라·내가 사는 땅

들의 침략 전쟁을 위한 전력 증강에 직결되지 않는 일은 어떤 것도 허락하지 않았다. 그런 틈서리 속에서 그래도 윤동주의 유족들은 그의 무덤을 만들고 그 앞에 비석을 세운 것이다. 물론 그것은 만주라는 일제의 식민지 통치책이 얼마간 틈새가 있는 자리니까 가능했을 것이다.

이때에 비석 세우기를 뜻하고 실현시킨 사람은 말할 것도 없이 윤동주의 부모들이었고 그 연배의 어른들이었을 것이다. 그런데 그들의 손아래요 그것도 미혼으로 죽은 윤동주의 비석을 그들의 손으로 세웠다고 적을 수는 없었을 것이다. 그 결과 윤동주의 두 아우 이름이 새겨진 것이다. 비문을 쓴 김석관에 대해서는 이미 앞서 이루어진 조사 보고가 있다(大村益夫, 『조선학보(朝鮮學報)』 게재 연구보고서). 그의 본 이름은 김석관, 그의 명동학교의 창립자이며 초대 교장인 김약연의 다음을 이어서 교장이 된 김정규(金定奎)의 아들이었다. 그는 또한 명동학교에서 한동안 학감 일을 보았다고 한다. 윤동주는 앞에서 이미 나타난 바와 같이 명동학교에서 배운 학생이다. 그러니까 김석관은 그의 제자인 윤동주의 비문을 쓴 것이다. 그는 한문에 상당한 조예를 지녔던 것으로 생각된다. 그 단적인 보기가 되는 것이 '거의학해생파 신실자유(詎意學海生波 身失自由)'라든가 '이수불인(二豎不仁)' 이하의 부분들이다. 이 부분은 한문숙어가 자연스럽게 문맥을 이루면서 제 나름의 가락을 이루어내고 있다. 또한 그것으로 일제의 서슬 푸른 감시, 규제의 눈길을 따돌리면서 윤동주가 구금, 투옥되어 목숨을 잃은 사연까지가 함축적으로 의미하게 된 것이다.

단 이 비문에는 문장화되지 않았거나 그 바닥에 묵시적인 상태로 뜻이 담긴 부분이 있다. 이미 언급된 바와 같이 연희전문을 마친 다음 윤동주가 도일하여 곧바로 동지사대학에 입학한 것은 아니다. 그전에 그는 한 해 동안 동경 소재인 입교대학에 적을 두었다. 또한 은진중학 다음 숭실중학으로 옮긴 일에도 사정이 있었다. 본래 은진중학은 일제가 요구한 정식 중등과정 교육의 인가를 받은 학교가 아니었다. 그래서 그곳을 나와도 전문대학에 진학할 자격은 인정되지 않았다. 그런 사정이 감안되어 윤동주가 전입학한 곳이 평양의 숭실중학이었다. 그런데 그 숭실중학이 얼마 뒤 일제의 신사참배령 거부로 문을 닫아 버렸다. 이런 사정이 있어 윤동주는 다시 중학과정 인가가 있는 광명중학으로 전입학을 한 것이다. 비문에는 오독의 여지가 있는 부분도 포함되어 있다. '동년필업어명동학교급화룡현립제일교고등과(童年畢業於明東學校及和龍縣立第一校高等科)'로 된 부분이 그것이다. 언뜻 보면 명동학교와 화룡현립제일교 사이의 글자가 반(反)자인듯 보인다. 그러나 비문의 문맥으로 보아 졸업한 곳(畢業)을 당연히 두 학교 모두로 보아야 한다. 그리하여 이 부분은 '이어서', '및'에 해당되는 '급(及)'자로 읽어야 하는 것이다.

비문을 읽으면서 나는 그것이 겪은 시대의 풍상에 대해서도 생각을 더듬어 보았다. 피붙이들의 애끓는 마음이 세운 것이었다고는 하지만 때는 일제 말기였고 국경 밖 타관에서 그것은 돌을 깎아서 다듬고 파는 과정을 거쳐서 세워졌다. 그렇다면 윤동주의 비석은 여느 경우와 같이 제대로 마무리가 이루어질 수는 없었던 것이다. 뿐만 아니라 그 후 거기에는 급변하는 시대 상황이 뒤따랐다. 일제의 패망과 그에 이어 몰아닥친 국부군과 중공의 싸움, 이어 다음 단계에서 벌어진 사회주의 혁명의 소용돌이 등이 그것이었다. 그런 서슬 속에서 윤동주의 유족들은 지주 계급, 부르주아지 출신이었을 뿐 아니라 윤혜완(尹惠婉), 윤일주(尹一柱) 등이 남한에 가서 사는 반동분자의 무리였다. 그런 그들에게는 끊임없이 규제가 가해졌고 노력동원도 요구된 것 같다. 실제 그런 이야기는 동주의 아우인 광주의 친구에 의해서도 전해진 것이 있다.

내가 연변에 갔을 때 중국작가협회의 연변분회 부주석인 김성휘(金成輝)라는 분이 있었다. 그와 윤광주(尹光柱)는 다 같은 1932년생이며 시를 통해서 알게 되었다. 그런데 1956년경 김성휘가 윤광주를 찾았을 때 그는 파리한 모습으로 자리를 차지하고 누워 있었다. 그 이유를 알아보니 두만강 강변의 황무지 개간대에 그가 동원되었다는 것이다. 거기서 그는 감기에 걸렸고 그것이 악화되어 폐가 나빠졌다. 그리하여 각혈을 하다가 1962년에 죽었다는 것이다. 그는 김성휘와 상당히 가까웠다고 한다. 그런데도 살아생전에는 한 번도 그의 형이 윤동주라는 것을 그가 말하지 않았다. 그런 세월 속에서 누가 윤동주의 무덤을 돌보고 비바람에 맡겨진 비석을 손질했을 것인가. 더욱이 문화대혁명 때에는 닥치는 대로 무덤들이 파헤쳐지고 비석이나 묘전 석물들이 파괴되었다고 한다. 바로 윤동주의 조부 하현공의 무덤이 그때 파괴된 것이다.

그러니까 윤동주의 무덤이 원형으로 남은 것은 어느 의미에서 요행이라고 할 일이었다. 어떻든 마흔다섯 해 동안을 동주의 무덤과 비석은 풍상 속에 버려진 채였다. 그것이 손질되고 새 단장이 이루어진 것은 80년대 후반을 기다려서의 일이다. 오무라 마스오[大村益夫] 교수는 윤동주의 무덤과 비문을 손질해서 복원해내었다. 그 무렵 그는 연변대학에 객원교수로 가 있었다. 그가 거의 혼자 힘으로 오래 방치된 윤동주의 묘소와 비석을 찾아내어 오늘과 같은 모양이 되게 한 것이다. 우리나라 사람이 아닌 그의 선행에 감사하는 마음과 함께 우리는 윤동주의 비석 앞에 고개를 숙였다.

대체 스스로 원해서 택한 것도 아닌 한 시대를 살아간 사람에게 식민지 체제란 무엇이며 그런 상황 속에서 민족적 저항을 시도한 일에는 어떤 해석이 필요한 것인지, 그런 생각으로 오래 우리가 윤동주의 비석 앞에서 움직이지 못하고 있을 때 우리 머리 위에는 이글대는 7월의 태양이 있었다. 그리하여 윤동주의 비석은 그 그림자를 거의 짓지 않았다. 어쩌면 그것은 윤동주와 그의 후배인 우리 모두가 살아왔고, 살아갈 민족사를 상징하는 것인지도 몰랐다. 외세에, 외침에 시달리면서 그래도 민족사의 한 가닥 동아줄을 놓치지 않기 위해서 우리는 그동안 땡볕이 내리쬐는 가파른 언덕

길만을 달려온 것이 아니던가. 다음 7언절구는 그런 생각을 귀국 후 내가
한시 형식에 담아본 것이다.

남의 땅 먼 먼 곳을 기러기가 울고 가고
가을바람 건 듯 일어 나그네 속 맑아진다
시(詩)를 쓰며 의(義)를 외친 님의 자취 아득한데
이끼 덮인 동주(東柱)의 비통분을 못 이겼다

— 「용정 서전평야」

萬里邊方過雁聲
秋風乍起客心淸
詩人義憤空千古
東柱荒碑痛恨生

— 「龍井 瑞甸平野」

중국 산동 지방 제남(濟南), 곡부(曲阜) 탐방
2010년 여름, 한중국제학술대회 참가기

소년기의 기억을 더듬어

분명히 산동은 다른 나라 어느 곳이었다. 그럼에도 나에게 그곳은 바로 이웃처럼 가깝게 생각이 되어왔다. 중국의 태산이 솟은 산동 지방 말이다. 미처 철이 들기 전 우리 집 안마루에서는 자주 가투놀이가 벌어졌다. 가투놀이는 역대 시조 100수를 패로 삼고 이루어지는 일종의 시가 암송 능력 경기였다. 놀이에 참가하는 사람들은 시조의 종장이 인쇄된 카드를 가운데 두고 그 둘레에 자리를 잡았다. 한 사람이 시조의 전문이 적힌 카드를 잡고 첫장부터를 낭송해 나갔다. 그렇게 하면 참가자들이 서로 다투어 돗자리 위의 시조 종장이 적힌 카드를 집어서 자기 앞에 놓았다. 그 숫자가 가장 많은 사람이 이기게 되는 것이 가투놀이의 방식이었다.

누님들의 가투놀이를 어깨너머로 보다가 나는 정몽주나 성삼문, 김종서, 퇴계, 율곡 등의 이름과 작품을 알 수 있게 되었다. 그런 어느 날이었다. 나는 갓 배운 한글 쓰기를 밑천으로 양사언(楊士彦)의 시조 「태산이 높다하되」를 공책에 적어 보았다. 그 과정에서 대체 태산이 중국 어디쯤에 있는 것인지 궁금증이 발동했다. 어릴적에 나는 한번 궁금증이 생기면 누구나 붙들고 묻는 버릇이 있었던 모양이다. 그날은 그 화살이 마침 옆에 있는 큰누님 쪽으로 날아 갔다. "누우야 태산이 어디에 있노.", "그거사 중국에 있겄제.", "중국은 아는데 중국 어디에 있노.", "야아가 또 시작이네, 그런거 내가 어떻게 아노. 사랑채에 나가서 어른들에게 여쭈어 보거나." 누님에게 지청구를 맞은 나는 심통이 나서 사랑방으로 달려갔다.

거기에는 마침 토요일이어서 집에 돌아온 종형이 있었다. 종형은 아마도 누님에게 던진 내 질문을 듣고 있었던 것 같다. 내가 조금 부은 얼굴을 하고 그 앞에 다가서자 얼굴에 가득 웃음을 띠우면서 "직(稷)이는 참 알고 싶은 것도 많재"라고 하면서 "태산은 산동성에 있다. 산동(山東)의 산(山)이 바로 태산을 가리키며 동(東)은 산동성이 태산의 동쪽에 있음을 뜻한다"라고 가르쳐 주었다. 그 무렵 나는 『천자문(千字文)』을 마치고 『동몽선습(童蒙先習)』을 읽고 있던 중이었다. 그런 나에게 종형은 산동(山東), 태산(泰山)을 쓰게 하고 또한 산동성의 한 곳에 공자의 유적지가 있다고 하여 공자(孔子), 곡부(曲阜) 등도 가르쳐 주었다. 그것으로 내 머리에 산동, 태산, 공자, 곡부 등의 명사들이 한 어휘군을 이루어 입력되었다.

널리 알려진대로 『동몽선습(童蒙先習)』은 박세무(朴世茂)가 만든 어린이용 한자교본이다. 거기에는 유학의 기본 행동 강목인 삼강오륜이 제시되어 있고 후반부에는 우리의 국조인 단군과 함께 중국의 삼황오제(三皇五帝)도 나온다. 산동성과 태산, 곡부는 그에 비례되어 화제에 오른 지명들이었다. 그동안 나는 몇 번이나 중국에 다녀왔다. 그러나 공자의 고장인 태산, 곡부에는 한 번도 가보지 못했다. 그로하여 내 머리에는 일종의 채무의식 같은 것이 빚어졌다. 지난해, 2010년 여름에 나는 제남(濟南)에서 열리는 국제학술대회에 참가해 달라는 초청을 받았다. 그것으로 나는 철들기 전부터 호기심의 과녁이 된 공자의 고장 산동성에 갈 기회를 얻은 것이다.

한국어문교육 국제학술대회

지난해 여름은 연일 수은주가 30°를 웃도는 폭서의 계속이었다. 거리와 도시 전체가 사우나탕을 연상하게 할 정도로 무더운 기운이 가득했다. 나는 제남의 학술회의 참가를 그 기승스러운 무더위의 피서로 생각하고 초청에 응했다. 학술회의의 주최는 중한한국어연구회와 함께 산동대학교였다. 산동대학 가운데도 제남 캠퍼스가 학술회의 개최지였다. 나는 그 회의에 참석하기 위해 보름 이상의 준비 기간을 가졌다. 회의 기간이 7월 16일부터 20일까지, 회의내용은 한국어문교육을 중심으로 교재 개발, 발음 교육, 어휘 교육, 교과과정 설정, 교사 양성, 평가 방법, 문학과 문화교육, 번역 관계 등 다양한 분야에 걸친 것이었는데 그 가운데 내가 맡은 것이 〈문학연구와 번역〉 분과였다.

학술회의 조직위원회 측에서는 국제학술회의의 한 분과에서 배정된 주제 발표를 한국 측에서 맡아 처리해 달라며 나를 위촉하였다. 그에 따라서 나는 발표할 주제 내용을 선정하고 또한 주최 측과 연락하여 논문 발표자를 결정하지 않을 수 없었다. 몇 번 팩스가 사용되고 이메일이 오고간 다음 나는 대회 첫날 우리 분과가 담당할 한국 측 발표자를 나와 주종연(朱鍾演, 국민대), 황동규(黃東奎, 서울대) 등으로 결정 통보했다.

발표 일정이 결정되고 발표자와 발표 주제의 윤곽이 떠오르게 되어 한숨을 돌리게 되었다고 생각한 단계에서 나에게는 또 하나의 과제가 생겼다. 나는 국제회의 참가 때는 의례 항공권과 숙박비 등을 주최 측이 부담하는 줄 알았다. 그러나 산동대학 쪽에서는 중국 입국사증과 항공권 구입을 발표자 부담이라고 알려왔다. 뜻밖의 통보를 받고 난제 해결을 위해 나는 한국문학번역원에 해외여행 경비 지원을 요청할 수 있는지 알아보았다. 문학번역원 측의 회신이 가능하다로 나왔다. 고마운 번역원 측의 말에 나는 안도의 한숨을 쉬면서 원장인 김주연(金柱演) 원장에게 인사 전화를 했다. 그와 함께 나는 곧 익숙하지 않은 번역원의 창작활동 해외연수프로 그램 지원 요청 서식을 입수하여 그것을 작성했다. 이력서와 함께 회의 참 석 목적, 기대되는 성과와 함께 숫자가 들어가는 예산서도 제출했다. 그것 이 번역원의 심의절차를 거치고 나서야 비로소 나와 주종연, 황동규 교수 등 세 사람의 해외파견 여비 지출 허가 통보를 받았다.

① 7월 16일 인천공항 출발

2010년에는 6월 중순부터 서울 경기, 중부 지방에 수시로 집중호우가 쏟 아졌다. 비가 내리면 비행기의 이착륙은 바랄수가 없게 되는 것이어서 출 발 전날은 밤늦게까지 신경이 쓰였다. 잠깐 눈을 붙이고 나니 7시 30분경, 서현역 쪽으로 나가 인천국제공항행 리무진에 올랐다. 인천공항에서 우리 가 탑승할 항공기는 KE 847편, 오후 1시 25분 제남(濟南)공항을 향해서 뜨 는 것이었다. 그러니까 아침부터 서두를 것까지는 없을 정도의 시간 여유 가 있었다. 그래도 체질상 나는 길을 떠날 때는 필요 이상으로 시간을 넉 넉하게 잡는 버릇이 있다.

인천공항 10시 40분경 도착. 우리 일행 중 의례히 내가 맨 먼저일거라 생각했는데 탑승 수속대 앞에는 그의 부인과 함께 주종연 교수가 벌써 나 와 있었다. 그의 부인은 고등학교 시절의 내 제자다. 내가 잘 가르쳐 주 교 수가 내조의 덕을 톡톡히 입는 것이라고 평소 자주하는 농담을 던졌다. 주 종연 교수 내외도 소리를 내어 웃어 분위기가 아주 밝게 되었다. 11시경 황동규 교수가 도착하여 곧 탑승 수속에 들어갔다.

출국 수속대를 지나 탑승대기실 쪽으로 나갔더니 우리와 동행할 서울 대의 박갑수(朴甲洙), 윤여탁(尹汝卓) 교수와 이화여대의 박창원(朴昌源) 교수 등이 먼저 도착하여 기다리고 있었다. 박갑수 교수와는 서울대학교가 관악으로 옮기고 난 초기에 같은 동의 이웃 방을 쓴 사이였다. 이것이 얼마만인가 하면서 반갑게 인사를 했다. 윤여탁 교수는 사범대학교 국어교육학과의 현직이다. 전공이 시론으로 대학원 때는 내 강의에도 출석을 한 사이여서 동행이 되어 마음이 든든했다. 특히 박창원 교수는 내가 학과장일 때 국어국문학과에 적을 둔 조교였다. 내 성격이 여유롭지 못하여 그 당시에 그도 힘들었을 터인데도 나를 보자마자 뛰어와 인사를 해주었다.

기상관계로 우리가 탄 KE 847은 예정보다 약 30분 연발을 했다. 우리가 탄 항공기는 이륙과 함께 높이 솟아오른 다음 곧 기수를 서쪽으로 돌렸다. 유리창 밖으로 구름이 지나가는 사이사이에 서해의 푸른 바다가 보였다. 조금 더 날아가자 곧 넓은 들판 사이에 도시가 내려다보이는 중국 대륙이었다. 산동반도라고 하는 중국 본토 위에 들어선 것이다.

이번 여행 전에도 나는 중국을 다섯 차례 다녀왔다. 첫 번째는 1990년도로 이중(二重)언어학회에서 주최한 국제회의의 일원으로 상해를 거쳐 북경 지방을 보고 이어 심양과 장춘 등 동북지구를 답사했다. 그 길로 연변에서 학술대회를 개최하고 청산리 전적지를 거쳐 백두산에 올라 보았다. 다시 우리 일행은 서안을 본 다음 손문(孫文)의 기념비가 인상적이었던 광동을 돌아보고 귀국했다. 국교가 정상화되기 전에 상당히 여러 곳을 여행한 셈이다.

내 두 번째 여행은 한중작가의 교류 모임으로 연변대학에서 연구 발표회를 가지고 그 길로 백두산에 다시 올랐다. 첫 번째 백두산 등정은 기상악화로 천지를 보지 못한 채 하산한 터였다. 두 번째에는 하늘에 구름 한 점 없이 맑은 일기여서 천지의 신비스럽도록 푸른 물이 우리 발아래 펼쳐졌다.

세 번째 나의 중국 여행은 한중인문학회의 일원이 되어 그 학술대회 참가 명목으로 이루어졌다. 이때는 성도(成都) 지방을 견학할 기회를 얻어 아미산(峨嵋山)에 오르고 두보(杜甫)의 초당과 제갈량의 무후사(武候詞)도 참배했다. 그리고는 이름만을 들었던 구채구와 황룡(黃龍)에 이르러 그 엄청난 경승에 눈을 의심했다. 내가 가진 네 번째의 중국 여행은 2007년 5월 중순경에 있었다. 산동대학에 체류 중인 최박광(崔博光) 선생의 주선으로 한, 중, 일 공동 참가하여 동아시아 문화교류를 다룬 학술토론회가 열렸다. 이틀간에 걸친 그 발표회의에서 주제 발표를 하고 이어 위해(威海)와 연대(烟台)를 방문한 다음 장보고(張保皐)의 유적지로 이름이 있는 적산(赤山)도 답사했다. 다섯 번째의 내 중국 여행은 재작년 9월의 일이었다. 길림(吉林)의 북화대학에서 한, 중, 일 연구자가 공동 참여한 〈동아시아의 교류, 접촉의 과거, 현재, 미래〉가 그때 열렸다. 7일과 8일 이틀간에 걸친 발표대회를 마치고 우리는 송화강 상류 지방의 고구려, 발해 유적지를 답사한 다음 백두산에 올라 천지를 보았다. 그러니까 2010년도 여름에 내가 가진 중국 여행은 여섯 번째에 해당되며 산동성으로서는 두 번째에 해당되는 것이었다. 그러나 다같은 산동성이라고 해도 나에게 2007년도의 경우와 지난해의 산동 여행이 지닌 의미는 크게 달랐다.

앞에서 밝힌 것과 같이 1차 상동 방문 때 나는 위해(威海)와 연대(烟台)만 보았다. 태산과 곡부는 철들기 전부터 내 머릿속을 차지한 동북아시아 문화의 상징이며 그 중심 기호였다. 이번 여행에 그쪽도 볼 수 있겠다는 기대감이 나를 들뜨게 했다. 지금 내 비망록을 펼쳐 보니 우리 일행이 제남공항에 도착한 것이 7월 16일 하오 2시 50분으로 되어 있다. 인천공항을 떠난 지 한 시간 남짓이 되는 거리에 태산과 곡부로 내 뇌리에 각인된 공자의 고장이 있었던 것이다.

② 산동대학(山東大學) 제남(濟南) 캠퍼스의 첫날

제남공항은 확장되기 전의 김포공항 정도로 생각되는 규모였다. 공항에는 우리 일행을 마중 나온 산동대학의 큰 버스가 대기하고 있었다. 그것을 타자 약 한 시간 만에 우리 일행은 산동대학 내에 있는 법관배훈학원(法官培訓學院)에 도착했다. 중국에서 법관이라면 판사와 검사를 가리킨다고 들었다. 배훈학원(培訓學院)이란 그 교육연수를 담당하는 곳으로 우리나라의 사법연수원에 해당되는 것 같았다. 거기서 우리는 학회참가비 200원을 내고 등록을 했다. 또한 이번 학회 마지막 날에 예정된 곡부(曲阜), 태산(泰山) 답사비로 600원을 별도로 지불했다.

등록을 마치자 우리는 법관배훈학원 6호동에 있는 방들을 배정 받았다. 한 방을 두 사람이 쓰도록 되어 있어 나와 주종연 교수가 312호에, 그리고 박갑수, 황동규 선생이 405호였다. 여장을 풀고 욕실에 가 보았더니 물이 잘 나왔다. 욕조에 받아서 목욕을 하고 창밖을 내어다 보니 중국산 플라타너스의 푸른 잎들이 바람에 너울거렸다. 비로소 한국이 아닌 이국에 왔구나 하는 생각이 났다. 옷을 바꾸어 입고 환영식이 있는 1층 회의장으로 내려가 보았다.

환영 만찬은 중국식으로 부총장의 긴 학교 소개로 시작되었다. 통역의 우리말 소개를 간추려 보면 행정당국과 학교 보직자들의 실적 소개가 주요 내용인 것 같았다. 이어 이번 모임의 주최기관인 국제한국교육연구회와 국제교류재단 측의 인사가 있었다. 이 인사와 축사는 다음날 개회식 때도 거의 그대로 되풀이되었다. 중국의 고사성어 중의 하나에 번문욕례(繁文縟禮)라는 것이 있다. 본론에 들어가기 전에 부질없는 절차를 장황하게 펼치는 것이라든가 내실을 기하기에 앞서 허례허식에 치우치는 경향을 가리키는 말이다. 몇 번인가 중국 대학에서 열리는 학술대회에 참가해 본 경험으로는 적지 않은 자리가 학술발표에 들어가기 전 행정담당자들이 등단하여 그들 자신의 업무상 실적을 길게 늘어놓는 것을 상례로 하고 있었다. 연구자가 주역인 학술발표대회에서 이것은 극복되어야 할 겉치레일 것이다.

약 한 시간 가까이 걸린 학교 소개, 기타 인사말이 끝나고 나서야 우리는

2층에 있는 대식당으로 안내되어 환영만찬의 자리를 가졌다. 어느 나라이고 만찬회는 건배 제의로 시작되어 명함이 오고가는 상호인사가 있고 술잔이 그 뒤를 따른다. 그런데 그 방식이 나라와 지역에 따라 조금씩 차이가 난다. 국교 정상화 전후에 나는 만주 쪽 술자리에 참석한 적이 있다. 체질상 나는 술을 못한다. 그런데 만찬이 시작되자 중국학자들은 배갈 병을 들고 여기저기를 옮겨 다녔다. 그리고는 기분이 거나해지면 서로의 잔을 비우고 술이 한 방울도 남지 않았다는 표시로 정수박이에 그것을 엎어 보이는 것이다. 그런 음주문화는 이번에 보니 많이 희석화되어 있었다. 나는 이것이 중국의 교수 사회도 국제화되어 가는 청신호라고 생각했다. 저으기 홀가분한 마음이 되었다. 식사가 끝나고 우리는 학교 구내를 돌아보았다. 교정에는 분수대가 있었고 연못가에는 여기저기에 고기를 구워서 팔며 술을 마실 수 있는 자리가 마련되어 있었다. 적지 않은 사람들이 그 주변에 모여서 웃고 떠들며 이야기판을 벌이는 모습이었다. 그들 대부분이 학교 관계자나 학생이 아닌 일반 시민들이었다. 한국의 대학 구내에서는 흔히 볼 수 없는 풍경이어서 색다르다고 생각했다.

7월 17일 한중국제학술대회

아침 7시경에 기상하여 학교 구내를 돌아보았다. 법관배훈원은 시내의 인가들과 인접해 있어서 달리 산책로는 발견되지 않았다. 아침부터 덥다고 생각하며 숙소로 돌아와 샤워를 한 다음 찬청(餐廳)이라고 표시가 되어 있는 1층 식당에 내려갔다. 식사는 뷔페식이었고 중국식에 과일들이 곁들여진 것이었다. 하나 문제된 것이 국이나 반찬이 모두 짠 점이었다. 여름이어서 상할까 그렇게 조리한 것인가 하고 물었더니 산동성 안에서도 제남 지방 음식은 대개 그렇다는 대답을 들었다.

① 발표대회 시작

9시부터 대회의실에서 개회식을 하고 이어 복단대학(復旦大學) 강은국
(姜銀國)의 사회로 유서웅(劉曙雄, 북경대), 장후진(張后塵, 『중국외국』 주
간) 등이 등단하여 「外語非通用語種 特色 專業 建設和 專用規範」, 「具有創
意性的 學術研究及其方法」 등 논문 발표가 있었다. 특히 유 교수의 논문은
비통용어종(非通用語種)이란 소수민족의 언어를 가리키는 것으로 그 특징
을 포착하여 그에 걸맞는 규범, 곧 언어법칙을 만들려는 데에 그의 논문이
노리는 바 역점이 있었다. 장 주간의 논문은 별쇄를 얻지 못하여 통역의
말을 들을 수밖에 없었다. 학술 연구에서 창의성 개발이 어떻게 가능하며
그 방법이 무엇인가를 제시하려는 논문인 것 같았는데 사이사이에 생소한
말들이 섞여 있었다. 중국어에 전혀 귀머거리인 나에게는 문자 그대로 소
귀에 경 읽기였다. 끝나고 중국 측 연구자들에게 물어보아야겠다고 생각
했으나 이일 저일로 미수에 그쳐 버린 채 오늘에 이르렀다.

전체 회의가 끝나자 참가자 일동은 법관훈련원 6호동 현관 쪽에 나가서
사진 촬영을 했다. 첫째 줄에 나이가 든 사람들이 앉았는데 한국 측으로
는 박갑수, 황동규, 나와 주종연 선생이 의자에 앉았고 윤여탁, 박성창 선
생은 큰 키가 감안되었는지 제일 뒷줄이 되었다. 나중에 사진이 나온 것을
보니 촬영 참가자만 140여 명, 그 정도의 인원이 약 30분 동안 촬영을 마치
고 티타임도 가졌다. 그렇게 기동력을 지닌 가운데 질서를 지키는 모양은
우리가 배워야 할 점이라고 생각했다.

② 주제 발표 내용들

촬영을 마치고 법관훈련원 6호동 찬청에서 점심을 먹었다. 그에 이어 1
시 30분부터 다섯 개 분과로 나뉘어 주제 발표와 토론회를 가졌다. 내가

속한 제5분과는 〈문학연구와 번역〉의 대주제 아래 네 사람이 주제 발표를 하고 같은 숫자의 사람이 질의 토론을 했다. 그 사이사이에 방청석에도 마이크가 돌아갔다.

사　회: 윤윤진
발표 1: 김용직, 「창조와 전략 – 시조 창작을 위한 몇 가지 문제」
　　　 – 토론: 지수용(청도대)
발표 2: 주종연, 「서사시 동명왕편의 한국 문학사적 의의」
　　　 – 토론: 한매(산동대)
발표 3: 황동규, 「번역과 시」
　　　 – 토론: 이춘매(청도 농업대)
발표 4: 이춘매, 「내선일체, 김사량(金史良)의 '빛 속으로'」.
　　　 – 토론: 윤여탁(한국 서울대)

이 얼마동안 나는 한국 문학과 문단도 국제화 시대의 추세에 맞추어 해외시장에 내어 놓을 시가 양식 하나를 가질 필요가 있다고 생각해왔다. 그 요구에 가장 걸맞다고 생각되는 양식으로 시조가 있지 않을까 여겨온 것이다. 그런 의도에서 나는 이번 대회에 내가 발표할 논문 제목을 시조의 창작과 그에 따른 전략으로 택했다. 나는 이 자리에서 시조의 관습적인 면을 기능적으로 살릴 것과 함께 현대성도 확보가 가능한 창작시조를 개발할 필요가 있음을 말했다. 전자를 위해서는 시조의 형태에 대한 인식이 필요하다고 보았으며 기법의 문제로 한국어의 특성 가운데 하나인 곡용어미(曲用語尾) 활용과 형태부의 기능적인 이용을 통해 한국 시가의 독특한 가락을 최대한 살릴 것을 주장했다.

이와 아울러 내가 강조하고자 한 것이 현대시조가 고전문학기의 작품과 다른 점이었다. 황진이로 대표되는 고전시조는 격조사나 어미를 잘 골라 쓰기만 하면 휘돌아 감기는 가락이 생기는 것이다. 그러나 현대시조는 그런 측면과 함께 또 하나의 자격 요건이 첨가될 필요가 있는 경우다. 그것이 현대성의 확보다. 그 길을 나는 이질적 요소의 폭력적인 결합으로 열릴 수 있다고 생각했다. 가령 정몽주의 「단심가(丹心歌)」는 3장 6구가 충군애국의식으로 일관되어 있다. 그 전후문맥을 검토해 보아도 특히 이질적인 요소로 지적될 부분은 내포되어 있지 않다. 그러나 다음에 드는 정완영(鄭椀永)의 작품은 그와 180° 다른 의미 구조에 의거한 것이다.

> 良才洞 가는 길에 한 오백년 묵은 古木
> 빈 하늘 막대 짚어 알몸으로 아뢰나니
> 朔風도 몸에 걸치면 袈裟 아니오리까

얼핏 보아도 나타나는 바 이 작품의 일차적인 소재는 500년이나 묵은 고목(古木)이다. 나무는 사람이 아니며 그것이 승복의 일종인 가사를 걸치는 일은 통상적 차원에서는 있을 수가 없다. 정완영(鄭椀永)은 이 있을 수 없는 일을 가능한 것이 되게 하기 위해 의인화의 기법을 이용했다. 의인화된 나무는 삭풍을 피부로 느낄 것이다. 그것으로 그 몸을 휘덮으며 지나가는 바람이 사람의 의상을 유추하도록 만든다. 이것은 이질적 요소의 문맥화를 통해 이 시조가 휘돌아 감기는 말씨와 함께 현대적인 심상도 갖게 되었음을 뜻한다. 내 발표가 있고 질의 토론의 시간이 있었으나 내가 처음 의도한 발표 내용은 잘 전달된 것 같지 않았다. 시간의 제한이 있어 나머지 이야기의 기회를 다음 자리로 미룰 수밖에 없었다.

주종연 교수의 발표는 『삼국사기』에 나오는 동명왕과 이규보(李奎報)의 서사시를 대비시키는 선에서 시작되었다. 이규보의 작품이 큰 세계, 독특한 율격에 의거하고 있음을 밝히고 그 문학사적인 의의가 매우 크다고 결론을 내렸다. 한국 고전문학 전공자가 현지에서는 많지 못한 듯 보였다. 이 논문 역시 제대로 된 반응은 일지 않았다.

황동규 교수는 번역문학론자이기에 앞서 자타가 공인하는 한국 시단의 선두주자이다. 그는 자신의 시를 보기로 들어서 그 중국어 번역이 어떻게 되어 있는가를 구체적으로 지적했다.

장강(長江)의 숨을 일순 멈추게 하던
인간의 허리와 궁둥이들이!

曾經讓長江瞬間屛住呼吸的
人們的腰身和臀部喲!

여기서 인용된 것은 황동규 교수의 「2006년 삼협(三峽)에서」의 마지막 부분을 윤해연(尹海燕) 교수가 번역한 것이다. 황 교수는 윤해연 교수의 번역에 대해 "인간적 정숙성 때문인지 너무 정숙하게 번역되지 않았는가 하고 생각했습니다."라고 지적했다. 이것을 나는 시 번역에 있어서 한 언어와 다른 언어 사이에서 생길 수 있는 어감과 어세의 문제가 아닌가 해석했다. 윤해연 교수의 번역에도 황 교수가 에로티시즘이라고 말한 허리와 궁둥이 등의 단어는 쓰였다. 그러나 한국어 원시에서는 뚜렷한 선으로 느껴지는 "허리와 궁둥이"의 육감성이 중국어 번역에서 잘 포착되지 않는다. 여기서 빚어지는 원시와 역시의 차이는 번역하는 사람의 솜씨를 기다려서 해결이 가능하지 않을까 여겨졌다.

이춘매(李春梅) 교수의 논문은 김사량의 일어작품 「빛 속으로(光の 中に)」를 검토 분석하는 데 초점이 맞추어진 것이었다. 이 교수는 이 작품이 일어로 되어있으나 주인공이 민족적 갈등에 휩싸인 나머지 실의, 좌절해 버리는 길을 걷는 것에 주목했다. 그것으로 당시 일제가 표방한 내선일체 정책에 김사량이 간접적인 저항을 시도한 것이라고 평가했다. 이 교수 이전의 김사량론에도 이에 준하는 지적은 안우식(安宇植) 등에 의해서 이루어진 것이 있다. 『평전 김사량(評傳 金史良)』(초풍관, 1983). 그럼에도 나는 중

국의 한국 문학 연구가 이렇게 개별 작가의 초기 작품까지를 분석, 검토하는 단계에 이르렀음을 보고 적지 않게 마음이 든든해졌다.

제5분과의 제1부 발표와 질의 토론이 모두 끝나자 우리는 일단 휴게시간을 가졌다. 우리 다음에 제5분과의 발표 대주제는 윤여탁 교수의 사회로 이루어지는 〈문화교육의 현주소〉였다. 그 참가자와 주제는 윤윤진(길림대), 「한국어학과의 한국 문학 교육의 필요성과 그 실태 및 해결 방안」, 송향근(한국 부산외국어대학), 「한국 내 중국어권 학습자를 위한 한국어 교육 연구 동향 분석」, 다니자키 미쓰코(일본), 「일본 한국어 교육의 현황과 과제-문화교육을 중심으로」, 푸웅마이(베트남 호치민국립대), 「베트남에서 한국어 문화교육 방안 연구」, 임효태(노동대), 「문화교육 내용 및 체계화에 대한 연구」 등이었다.

전공 관계로 나는 그동안 해외에서 이루어지는 한국어학교육 연구 발표에 참석할 기회가 거의 없었다. 자연 그 실황에 대해서는 초보적인 수준의 정보도 갖고 있지 못했는데 제5분과 제2부의 논문 발표들을 듣고 보니 이제까지 내가 가진 안이한 태도가 부끄럽게 생각되었다. 특히 송향근, 다니자키 마쓰코 등의 발표내용이 인상적이었다. 송향근 교수는 그의 논문에서 '중국어권 학습자를 위한 한국어 교육 연구 동향 분석'과 '주제별 연구 동향 분석' 등 두 개 항목을 설정했다. 그리고는 그 하위 항목을 통해 해당분야에서 논문을 낸 연구자의 이름과 발표연도를 일일이 밝힌 도표를 제시했다. 다음은 그 가운데 하나로 오류 분석 연구 동향 분석에 붙인 그의 도표다.

연구 내용	연구 목록	논문 수
문 법	김영아(1990), 민 자(2001), 임경희(2005), 이 훈(2006), 나은영(2006), 이석재(2007), 윤영숙(2007), 추준수(2007), 정숙향(2007), 김지영(2007), 전동근(2007), 김경훤(2008), 박소영(2008), 피 뢰(2008), 허봉자(2008), 김정화(2008), 윤경애(2008), 강희숙(2009), 한 청(2009), 임지숙(2009), 최정은(2009), 김충실(2009), 김선정(2009), 김성수(2009)	23
발 음	장향실(2002), 정명숙(2003), 정은모(2003), 최금단(2004), 전원해(2005), 양순임(2006, 2007), 주명진(2006), 김경미(2007), 안연희(2007), Lan, Xiaoxia(2007), 윤영해(2008), 김윤희(2008), 김길동(2008), 권영미(2008), 김용령(2008), 오 발(2009), 손경애(2009), 김문희(2009), 최현지(2009)	20
어휘	지서원(2004), 김창구(2005), 차숙정·송향근(2006), 홍은진(2006), 민영란(2007), 유주명(2007), 정성희(2007), 이정희(2007), 박춘연(2008), 민영란(2008), 이주영(2008), 최혜령(2008), 이주영(2008), 위징징(2009), 유 양(2009), 김현정(2009)	16
어휘·문법	자이웨이치(2005), 여려(2007), 김경천(2008), 이주미(2009)	4
발음·어휘·문법	이향화(2006)	1
합 계		64

다니자키의 논문 또한 현장 조사에 바탕을 둔 점이 인상적이었다. '일본에서의 문화교육의 현황' 항목에서 다니자키가 조사 대상으로 삼은 것은 일본의 관서(關西) 지방, 중국(中國) 지방, 사국(四國) 지방 소재의 각 대학들이었다. 이 지역 소재의 국공립대학과 사립대학의 숫자가 169개교인데 다니자키는 그들 학교에 모두 설문지를 돌려서 거기서 얻어낸 분석 검토의

결과를 토대로 그의 논문을 작성했다. 나는 논문을 보면서 우리나라 사람이 아닌 외국인의 한국어 교육에 대한 연구가 매우 진지한 자세로 이루어지고 있음을 알게 되어 적지 않은 감명을 받았다.

풍웅마이 교수의 논문은 연구자의 국적부터가 우리 일행의 관심을 자극했다. 그동안 나는 몇 차례 국내외에서 개최되는 국제학술대회에 참석하기는 했다. 그러나 그 과정에서 나는 동남아 쪽 관계 연구자의 발표를 들을 기회를 전혀 가진 바가 없었다. 풍웅마이 교수는 그 예외가 되는 경우여서 관심이 쏠렸다. 푸웅마이의 발표 역시 교육현장에서 얻은 사례를 분석, 검토한 것으로 이루어진 것이었다. 그 가운데도 가장 크게 주목된 것이 한국어와 베트남어의 관용표현을 대비한 경우였다.

한국 관용표현	베트남 관용표현
가마솥에 든 고기 / 그물에 든 고기독 안에 든 쥐 / 고양이 앞의 쥐	Cá nằm trên thớt (도마 위의 물고기)
거북이 걸음	Châm nhưrùa (거북이처럼 느리다)
기름떡 먹기 / 누워서 떡먹기 누운 소 타기 / 땅 짚고 헤엄치기	Dễnhưan cháo (죽 먹듯이 쉽다) Dễnhưchợi (노는것 같이 쉽다) Dễnhưtrởbàn tay (손바닥 뒤집기처럼 쉽다)
꿀 먹은 벙어리	Câm nhưhến (제첩 같은 벙어리) ngâm hột thi (감씨를 머금다)
밑 빠진 독에 물 붓기	Nước dỗdâu vịt (오리 머리에 물 붓기) Nước dỗlá khoai (고구마 잎에 물 붓기)
제 눈의 안경	Nồi nào úp vung nấy (그 냄비에 그 뚜껑)
누워서 침 뱉기	Gậy ông lại dập lựng ông(할아버지의 지팡이가 할아버지 등을 때린다)
대가리에 피도 안 마르다	Hi mui chựa sach (코도 제대로 못 풀다)

도토리 키 재기	Kể tám lạng, người nửa cân (8냥과 반 근)
두 마리 토기를 잡다	Một hòn dá chết hai con chim (돌맹이 하나에 두 마리의 새가 죽다)
맞바람을 피우다	Ông an chảbà an nem (남편은 햄을 먹고 부인은 스프링롤을 먹다)

첫날 산동대학(山東大學)에서 개최된 한국어문교육관계 국제학술대회의에는 주제 발표자만 44명, 그와 같은 숫자의 질의 토론자와 기타 전공자들이 참여하였다. 또한 그것은 오후 1시 30분부터 저녁 8시 가까이에 걸쳐서 진지한 논의와 토론의 현장이 되었다. 발표자와 발표자의 교체시간을 이용하여 나는 다른 발표장도 살펴보았다. 다른 분과도 우리 분과 못지않은 인원이 참가하여 비상한 열기를 느끼게 하는 것이었다.

아침 9시부터 시작된 첫날의 발표는 장장 10시간에 걸쳐서 이루어졌다. 8시가 지나서 우리는 산남대로(山南大路)에 있는 중국요리 전문점 전취덕(全聚德)으로 향했다. 거기서 명물 산동요리에 배갈, 맥주 등을 들면서 참가자 사이에 인사가 교환되고 국경을 초월한 담론풍발(談論風發)의 정경이 벌어졌다. 우리가 참가한 첫날의 발표대회가 그런 뒤풀이와 함께 막을 내린 것이다.

박돌천(趵突泉), 「순정(舜井)」 연기(緣起)

학술대회 두 번째 날에 주종연, 황동규, 나 등 우리 세 사람은 제남의 문화탐방을 생각해 보았다. 제남은 옛 제(齊)나라의 수도였고 공자의 곡부(曲阜)와도 가까운 고장이어서 여기저기에 문화유적들이 산재한 지역이었다. 애초 우리가 여행을 계획한 목적의 절반 정도는 그런 중국 고대문화의 자취를 찾아보았으면 하는 것이었다. 우리가 맡은 분과의 논문 발표가 끝나자 우리는 세 사람의 생각을 산동대학 측과 상의해 보았다. 산동대학 측은 우리 생각을 기꺼이 수락하여 주었다. 그 덕분으로 우리는 차편과 안내자가 붙은 문화유적 탐방에 나설 수 있었다. 우리는 18일 10시경 학교 측에서 주선한 승합차를 타고 회의장인 산동법관배훈학원(山東法官培訓學院)을 떠나 제남시의 서북쪽으로 길을 잡았다.

박돌천(趵突泉)

제남은 그 구호의 하나가 천성(泉城)이었다. 그런 이름에 걸맞게 제남(濟南) 지역에는 곳곳에 샘이 솟아올라 한때 그 숫자가 일흔두 개에 이르렀다고 한다. 그 가운데서 박돌천(趵突泉)은 진주천(珍珠泉), 흑호천(黑虎泉), 오룡담(五龍潭)과 함께 제남의 사대명천(四大名泉)의 하나였고 그 가운데서도 으뜸으로 치고 있었다.

본래 박돌천은 폭류(瀑流), 함천(檻泉) 등의 별칭도 가졌는데 옛적에는 그 머리에서 세 개의 물기둥이 네댓 자 높이로 솟아올랐다고 전한다. 물빛도 흙탕기가 전혀 없는 푸른 빛깔이며 지금도 샘 머리에서 소용돌이를 이루며 솟아오르는 물소리가 지나는 사람을 놀라게 할 정도다.

표돌천 머리에는 관란정(觀瀾亭)이 서 있었고 수많은 시인들이 거기 노닐며 글을 쓴 자취가 남아 있었다. 이와 다른 자리인 어필정(御筆亭)에는 청나라 강희제(康熙帝)의 친필인 '觀瀾' 두 자가 판액으로 보존되어 있다고 했다. 강희제는 친정(親政) 32년째 되는 해 남순(南巡) 길에 올라 제남에 이르렀다. 이때 그를 배종한 태학사 명주(大學士 明珠) 이하 여러 신하들이 '飛泉', '飛濤', '漱玉', '珠淵', '濺雪', '洄瀑' 등의 글귀를 써서 남겼다고 한다. 그들을 지금 볼 수 없는 것은 덧없는 세월 속에서 유실되어 버린 탓일 것이다.

넘쳐날 듯 뒤설레 치는 박돌천은 옛날처럼 많은 수량을 가지지는 않았으나 그래도 주변 일대에 물길을 이루어 휘돌았다. 그것을 관리당국이 돌로 둘레를 쌓아 독특한 풍경이 되게 하고 있었다. 우리가 안내자를 앞세우고 물가를 걷자 이곳저곳에 붉은 기둥, 푸른 기와가 날개를 펼 듯 하늘을 향해 치솟은 정각들이 보였다. 푸른색이나 진홍색 바탕에 황금색 글자로 된 편액을 보면 그 이름이 락원당(濼源堂), 왕설도 기념관(王雪濤 紀念館), 만죽원(萬竹園) 등이었다. 그들을 기웃거리며 걸어가는 내 눈을 놀라게 한 것이 아영사(娥英祠)였다. 표돌천 물가의 건물들은 대개 단층으로 서 있는데 아영사만은 2층으로 되어 있었다. 아래층이 유별나게 높이 설계되었고 위층의 키는 그 절반이 될까 한 정도였다. 그것으로 아영사는 다른 건물이 땅 위에 사는 인간의 것이라면 그 자체가 하늘을 품고 해, 달과 더불어 서 있는 양 생각되었다.

나는 아영사를 보는 순간 불현듯 초등학교 때 호떡집 주인이었던 전 서방이 생각났다. 전 서방은 내가 소학교 때 예안장터 거리에서 호떡집을 한 중국인이었다. 언젠가 그는 우리에게 그의 고향이 산동 지방인데 그의 집 가까이에 순임금의 우물이 있다고 했다. 그때 나는 꾸리[苦力] 출신이라고 그를 얕잡아 본 나머지 그의 말을 터무니없는 허풍으로 흘려버렸다. 그런데 아영사를 본 순간 내 머리에 떠오르는 생각이 있었다. 아황(娥皇)과 여영(女英)의 기념각이 여기 있는 것이라면 전 서방이 말한 순정(舜井)이 비각과 무슨 상관이 있지 않을까 하는 생각이 머리에 떠올랐다. 그러나 그 순간 나는 되짚어보지 않을 수 없었다. 아황과 여영이 순임금을 그리워한 나머지 몸을 던진 곳은 황하 유역이 아닌 양자강(揚子江)의 갈래에 있는 동정호(洞庭湖)였다. 동정호 입수(入水)로 그들 두 왕비는 달나라로 올라갔고 물의 여신이 된 것이다. 그들의 사당이 박돌천 기슭에 선 것은 바로 이 샘이 천하제일의 명천(名泉)이기 때문이 아닌가. 그런 생각이 들자 나는 내 추론을 일단 접어두기로 했다. (이렇게 유보상태가 된 내 짐작은 얼마 뒤에 180° 뒤바뀌게 되었다.)

이청조 기념관(李淸照 記念館)

아영사(娥英祠)를 본 다음 우리가 들어선 곳이 이청조 기념관이었다. 안내책자의 기록에 따르면 이 기념관은 남북 양원(兩院)으로 이루어져 있고 그 건축면적이 400㎡라고 했다. 내 전공이 한국 시가임에도 불구하고 박돌천을 찾기까지 나는 이청조가 어떤 시인인지 사전 정도의 지식도 제대로 갖지 못한 상태였다. 안내책자를 보고서야 그가 송(宋)나라 때의 여류시인으로 특히 사(詞)에서 중국 문학사의 한 획을 그은 대가임을 알게 되었다. 제남 출신이며 호가 이안거사(易安居士)로 18세 때 조명성(趙明誠)과 결혼하여 여유를 누리고 시서화(詩書畵)를 즐겼으며 금석(金石)까지에 조예를 가졌던 것이라고 적혀 있었다. 그러나 40세 전후하여 나라가 깨어지고 남편 또한 사망하자 영락하여 고통 속에서 살다가 갔다고 한다. 그의 본령은 사(詞)에 있어서였던지 내 관심분야인 시(詩), 특히 금체시(今體詩)인 절구(絕句)와 율(律)에 속하는 작품들은 모두 흩어져 버려서 지금 전하는 것이 몇 편 되지 못한다. 다음은 중국의 역대 여류 시선에 흔히 오르는 그의 작품 가운데 하나다.

봄빛이 저무는데 무엇 때문에
이토록 고향이 그리워지나?

아픈 몸을 일으켜 머리 빗으니
머리카락 길어서 한스럽구나

들보 위의 제비는 지지배배 지지배배
무슨 할 말 저리 많아 종일 앉아 조잘대나?

장미꽃에 산들산들 봄바람 불어
온 발에 향내가 가득하구나
                    ─「늦봄」, 류종목 · 송용준 역, 『宋詩選』(서울대 출판부)에서

春殘何事苦思鄕
病裏梳頭恨髮長
梁燕語多終日在
薔薇風細一簾香

                                              ─「春殘」

그 문맥으로 미루어 볼 때 이 작품은 이청조가 전란 속에서 남편까지 잃고 실의 속에서 여기저기를 떠돌아다닐 때 쓴 것이다. 행복을 누리는 사람에게 봄바람은 향수를 자아내는 상관물이 되지 않을 것이다. 그럼에도 여기서 화자는 봄바람 속에 떠나온 고향을 그린다. 그는 또한 간구한 생활로 가꾸지를 못하여 제멋대로 길어버린 머리를 빗는다. 그것으로 타향에서 떠돌이로 사는 그의 신산한 생활이 어둑신한 색조를 띠고 떠오르는 것이다.

대명호(大明湖)와 『수경주(水經注)』의 순정(舜井)

박돌천에는 워낙 볼거리가 많았다. 여기저기를 두리번거리다 보니 우리는 처음 예정한 12시 30분이 훨씬 지나서야 공원 남문 앞에서 다시 모였다. 마침 점심때여서 우리는 가까이 보이는 음식점에 들어갔다. 거기서 식사를 한 다음 오후 차례로 대명호(大明湖)를 향했다. 박돌천이 천하제일천이라면 대명호도 또한 중국에서 둘째가라면 서러워 할 호수라고 했다. 우리가 대명호 정문 앞에 이른 것은 2시 가까이가 되었을 때다. 널찍하고 높은 정문 지붕 위에는 "천성에 당신이 온 것을 환영한다(泉城觀歡迎您)"의 다섯 글자가 붉은 글씨로 나붙어 있었다. 또한 그 추녀 밑에는 주홍색 판에 초서로 쓴 황금색의 '大明湖' 석 자가 힘찬 자획을 뽐내기라도 하듯 걸려 있

었다. 여기저기 시야가 막히기 일쑤이던 표돌천과는 달리 대명호는 멀리 기슭이 아른거리며 보일 정도로 넓은 호수였다.

대명호는 그 넓이가 46.5ha라고 게시되어 있었다. 일망무제의 황토 언덕인 대륙에서는 아쉬운 대로 바다 구실도 할 수량이다. 호수 일대는 중국인의 취향에 맞도록 여기저기에 인공이 가미된 자취가 뚜렷했다. 이따금씩 나타나는 누정 옆에는 키가 큰 수양버들이 바람에 나부끼고 그들이 푸른 물과 배합되어 독특한 풍경을 펼치고 있었다.

우리가 들어간 곳은 정문이었다. 호연정(浩然亭)이 솟아 있었고 이어 이름 그대로 수양버들이 바람에 휘날리는 취류병(翠柳屛)이 나타났다. 그 다음이 구곡정(九曲亭)이었는데 그 앞에는 선착장이 있어 보트를 타고 호수 가운데 떠 있는 호심정(浩心亭)이나 역하정(歷下亭)을 돌아보도록 되어 있었다. 특히 호심 쪽에 분수천을 만들어 때때로 그 물줄기가 하늘로 치솟아 오르는 것이 장관이었다. 내가 가진 『제남구적지(濟南舊蹟志)』에는 그 언저리에 백화교(百花橋), 작화교(鵲華橋) 등의 다리가 걸려 있다고 적혀 있었으나 우리가 갔을 때는 그들 구조물이 안 보였다. 아마도 그동안에 철거되었거나 자연 유실되었을 것이다.

역하정(歷下亭)은 두보(杜甫)의 오언시(五言詩) 「배이북해연역하정(陪李北海宴歷下亭)」의 무대가 된 곳이며 청나라 건륭제(乾隆帝) 또한 여기에 이르러 5언율시 3수를 읊어 오늘에 끼친다. 그 가운데 첫째 수는 다음과 같다.

성곽이 감아 돌아 고운 섬 있어
다락집은 그림처럼 고요하더라
두보의 싯구는 이미 옛자취
봄날의 물놀이도 사라져가리
고기잡이 뱃노래는 포구 건너 들리고
다리 그림자는 물결 위에 누워 기웃하거니

어엿차 한 소리에 신선 세계 이르렀는데
선풍은 무어라 나를 끌며 돌아가라 하는가

芳洲城郭裏
亭榭畵圖閒
杜句已稱古
春遊偶趁間
漁歌隔波遠
橋影照波灣
一棹蓬瀛到
仙風那引還

대명호에서 내가 본 것을 정리하는 과정에서 나는 참으로 뜻밖의 사실을 확인하게 되었다. 이 글 허두에 나오는 초등학교 때의 이야기는 다시 되풀이 하지 않는다. 철부지 때 주고받은 말들이라 그때 호떡가게 주인의 말들을 나는 터무니없는 헛소리로 듣고 마음에 접어두지 않았다. 그러다가 대명호에 생각이 미치자 혹시나 하는 생각으로 『수경주(水經注)』에서 「제수주(濟水注)」 부분을 찾았다. 뜻밖에도 거기에 다음과 같은 기록이 담겨 있었다.

낙수는 역현의 옛 성 서남쪽에서 흘러나오는데 그 물은 솟아올라 수레바퀴의 모양이 된다. 춘추 환공(桓公) 18년에 공이 낙수 머리에서 제후를 만났다고 한 것이 이를 가리킨다. 이는 흔히 이르는바 아영(娥英)수의 원천에 순임금의 비인 아영묘가 있음으로서다. 성의 남쪽에는 산이 있는데 그 산 위에 순임금의 사당이 있고 산 아래 큰 구렁이 있는바 순정(舜井)이라고 한다. 생각건대 모산에 우정(禹井)이 있음에 대비될 것인가 한다. 서경에 역산에 순정이 있다고 한 것이 이것인지는 명백하지 않다. 그 물은 북에 이르러 대명호(大明湖)가 되고 서쪽이 대명사(大明寺)에 이른다. 동과 서 우측은 호수 쪽인데 맑은 못이 되어 있다.

瀠水出歷縣故城西南 泉源上 奮水湧若輪 春秋桓公
十八年公會齊候於瀠是也 俗謂之爲娥英水
以泉源有舜妃娥英廟故也 城南對山
山上有舜祠 山下有大穴謂之舜井 抑亦茅山
禹井之此矣 書舜井歷山亦云在此末祥也 其水北爲大明湖
西卽大明寺 東北兩面側湖此水便 成淨池也

위와 같은 『수경주(水經注)』의 기록을 보고 내 눈이 크게 뜨인 것은 무엇보다 거기에 대명호의 이름이 적혀 있었기 때문이다. 전후 문맥으로 보아 대명호는 순정(舜井)과 아영사(娥英詞)에 연계 관계를 가지고 있으며 그것은 다시 제남의 한 지역인 역현(歷縣) 곧 역산현(歷山縣)에 위치한 것으로 파악되었다. 되풀이되지만 내가 초등학교 때 면소재지의 저잣거리에서 중국 호떡집 주인의 고향을 물은 것이 10대 초였다. 그때 나는 호떡집 주인이 그의 고향을 순임금의 우물이 있는 곳이었다고 한 말을 아주 근거 없는 것으로 흘려들었다. 70년 가까운 세월이 아득히 흘러가버린 다음 나는 그의 고향 가까이가 되는 산동성의 제남에 갔다. 더욱 기연이었던 것은 그 길로 내가 박돌천을 보고 대명호의 기슭을 걸어본 일이다. 그것이 기틀이 되어 나는 『수경주(水經注)』를 보았으며 다분히 호떡집 주인이 가까이 살았을 것으로 생각되는 순임금의 우물 순정(舜井)의 위치도 헤아려 보려고 했다.

내가 애초 산동대학에서 열린 학술대회에 참가한 것은 전공을 살리려는 생각에서였다. 그 길에서 얻어낸 제남의 문화유적 답사 체험은 나에게 덤으로 생긴 즐거움이었다. 귀국하고 난 다음 나는 오랫동안 잊고 있던 호떡 가게의 주인 전 서방을 머릿속으로 그려보았다. 당시 그의 나이가 30세 전후였을까. 작달막한 키에 좀 큰 눈으로 가게를 지키고 있었던 그의 모습이 지금도 뚜렷한 윤곽으로 떠오른다. 태평양전쟁 막바지 무렵에 예안장터 거리에서 자취를 감추어버린 그. 지금 그의 가게가 있었던 예안장터 거리는 안동댐 건설로 수심 깊이 물속에 잠겨 버렸다. 산천이 일곱 번이나 바

긴 세월 속에서 고향이 순임금의 우물 가까이라고 한 그의 말만이 남게 된 셈이다. 귀국 후 나는 전 서방의 기억을 더듬으면서 내 생각을 몇 줄 시로 풀어 보았다.

바라보니 넓은 호수 해오라비 날아들고
푸른 물결 넘실거려 버들도 한들댔다
작화정 다락 아래 붉은 연꽃 피어 있고
강희제(康熙帝) 노닌 대 앞 보랏빛 배 돌아드데
고개 드니 제나라 성 추백나무 에워쌌고
저 멀리 솟은 태산 고운 이내 휘돌았다
친구여 말을 말자 그 맛 경치 어떠한가
구름 자취 하늘 빛깔 내 옷을 적셨거니

- 「대명호를 보고 나서」

一望平湖白鷺飛
蒼波演漾柳風微
鵲華亭下紅蓮發
康帝台前碧舫歸
回首齊城環側栢
遙看岱嶽擁嵐暉
請君莫問如何景
雲影天光渾襲衣

- 「大明湖 所見」

7월 19일, 곡부(曲阜), 공자묘(孔子廟) 참관

학술발표대회는 18일로 막을 내렸다. 그 다음날은 공자의 고장인 곡부 (曲阜) 참관이 예정되어 있었다. 어렸을 때부터 수없이 들어온 공자의 사당을 참배하고 태산(泰山)에도 오를 수 있다고 생각하니 다시 나는 소학교 시절 소풍을 가던 때의 기분이 되었다. 일기예보에 날씨가 궂을 것이라고 하여 몇 번이나 하늘을 바라보았다. 어떻든 우리는 예정대로 8시 법관배훈원 현관 앞에서 버스를 탔다. 버스는 제남 시내를 빠져 나가자 곧 관광도로로 개발되어 널찍하게 생각되는 길을 일로 남으로 달리기 시작했다. 나는 다시 체질이 된 궁금증이 발동하여 한국에서 들고 간 지도를 꺼내어 제남에서 곡부로 가는 도정을 살펴보았다. 그동안 나는 공자의 고향인 곡부가 태산과 바로 이웃에 자리한 줄 알았다. 그런데 태산은 오히려 제남에서 가까이 있었고 거기서 곡부까지는 한 시간 남짓한 거리인 70km 이상을 달려야 되는 것으로 나타났다. 또한 공자의 사당이 있는 공묘(孔廟)가 바로 곡부 시내에 있는 것이 아니라 거기서 상당한 거리에 있다는 사실도 알았다.

① 창평향(昌平鄕)의 공자(孔子)

우리가 탄 버스가 한 시간 남짓을 달리자 도로 표시판에 태안(泰安)이 나타나고 이어 사수(泗水), 곡부(曲阜) 등의 이름이 보였다. 그것으로 나는 우리가 공자의 고향 가까이에 이르렀음을 알 수 있었다. 공자(BC 522~BC 479)는 춘추시대 노(魯)나라에서 태어난 중국의 대표적인 사상가이며 교육자, 정치가이다. 그가 태어난 고장은 노나라의 창평향(昌平鄕) 추(陬)라는 고을이었다. 그곳은 당시 노나라의 수도인 지금의 곡부에서 남동쪽으로 백 리 가까이가 되는(33km) 한 마을이었다. 그의 마을은 가까이 흐르는 사수(泗水)와 수수(洙水) 사이에 자리한 전원지대를 차지한 곳이었다. 후세에 공자의 흐름을 이은 학도들을 사수학파(泗洙學派)라고 일컬은 까닭이 여기에서 비롯된 것이다.

공자의 본명은 언덕을 뜻하는 구(丘)이며 자(字)가 중니(仲尼)이다. 한자 문화권에서 자(字)는 이름 대신 부르는 별칭이다. 공자가 이런 이름을 가지게 된 데는 재미있는 이야기가 전해진다. 아들을 원한 공자의 어머니가 곡부의 남동쪽에 자리한 비구산(比丘山)에 올라 기자(祈子) 치성(致誠)을 드렸다. 그런데 그 후 태어난 공자의 머리가 비구산의 정상처럼 정상 부분이 들어가고 둘레가 솟은 모양을 이루었다. 그것으로 공자의 이름이 구(丘)가 되고 자를 중니(仲尼)로 했다는 전설이다.

공자의 출생에 대해서는 위인이나 영웅, 천자(天子)의 경우에 흔히 붙는 신이설화(神異說話)가 전해진다. 공자의 어머니가 비구산에 아들을 낳게 해달라고 기도를 올리자 곧 흑색 용이 나타나 그의 정기로 공자를 수태한 것이라는 이야기다. 우리나라나 중국에서는 나라의 개조나 영웅, 호걸들에게는 거의 예외가 없이 그 출생이 신이(神異)한 것에 결부되는 이야기가 전해진다. 고구려의 동명성왕이나 신라의 박혁거세, 김알지 전설이 모두가 그 갈래에 드는 것이다. 공자의 탄생설화도 그런 예들에 귀속시킬 수 있을 것이다. 그렇다면 실제 공자의 집안은 어떤 것이었는가. 「공자세가(孔子世家)」에 따르면 공자의 아버지는 숙량흘(叔梁紇)이며 어머니는 안징재(顔徵在)이다. 아버지인 숙량흘은 무반(武班) 출신이었고 그 조상은 송(宋)나라(춘추전국시대의 제후국 가운데 하나) 귀족이었다고 한다. 이때의 송나라는 주(周)가 멸망시킨 은(殷)나라 유민들이 세운 나라였으므로 결국 공자는 은왕조(殷王朝)의 흐름을 이어내린 귀족의 후예라는 말이 성립된다.

사람에 따라서는 공자의 가계가 후세에 윤색되었을 것이라는 주장을 제기한 예도 있다. 그에 따르면 공자의 아버지는 고급 무반 출신이 아니라 농민 출신의 하급 무반이었다. 남다른 용력(勇力)을 발휘하여 노나라의 군대에서 대장급의 위치를 차지했다고 전한다. 이와 달리 공자의 어머니 안징재(顔徵在)는 유(儒)라고 일컬어진 집안에서 태어난 여성이었다. 고대 중국에서 유(儒)란 장사와 제례를 맡아서 치르는 일을 전업으로 삼는 사람들을 가리켰다. 따라서 안징재는 한국에서 말하는 무당집의 딸이었던 것으로 추정된다. 숙량흘과 안징재의 결혼을 『사기(史記)』는 '야합(野合)'이라고 기록하고 있다. 이것은 두 사람의 혼인이 정식 절차를 밟지 않은 채 이루어졌음을 뜻한다. 한마디로 공자의 회임과 출생은 비정상적인 상황에서 있었던 것이다.

유년기와 청소년기가 불우하고 가난했음에도 불구하고 공자는 성장하면서 유별나게 배우고 가르치기를 좋아했다. 그는 언제나 이웃과 사회, 시대와 나라를 걱정하고 그 구제책을 생각하는 길을 걸었다. 40대까지는 몇몇 제후들을 찾아 어지러운 세상을 구제하고자 시도했으나 뜻을 얻지 못했다. 50세에 이르러서 노나라의 정공(定公)을 만나 그의 도움으로 이상 사회 건설, 왕도정치(王道政治)의 실현을 꾀해 보았으나 56세에 실각해 버렸다. 그 과정에서 공자는 3000으로까지 일컬어진 여러 제자들을 길러내고 주유천하(周遊天下), 인(仁)과 의(義)가 행해지는 이상 사회의 건설을 지향해 마지않았다.

② 인(仁)과 수기(修己), 격물치지(格物致知)의 세계

공자는 그 스스로를 천재형으로 태어난 것이 아니라 꾸준히 책을 읽고 사물의 이치를 생각해 본 노력형이라고 말했다(我非生而知之 好學者也). 그는 또한 유별나게 사람들에게 그가 아는 것을 가르치고자 했다. 그리하여 그의 문하에는 몇 천 명을 헤아리는 제자들이 모여들었는데 그 가운데 고제(高弟) 중의 고제만도 20여 명에 이르렀다. 안회(顔回), 염옹(冉雍), 자로(子路), 자공(子貢), 염구(冉求), 증삼(曾參), 증석(曾晳), 중궁(仲弓), 재여(宰子), 민자건(閔子騫) 등은 그들 중에서도 특히 후세에까지 이름을 날린 사람들이다.

공자의 행동철학과 정치, 사회사상은 그가 제자를 거느리면서 주고받은 언행록(言行錄)인 『논어(論語)』 한 권에 집약되어 있다. 공자는 그가 지향한 이상적 사회가 인(仁)을 바탕으로 하고 예악(禮樂)으로써 백성을 교화해 나가는 왕도정치로 이루어질 수 있다고 믿었다.

공자의 사상체계에서 중심개념인 인을 맹자(孟子)는 불인지심(不忍之心)으로 설명했다. 「공손축(公孫丑)」 상편을 보면 맹자는 사람들이 지닌바 착한 마음을 설명하기 위해 비유를 이용했다. 그에 따르면 순진한 어린 아기가 우물가에 놀다가 빠지려는 순간을 사람들이 볼 때 아차 하는 생각을 사람들이 가지게 되는 것은 어린 아이의 부모와 친교가 있기 때문이 아니며 이웃 간에 칭송을 듣기 위하려는 속셈으로 그러는 것도 아니다. 또한 그런 마음은 요순이나 공자와 같은 성인뿐이 아니라 도척(盜拓)과 같은 도적도 가진다. 이것이 바로 인의 단(端)인 '불인지심(不忍之心)'을 모든 사람이 지니고 있는 증거라는 것이다(所以謂人皆有不忍人之心者 今人 乍見孺子將入於 井 皆有怵惕惻隱之心 非所以內交於 孺子之父母 非所以 要譽於鄕党朋友也).

공자는 그가 생각하는 이상 사회 건설을 위해 사람들 모두가 끊임없이 인격적 수양을 통해 자기를 갈고 닦아 나가는 길, 곧 수기(修己)를 기본으로 삼아야 한다고 믿었다. 그가 말하는 수기란 모든 사람이 인격적 도야를 지향하는 수신(修身)과 같은 개념이었는데 그를 통해 가정이 바르게 되고 그 다음 차원에서 나라가 다스려지며 온 세상이 편안해진다는 것이다. 이것을 우리는 '수신제가 치국평천하(修身齊家 治國平天下)'라고 말한다. 공자의 행동철학이 집약된 『대학(大學)』 첫머리에는 그런 차원을 구축하는데 필요한 수양방식도 제시되어 있다. "집안을 다스리고자 하는 자는 먼저 그 몸을 수양해야 할 것이며 그 몸을 수양하고자 하는 자는 그 마음을 바로잡아야 할 것이요 그의 마음을 바르게 하고자 하는 자는 먼저 그 뜻을 정성되게 하여야 하고 그 뜻을 정성되게 하려는 자는 먼저 그 지식을 지극하게 해야 할 것이니 지식을 지극히 함에는 사물에 바탕을 두고 그 이치를 궁구해야 할 것이다(欲齊其家者 先修其身 欲修其身者 先正其心 欲正其心者 先誠其意 欲誠其意者 先致其知 致知在格物)."

내가 태어난 고장은 낙동강 상류 태백산 기슭의 후미진 산골 마을이었다.

 먼 고장·이웃나라·내가 사는 땅

우리 조상들은 그곳에서 500년 이상의 세월을 지방 유생의 한 가닥으로 살아왔다. 내가 자랄 때만 해도 우리 집 주변에는 선비의 길을 묵수하려는 어른들의 생각이 완강하게 진을 치고 있었다. 그런 분위기 속에서 나는 삼강오륜의 덕목을 암송하고 소학을 배우게 되었다. 그러나 그런 내 유치원식 유학 익히기는 초등학교 입학과 동시에 종지부가 찍혔다. 이른바 신식 교육을 받기 시작하면서 나는 의도적으로 한문과 유학을 외면하려는 길을 걸었다.

속절없는 청개구리 꼴이 된 내가 유학의 경전인 『논어』, 『대학』을 찾게된 것은 학부 생활이 거의 막바지에 이르렀을 무렵이다. 그때까지 전공관계로 근대서구의 문예비평 쪽을 기웃거린 나는 한국 문학을 제대로 보기위해서는 서구 일변도의 독서방식을 지양할 필요가 있다고 깨달았다. 그 단계에서 나는 동양의 고전, 특히 사서삼경(四書三經)으로 대표되는 중국의 고전과 인도에 근원을 둔 불교의 경전을 읽고자 했다. 그 초입에서 나는 『시경(詩經)』을 읽는 모임을 만들었고 『대학』과 『중용』을 해석한 책들도 사서 모았다. 동양고전 읽기를 시작하고 나서 나는 『대학』 머리에 나오는 논리가 아주 명쾌하다고 생각했다. 다만 '선치기지(先致其知)'와 그 다음의 다섯 자에는 논리의 비약이 있지 않나 하는 의문을 가졌다.

전후 문맥으로 보아 『대학』의 의(意)가 심(心)의 진행 형태인 것은 곧 납득이 갔다. 그러나 다음에 나오는 지(知)가 의(意)의 교도요인이 되는 것에는 선뜻 수긍이 갈 수 없었다. 더욱이나 치지(致知), 곧 양지(良知)의 길이 사물의 이치를 궁구하는 차원 구축으로(格物을 가리킴) 가능하다는 생각에는 논리의 비약이 있는 것 같았다. 이 문제는 얼마간의 생각 끝에 내 나름의 해석이 이루어 질 수 있었다. 유학의 차원에서는 어떤 사물도 그 자체가 독자적 존재의의를 가지는 것이 아니었다. 우주의 삼라만상은 명경지수와 같은 마음으로 관찰되어 비로소 제 나름의 존재의의를 가진다. 그런데 이때의 마음, 또는 의식이 서구식인 순수이성이나 지성인 것이 아니다. 유학에서 그것은 반드시 천명(天命)을 헤아릴 줄 아는 단계에서 인식되는 것으로 성인(聖人)의 그것에 일치되는 의식이다. 이것은 유학적 세계인식이 사물의 자족적(自足的) 차원에서 이루어지는 것이 아니라 언제나 지고선(至高善)의 형태인 인(仁)과 결부되는 것임을 뜻한다.

지방 유생의 후예로 태어났음에도 나는 어느 시기에 이르자 내 내면세계에 유학에 대한 반감이 고개를 쳐드는 것을 막지 못했다. 내 주변을 지배한 수많은 절차와 규범에 염증을 느끼고 우리 사회의 진보와 개혁이 그 타파로 이루어질 수 있는 양 생각했다. 한 차례의 방황기 다음 나에게는 일종의 성찰기가 찾아왔다. 학부에 진학한 다음 나는 학문의 궁극적 목표가 인간의 자아형성과 표리관계에 서는 개념이라고 생각하기 시작했다. 그러나 그 길을 나는 곧 그 무렵 우리 주변에서 유행한 통속소설식 감각적 일상이나 연파식(軟派式) 자아방임(自我放任)으로 의역(意譯)을 해버렸다. 20대 후반에 번역판으로 읽은 실존주의 철학을 통해 나는 그것이 무책임한 자아방기(自我放棄)임을 깨쳤다. 그것은 키에르케고르이 말하는 "죽음에 이르는 병"에 수렴될 수 있는 개념이었다. 나를 위한 자아탐구를 생각하면서 자연스럽게 나는 주체성의 문제에 매달리지 않을 수 없었다. 그 길목에서 나는 오래전에 구입한 채 겉장들만 읽다가 버려둔 유학의 경전들을 다시 뒤적였다. 『논어』에 올라 있는 증자(曾子)의 말은 그때 나에게 적지 않은 양감으로 작용했다.

나는 하루 세 번 이상 반성의 기회를 가진다. 남을 위해 일을 하되 불충하지 않았는가. 친구와 사귐에 신의를 저버림이 없었는가. 제대로 익히지 못한 것을 남에게 전습시키고자 하지 않았는가.

曾子曰 吾日三省吾身 爲人謀而不忠乎 與朋友交而不信乎 傳不習乎

다분히 우발적인 동기로 그 길이 열릴 듯 생각된 내 유학적 세계 입문은 그러나 그 후 단속적으로밖에 이루어지지 않았다. 몇 해 간격으로 나는 주기 행사처럼 유학 관계 서적, 가령『주자서절요(朱子書節要)』나『근사록(近思錄)』기타 사서삼경(四書三經)과『사기(史記)』등을 책장에서 꺼내어 보거나 도서관에서 대출해내었다. 그러나 그들을 우리 선조들이 그랬던 것처럼 읽고 또 읽어서 흉간에 사무치도록 정독, 숙독을 해낸 적은 한 번도 없었다. 대체 이것은 매사에 물러터진 내 성격 탓인가, 아니면 성력(誠力)과 재주가 모자라기 때문인가. 제남에서 공묘(孔廟)에 들어서는 길림 길에 이르기까지 나는 두서도 없이 그런 생각을 했다. 우리가 탄 버스는 시계 바늘이 10시 가까이에 이르자 얼핏 보아 제왕의 성곽을 연상하게 하는 공자묘역 입구에 접어들었다.

③ 공부자(孔夫子)의 제국, 또는 만인궁장(萬仞宮牆)

공자(孔子)의 곡부(曲阜)는 산동성의 중남부에 위치한 도시로 인구가 30만이라고 했다. 그 가운데 절반 정도가 공씨(孔氏) 성을 가진 사람들이라고 하니 그 세력 판도가 짐작이 가고도 남았다. 제남에서부터 우리 안내역을 맡은 것은 20대로 생각되는 여성이었다. 한국어 구사가 능숙한 편이었는데 버스가 출발하고 나자 곧 공자와 공묘(孔廟)에 관한 안내를 시작했다. 그런데 그 내용이 소학교 교재에 나오는 수준을 맴돌았다. 우리 일행은 거의 모두가 문과대학의 교수 출신들이거나 현역으로 구성되어 있었다. 그런 우리를 향해 안내양은 제 풀에 신명이 뻗친 듯 쉴 틈도 없이 그의 이야기를 펼쳤다. 그에 식상한 우리는 곡부 도착과 함께 일종의 타협안을 제시했다. 공묘 참관에는 원하는 사람들에게만 해설을 해달라는 것이 그것이었다. 단 우리 일행 거의 모두는 공묘와 곡부의 지리에 눈 뜬 장님이었다. 그런 사정을 감안하여 길 안내는 잘 부탁한다고 했더니 안내양도 크게 웃었다.

㉠ 앙성문(仰聖門)

　버스를 내리기 전에 우리는 공묘(孔廟)의 윤곽을 바라보았다. 검은 벽돌로 된 성곽에 쌓여 있는 그 모습은 마치 대제국의 왕성을 방불하게 할 정도로 거대했다. 우리가 탄 버스는 그런 성곽 앞의 넓은 광장에 멈추어 섰다. 우리는 곧 안내자의 인솔에 따라 조금 이른 점심을 먹었다. 관광지의 간이식당이어서 그 요리는 전혀 그럴듯하지 못했다. 내가 조금 불평 섞인 말을 하자 옆자리의 누군가가 '반소사음수(飯疏食飲水)'의 성역에 와서 그 무슨 법도를 모르는 말을 하느냐고 나무랐다. 어떻든 그런 점심이 끝나자 우리는 다시 안내양의 뒤를 따라 공묘의 정문 앞에 섰다. 문루의 중앙에 큼직한 글자로 된 제자가 앙성문(仰聖門)이었다. 그보다 더 높은 자리에는 또 다른 제자로 '萬仞宮牆'의 넉 자가 큼직한 해자로 쓰여 있었다.

　공묘의 제1문이 앙성문인 것은 공자를 받드는 곳이니 의당 붙일 수 있는 이름일 것이다. 그러나 그보다 높은 자리에 '萬仞宮牆(만인궁장)' 넉 자가 내어 걸린 까닭은 무엇인가. 이런 의문이 제기되는 자리에서 우리가 펼쳐야 할 것이 『논어(論語)』이다. 『논어』 끝자리에 나오는 것이 '자장(子張)편'이다. 거기 나오는 숙손무숙(叔孫武叔)은 노나라의 대부(大夫)였다. 하루는 그가 다른 대부에게 말했다. "자공(子貢)의 슬기로움이 공자를 앞지른다"라고. 이 말을 역시 노나라의 대부인 자복경백(子服景伯)이 자공에게 전했다. 그러자 자공이 비유로 그와 공자의 차이를 말했다.

　　궁궐의 담에 견주어 말하면 나의 그것은 어깨 정도의 높이 밖에 안 되지요. 그 너머로 궁장 안의 방이나 집의 좋고 그렇지 않음을 엿볼 수가 있습니다. 그러나 선생님의(夫子는 공자를 가리킴―필자주) 담장은 그 높이가 여러 길에 이릅니다. 대문으로 들어가지 못하면 궁궐 안에 있는 종묘의 웅장하고 아름다움과 백관들의 가멸함을 볼 수가 없는 것입니다. 그러나 그 문을 찾아낼 사람은 드뭅니다. 그러니 숙손무숙이 나를 가리켜 선생님보다 낫다고 한 것은 잘못이나 그럴 수도 있는 일입니다.

叔孫武叔 大夫於朝 日子貢賢於仲尼 子服景伯 以告子貢 子貢曰譬之宮牆 賜之牆也 及肩窺見室家之好 夫子之牆 數仞不得其門入 不見 宗廟之美 百官 之富 得其門者 或寡矣 夫子之云 不亦宜乎

널리 알려진 대로 자공(子貢)은 공자의 여러 제자 가운데도 고제(高弟) 중 고제로 손꼽히는 제자였다. 흔히 그 서열을 안회(顏回), 증자(曾子), 자로(子路)를 다음으로 친다. 그런 자공 조차가 자신이 구축하고 있는 정신세계를 어깨 높이로 말했음에 반해서 스승인 공자의 깊이와 높이를 만길의 궁장으로 비유한 것이다. 안내책자에 적힌 앙성문 부분을 보면서 나는 이런저런 생각을 했다. 그와 함께 내가 공묘의 제1문 앞에 서 있다는 사실을 실감하면서 가슴을 펴고 숨을 고르지 않을 수 없었다.

ⓛ 영성문(欞星門)

앙성문을 지나면 벽수교(壁水橋)가 나타나고 그 다리를 지나면 세 칸으로 높다랗게 솟은 영성문(欞星門)에 이른다. 이 문의 제명이 된 영성은 하늘의 문성(文星)을 가리킨다. 그 속뜻이 나라의 대들보가 되고 기둥이 될 큰 인재를 배출하려는 의도를 내포하고 있는 셈이다. 벽수교는 명(明)나라 영락제(永樂帝) 때 세운 것이다. 지금은 수레가 지나갈 수 있을 정도로 튼튼한 돌다리지만 처음은 목조(木造)였다. 영성문 문 앞에는 모든 사람들이 말에서 내려 걸어가라는 하마비(下馬碑)가 서 있다.

ⓒ 성시문(聖時門)

이 문은 영성문 다음에 있는 공묘 내의 제2도문(道門)이다. 그 이전의 건축 여부는 찾아낼 길이 없고 지금 서 있는 것은 명나라 영락제(永樂帝) 13년(1415)에 세운 것이다. 명나라 건축의 특색이 잘 드러나는 구조물로 특히 그 계단에 새겨진 용의 조각은 600년 가까운 세월을 거쳤음에도 금세 살아나 움직일 듯했다. 지금 남아 있는 명나라 초기 석조 예술 가운데서도 많지 못한 일품으로 손꼽히는 것이었다. 단 이 문의 본래 이름은 명산문(名山門)이었다. 그것을 청나라 세종(世宗)이 명하여 성시문으로 바꾸게 했으며 건륭(乾隆) 13년(1748)에 고종(高宗)이 사액하여 오늘에까지 이른다고 했다.

성시문(聖時門)의 성시(聖時)는 그 전거가 『맹자(孟子)』에 있다. 그 「만장장구(萬章章句)」 하에서 맹자는 백이(伯夷)를 "성인으로서 청렴결백하였다(聖之淸也)"라고 하고, 이윤(伊尹)에 대해서는 "성인으로서 나라를 다스리는 일을 자임하였다(聖之任者也)"라고 했으며, 유하혜(柳下惠)를 "성인으로서 너그러움과 덕을 갖추어 온화했다(聖之和者也)"라고 평가했다. 그들에 반해서 맹자는 공자를 평가하여 성지시자(聖之時者)라고 했는데 그 설명은 다음과 같다.

> 공자는 성인으로서 때를 알아서 이루어 낸 분이다. 공자와 같은 분을 집대성한 것이라고 한다. 집대성이라는 것은 금속의 소리에 옥소리를 떨치게 한 것을 가리킨다. 금속의 소리는 조리 있게 시작하는 것이요 옥소리는 조리 있게 끝마무리를 하는 것이다. 조리 있게 시작하는 것은 지혜로운 사람이 하는 것이며 조리 있게 끝마무리를 한다는 것은 덕성을 지닌 사람이 할 수 있는 일이다. 지혜는 비유해 말하면 기교다. 성덕은 비유로 말하면 힘이다. 활을 백 보 밖에서 쏘는데 과녁에 도달하는 것은 그대의 힘일 것이나 그것을 적중시키는 것은 그대의 힘이 아니다.

> 孔子聖之時者也 孔子之謂集大成 集大成者 金聲而玉振之也
> 金聲也者 始條理也 玉振也者 終條理也 始條理者 知之事也
> 終條理者 聖之事也 智譬則巧也 聖譬則力也 由射於百步之外也
> 其至 爾力也 其中 非爾力也

맹자는 여기서 집대성이란 개념을 도입하여 공자의 위대함을 부각시키고자 했다. 그 방편으로 백이(伯夷)와 이윤(伊尹), 유하혜(柳下惠) 등이 거명되었다. 먼저 세 분의 특성들을 들면서 그것으로 공자의 종합성을 부각시

키고자 한 것은 수긍이 간다. 그러나 그 마무리에 화살의 비유를 든 것은
선뜻 이해가 가지 않는다. 맹자에 따르면 화살을 백 보 밖의 과녁까지 이
르게 하는 것은 힘이다. 그것은 성(聖)의 다른 이름이다. 화살을 과녁에 적
중시키는 것은 기교다. 그것은 지(智)의 비유형태인 것이다. 이것으로 맹
자는 공자의 위대함이 성(聖)과 지(智), 힘과 기교를 아울러 갖춘 데 있음
을 말하고자 한 것이다. 그렇다면 그 정의는 집대성(集大成)이라는 말만으
로 함축적 표현이 가능하다. 이런 논리에서 나오는 결론은 명백하다. 공자
를 '성인으로서 때를 알아서 이루어 냈다(聖之時者也)'라는 맹자의 정의에
화살의 비유는 아주 적절하게는 부합되지 않는다. 이런 의문을 가진 나는
참고로 주자(朱子)의 『집주(集注)』를 찾아보았다. 거기에는 백이, 이윤, 유
하혜가 4계절의 춘, 하, 추, 동 그 어느 하나에 해당하는 데 반해 공자는 그
들을 모두 아우른 자리에 있다고 해석했다. 사계절을 두루 아울러 태화원
기(太和元氣)의 차원에 이르렀으므로 공자가 '성지시자(聖之時者)'라는 논리
다. 주자(朱子)의 집주를 통해서 나는 『맹자(孟子)』에 나오는 논리의 비약을
보완할 수 있었다. 그것으로 공묘의 제2문에 내걸린 제호와 전거 사이의
괴리감이 어느 정도 해소된 것이다.

㉣ 홍도문(弘道門), 동문문(同文門), 규문각(奎文閣)

성시문(聖時門) 다음의 문이 홍도문이다. 이 문은 명나라 홍무(洪武) 10
년에 처음 창건된 것으로 건설 당시는 공묘의 제1문, 곧 대문이었다. 이때
의 제호는 공자의 '사람은 길(道)로서 능이 능성해지는 것이요 길(道)이 사
람을 이루어내는 것은 아니다(人能弘道 非道弘人)'에서 얻은 것이라고 한다.
지금 걸린 편액은 청나라 고종(高宗)의 솜씨다.

홍도문(弘道門) 다음으로 대중문(大中門)을 지나면 거치게 되는 것이 현재
공묘의 제5문인 동문문(同文門)이다. 이 문은 그 초건이 아득히 송(宋)나라

때로 거슬러 오른다. 당시에는 공묘의 대문으로 세워진 것이었다고 전한다. 처음 다섯 칸으로 되어 있었고 두 측면에 회랑이 붙어 있어 공묘의 추녀와 그것이 연접해 있었다고 한다. 그 후 성시문, 홍도문 등이 차례로 건립되어 독립된 구조물로 다시 개축된 것이다.

경내에 명나라 때의 홍무(洪武), 영락(永樂), 성화(成化), 홍치(洪治) 등 황제의 어록비가 서 있다. 그 가운데 성화비(成化碑)가 가장 커서 높이가 7.42m, 폭이 2.28m나 된다. 공묘에 있는 비석 가운데 가장 큰 것 중 하나로 대좌는 거북 모양이며 머리에는 용이 조각되어 있다. 동문문(同文門)의 제호는 『예기(禮記)』의 「서동문(書同文)」에 전거를 둔 것으로 그 편액은 건륭(乾隆) 13년 고종(高宗)이 쓴 것이다.

규문각(奎文閣)은 홍도문 뒤에 서 있다. 북송(北宋) 초년에 창건된 건물로 원이름이 장서루(藏書樓)였다. 현재 건물은 명나라 홍치(洪治) 연간에 세운 것이다. 문면(門面) 일곱 칸, 진심(進深) 다섯 칸, 푸른 기와에 주홍색 용마루를 이고 있는 건물의 높이가 23.35m이다. 3층으로 하늘에 날아오를 듯 솟은 처마는 공묘 내의 여러 누정 가운데서도 으뜸 자리를 차지한다.

본래 장서를 목적으로 건립된 이 건물에는 역대 제왕들이 내린 서적과 묵적들이 수장되어 있어 그것만으로도 일급 문화재 구실을 한다. 이 건물 경내에는 13개의 비정(碑亭)이 들어서 있다. 그 중요한 것들만 들어도 금대(金代) 비정, 원대(元代) 비정, 강희(康熙) 비정 등이다. 이 가운데 금대 비정은 공묘 내의 건축 가운데 가장 오래된 것으로 동정(東亭)에 '대금중수지성문선왕묘비(大金重修至聖文宣王廟碑)', '대송중수주문선왕묘비명(大宋重修周文宣王廟碑銘)', 서정(西亭)에 '대당증태사노선생성공선니비(大唐贈泰師魯先生聖孔宣尼碑)', '노공부자묘비(魯孔夫子廟碑)' 등이 각각 독립된 자리를 차지하고 수장되어 있다.

◎ 대성문(大成門), 선사 수식회(先師 手植檜)

대성문은 공자의 초상이 모셔져 있는 대성전(大成殿) 바로 앞에 있는 문이다. 이때의 대성(大成)은 앞에서 이미 제시된『맹자』의 '집대성(集大成)'에 전거를 둔 것이다. 공자가 학문과 도덕에서 시공을 초월하여 모든 원리를 두루 아울렀음을 뜻한다. 대성전이 공묘의 중심 건물이므로 이 문이 처음 선 것은 아득한 옛적으로 거슬러 오를 것이다. 그러나 지금 서 있는 것은 청나라 옹정(雍正) 2년(1724) 대화재가 난 다음 다시 세운 건물이다. 5칸으로 되어 있는데 사미좌 기대 위에 문의 기둥이 올라 있고 그 돌층계에는 용이 조각되어 있다. 그 솜씨가 정교하고 아름다워 사람들의 눈길을 끈다. 대성문이란 이름은 송나라 휘종이 붙인 것으로 전한다. 대성문의 의의를 집약한 것은 이 문 전면 양측에 종서로 내걸린 '先覺先知爲萬古倫常立極 至誠至聖與兩間功化同流' 두 줄의 편액이다. 그 뜻은 '선구적 깨침과 지각은 만고의 인륜과 강상(綱常)의 절대경지를 세우셨으며, 그지없는 정성, 다함이 없는 성덕은 온누리를 휘덮은 공과 덕화를 더불어 흐른다'로 풀이될 수 있다.

우리가 공묘의 안에 일단 들어서게 되면 안의 볼거리들은 거의 모두가 대문이나, 기념각, 비석과 제청 등 사람의 손길로 이루어진 구조물들이다. 그 가운데 꼭 하나 예외 격으로 우리의 눈길을 모으게 하는 것이 있다. 바로 그것이 대성문의 대계 동쪽에 우뚝 솟아 하늘을 찌르며 서 있는 한 그루의 측백나무(檜)다. 이 나무 옆에는 돌에 붉은 색으로 부각이 된 '先師水植檜(공자께서 손수 심으신 회나무)'라는 다섯 자가 뚜렷이 적힌 비석이 서 있다. 그러니까 이 나무는 적어도 2천 몇 백 년의 세월 속에서 대성전 앞뜰을 지켜온 것이다.

지금 전하는 공자 수식수 표시는 명나라 만력(萬歷) 28년(1600) 양광훈(楊光訓)이 쓴 것이다. 본래 측백나무는 수령이 오랜 나무로 우리나라에서 흔히 사당이나 무덤 앞, 또는 누정의 뜰에 심어져 자란다. 그러나 공자가 손수 심은 나무가 21세기의 참관자인 우리 앞에서 서 있는 모습은 믿을 수가 없는 기적이라고 생각되었다. 우선 나무도 생명이 있는 것이다. 생명이 있는 모든 것은 태어나서 자란 다음 쇠퇴, 사멸의 길을 걷는다. 수령을 자랑하는 나무도 몇 백 년은 살지만 천 년을 넘길 수는 없다. 그런 생각을 하면서 나는 안내책자를 다시 펼쳐 보았다. 거기에는 이 '先師手植檜'가 몇 번이나 시들어 죽은 다음 다시 살아난 경위가 기록되어 있었다. 수식회(手植檜)의 일차 고사(枯死)는 진(晋)나라 영가(永嘉) 3년(302)에 있었다. 그 다음 수나라 의제 원년(617)에 2차, 당나라 건봉(乾封) 2년(667)에 3차 고사(枯死)가 있었다. 이때의 고사는 송(宋)의 강정(康定) 연간에 이루어진 재생으로 끈질긴 명줄을 이어 내렸다. 그 후 이 나무는 금나라 정우(貞祐) 2년 (1214) 병화로 불타버린 것을 공묘내 동무(東廡)에 있는 파생종을 얻어 심어서 신생의 기적을 이루어 내었다. 그 다음 명나라 홍치(弘治) 12년(1499)에 화재를 입었으나 뿌리에서 새싹이 돋아났다.

지금 있는 수식회는 청나라 옹정 10년(1732)에 새로 자란 것으로 첫 고사에서 소생으로 이어진 횟수가 적어도 두 자리 숫자에 걸치는 신생목(新生木)이다. 그러니까 내가 바라보는 대성문(大成門) 앞의 측백나무는 바로 공자가 손수 심은 그 나무 자체는 아니었다. 그러나 그 씨앗을 이어 받아서 자랐고, 뿌리에서 새싹이 솟아 오늘에 이르렀으므로 수식수는 공자가 손수 심은 나무와 다른 것일 수 없었다. 나는 대성문 용마루의 높이를 훌쩍 넘기며 하늘로 고개를 쳐들고 있는 전나무를 보면서 생각했다. 선사수식회(先師手植檜)는 나무이면서 나무가 아니었다. 적어도 그것은 눈보라 비바람 속에서 꿋꿋하게 제자리를 지켜가면서 끊임없이 제 몸을 갈고 닦아 내일을 위한 새 차원 구축을 예비하려는 사상이며 정신력으로 풀이될 수밖에 없었다.

ⓗ 대성전(大成殿)

　대성문을 지나자 석조 기단 위에 2층으로 된 웅장한 건물이 높다랗게 자리하고 있었다. 공묘의 정전(正殿)이며 주체건물인 대성전(大成殿)이었다. 이 건물의 높이는 기단을 빼고도 24.8m, 넓이가 아홉 칸 45.69m, 세로 길이 다섯 칸 25m에 이르렀다. 기단의 높이 또한 2m가 넘어서 그 앞에 서게 되자 전 건물이 높은 언덕 위에 선 것처럼 우러러 보였다. 이런 규모로 대성전은 북경의 태화전(太和殿)의 다음으로 손꼽히는 중국의 제2의 대정전이며 장릉(長陵)의 능은전(稜恩殿)과 아울러 손꼽히는 중국의 삼대 고전이기도 하다.

　대성문은 규모만 웅장한 것이 아니다. 이 건물 처마를 떠받치고 있는 기둥은 바깥짝과 가운데, 내권(內圈)으로 이루어져 있는데 바깥짝의 것이 28개로 그 모두가 근석첨주(根石檐柱)이다. 가운데 것이 그 수가 16개로 나무에 찬란한 황금색을 입힌 것이었는데 높이가 15m였다. 또한 내권(內圈)도 같은 숫자의 나무로 된 기둥으로 이루어져 있었다. 특히 장관이었던 것이 앞 처마를 받친 기둥의 위쪽에 새겨진 한 쌍의 용들이었다. 그 하나는 하늘로 솟아오르는 모양을 하고 있었고 다른 하나는 아래로 내려오는 모양의 용이었다. 두 마리 용은 여의주를 사이에 두고 서로 마주하여 하늘과 땅을 헤집고 있었다. 둘레에 휘날리는 구름 조각이 아로 새겨져 있어 그 모양이 세월의 풍화를 넘어 생동하는 느낌을 주었다. 그와 아울러 기둥 아래쪽에는 돌부리와 파도가 조각되어 있었는데 그 솜씨 또한 매우 정교하여 두 마리 용은 바다에서 솟아올라 구름을 가르고 하늘로 치솟아 오르는 듯 보였다. 일찍 곽말약(郭沫若)은 이에 대해 "돌기둥에 서리튼 용 스무 뭇인데, 대성전 장하구나 용기둥으로(石柱盤龍二十株, 大成一殿此龍殊)"라고 읊었다.

　대성전 내 정면 중앙에는 공자(孔子)의 소상(塑像)이 안치되어 있고 그 위에 해서체(楷書體)의 훌륭한 솜씨로 만고사표(萬古師表), 사문재자(斯文在玆)라고 쓴 두 개의 편액이 높이 걸려 있었다. 공자 상을 중심에 두고 동서 양쪽에 안회(顔回), 자사(子思), 증삼(曾參), 맹자(孟子) 등 네 성인의 상과 다시 그 바깥쪽에 민손(閔損), 염옹(冉雍), 자공(子貢), 중유(仲由)를 비롯하여 주희(朱熹)에 이르는 12철(哲) 입상이 보였다. 우리 일행은 그 모습을 보면서 각자가 고개를 숙이거나 허리를 굽혀서 경의를 표했다.

기록에 따르면 대성전(大成殿)은 본래 공자의 강학처였던 행단(杏壇) 자리에 있었던 것이다. 당나라 때까지 그 규모도 다섯 칸에 지나지 않았다. 송나라 천희(天禧) 5년(1021)에 나라에서 공자묘를 크게 중수, 확장했다. 그때 대성전도 지금의 자리로 이전되고 규모가 일곱 칸 겹지붕(重檐)으로 개수, 증축이 이루어졌다. 대성전(大成殿)이라는 호칭은 숭녕(崇寧) 3년(1104) 휘종이 『맹자』에 나오는 "공자는 집대성을 하시었다(孔子之謂集大成)"를 이끌어서 붙인 것이다. 북송(北宋) 말년에 공묘 전체가 불타올랐으며 금(金)나라 천회(天會) 7년(1129) 자리에 '대성전의 화재가 아직 그치지 않았다(殿火猶未息)'의 기록이 남아있다. 그것이 황통(皇統) 9년(1149)에 크게 재건되었는데 이때 대성전이 지금 규모인 일곱 칸 겹 지붕이 되었다.

대성전은 그 후에도 정우(貞祐) 2년(1214) 병란으로 불타버렸다가 원나라 대덕(大德) 4년(1300)에 일곱 칸으로 중건되었다. 또한 명나라 성화(成化) 19년(1483)에 확장 건축되어 아홉 칸의 대 건물이 되었는데 홍치(弘治) 12년(1499)에 다시 화재를 만나서 그 다음 해에 중건이 시작되어 4년 뒤인 1503년에 낙성을 보았다. 그 규모와 체제가 대체로 현재의 대성전에 가깝게 되었다. 그 후에도 청나라 옹정(雍正) 연간, 가경(嘉慶) 연간, 광서 24년 등 거듭되는 중수가 있었다.

대륙에 인민정권이 들어선 직후 얼마동안은 공자와 그 유적이 정부와 대중들의 무관심 속에서 방치되어 있었다. 뿐만 아니라 홍위병이 주체가 된 문화대혁명 때는 여기에도 위기가 몰아 닥쳤다. 일체의 기성문화를 타도의 대상으로 삼은 홍위병들은 중국의 전통문화 일체를 보수, 반동으로 낙인찍었다. 그들의 서슬 속에서 공묘에도 파괴의 손길이 뻗쳤다고 한다. 수천 년에 걸쳐 도맥(道脈)의 상징이 되어 온 공묘의 시설이 홍위병의 분탕질 속에서 잿더미가 될 국면이 닥친 것이다. 이때 나선 것이 중공의 제2인자 주은래(周恩來)였다. 그는 광기의 분류가 된 홍위병을 향해서 충정이 담긴 목소리로 말했다. 공자와 공묘는 타도해야 할 봉건문화유산이 아니라 자랑스러운 중국 인민의 유산이며 유적이다. 그것을 파괴의 대상으로 삼는 것은 인민정권의 이익에 위배되는 것으로 삼가야 할 행동 양태다.

주은래의 말은 곡진했으나 홍위병의 기세는 등등했다. 이른바 문화대혁명 때 홍위병의 행동은 문자 그대로 무소불위였다. 이 경우 우리는 유소기(劉少奇)의 실각을 참고할 필요가 있다. 당시 그는 홍위병의 난동보다는 경제 건설이 중요하다고 생각했다. 그런 생각에서 그는 홍위병들에게 자제를 호소했다. 지금 생각하면 유소기의 말은 논리적 틀을 갖춘 것이었고 그의 생각은 전적으로 정당했다. 그럼에도 이성을 저버린 홍위병들은 그를 소리 높여 성토했고 그 나머지 유소기는 실각하여 실의 낙담 속에서 주검이 되었다. 이런 전후 사정을 감안한다면 주은래의 중국 문화전통과 그 문화재 보호 발언은 그 자체가 목숨을 건 일대 모험극이었다. 다행스럽게도 유소기의 경우와는 달리 그의 발언은 홍위병들의 광기를 가라앉히는 제어판 구실을 했다. 그것으로 공묘가 부분 파괴에 그친 것이다.

홍위병의 난동은 막아내었으나 그 후 공묘는 정부와 대중의 무관심 속에 방치되었다. 오랫동안 공묘에는 사람들의 발길이 끊겼고 전각과 묘단은 돌보는 이 없는 세월 속에서 먼지가 쌓이고 거미줄마저 걸리게 되었다. 이 방치 상태에 종지부를 찍자고 나선 것이 한국의 유림 조직 가운데 하나인 박약회(博約會)였다. 1884년에 박약회는 공묘에서 공자를 받드는 제향을 올리기로 했다. 그 무렵까지 한국과 중국은 국교가 이루어지지 않은 상태였다. 그런 상황을 무릅쓰고 박약회는 사전 답사팀을 구성하여 곡부를 찾아갔다. 그들이 공자묘를 참배하려는 뜻을 밝히고 제례에 소용될 일체의 기자재와 비용을 한국 측이 부담하겠다고 하자 그때까지 공부(孔府)를 지킨 공자의 후손들이 뜨거운 손을 내밀었다고 한다.

1884년에 이루어진 박약회의 첫 번째 공묘 참배 때 나는 참석하지 못했다. 임원들의 말에 따르면 그들이 후손들의 안내를 받아 대성전의 문을 열고 들어갔을 때 제단 앞에는 걸레질이 안 되어 있었고 구석구석 먼지가 쌓여 있어 청소 절차부터 치르게 되었다고 한다. 제기와 제물들도 한국에서 준비해 간 것을 썼다고 들었다. 그런 사연들을 몇 사람을 통해 알고 있는 나는 대성전 내부를 돌아본 다음 가슴속에 일어나는 한 가닥의 자괴심(自愧心)을 어이할 길이 없었다. 시골 유생(儒生)의 집에서 태어났음에도 그동안 나는 너무 심하게 한눈을 팔면서 살아온 것이 아닌가 하는 생각이 가슴 밑바닥에서 고개를 쳐들었기 때문이다.

우리 일행 가운데 몇 사람은 대성전 내부에 들어가서 정면 중앙에 봉안된 공자상을 향해 읍을 하거나 고개를 숙였다. 유학의 세례를 받았든 아니든 따지고 본다면 한자 문화권에서 태어나 자란 사람치고 공맹(孔孟)의 사상과 학문에 빚을 지지 않은 사람은 없을 것이다. 그 가운데 한 사람으로 공자의 묘에 참배할 수 있었다는 것이 우리 가슴을 흐뭇하게 만들었다. 그러나 대성전 본전 계단을 내려서 다시 그 뜰로 돌아섰을 때 거기에는 우리 눈을 찌푸리게 하는 정경이 기다렸다. 돌로 바닥을 깐 그 마당에는 기복대(祈福台)가 설치되어 있었고 바로 그 옆에 납전상(納錢箱)까지 놓여 있었다.

이미 드러난 바와 같이 유학의 기본은 인격도야를 전제로 한 수기(修己)에 있다. 수기(修己)는 성의정심(誠意正心)을 전제로 하는 것이며 그 실천 과정에서 선비는 스스로 노력하지 않은 보수를 바라지 않는다. 나는 어려서부터 한국의 선현(先賢) 봉사 사당과 서원을 적지 않게 보았다. 내가 본 선현들의 추모 공간 그 어디에도 스스로 노력한 것 이상의 복을 비는 자리가 마련된 예를 본 적이 없다. 하물며 그 속화 형태인 봉전상(奉錢箱)이 설치된 예는 듣지도 못했다. 물론 한국의 유교문화는 중국에서 전래되어 우리 나름의 모양으로 변형, 계승되었을 것이다. 그러나 모든 문화 현상의 평가가, 원류(源流), 본가(本家)가 절대적 위치를 차지하고 전파지(傳播地)의 것이 부차적인 것이라는 선에서 이루어지지는 않을 것이다. 공자 당시의 경전에 나오는 유학의 이념에 비추어 볼 때 대성전 앞 뜰에 놓인 기복대와 납전상은 그런 의미에서 우리 가슴을 아프게 했다.

④ 궐리방(闕里坊), 공부(孔府), 한위비각진열관(漢魏碑刻陳列館)

대성전을 본 다음 침전을 거치자 우리 일행의 공묘 참관이 일단 끝났다. 안내자는 다시 우리 앞에 서더니 지금부터는 담과 담 사이를 지나는데 그 사이의 폭이 좁아져 한 사람씩 통과하는 것이니까 부딪치지 않도록 조심하라고 주의를 했다. 그의 안내에 따라 공묘의 북쪽 길을 지나자 '성인지문(聖人之門)'이라고 붉은 바탕에 금빛 글자로 된 판액이 나왔다. 그 문을 들어서자 여러 채의 집들이 추녀와 추녀를 잇닿게 하고 늘어선 또 하나의 계역이 나타났다. 그것이 공부였다.

공부(孔府)는 공묘 서쪽에 위치한 공자 후손들이 거처하는 큰 마을이었다. 그 집들은 모두가 중국식 기와를 잇고 있었고 기둥과 벽도 벽돌과 튼튼한 목재로 되어 있어 모두가 왕가의 별궁을 연상케 했다. 안내책자를 보니 공부의 총 면적은 240여 무(畝)로 되어 있고 그 안에 들어선 건물들의 총 면적도 463칸으로 나타났다. 공부의 내부는 동, 서와 중로로 나뉘어져 있는데, 동로는 공자 일족들의 가묘구역이었다. 일관당(一貫堂)과 모은당(慕恩堂), 충서당(忠恕堂), 안회당(安懷堂)이 자리잡고 있었다. 서로는 공자의 후손 중 공부(孔府)의 관리를 맡은 사람이 거처와 빈객 영접용으로 쓰는 공간이었다.

중국의 역대 왕조는 공자의 후손들에게 공묘 관리의 책임을 맡기고 벼슬도 내렸다. 특히 한고조(漢高祖) 유방(劉邦)은 병마공총(兵馬倥傯) 속에서 정권을 잡은 다음 유학을 이용하여 국기를 세우고자 했다. 그는 그런 정책의 한 방편으로 공자의 9대손인 공등(孔騰)에게 봉사군(奉賜君)의 직첩을 내렸다. 후세의 역사가들은 이를 가리켜 "한나라 400년의 기업이 오로지 이로하여 이루어졌다(漢家四百年基業全在于此)"라고 평가했다. 또한 송나라 때부터는 공자의 후손들에게 작위를 내려 연성공(衍聖公)으로 봉하게 되었다. 공부 서로의 건물들은 역대 연성공들의 전용공간이었다. 중로는 공부의 주체가 된 공간이다. 거기에는 3당 6청의 관아가 있었다. 이런 기구 명칭은 봉건 왕조의 6부에 해당되는 것이었다. 미루어서 우리는 중국 사회에서 차지하는 공부와 공자 후손들의 비중을 짐작할 수 있을 것이다.

공부를 본 다음 우리가 안내된 곳은 '한위비진열관(漢魏碑陳列舘)'이었다. 중국의 산동성 가운데 곡부(曲阜)는 고대문화의 발상지로 그 일대에 산재하는 비각(碑刻)만도 5000여가 된다고 했다. 한위비진열관은 그 가운데도 이름이 높은 곳이었다. 전시실 내에서 내가 본 것은 을영비(乙瑛碑), 예기비(禮記碑), 사신비(史晨碑), 장맹룡비(張猛龍碑) 등이었다. 나는 60을 넘어선 나이로 한때 학교 내의 교수 서예반에 나간 적이 있다. 그때 사신비나 장맹룡비 탁본을 인쇄본으로 보고 글씨 연습을 했다. 진열관에서 그 원형이 담긴 비각 실물을 마주하게 된 것이다. 인쇄본을 볼 때와 달리 비각의 실물을 마주하게 되자 돌 위에 새겨진 글자의 서획들이 돌의 질감과 어울려 유달리 선명하게 느껴졌다.

한위비 관람을 마지막으로 한나절에 걸친 우리 일행의 곡부 참관이 마감되었다. 다음 차례로 태산 등정이 기다리고 있었기 때문이다. (이 태산 등정은 때마침 내린 비로 실행이 되지 못했다.) 다시 방향을 북쪽으로 잡은 버스 위에서 나는 주마간산이 아닌 주거간산(走車看山)격이 되어 버린 공자의 고장 관람을 되짚어 보았다. 그때 품은 감회를 서투른 가락에 실어

본 것이 다음과 같은 한마디가 되었다.

어절사 창평 땅에 제비들 난다
천추라 오랜 성부(聖府) 가녀린 풀냄새
대성문 밖에는 새벽 구름 흩어지고
기수(沂水)의 가람 가에 파발말 오데
하늘 찌른 회나무는 도맥기 뻗쳐 내고
위비는 사(邪)를 쳐서 별빛을 보태었지
한량 없는 감개에 그지 없는 흥취임에
가이 없는 맑은 바람 내 옷도 적셔주데
－「공부자의 묘역을 참관하고 나서」

好是昌平燕子飛
千秋聖府草香微
大成門外朝雲散
沂水江邊驛馬歸
神檜穿空倡道義
魏碑斥邪添星暉
無量感慨無窮恨
無限淸風洒客衣

－「參觀孔夫子廟域」

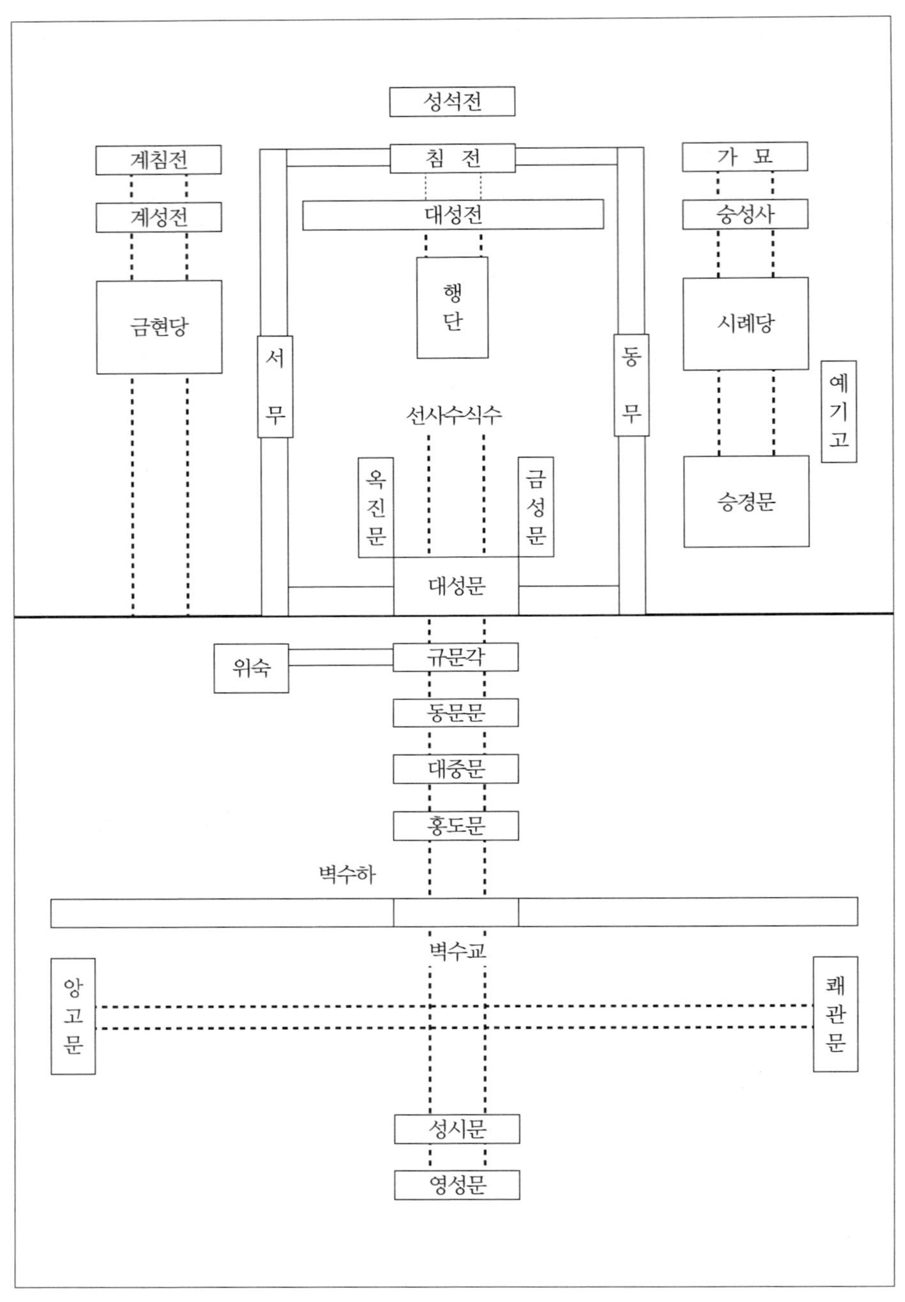
성석전
계침전
침 전
가 묘
계성전
대성전
숭성사
금현당
행
단
시례당
서
무
동
무
예
기
고
선사수식수
옥
진
문
금
성
문
승경문
대성문
위숙
규문각
동문문
대중문
홍도문
벽수하
벽수교
앙
고
문
쾌
관
문
성시문
영성문

제 **3** 부

내 고장 이곳 저곳

순수와 역설의 땅끝

강진(康津) 기행

그곳을 찾기까지

어느 시기부터 강진(康津)은 나에게 가보아야 할 곳, 한 번은 반드시 찾아야 할 곳 가운데 하나로 떠올랐다. 나는 대학 졸업반이 되면서 전공을 한국 현대시로 택했다. 그 초입에서 내가 파악하고 싶었던 것이 시문학파(詩文學派)였다. 시문학파의 중심구성원은 박용철(朴龍喆)과 함께 김영랑(金永郎)이었다. 문예사전을 찾아보니 그런 김영랑의 고향이 바로 강진으로 되어 있었다. 이런 일이 촉매제로 작용하여 일찍부터 나는 강진을 찾고 싶었다. 이와 거의 비슷한 시기에 강진은 다른 각도로도 내 답사 후보지로 떠올랐다.

한국 현대시를 전공으로 택한 다음 얼마동안의 방황 끝에 나는 내 연구의 방향을 시의 역사 쓰기로 잡았다. 어느 정도의 예비단계를 거친 다음 나는 우리 현대문학, 현대시의 기점을 어디에서 잡을 것인가 하는 문제에 부딪쳤다. 이 무렵까지 우리 주변에서 한국 근대문학과 현대문학의 기점은 개항기로 잡는 것이 통례였다. 그러나 70년대 초반부터 그에 대한 성찰이 시작되었다. 우리의 개항은 서구(西歐)와 아서구(亞西歐) 일본의 충격과 함께 시작된 것이다. 우리 근대문학의 시발이 그때부터라는 것은 비주체적(非主體的)이며 식민지사관의 부산물이다. 그런 시각들이 대두된 것이 이 무렵이었다.

이른바 반식민지론, 주체사관 제창자들은 개항기기점설에 대해서 일종의 소급론(遡及論)을 폈다. 그들에 따르면 우리의 근대는 실학파들의 대두와 함께 이미 개막되었다는 것이다. 이것이 개항기기점설의 극복론이다. 영정시대(英正時代)에 대두된 실학파(實學派)가 조선왕조 지배이념의 근간을 이룬 주자학에 대해 성찰의 시도를 가진 것은 사실이다. 이것을 반봉건, 전근대의 지양, 극복 움직임으로 파악하는 것은 크게 틀린 일이 아니다. 그런 시기에 서민문화가 대두되고 사회, 경제적 변동이 있었던 것도 그 자체로는 진실이다. 그러나 그 무렵에 아직도 우리는 근대적 문체를 확립하지 못한 상태였다. 영정시대의 우리 주변에는 시, 소설, 수필 어느 경우를 막론하고 근대문학이 요구하는 문장, 형태, 구조를 확보하지 못했다. 그럼에도 소급론자들이 내세우는 영정시대기점설(英正時代起點論)이 어떻게 성립될 수 있는가가 문제였다.

한동안 나는 소급론의 논거가 된 여러 사실들을 살피지 않을 수 없었다. 그 초입에서 나는 다산 정약용(茶山 丁若鏞)이란 이름을 발견했다. 그의『목민심서(牧民心書)』와 현실 고발의 시들이 바로 소급론의 논거가 되어 있었다. 거기 쓰인 표현매체는 한자로 된 것이었다. 우리가 근대문학이라고 할 때 그것은 일차적으로 민족의식을 토대로 한 작품들을 가리킨다. 그 전제 요건이 국어국자의 사용이다. 그럼에도 다산의 시문들은 이 전제 요건을 벗어나 있었다. 이런 이유에서 나는 일단 소급론의 논리에 긍정적일 수가 없었다.

그러나 다산을 읽으면서 나는 다른 각도에서 적지 않은 충격을 받았다. 그의『목민심서』는 내용만으로 보면 아주 탁월한 근대적 차원의 정법서(政法書)였다. 그것을 읽은 다음 나는 다산의 행장(行狀)에도 관심을 갖게 되었다. 그 과정에서 나는 다시 한번 놀라운 사실을 발견했다. 『목민심서』 이하 500여 권의 책은 그 거의 모두가 다산이 유배지인 강진에서 썼다. 본래 유배지란 나라에서 죄인을 내친 곳이다. 유배자에게 최저한의 의식주가 제공될 뿐이었고 그의 행동거지는 철저하게 현지 관원의 감시, 규제 아래에 있었다.

그럼에도 강진에서 다산은 그런 상황, 여건을 무릅쓰고 정상적인 생활인도 꿈을 꿀 수가 없는 업적들을 남겼다. 대체 그 기틀이 된 것은 무엇이었는가. 다산의 시문(詩文)을 읽은 다음 내 머리에는 이런 의문이 불현듯 고개를 쳐들었다. 그 후에 나는 다산이 이 기적과 같은 일을 실현시킨 비밀의 일단을 다른 연구자의 글을 통해 알아낼 수 있었다. 그와 아울러 나는 신화에 가까운 다산의 생활공간이 된 강진을 찾아보았으면 했다. 이와같이 강진은 일찍부터 나에게 겹치기로 지적 호기심을 자극한 문화의 자기장(磁氣場)으로 떠오른 고장이다.

올해는 강진이 낳은 시인 김영랑(金永郞) 탄신 100주년이 되는 해다. 그는 1903년 1월 16일 옛적에 강진현이 들어선 탑동 211번지에서 태어났다. 이 100주년을 기념하기 위해서 강진군과 강진문화원, 그리고 지방의 유지들이 힘을 모아 기념 행사를 마련하고 있었다. 강진군에서는 영랑의 고가(古家)를 복원, 수리하고 시비도 세워 놓았다. 그리고 바로 영랑 생가 앞에 새로 이층집을 사서 기념관을 개관할 준비를 서두르고 있었다. 한편 강진문화원은 기념사업회의 도움을 얻어 영랑시문학상(永郞詩文學賞)도 제정했다. 지난해 말 제1회 수상대상자를 놓고 심사회의를 가졌다. 나는 그때 유종호(柳宗鎬), 오세영(吳世榮) 교수와 함께 심사위원으로 위촉을 받았다. 지난해 12월 28일 강진문화원에서 회동을 했고 그 자리에서 제1회 영랑시문학상 수상자로 시집 『파천무(破天舞)』를 낸 송수권(宋秀權)을 뽑았다.

이번 내 강진 탐방은 올해 1월 18일과 19일 양일간에 걸쳐 겹치기로 이루어졌다. 지난해 말에 협성대학교 박덕규 교수가 집으로 전화를 해 주었다. 그가 관계하고 단국대학교의 김수복(金秀福) 시인이 회장으로 있는 문예창작학회에서 영랑 100주년 기념 행사 가운데 하나로 강진 답사와 문예강연을 한다는 것이었다. 나는 그러지 않아도 좀 차분하게 강진을 보았으면 하던 차라 불감청이언정 고소원이었다. 그래서 기념 행사에 서슴없이 참가하기로 했다.

무위사(無爲寺)

서울에서 남도로 여행을 하는 사람들은 월출산을 북쪽에서 바라보면서 영암 땅에 들어선다. 그래서 월출산을 영암군의 산으로만 생각하기 쉽다. 그러나 정작 이 산은 영암과 강진의 경계에 위치한다. 그 산을 끼고 남쪽으로 돌아들면 배산임수의 수려한 풍경이 펼쳐진다. 무위사는 바로 그런 풍경이 펼쳐지는 자리, 곧 월출산이 병풍처럼 에워싼 자리의 동남쪽에 자리 잡고 있는 절이다.

문헌에 따르면 이 절은 신라 때 원효가 창건한 것으로 처음 이름이 관음사(觀音寺)였다고 한다. 그 후 이 절은 모옥사(茅屋寺), 방옥사(芳屋寺) 등으로 개칭되었다. 이 절이 지금 있는 모습을 지니게 된 것은 조선왕조시대에 접어들고 나서부터가 된다. 조선왕조 4대인 세종 때 비로소 이 절의 극락보전이 낙성되었다. 이때에 지금 전하는 목조 아미타삼존불이 이루어졌다. 또한 성종 7년(1476)에 그 솜씨가 옛 모습 그대로 전하는 극락보전 후불벽화가 완성되었다. 이 후불벽화는 아미타삼존불이 중심을 이룬다. 이어 그 뒷면에는 수월관음도가 있고 좌측과 우측 벽에는 설법도와 아미타내영도가 있다. 또한 위쪽에는 오불도, 공양화, 선녀비천도, 그 좌우에 관음, 세지, 지장보살 등의 보살도, 포벽의 불좌상 등 그림이 차례로 그려져 있다. 이것은 아미타사상을 주제로 삼은 불화의 향연장이 여기에 펼쳐져 있음을 뜻한다.

무위사의 이들 벽화는 세월의 흐름에 따라 훼손, 풍화의 문제를 안게 되었다. 지금 그 대책으로 문화재관리국에서 보존관을 따로 세우는 중이다. 현재는 후불벽 전후면과 좌우측 벽의 그림만이 제자리에 있다. 나머지 벽화들은 벽에서 통째로 분리시킨 다음 보존각에 넣어 유리판으로 덮개를 하고 보존 중에 있다.

무위사의 후불벽화 가운데서도 특히 빼어난 것으로 아미타삼존불과 수월관음도를 손꼽는다. 이 가운데 아미타삼존불은 조선 초기의 불화로는 가장 오래된 것 가운데 하나다. 이 그림의 구성은 본존인 아미타불좌상이 중심이 되어 있다. 그 좌우에 약간 아래로 내려와 지장보살이 선 자세로 나타난다. 이 삼존불 위쪽 좌측과 우측에 나한상이 셋씩 배치되어 있다. 비슷한 시기의 불화나 탱화들에 제자의 나한들이 수십 명씩 그려진 것에 비하면 이 그림의 구성 자체는 매우 간결한 셈이다. 그러나 그 기법으로 보면 이 탱화는 고려시대의 화려한 구성과 이조 초기에 접어들면서 이루어진 절제, 간결의 미학이 조화를 이룬 것으로 평가된다.

다음 이 절의 수월관음도는 흰옷을 입은 관음보살이 바다 위에 서 있는 모양을 그린 것이다. 이 보살의 왼손에는 정병(淨甁)이 잡혀 있고 오른손은 버들가지 하나를 쥐고 있다. 머리 위에는 뚜렷하게 원광이 그려져 있으며 그 뒤에는 몸집을 다 감싼 광배가 나타난다. 바람에 흩날리는 옷자락들과 크고 은은하게 비친 후광, 그에 곁들인 물결 모양과 함께 이 그림은 보는 이로 하여금 그대로 무아(無我)의 경지로 이끌어간다. 흔히 관음이 내려다보고 있는 인물은 선재동자이다. 그런데 이 그림에서 수월관음이 바라보고 있는 동자는 일반적인 동자가 아니라 승복을 입은 노비구의 모습이다. 이것은 관음도의 정식을 벗어나 있는 파격의 미학으로 해석되어야 할 것이다.

한 차례 불화, 벽화들을 보고 있다가 뜰에 나서니 서쪽 한 자리에 오래된 비가 하나 서 있다. 고려 정종 원년에 건립된 선각대사(先覺大師)의 비다. 이 비는 지금 보물 507호로 지정된 것으로 높이가 2.3m나 된다. 웬만한 키의 사람은 조금 올려다보아야 한다. 하나 특이한 것은 비신을 지고 있는 귀부가 용의 머리를 하고 있는 점이다. 그리고 보니 이 비의 이수 역시 운용, 쌍용 등 용무늬로 되어 있다. 이것은 혹 바닷가의 절 위치에서 온 것이 아닌가 의문을 가져 보았으나 아직 참고서적을 읽지 못했다.

절의 본전과 벽화, 비석, 그리고 삼신각을 둘러보고 나오다가 나는 뜰 앞에 선 세 그루의 느티나무를 보았다. 느티나무는 극락보전을 향해서 오른편 입구에 서 있는데 키가 높아 하늘을 찌르는 듯 생각되었다. 수령 300년 이상으로 짐작이 되었으나 그런 것을 알리는 표지판은 없었다. 조금 아쉽게 생각하면서 두 팔로 나무 밑둥치를 재어 보았다. 대충 내 아름으로는 둘이 조금 넘었다. 그러니까 뿌리 가까운 쪽에서 이 느티나무는 둘레가 4m를 실하게 넘는 셈이다.

우리가 갔을 때 무위사의 옆과 뒤에는 여기저기에 꽃망울을 달고 있는 동백나무가 서 있었다. 그 옆에서 좀 더 덩치가 큰 상록수들이 서 있길래 옆 사람에 그 이름을 물어 보았다. 한 사람이 본나무라고 알려 주었다. 후에 관계 기록을 보았더니 무위사는 전성기인 조선왕조 명종 때에 60여 채의 대소 건물로 이루어진 거찰이었다고 적혀 있었다. 지금 이 절은 극락보전이 앞면 3칸, 측면 3칸이다. 그리고 몇 개의 부속 건물이 있으나 모두 칸 살은 크지 않아 보였다. 그런데도 이 절을 다시 돌아보니 그 터전이 매우 훌륭했다. 남도의 명산, 영봉의 하나인 월출산이 이 절을 크게 감싸고 있는 것이다. 그리고 그 앞에는 강진평야 어디에서나 볼 수 있는 대나무, 잣나무, 본나무와 동백나무들 숲이다. 3월달 동백꽃이 피고 이 절의 명물인 홍매화가 질 때면 무위사는 그대로 한 폭의 그림이 되리라 생각했다.

대나무 그림자의 집, 영랑(永郎) 생가

김영랑(金永郎)은 일찍부터 강진의 문화상징으로 부각되어온 시인이다. 지금 강진읍의 한 거리 이름이 영랑로(永郎路)이다. 또한 읍의 동쪽 입구에는 한복 두루마기를 입고 듬직한 모습으로 서 있는 그의 동상이 있다. 기념 사업도 여러 각도에서 계획되고 있는 중이다. 무위사에서 우리 일행이 군청 옆에 있는 영랑 생가에 이른 것은 5시경이었다. 이 집은 강진읍의 진산 격인 우두봉과 북산 자락의 조금 높은 언덕을 차지하고 서 있다. 옛날에는 탐진강이나 도강에서 바다로 들어가는 돛단배가 보이는 자리였다고 한다.

처음 내가 영랑 생가를 찾았을 때는 1980년대 중반이었다. 그때는 별당 한 채가 양기와를 얹고 있었다. 안내하는 사람도 없어서 영랑이 거처할 때도 그랬으려니 생각했다. 지금 영랑 생가는 모두 볏짚으로 지붕이 되어 있다. 광주예술대학의 김선태(金善太) 교수 말에 따르면 그것이 원형대로 된 것이라고 했다. 영랑은 이 집주인인 김종호(金鍾湖)의 아들로 태어났다. 태어났을 때 그의 집은 추수가 500석을 넘었다고 전할 정도로 넉넉한 살림이었다. 경상도라면 그 정도의 가세일 때 10여 칸이 되는 기와집을 짓는 것이 상례다. 영랑의 생가가 이렇게 단출한 모양으로 된 것은 호남 지방의 집에 돈을 쓰지 않는 경향이 반영된 결과일 것이다. 그렇다고 하더라는 영랑이 태어난 집안의 가풍이 근검절약형이었음을 말해준다.

시인의 양면성, 육체와 정서

넉넉한 집안 출신인 영랑은 그와 아울러 튼튼한 체격의 소유자이기도 했다. 그는 청소년 때부터 우람한 몸집을 자랑했고 또한 힘이 장사였다고 한다. 강진에서 해마다 벌어지는 씨름 대회에는 그가 단골 선수로 활약했을 정도다. 안내하는 사람의 말에 따르면 어느 해는 씨름판을 석권해서 일등상으로 암소를 타기까지 했다는 것이다. 훗날 휘문고보에 들어서는 학교 대표팀의 축구선수가 되었다. 또한 정구를 좋아해서 집뜰 안에 정구장을 닦고 틈이 날 때마다 테니스채를 휘둘렀다는 것이다.

그의 또 다른 면으로 영랑에게는 음악에 대한 재능이 있었다. 어렸을 때부터 하모니카 불기를 좋아했고, 성악에도 조예가 있었다. 한때 그는 음악 전공을 뜻했다. 그것이 가족 특히 부친의 완강한 반대로 실현되지는 못했다. 그러나 그 후에도 그는 국악에 깊이 매료되어 있었다. 생전에 그는 거문고, 가야금과 북, 장고 등을 집에 사서 모았다. 그의 북 솜씨는 명창들이 앞다투어 장단 맞추기를 청할 정도였다. 이와 아울러 그는 당시의 명창인 임방울, 이화중선 등과는 아주 각별한 사이였다. 후에 살림을 맡아 시골에 살면서도 서울에 음악회가 있다는 소식이 들리면 천 리 길을 멀다 않고 상경했다.

김영랑의 또 다른 면은 실제 행동을 통해서 나타난다. 기미독립만세가 일어났을 때 그는 휘문의숙의 학생이었다. 그는 서울의 만세시위에 참가한 다음 곧 고향 강진에도 독립만세를 일으켜야겠다고 결심했다. 그리하여 몰래 입수한 태극기와 독립선언서를 지니고 고향으로 달려갔다. 이때의 일은 일경의 사전 탐지로 그가 체포됨으로써 좌절되었다. 결과 그는 대구 형무소에서 8개월 동안 옥살이를 했다. 그는 동경 유학 때에도 무정부주의자인 박열(朴烈)과 친교를 맺었고, 좌파인 사회주의자들과도 내왕하는 사이였다. 일제 말기에는 삼엄한 상황 아래여서 칩거할 입장이었다. 그럼에도 「독(毒)을 차고」나 「춘향(春香)」과 같은 몇 개의 항일(抗日), 민족의식을 담은 작품을 발표했다.

8·15 후 영랑은 우파 민족진영 노선을 택했다. 당시 남도 일역에는 좌파들의 세력이 두드러지게 컸다. 그런 서슬 속에서 영랑은 강진 지방의 독

립촉성회를 주재했고 대한청년단 강진지부단장으로 활약했다. 그로하여 그는 좌파들의 비판, 공격을 한 몸에 받았다. 해방 후 얼마 안 되어 그가 가산을 정리하고 서울로 옮겨 살게 된 것은 이런 정치적 환경, 여건 때문이었다. 그러나 행동노선과 관계없이 그는 따뜻한 인간성의 소유자였다고 한다. 여느 지주들처럼 그는 소작료를 각박하게 챙기지 않았다. 흉년이 들었을 때는 이웃에게 식량을 나누어 주는 인정의 소유자였다고 한다.

영랑의 생가 입구에는 「모란이 피기까지는」을 새긴 시비(詩碑)가 서 있다. 그것을 읽은 다음 본채를 둘러보고 동쪽에 놓인 별채에 이르면 등신대(等身大)로 만든 영랑의 밀랍인형이 방 안에 놓여 있다. 그 앞에는 모란을 심은 화단이 나타난다. 그 사이사이에는 본나무, 배롱나무, 천리향, 동백 등의 상록수들이 보인다. 이런 영랑의 생가터에서 가장 압권은 집 뒤를 가득 메운 대나무 숲이다. 이 집 대나무는 마디가 굵은 참대들로 그들이 집 동쪽 숲을 가득하게 차지하고 있다. 그리고 그 곁자리를 차지하고 있는 것이 동백나무다. 이 집 동백나무 가운데는 밑둥치가 한 아름은 됨직한 것도 있다. 내가 그 아래 섰을 때는 분명 절기가 엄동이었다. 그럼에도 그 가지에는 선지 빛 꽃봉오리를 단 것이 있었다. 『시문학』 창간호를 장식한 영랑의 처녀작인 「동백잎에 빛나는 마음」은 영랑이 이런 자연환경을 누리고 산 분복의 결과로 볼 수도 있을 것이다.

> 내 마음의 어딘 듯 한편에 끝없는 강물이 흐르네
> 돋쳐 오르는 아침 날빛이 빤질한 은결을 도도네
> 가슴엔듯 눈엔듯 또 핏줄엔듯 마음이 도른도른 숨어 있는 곳
> 내 마음의 어딘듯 한편에 끝없는 강물이 흐르네

널리 알려진 대로 영랑의 초기시는 그의 이력사항과 무관하게 부드럽고 말의 선택이 정교하다. 이 작품 첫행이 그런 것처럼 그는 대부분의 작품을

호음조(好音調)가 되게 했다. 그 말씨 또한 영롱하기 그지없다. 민족운동을 했다든가 좌파와도 유대관계를 가졌다는 전력과는 무관하게 그의 시에는 순수문학, 예술지상주의의 단면이 강하게 드러난다. 이것은 그가 괴테를 좋아하고 J. 키이츠의 한 구절인 '미(美)는 영원한 즐거움이다'를 창작활동의 신조로 삼은 것과 상관관계가 있을 것이다. 동양에서는 문학과 예술이 진리, 도덕과 별개가 아닌 인간완성의 도구로 생각되어 왔다. 그러나 서구에서는 일찍부터 인생과 문학과 예술은 서로 다른 실체로 생각되었다. 그런 의식성향이 유미주의, 순수지향의 작품들을 낳았다. 실제 행동에서 영랑은 이미 드러난 바와 같이 다분히 외현적(外顯的)이었고 적극적으로 생각을 실천하는 유형의 사람이었다. 그러나 창작활동에서는 전혀 그와 반대 경향을 드러낸다.

이것은 시문학파의 전 단계인 신경향파와 카프문학에 대조되는 입장이다. 카프는 사회의 모순을 자각하는 것으로 경향문학을 시작한 사람들이다. 그들은 지향하는바 사회개조를 위해서 문학을 도구로 삼는 일을 서슴지 않았다. 그 결과 문학과 시가 이데올로기의 시녀 상태로 떨어졌다. 영랑이 관계한 시문학파는 그 선행 형태가 해외문학파로 생각된다. 해외문학파는 문단활동을 시작하면서 잡담을 제하는 태도로 좋은 문학, 훌륭한 창작이론을 수용하고자 했다. 박용철이 주재한 『시문학』에 참가하면서 영랑은 이 문학적 태도에 호응한 것이다. 그 실천판으로 「동백닢에 빛나는 마음」을 쓰고 「내 마음을 아실 이」, 「언덕에 바로 누어」를 썼다. 그의 시는 '글이 인간과는 별 개의 것이다'라는 문예이론의 원리 하나를 잘 반증하고 있는 셈이다.

동백나무 설화, 또는 영랑형 사랑

영랑의 생가 뜰을 거닐면서 그의 시 이야기를 하고 있으니까 이곳 출신의 대학교수이며 시인이기도 한 김선태 교수가 다가왔다. 그는 나에게 먼 일가인데 항렬이 손자뻘이었다. 그래서 나는 곧 무장해제 상태의 마음이 되어 영랑의 일에 대해 이것저것을 물었다. 그러자 참으로 뜻밖의 이야기가 나왔다. 영랑의 여성관계에 대해 재미있어 한 나를 위해서 그는 마재경(馬在慶)과 최승희(崔承喜)의 일을 알려 주었다. 마재경은 최승희의 오빠인 최승일의 처제였다. 한때 강진에 내려와서 초등학교의 교사로 있었다. 그런데 그녀가 하숙한 곳이 바로 영랑의 집이었다. 그 무렵 서울 유학생에 당당한 풍모를 가진 영랑에게 마재경이 선수로 열을 올렸다고 한다. 그러나 영랑이 그녀에 대해서는 별로 내키지 않아 했던 것 같다. 그런 이야기는 나도 어느 정도 아는 터였다.[1] 그래서 뭐 좀 더 신나는 사랑 이야기가 없느냐고 했더니 약간 뜸을 들였다. 잔뜩 궁금증이 동한 내가 캐어묻자 그는 집의 뒤뜰에 있는 동백나무를 가리켰다. 그 동백나무를 200여 년 정도는 묵은 것 같다고 했더니 김선태 교수는 '저 나무에 영랑이 목을 매고 자살을 기도했다'라고 일렀다.

여성 편력이 적지 않은 영랑이 마재경과 헤어지고 나서의 일이다. 어떤 경위를 통해서인지 그는 최승희와 사랑에 빠졌다. 이때는 영랑이 상당한 열기에 싸였던 듯 집안 어른들에게 결혼할 의사를 올렸다. 그러나 어른들에게 그런 혼인은 어림없는 소리로 각하되었다. 우선 영랑의 집은 가세, 지체가 강진 고을을 뒤덮고 있었다. 그에 대해서 최승희의 집안은 출신지

---

[1] 이 이야기는 뒤에 시인 윤강로(尹崗老)가 반대라고 나에게 일러 주었다. 이 때의 일은 마재경이 영랑에게 열을 올린 것이 아니라 영랑이 집요하게 마재경을 향해 구애를 했다는 것이다. 전후 사정으로 보아 그것이 맞을 듯하다.

인 서울에서 이름이 없었다. 뿐만 아니라 당시로 본다면 그녀는 천민들의 짓거리인 광대, 무당처럼 춤을 추겠다고 하는 처녀였다. 양가집 규수가 제 격인 영랑의 짝으로 가당치도 않다는 것이 어른들 생각이었을 것이다. 그 나머지 영랑은 사랑의 절벽에 부딪쳤다. 어느 날 그는 사랑을 단념할 수가 없어 죽음을 결심했다. 그가 택한 것이 유달리 굵은 줄기를 뻗고 있는 집 뒤의 동백나무였다. 그 가지에 그는 목을 매어 자살을 기도했다. 다행히 그의 자살은 주검에 이르기 전에 집안사람들에게 발견되었다. 그 후 최승 희는 동경유학을 떠났고 거기서 카프의 지도분자가 된 안막(安漠)을 만났 다. 그녀가 안막과 결혼하고 그 후 무용으로서 이름을 해외에까지 드날린 것은 널리 알려진 바와 같다.

기념 강연장에서

영랑 생가의 참관이 끝나자 다음 일정으로 기념 강연이 기다리고 있었 다. 강연 장소는 영랑 생가에서 걸어서 5분 정도의 거리에 있는 강진문화 원의 강당이었다. 지방의 문화원이 대개 그런 것처럼 이 강당도 계단식으 로 된 공간에 약 150명이 수용될 수 있는 자리가 있었다. 우리 일행과 현 지의 문화원 관계, 영랑기념사업회 측이 참가했다. 모임이 시작되었을 때 는 5, 60명이 강연장에 있었다. 강연은 문화원장의 인사, 기념사업회 회장 인 조만진 연금공단 이사장의 축사로 막이 열렸다. 내가 〈김영랑의 시와 인간〉을 이야기하기 위해 연단에 올랐을 때는 시계 바늘이 5시 20분 가까 이를 가리키고 있었다. 그런데 인사만 하고 떠날 줄 알았던 조만진 이사장 과 문화원의 관계자들이 그대로 자리를 뜨지 않았다. 남쪽이라고 하지만 난방이 들어오지 않는 강당은 조금 냉기가 돌았다. 그래서 나는 일단 객석 쪽으로 내려가서 조 이사장이나 문화원 관계자들의 퇴장을 권유해 보았다. 그러자 조 이사장이 정색을 하고 "나도 좀 듣고 배우겠습니다"라고 나섰다. 그것만으로도 나는 이분들의 지방문화를 아끼는 마음과 영랑기념사업에 임하는 진지한 마음의 자세를 느끼고 남을 것 같았다.

암흑기의 저항

영랑문학에 대한 내 이야기는 순수시인으로 출발한 그가 일제 말기에 항일저항시에 속하는 「독(毒)을 차고」, 「춘향(春香)」 등을 써서 발표한 속내를 파헤쳐 보고자 한 것이다. 『시문학』에서 출발한 영랑의 시는 그 후, 박용철이 주재한 『문학』에 발표되었다. 이것이 영랑문학의 중기까지에 이른다. 그 무렵에 이르기까지 영랑의 시는 사회나 시대의식이 포함되지 않은 것들로 순수의 테두리를 지킨 것이었다. 그런데 1939년도 『문장』 통해 발표한 「독을 차고」를 경계선으로 이런 양상이 180도, 모습을 달리하고 나타난다. 이 작품은 '내 가슴에 독(毒)을 찬지 오래로다/아직 아무도 해(害)한 일 없는 새로 뽑은 독(毒)'으로 시작한다. 그 마지막 두 연은 다음과 같다.

> 아! 내 세상에 태어났음을 원망 않고 보낸
> 어느 하루가 있었던가 '허무(虛無)한듸!', 허나
> 앞뒤로 덤비는 이리 승냥이 바야흐로 내 마음을 노리매
> 내 산 채 짐승의 밥이 되어 찢기우고 할퀴우라 내맡긴 신세임을
>
> 나는 독(毒)을 품고 선선히 가리라,
> 막음날 내 깨끗한 마음 건지기 위하여

여기서 '독'은 말할 것도 없이 시인이 역사의 막다른 골목에 임해서 자신의 마음 바탕을 지키기 위한 상징이다. 그것은 죽음을 전제로 한 것인데 어떤 사유에서 시인이 이 극한상황을 의식한 것인가가 문제다. 그 해답은 마

지막에서 둘째 연으로 드러난다. '앞뒤로 덤비는 이리 승냥이 바야흐로 내 마음을 노리매'. 이것으로 시인의 마음을 벼랑 끝까지 내어 몬 실체가 '앞뒤로 덤비는 이리 승냥이'임이 명백해진다. 그리고 이것은 전후 문맥으로 보아서 일제를 가리킨다. 혹 영랑 시의 이런 말이 단순하게 시인의 내면세계에서 일어난 일상생활 쪽의 파장(波長)을 뜻한 것이 아닌가 물음을 던질 수 있을 것이다. 그러나 영랑이 쓴 이 무렵의 다른 작품을 통해서 이런 질문에는 '아니'라는 답이 나온다. 그 증거로 제시될 작품이 「춘향」이다.

I
큰칼 쓰고 옥(獄)에든 춘향(春香)이는
제마음이 그리고 독했든가 놀래었다.
성문이 부서져도 이 악물고
사또를 노려보든 교만한 눈
그는 옛날 성학사(成學士) 박팽년(朴彭年)이
불지짐에도 태연(泰然)하였음을 알었었니라
오! 일편단심(一片丹心)

II
원통코 독한 마음 잠과 꿈을 이뤘으랴
옥방(獄房) 첫날밤은 길고도 무서워라
서름이 사모치고 지처 쓰러지면
남강(南江)의 의론 혼(魂)은 불리어 나왔느니
논개(論介)! 어린 춘향(春香)을 꼭 안어
밤새워 마음과 살을 어루만지다
오! 일편단심(一片丹心)

여기 등장하는 성춘향은 물론 우리 고대소설의 하나에 나오는 여자 주인공이다. 그는 우리 주변에서 정절의 상징으로 일컬어져 온 여인인데 여기서는 그것이 강조되어 '오! 일편단심(一片丹心)'이 되풀이되어 있다. 이때의 일편단심은 불의에도 굴하지 않는 한 여인의 매운 정신을 집약시킨 말이다. 그런데 여기서 주목되는 것이 일편단심의 함축적 의미다. 고대소설에서 성춘향이 항거하고 있는 것은 포악한 변 사또다. 변 사또는 타락한 벼슬아치일 뿐 그 자체가 체제를 대신하는 것은 아니다. 그리하여 그를 거스르며 일편단심을 지키고자 한 춘향은 열녀의 상징일 뿐이다. 그러나 고대소설과는 달리 여기서 춘향은 다른 심상을 띠고 나타난다. 2연의 마지막이 그 단적인 증거가 된다. '논개(論介)! 어린 춘향(春香)을 꼭 안어/밤새워 마음과 살을 어루만지다'. 이런 부분에서 나타나는 바와 같이 영랑의 시에서 성춘향은 임진왜란 때의 의기 논개와 일체화되어 있다. 그렇다면 이 작품에서 춘향이 적으로 돌리고 죽음을 무릅쓰며 항거하기를 기하는 대상은 변 사또가 아니라 왜적이며 일제가 되는 셈이다.

영랑이 이 작품을 쓸 때 일제는 일조동근론(日朝同根論)을 펴고 있었다. 그들에 따르면 조선민족은 본래 천조대신(天照大神)의 후손인 그들과 같은 뿌리가 된다. 그런 서슬 속에서는 임진왜란은 거론될 수가 없었고, 충무공도 행주대첩도 존재하지 않았다. 그럼에도 여기에 등장하는 성춘향은 논개의 짝이 되어 있다. 그녀가 '이 악물고' 노려본 원수가 누구인가는 이것으로 명백해진다. 그것은 논개로 하여금 남강 푸른 물에 뛰어들게 한 왜적이다. 영랑의 이 작품을 쓴 시기를 생각하면 이때의 왜적은 일제일 수밖에 없는 것이다. 이 작품을 쓴 영랑의 의식성향이 어떤 것인가는 이 작품 마지막 연에서 더욱 명백하게 나타난다.

모진 춘향(春香)이 그 밤 새벽에 또 까무러쳐서는
영 다시 깨어나지는 못했었다. 두견은 울었건만
도련님 다시 뵈어 한(恨)을 풀었으나 살아날 가망은 아조 끊기고
왼몸 푸른 맥(脈)도 홱 풀려 버렸을 법
도법(出道) 끝에 어사(御史)는 춘향의 몸을 거두며 울다

'내 변가(卞哥)보다 잔인무지(殘忍無智)하여 춘향(春香)을 죽였구나!'
오! 일편단심(一片丹心)

　우리 고대소설의 하나인 「춘향전」에서 성춘향은 어사인 이 도령의 등장으로 사랑의 승리자가 된다. 그러나 이 작품에서 그녀는 살아나지 못하는 비극의 여주인공일 뿐이다. 여기서 영랑의 의도를 짚어보는 일은 매우 중요하다. 이 작품에서 성춘향은 영랑의 분신이다. 그런 그녀가 극한상황에 몰린 다음 마침내 죽음을 맞는다는 것은 무엇을 뜻하는가. 영랑이 이 작품을 쓴 것은 때가 임진왜란의 시기가 아니고 일제 말기였다.

　그 무렵에 일제는 우리 민족에게 한국어를 못 쓰게 하고 창씨개명을 강요했다. 그들이 노린 것은 우리 민족의 말살이었다. (이것을 죽기로 항거하고자 한 것이 영랑의 일편단심이다.) 이때 일편단심의 소유자가 살아남을 수는 없다. 그러니까 이 작품에서 영랑은 고대소설과 달리 춘향을 죽음에 이르게 한 것이다. 이렇게 보면 「독(毒)을 차고」에서 그가 무엇 때문에 죽음의 상징인 독을 노래하고 있는가가 드러난다. 즉 그는 암흑기로 일컬어진 이 시기를 '이리 승냥이'가 날뛰는 때로 보았다. 시의 화자인 시인은 이것을 용납할 수가 없는 사람이다. 그 나머지 그는 '이 악물고' 일제에 저항하는 길을 택했다. 이런 사정으로 성춘향과 일체가 된 영랑이 죽을 수밖에 없는 것이다. 이제까지 우리는 흔히 영랑의 시는 곱고 아름다울 뿐 시대와 역사에 대한 고민이 없는 것으로 생각해 왔다. 그러나 그 터무니없음은 「독을 차고」나 「춘향」의 분석으로 명백하게 드러난다.

자의식의 대두, 「모란이 피기까지는」

　「독을 차고」나 「춘향」에 나타나는 영랑의 시대의식은 다른 시인들의 경우와 대조해 볼 때 매우 특징적이다. 30년대가 저물어갈 무렵 일제는 한

반도를 병참기지화하고 초특급 전시체제를 펴는 쪽으로 몰고 갔다. 그들은 우리 민족의 말살을 기도하면서 반제, 민족운동의 낌새만 보여도 연행, 구금, 투옥을 자행했다. 이런 상황 속에서 어제의 저항문학자들도 하나 둘 꼬리를 사리고 체제에 순응하는 입장을 취했다. 민족진영의 작가로는 이광수가 그랬고, 경향문학자 출신으로는 임화, 김남천, 한설야, 이기영 등이 모두 그랬다. 그런데 그런 대세를 거스르고 순수시인으로 출발한 영랑이 이 시기에 항일저항의 입장을 취했다. 대체 이 설명은 어떻게 가능한 것인가.

이렇게 제기된 물음에 대해서 우리가 모색할 수 있는 답은 그 작성이 두 가지 각도에서 가능할 것이다. 그 하나의 길로는 외재적 시각이 있다. 이미 살핀 바와 같이 영랑은 본래 강한 민족의식의 소유자였다. 3·1운동 때의 행동이 그 단적인 증거다. 그의 이런 정신 자세는 창씨개명 때에도 나타났다. 제2차 세계대전이 일어나자 일제는 우리 민족의 말살 정책 가운데 하나로 고유한 성을 왜식으로 바꾸라고 강요했다. 강진에도 그 여파가 미쳤다. 영랑은 그 무렵에 이미 어엿한 지방 유지였고 적지 않은 영향력을 은연중에 행사할 수 있는 지식분자였다. 일제는 그에게 솔선수범 창씨개명을 하라고 윽박지르기 시작했다. 그러자 영랑은 거침없이 일제 관리를 향해 선언했다는 것이다. "나는 김씨로 창씨를 했소!" 일제 말기의 삼엄한 상황 속에서도 영랑은 이런 민족의식의 불씨를 가슴에 품고 있었다. 「독을 차고」와 「춘향」을 그의 이런 민족의식의 발현으로 볼 수도 있다.

그러나 이런 시각에는 한 가지 난점이 수반된다. 새삼스럽게 밝힐 것도 없이 인간이 곧 글은 아니다. 시와 문학이 의식이나 내면세계의 등가물일 수도 없다. 여기서 빚어지는 논리적 한계를 극복하기 위해서 우리는 영랑 시의 구조분석을 시도할 필요가 있다. 순수시인인 영랑이 시대의식을 담은 작품을 쓰기까지의 사정이 제대로 파악되기 위해서는 시인의 작품 자체가 빚어낸 변화양상이 추적되어야 한다. 이때 우리가 주목해야 할 것이 「모란이 피기까지는」이다.

> 모란이 피기까지는
> 나는 아즉 나의 봄을 기둘리고 있을테요
> 모란이 뚝뚝 떠러져버린 날
> 나는 비로소 봄을 여흰 설음에 잠길케요
> 오월(五月) 어느날 그 하로 무덥든 날
> 떠러져 누은 꽃닢마저 시들어버리고는
> 천지에 모란은 자최도 없어지고
> 뻐처 오르든 내 보람 서운케 문허졌느니
> 모란이 지고 말면 그뿐 내 한해는 다 가고말아
> 삼백(三百) 예순날 하냥 섭섭해 우옵내다
> 모란이 피기까지는
> 나는 아즉 기둘리고 있을테요 찬란한 슬픔의 봄을

　얼핏 보면 이 작품과 「동백닢에 빛나는 마음」이나 「언덕에 바로 누어」 사이에는 근본적 차이가 없는 듯 생각된다. 이 작품은 모란을 매개로 시인의 마음을 토로한 시이다. 그에 대해 「동백닢에 빛나는 마음」은 동백이 빚어내는 정감을 시인이 노래한 작품이다. 「언덕에 바로 누어」도 그와 꼭 같이 자연을 빌려서 시인의 감정을 담아 편 것이다. 그러나 이들 작품에는 인간의 내면화를 통해 빚어진 고통이 없다. 이들과 「모란이 피기까지는」 사이에는 상당한 거리가 있다. 이 작품의 마지막에서 영랑은 모란의 봄을 '찬란한 슬픔의 봄'이라고 했다. 피상적으로 생각하면 여기서 '찬란한'은 단순하게 '슬픔'을 강조하는 관형어의 하나일 뿐이라고 생각되기 쉽다. 이런 읽기를 바로 잡기 위해서는 이 작품의 의미맥락이 제대로 파악되어야 한다.

　여기서 모란은 자연의 그것에 그치는 객체가 아니다. 이 작품에서 영랑은 여느 경우와 달리 의인법을 사용했다. '오월(五月) 어느날 그 하로 무덥든 날/떨어져 누은 꽃닢마저 시들어버리고는'. 모란이 자연물의 하나일 때 그 낙화와 조락이 '눕는 것'과 동격이 될 수가 없다. 어떤 객체가 일어나거나 눕는다면 그것은 인식체계를 가진 동물만이 그럴 수 있는 것이다. 다음 그 모란이 떨어지고 사라져버리는 것을 영랑은 '뻐처 오르든 내 보람 서운케 문허졌느니'라고 했다. 그리고 다음을 이은 두 줄에서 그런 감정은 더욱 가속화된다. '모란이 지고 말면 그뿐 내 한해는 다 가고 말아/삼백(三百)예순날 하냥 섭섭해 우옵내다'. 이것으로 모란은 단순하게 감정이입의 대상이 된 데 그치지 않고 시의 화자와 일체화되면서 정신화되었다. 이 작품의 모란은 화자가 목숨으로 섬기는 개념이며 실체가 되어 있는 것이다. 그것을 마음 깊숙한 곳에서 아파하고 있는 점으로 보아 이 시는 영랑이 '나'를 인식한 길을 열고 있는 작품이다. 이제 우리는 '찬란한 슬픔'의 내포가 어떤 것인지 가늠할 수 있게 되었다.

다음 문제되어야 할 것이 「독을 차고」나 「춘향」과 이런 경향의 상관관계다. 이를 위해서 우리는 보기의 하나로 정지용의 시를 들 수 있다. 등장 초기부터 지용의 시는 영랑과 다른 유형의 것이었다. 그는 회화성 추구가 특징인 작품을 썼고 영랑은 음악성이 두드러진 시들을 썼다. 그러나 한 가지 점에서 두 시인은 공통분모를 지니고 있다. 그것이 초기의 시에서 인간에 대한 관심이 별로 짙지 않은 점이다.

영랑이 그랬던 것처럼 초기의 지용에게도 인간과 그 생활은 감각적 상태로밖에 노래되지 않았다. 중기에 접어들고도 지용은 이런 마음의 자세를 근본적으로 바꾸지 않았다. 「또하나의 하늘」이나 「나무」가 그 좋은 예증이다. 여기서 인간은 성모 마리아에 귀의하는 것으로 갈등이나 고통에서 해소된다. 그런데 영랑의 시는 이와 좋은 대조가 된다. 그의 제2기인 「모란이 피기까지는」에 이르자 영랑의 시는 고통 받는 인간의 그림자를 거느리게 되었다. 이것은 그가 피상적으로만 인간을 노래한 차원을 탈피하고 그 내면세계를 파헤치고자 했음을 뜻한다. 이런 내면화가 다음 단계에 보인 현실참여와 어떤 상관관계를 가지는가를 지적하는 것은 별로 어렵지 않다.

어떤 경우에도 우리 개인은 사회에서 완전 격리된 채 단독자로서 존재할 수가 없다. 개체로서 인간은 불가피하게 시대나 역사, 상황과 상관관계를 맺고 살아간다. 말을 바꾸면 개체로서의 인간은 세계(외재적)와의 교섭 속에서만 존재한다. 그런데 이에 대한 인식의 정도는 '나'에 대한 성찰과 정비례한다. 막연하게 '나'를 사회의 일원으로 생각하는 경우가 생각될 수 있다. 그때 우리는 초기의 영랑이나 지용 시와 같은 자아작성 이전의 작품을 대할 수 있을 것이다. 그에 반해 영랑은 「모란이 피기까지는」에서부터 '나'를 좀 더 아프게 파악하고자 했다. 그러자 거의 조건반사식으로 그를 에워싼 시대와 상황에 대한 인식이 시작된 것이다. 「모란이 피기까지는」은 바로 그 길목에서 나타난 시가 된다. 이날의 내 기념강연 요지는 대충 이와 같은 내용으로 된 것이었다. 지금 생각해 보면 이때의 내 김영랑론은 당초의 계획에 못 미치는 것으로 끝나버렸다. 한 시간 가까운 시간을 쓰고 연단을 내려서면서 나는 영 마음이 개운치 못했다.

김현구(金玄鳩), 처형된 시인

내 다음을 이어 연단에 오른 이는 김선태 교수였다. 그가 맡은 제목은 〈김현구의 작품세계〉였다. 약 30여 분에 걸쳐 그는 매우 요령이 좋게 이야기를 꾸려 나갔다. 우선 그는 김현구(金玄鳩)가 김영랑, 정지용과 함께 시문학파 동인이었다고 전제했다. 그리고 간결한 시형에 전라도 방언들을 잘 살린 점을 지적했다. 그 이전에 김현구는 우리 주변에서 거의 알려지지 않는 시인의 하나였다. 그런 그를 김선태 교수는 새로 캐내어 유고집을 내게 하고 학위논문도 그것으로 썼다. 지금 강진군도서관 앞에는 영랑의 시비와 함께 김현구의 시비가 서 있다. 그 건립을 위해서도 김선태 교수는 적지 않은 힘을 기울인 듯 보였다. 김영랑과 김현구는 같은 김해 김씨로 가까운 혈족이다.

김영랑의 본명이 김윤식(金允植)이듯 김현구(金玄鳩)도 필명이다. 그는 본명이 김현구(金炫耈)인데 이때 그의 이름자에서는 현(炫)자가 돌림자이다. 김윤식의 경우에는 나무 목(木)항으로 식(植)자가 돌림자이다. 현(炫)은 화(火)항이어서 오행으로 정한 돌림자 순서에 따르면 김현구가 김영랑의 조카뻘에 해당되는 것이다. 나이도 그는 1904년생으로 1903년생인 김영랑보다는 한 살 아래로 태어났다. 뿐만 아니라 문단 진출 역시 김현구가 다소 늦었고 작품 활동도 김영랑보다는 활발하지 못했다. 그의 등단작의 하나인 「님이여 강물이 몹시도 퍼럿습니다」는 다음과 같다.

> 한숨에도 불려갈 듯 보–하니 떠 있는
> 은빛 아지랑이 깨여흐른 머언 산둘레
> 구비구비 놓인 길은 하이얗게 빛납니다
> 님이여 강물이 몹시도 퍼렀습니다
>
> 헤어진 섬들에 떨든 햇살도 사라지고
> 별빛이 어슴어슴 들우에 깔리여갑니다
> 훗훗달른 이 얼골 식혀줄 바람도 없는 것을
> 님이여 가이 없는 나의 마음을 아르십니까

이런 김현구 시의 특성을 김선태 교수는 두 가지로 항목화했다. 영랑이 음악성을 추구한 시를 쓴 것에 반해 그는 감각성에 장기가 있었다는 것이다. 여기서 감각성은 아마도 회화성을 그렇게 말하는 것으로 보였다. 그와 함께 영랑이 귀족적인 시를 썼다면 김현구의 시는 서민적인 특색이 있다고 말했다. 이것은 성장배경이나 생활환경에 견주어 이끌어낸 판단 같았다. 영랑이 넉넉한 집안에서 태어나 문단활동을 화려하게 펼쳐나간 것은 널리 알려진 대로다. 그에 반해서 김현구는 살림살이가 어려운 집안의 셋째로 태어나서 자랐다. 학비도 넉넉하지 못했는지 배재고보에 입학했으나 한 해를 다니고는 도중 하차를 했다고 한다. 영랑이 동경에 유학할 무렵에 그도 일본에 건너가 거기서 한 해를 보내기는 했다. 그러나 사정이 허락하지 않았던 듯 제대로 대학에 적을 둔 자취는 나타나지 않는다. 문단에 등단한 다음에 그는 이따금 박용철이 주재한 『문예월간』, 『문학』 등에 작품을 발표했다. 그러나 영랑이 시집을 내고 중앙문단에서 문명을 드날릴 때 이 시인은 전혀 그렇지 못했다.

30년대 중반기에 접어들면서 김현구는 식솔을 거느리고 분가를 하지 않을 수 없었다. 그는 생활의 방도로 강진읍에 서기로 취직했다. 시를 쓰고 문학열을 불태워야 할 시기에 일제의 말단 행정기관의 심부름꾼이 된 것이다. 이 무렵에 일제는 이미 만주를 병탄한 후였고 대륙에도 침략전쟁을 벌여 중일전쟁을 일으킨 터였다. 한반도의 병참기지화가 이때부터 일제에 의해 부쩍 가속화되었다. 그런 서슬 속에서 김현구와 같은 군청의 말단 서기는 새벽부터 밤늦게까지 일제의 국책 사업 독려에 사역당하고 있었다. 이때부터 그의 문단활동은 실종상태가 되어 버린 것이다.

본래 김현구는 활달하고 명예욕도 남달랐던 영랑과 대조가 되는 성격의 소유자였다고 전한다. 그는 음악이나 체육을 위해 돈 쓰기를 마다하지 않는 영랑을 못마땅하게 생각했다. 그리하여 두 사람은 몇 차례나 언성을 높이며 싸우기까지 했다고 전한다. 다분히 내성적으로 생각되는 그는 8·15를 맞자 일종의 속죄의식에 사로잡힌 것 같다. 그는 해방 후 군수로 추대된 적이 있었지만 단호하게 사양하고 그 자리에 나가지 않았다. 그 무렵 그는 애써 모은 시고(詩稿)들을 정리해서 책을 낼 차비를 차렸다. 그러나 그 실현을 못 본 채 비명으로 목숨을 빼앗겼다.

8·15를 맞고 난 후 얼마동안 강진에는 좌익이 기승을 부렸다. 그런 서

슬 속에서 김현구는 영랑과 함께 민족진영에 가담한 우익인사로 살았다. 한 동안 그는 좌익들에게 보수, 반동으로 지목되어 호되게 비판, 공격을 받았다. 그러나 영랑처럼 가산을 정리하여 서울로 옮겨 살지는 않았다. 그에게 상경하여 살림을 꾸려 나갈만한 가산이 없었던 탓도 있었을 것이다. 그러나 그보다는 서민적인 체질을 가진 그였으므로 설마 이웃 사람들이 나를 아주 벼랑 끝에 내몰지는 않으리라는 생각도 한 듯하다. 어떻든 그는 그런 상태로 6 · 25를 강진에서 맞았다. 북쪽의 군대가 진주하고 그 깃발이 나부끼는 고향 땅을 김현구는 끝내 등지지 못했다. 그러다가 인천상륙과 함께 전 전선에서 유엔군의 반격이 시작되었다. 이런 정세의 변화로 강진에서도 북쪽 군대는 후퇴를 시작했다. 김현구에게는 다시 제 몫의 삶을 살 자리가 마련되는가 생각되는 국면이었다. 그런데 비극적인 일은 1950년 10월 3일에 벌어졌다. 칩거, 잠복상태의 김현구가 오랜만에 햇빛을 보는가 했다. 그런데 창황한 후퇴 길을 서두른 좌익들이 인민재판을 벌였다. 그 자리에 김현구가 끌려 나갔다. 거기서 그는 한때 그의 집 머슴살이를 한 좌익의 손으로 처형되었다. 그의 명줄을 끊은 도구는 죽창이었다고 한다.

이런 말을 한 안내자는 우리를 강진읍 서쪽 느티나무가 선 언덕으로 데리고 갔다. 낙화정이라고 불리는 그곳에서 김현구는 무참히 처형되었다는 것이다. 하늘로 치솟은 느티나무 아래서 나는 생각했다. 김현구와 김영랑은 피붙이였고 거의 같은 시기에 강진땅에서 태어나 자랐다. 좋은 시 쓰기를 기한 것도 두 사람은 공통되어 있었다. 그럼에도 한 사람은 고향을 뜨지 못한 나머지 비명으로 목숨을 잃었다. 극한상황에서 강진을 등지지 못하는 것은 말할 것도 없이 고향 땅에 대한 애정의 결과였다. 그런 애정이 시인 하나를 죽게 한 빌미로 작용했다면 그것은 너무 어처구니가 없는 일이 아닐 수 없다.

유배지의 다산(茶山)

김현구의 예에서 이미 드러난 것이지만 때로 역사는 역설을 연출한다. 거기서는 자주 나무에서 물고기가 잡힌다. 그리고 바다에서 범이 나타나는 것이다. 김영랑과 함께 강진은 또 한 사람의 문화상품이 되는 인물을 가지고 있다. 그가 곧 다산 정약용(茶山 丁若鏞)이다. 그런데 그는 김영랑이나 김현구와 전혀 다른 각도에서 우리에게 역설을 느끼게 만든 사람이다. 이미 밝힌 바와 같이 다산은 엄청난 양의 저작을 남겼다.

다산(茶山)형 역설

같은 시대의 다른 선비도 다산처럼 문집이 남아 전하기는 한다. 그러나 그 내용은 대개가 음풍영월을 바탕으로 한 시들이다. 그밖에 약간의 론(論)과 소(疏), 책문(策文)들이 그에 추가된다. 그러나 다산의 경우에는 글의 테두리가 엄청나다고 할 정도로 방대하게 나타난다. 그는 『경세유표(經世遺表)』, 『목민심서』, 『흠흠신서(欽欽新書)』 등 정법서를 남겼는가 하면 『대학강의』, 『중용강의』 등의 경학 연구서도 집필했다. 『아방강역고(我邦彊域考)』, 『대동수경(大東水經)』 등의 지리서가 있는가 하면 『마과회통(麻科會通)』이라고 제목을 단 의학서도 그가 지었다. 우리말에 대한 그 나름의 생각을 담은 『아언각비(雅言覺非)』가 그의 저작이며 네 권으로 된 음악서로 『악서고존(樂書孤存)』이 그의 손으로 이루어진 것이다. 이밖에 그에게는 방대한 양의 잡저가 있고 제례와 풍속에 대한 의견을 담은 『예집(禮集)』도 스물네 권이나 된다. 한마디로 그는 여느 선비들과는 비교되지 않을 정도로 방대한 업적을 남긴 분이다.

그런데 이들 저작의 대부분이 귀양지인 강진에서 구상되고 집필, 탈고를 본 것들이다. 이제 연표를 보면 다산이 나주 정씨(丁氏)의 후예로 경기도 광주에서 태어난 것이 영조 38년(1762)이다. 어려서부터 그는 총명이 남달랐다. 일찍부터 집안에서 장래를 촉망받는 가운데 자랐다. 그가 식년(式年) 문과에 장원으로 급제하여 벼슬길에 오른 것이 나이 27세 때였다(1789). 당시의 임금인 정조(正祖)는 붕당싸움, 권도정치의 폐습을 극복하고 정국을 혁신하여 새 사회를 만들고자 하는 의욕에 불타는 분이었다. 신진기예의 다산은 곧 그의 눈에 들어 국정개혁의 기획, 참모 역할을 담당했다. 그러나 가계로 보아 그는 남인이었고 그것을 정치적 입장이 다른 노론들이 좋아하지 않았다. 그리하여 그는 국가 주석지신(柱石之臣)으로 왕조개혁의 큰 역할을 담당할 사람이었음에도 벼슬길에서 쫓겨나 유배의 신세가 되었다.

국가 사회의 개혁을 이룩하려는 선비가 유배의 신세가 되었다는 것은 그가 하루아침에 진흙창에 빠져 들었음을 뜻한다. 더욱이나 다산과 같이 임금의 사랑을 받으면서 정국을 바로잡고 널리 백성을 건지려는 뜻을 품은 선비의 경우 거기서 빚어지는 충격은 매우 클 수밖에 없다. 그는 정치적으로 거세될 뿐 아니라, 기타 모든 활동도 급제 상태로 들어설 수밖에 없었다. 그런데 다산의 경우에는 이 명백한 논리가 그대로 들어맞지 않았다. 그가 서울에서 천 리 밖의 귀양 땅인 강진에 내쳐진 것이 나이 39세 때인 1801년이었다. 이 강진에서 그는 나이 56세가 되는 해 곧 1818년까지 귀양살이를 했다. 햇수로 17년을 그는 버림받은 사람으로 산 셈이다. 피상적으로 생각하면 이때 그는 절망의 구렁텅이에 떨어질 수 밖에 없었다. 그런데 이 역경을 무릅쓰고 다산은 바로 기적을 실현시켰다. 이미 지적된 것처럼 강진에서 그는 바로 오늘 우리에게 끼치는 정치, 사회, 문화, 경제, 교육, 문학, 예술에 관계된 방대한 양의 저작을 남겼다.

이때 만약 사정이 반대가 되어 다산이 서울에서 벼슬살이에 바빴다면 어떻게 되었을 것인가. 그는 정조에 이어 순조(純祖)의 총애도 입었을 것이다. 그에 따라 그의 직계는 차례로 높아질 수밖에 없었다. 그에 상응하는 일들을 치르기 위해서 책을 읽고 차분하게 생각을 가다듬은 다음 집필로 이어지는 저작을 우리에게 끼칠 겨를을 다산이 갖기는 어려웠을 것이다. 그러니까 정치적으로 패배의 쓴잔을 마신 강진의 유배생활이 다산을 다산이게 한 결정적 요인이 된 셈이다. 앞에서 우리는 이미 우리 문화사와 지성사에 끼친 다산의 발자취를 어느 정도 짐작하게 되었다. 그런데 이런 다산의 위상 역시 그가 유배를 당한 결과의 산물이다. 이렇게 보면 역사의 익살스러움이 그의 경우에 한층 농도를 짙게 하고 나타나는 셈이다.

우리 일행의 다산문화답사기행은 강진읍내에서 하룻밤을 묵은 다음 시작되었다. 여덟 시 조금 지나서 조반을 마친 다음 우리는 군민도서관 앞에서 버스를 탔다. 본래 다산이 강진에 와서 처음 기숙한 곳은 현 동문 밖의 주막집이었다. 귀양살이 초기에 그는 거기 주모에게 끼니를 얻어먹는 신세였다. 물론 그 무렵에 다산이 지필묵이나 책을 구할 길이 있을 리 없었다. 이런 여건이어서 다산이 독서와 저작은 엄두도 못 내지 않았나 생각된다. 그래서 날마다 강진읍 거리와 골목을 기웃거리거나 우두봉 자락을 배회한 것 같다. 불우의 나날을 보내는 가운데 그에게는 조그만 생활기담도 생겼다. 별도로 숙식비가 제공될 리 없는 다산을 술집의 주모가 다소곳이 모시기 시작했다. 그러자 귀양살이의 적막한 세월을 사는 그의 가슴에도 애련의 정이 고개를 쳐들었다. 주모와 그 사이에는 얼마 뒤에 딸이 하나 생겼다고 한다. 이야기를 전하는 관계자들은 이런 사실의 증거 자료로 다산의 적바람 하나가 있다고 알려 주었다.

적지 않게 호기심이 동한 일행 가운데 몇 사람은 지금도 그 주막터가 남아 있나 찾아보았으면 했다. 그러나 유배 설화의 시기는 자그만치 지금을 거슬러 올라 200년 가까운 세월 전의 일이었다. 강산이 바뀌는 세월이 거듭되는 가운데 주막터는 시가지가 되어버렸다. 그 언저리를 찾기는 했으나 우리가 당시의 현장을 가늠하기는 불가능했다. 다만 강진 읍내 한쪽에 늙은 팽나무가 선 우물터가 있기는 했다. 이 우물터는 오래 전부터 이웃사람들이 식수로 쓰는 샘터로 아직도 물을 길러 쓰는 공동 용수장이었다. 그리고 그 일대를 현지 사람들은 주막거리라고 했다. 이름으로 미루어 다산이 처음 귀양살이를 시작한 주막집도 그 언저리 어디에 있었으려니 짐작을 했다.

만덕산 백련사(白蓮寺)

우리 일행을 태운 버스가 강진읍을 빠져 나가자 곧 바다가 보였다. 안내자의 말로 그것이 강진만의 일부라는 것을 알 수 있었다. 우리를 태운 버스는 정상이 바위로 된 산을 서북쪽으로 끼면서 달렸다. 마침 밀물 때인지 동쪽으로 깊숙이 들어온 바다가 보였다. 그 사이에는 작은 섬 하나와 그보다 조금 큰 섬이 나타났다. 안내자에게 물었더니 그것이 바로 낚시꾼들과 시인묵객이 즐겨 찾은 죽도와 가우도라고 했다. 그렇게 얼마를 가다가 우리가 탄 버스는 백련사(白蓮寺) 입구라는 표지판 앞에서 우측으로 꺾어 들어갔다. 출발 때 오늘 목적지가 다산초당이라고 들은 터였다. 또 궁금증이 동한 나는 왜 이쪽을 먼저 가느냐고 물어 보았다. 그러자 바로 백련사도 다산초당과 꼭 같이 다산이 이쪽에서 머물렀을 때의 생활터전인 것이니 그러는 것이라고 했다.

지도를 보고 안 일이지만 백련사는 뒤에 만덕산(萬德山)이 병풍처럼 퍼져 있는 자락을 차지한 절이었다. 이 절에 오르는 길은 경사가 제법 급했다. 거의 등산을 하는 걸음이 되어 소나무와 사이사이에 본나무와 동백이 보이는 숲을 지났다. 그러자 만덕산 남쪽 언덕에 자리를 잡은 백련사가 나타났다. 절은 골짜기가 아닌 산중턱을 차지하고 서 있었다. 그런 지형 탓인지 백련사는 세로로 이루어져 있고 깊이를 갖지 못한 채 옆으로 퍼져 있었다. 절 터전 중심에 대웅전이 있었으나 그 바로 앞을 만경루가 가로막고 서 있었다. 이 절의 풍광은 산을 향해서 건물들을 바라볼 때가 아니라 돌아서서 남쪽을 향했을 때 제 모습을 드러냈다. 산자락이 끝나는 곳에는 옛적 갯벌이며 갈대로 우거진 벌판이 펼쳐졌다. 그리고 그 다음이 남해의 한 가닥인 강진만이었다. 바다 위에는 죽도와 가우도에 이어 비래도도 떠 있었다. 그리고 그보다 더 동쪽에 월출산과 아울러 일컬어지는 강진의 명산 금사산이 바라보였다.

대웅전에 있는 중수기를 대충 살펴보니 백련사가 처음 선 것은 통일신라 말기의 고승 무염(無染) 스님에 의해서였다. 고려시대에 원묘 국사가 절을 크게 중창했고 이어 조선왕조시대에는 세종 4년(1426)에 천태종의 영수인 행호(行乎) 스님이 나타나 다시 한번 사찰 중창의 대역사를 벌였다. 이때에는 효령대군의 후원을 얻어 일이 매우 순조롭게 진행되었다고 한다. 이후 절은 무상한 세월 속에서 건물 일부가 훼손된 바 있었다. 영조 36년(1760)에는 화재로 대부분의 전각이 잿더미가 되는 변을 당하기도 했다. 지금 이 절은 그런 무상 전변의 과정을 거쳐서 남아 있는 백련사다.

백련사와 다산의 관계는 그가 쓴 「만덕사기」를 통해서 단적으로 드러난다. 이 절에는 한때 다산의 정신적 후견인 구실을 혜장선사(惠藏禪師)가 머물고 있었다. 그는 귀양살이를 하는 다산에게 적지 않은 생활의 편의를 제공했다. 또한 해남 대흥사의 학승이어서 불교 경전은 물론, 유학의 경전인 『대학(大學)』과 『중용(中庸)』에 조예가 깊었고 주역 해석은 거의 독보적 경지에 이르렀다고 한다. 이 절은 다산초당에서 산중턱을 넘으면 닿는 거리다. 그래서 다산과 그는 강진에 머무는 동안 무시로 만나는 사이로 살았다.

이와 함께 백련사의 이름을 오늘에 끼치게 하는 것으로 백련결사(白蓮結社)가 있다. 이 모임의 기틀을 이룬 것은 고려 중기의 무신정권인 최씨 집안의 종교 정책에 대한 저항의식이었다. 무력으로 정권을 잡은 최충헌 등은 통치책의 하나로 불교를 이용하려 들었다. 그들은 보조국사 지눌(知訥)을 내세우고 조계산 송광사에서 불교의 체질 개혁을 시도했다. 지눌은 수선결사(修禪結社)로 선종을 개혁하여 조계종의 법통을 확립했다. 그러나 이에 대해서 지눌의 친구인 원묘국사 요세(了世)가 반기를 들었다. 그는 수선결사의 배후가 무신정권임을 간파하고 월출산 약사암으로 자리를 옮겼다. 거기서 천태종의 법통을 내세우고 이어 만덕산 만덕사(백련사)로 옮겨 앉아 백련결사를 일으켰다고 한다.

원묘국사가 일으킨 백련결사는 수선결사와 근본적으로 달랐다. 수선결사가 조계종의 법통을 이은 데 반해서 백련결사는 천태종의 흐름을 이었다. 또한 전자가 체제옹호의 성격을 띠고 지배계층의 편에 선 데 반해서 백련결사는 서민대중에 의한 서민대중의 편에 서는 불교가 되기를 기했다. 이런 백련결사의 정신은 이후 남도 강진의 한 지배적인 행동성향이 되었다. 강진과 그 이웃 고을 일대에는 체제 순응을 좋아하지 않는 성향의 사람들이 적지 않다. 또한 상당수의 강진 사람들 가운데는 야인기질을 가진 이들이 있다. 이런 행동 성향의 맥을 되짚어 올라가면 그 끝이 백련결사에 닿는다는 것이다.

동박새 숲 객설

또 하나 백련사의 명물이 있다. 그것이 절 입구에서부터 군락지를 이루고 들어선 약 7천여 그루의 동백나무 숲이다. 특히 이 절 서쪽에 자리하고 있는 동백나무숲은 인근에 이름이 높다. 천연기념물 151호로 지정되어 있는 이 숲은 대부분이 몇 백 년의 나이테를 간직한 나무들로 이루어져 있다. 나는 본래 동백나무라면 분재로 대한 것이 고작이었다. 그래서 동백나무를 잔망한 키에 음력 설 무렵에 붉은 꽃을 자랑하는 나무로만 여겨 왔다. 그러다가 대흥사에서 자연산을 만나고는 생각을 고쳐먹게 되었다. 거기서 비로소 동백나무가 하늘을 가릴 정도로 거목이 된다는 것을 알았다.

내가 본 동백나무 군락지로 첫 번째가 된 것은 선운사 뒤에서였다. 때는 초여름이었다. 그날은 마침 비가 내리는 날씨였다. 빗속에서 동백나무는 그 잎들이 짙푸른 물감을 듬뿍 머금은 채 금세라도 하늘로 치솟을 듯한 모양을 하고 있었다. 새삼스럽게 절 입구에선 미당 서정주의 시가 생각났다. 거기서는 동백나무와 그 꽃이 주막집 육자백이 가락과 일체가 되어 있었다. 그에 반해 눈앞에 보이는 동백꽃은 하늘나라 또는 극락정토의 표지판으로만 생각되었다. 순간 나는 서정주의 시를 생각하면서 그의 시를 이루는 비밀을 알게 된 것 같은 환각에 사로잡혔다.

서정주의 시는 등단 초기에서부터 일제 말기까지를 제1기로 잡아볼 수 있을 것이다. 이 시기의 서정주 시는 두드러지게, 뒤틀리는 인간의 모습을 담은 것들이다. 「자화상」이 그렇고 「화사」, 「대낮」, 「맥하(麥夏)」, 「문둥이」 등이 모두 그렇다. 영육의 갈등 양상이라고 해설되어온 이 열병이 일단락이 된 것이 『신라초』의 세계에 이르고 나서다. 이 제2기의 시에서부터 서정주는 강하게 천상적인 것, 서방정토, 또는 신라의 영통이라고 하는 영역에 매달렸다. 그 좋은 보기가 되는 것이 해방기 시단의 한 기념비로 일컬어져 온 「견우의 노래」와 「석굴암관세음의 노래」 등이다. 「밀어(密語)」와 「아지랑이」, 「광화문」과 「동천(冬天)」도 그 유형에 속한다. 이 가운데도 나는 「석굴암관세음의 노래」가 한국 현대시사에 길이 남을 절창임을 믿어 의심치 않는다. 그럼에도 이 시기의 서정주 시에 대해서 나는 단서 하나를 붙이고 싶다. 그것이 초기시에 비해 그의 제2기 시에 쓰인 비유는 그 맵짠

맛, 또는 충격성의 정도가 아무래도 떨어지지 않나 하는 생각이다.

선운사 입구에서 서정주의 시를 읽어보고 선운사 동백나무를 본 순간 나는 내 의문을 풀 열쇠를 얻은 듯 느꼈다. 체질적으로 서정주는 시의 매체를 세속적인 것으로 삼을 수밖에 없는 시인이다. 『신라초』의 시들은 거기서 모양을 달리하여 영성이니, 영원에 매달렸다. 그러니까 비유의 한 축이 소거되는 사태가 야기된 것이다. 1기의 시를 벗어난 서정주의 시, 곧 『신라초』의 일부 작품이 우리에게는 다소 해이한 말들의 자리로 생각되는 것은 이런 이유에서이다. 그와 동시에 나는 그의 「선운사 동구」의 제작 동기를 알 수 있다고 생각했다. 그날 내가 본 선운사의 동백꽃은 분명히 현세적이 아닌 아미타여래의 표상이었다. 그럼에도 서정주는 그것을 막걸리집 주모의 육자배기 가락과 일체화시킨 것이다.

선운사 고랑으로
선운사 동백꽃을 보러 갔더니
동백꽃은 아직 일러 피지 않았고
막걸리집 여자의 육자배기 가락에
작년 것만 오히려 남았습디다.
그것도 목이 쉬어 남았습디다.

―「선운사 동구」 전문

이것으로 서정주는 천상적인 것을 세속적인 것으로 전이, 변형을 시도한 것이다. 대체로 우리 주변의 시는 이질적인 것의 문맥화로 시작된다. 그것을 서정주는 선운사의 동백꽃을 매개항으로 하여 시도해 본 것이다. 그런 점에서 「선운사 동구」는 서정주 시의 정석에 속한다. 서정주 자신이 그의 고향인 선운사 입구에 이 시를 적은 비를 세우는 데 반대하지 않은 이유가 여기에 있었을 것이다. 그러나 이것으로 선운사의 동백꽃은 일종의 정신적 격하 상태가 되었다. 본래 초세속적이었던 그것이 이 작품으로 하여 주막집 육자배기와 일체가 되어 버린 것이다.

이야기가 몹시 빗나가 버렸지만 이것은 백련사의 동백나무 숲을 부각시키기 위해 부득이한 절차다. 서정주의 시 때문인지는 몰라도 내가 본 선운사의 동백나무는 위로 키를 빼고 있는 것과 꼭 같이 옆으로도 가지가 뻗어 있었다. 이것은 그곳 동백이 천상적인 것만이 아니라 지상의 세속적인 쪽에도 인연을 가진 객체임을 뜻할지 모른다. 백련사의 동백나무들은 그와 달랐다. 거기서 동백들은 윗가지, 곧 하늘을 인 부분만 잎과 꽃망울을 달고 있었다. 나는 서정주가 이런 나무를 보았다면 어떤 노래를 만들었을까 궁금증이 동했다. 본래 동백나무는 삼나무나 적송과 달라서 잔가지를 뒷전에 돌린 채 동체만으로 하늘에 치솟는 나무가 아니다. 나무 밑둥걸이나 중간에도 굵은 가지가 생기고 그것과 본줄기가 함께 자라는 것이 동백나무다. 백련사의 동백나무라고 그 예외에 속하는 종류는 아니었을 것이다. 그럼에도 거기 나무들은 하늘을 인 부분에만 잎과 꽃망울을 달고 있었다. 그것은 사람으로 치면 동체가 알몸인 채 손과 팔을 머리 위로 치켜들고 선 꼴이었다. 이것으로 선운사의 동백꽃이 지상과 상관관계를 가진 것이라면, 백련사의 그것은 초세속적인 것의 상징으로 쓰였다고 해석이 가능하게 된다.

내 생각은 아랑곳없이 김선태 교수의 안내 말이 쏟아져 나왔다. 그에 따르면 이 동백나무 숲은 본래 토성(土城)이 들어선 자리라는 것이었다. 세종 때 행호(行乎) 스님이 이 절 중창의 중심이 된 사실은 이미 앞에서 밝힌 바와 같다. 그 무렵까지도 강진 바다 언저리에는 왜구의 노략질이 끊이지 않았다. 그 발호에 대비하고 인근 주민들도 보호하기 위해 행호 스님은 백련사에 딸린 방어성을 쌓기로 했다. 그때 만든 것이 행호산성으로 불린 토성이었다는 것이다. 한 차례 안내자의 설명이 끝나자 그에 잇달아 김수복 교수의 동백꽃 소개가 나왔다. 백련사가 처음인 나와 달리 박덕규 교수나 그는 강진 태생이 아닌데도 몇 번인가 이쪽에 와본 사람이다. 그래서 거듭된 답사의 지식과 체험담이 쏟아져 나온 것이다.

김수복 교수는 먼저 백련사 동백나무의 줄기를 가리켰다. 그의 말을 곁들인 가운데 보았더니 그 줄기는 모두가 울퉁불퉁한 혹들을 달고 있었다. 나는 이것이 토성을 쌓고 절을 지켜 나간 스님과 그를 도운 사람들의 숨결과 손길의 응집이 아닌가 생각했다. 그리고는 시 비슷한 것을 만들 요량으로 수첩을 꺼냈다.

여기서 동백은 무슨 뜻인가
뒤틀린 지체는 누구를 닮아
물구나무로 선 채 피를 뱉는가

내 메모는 이 다음으로 이어지지 못했다. 그보다 내 귀에 들려오는 안내자의 백련사 동백꽃 해설이 훨씬 더 흥겨웠기 때문이다. 그의 말에 따르면 이곳 동백꽃은 서정주가 노래한 선운사의 것과 아주 다르다는 것이었다. 선운사 동백꽃은 그 기후 탓으로 4월에야 핀다고 했다. 그런데 백련사의 동백은 2월에 벌써 꽃망울을 터뜨린다. 3월에 이르면 이곳 동백은 절정에 이른다. 그 무렵 백련사를 찾는 사람들 앞에 절간과 골짜기 언덕 일대가 선홍빛 꽃으로 가득한 장관이 펼쳐진다는 것이다. 그리고 백련사의 동백꽃은 3월경에 낙화철을 맞는다. 그때는 또 그때대로 동백 숲은 맨땅이 보이지 않을 정도로 온통 꽃방석을 깐 듯 꽃의 바다를 이룬다고 했다.

이야기를 들으면서 나는 백련사의 동백나무들을 살펴보았다. 그러자 놀랍게도 엄동설한 철의 동백나무 가지에 붉은 빛깔의 선명한 꽃봉오리가 달려 있었다(꽃망울이 아님). 나는 처음 그것이 어쩌다가 계절감각을 잃은 꽃나무의 시행착오같은 것이라고 여겼다. 그런데 안내자의 말이 그게 아니었다. 다른 지역의 동백나무는 몰라도 여기 강진의 그것은 나무에 따라

사철 몇 개의 꽃봉오리를 달고 있다는 것이었다. 그러니까 강진의 동백은 한겨울에도 봄을 온몸으로 예비하면서 선 마음이며 눈망울이었다.

백련사의 동백나무 숲에서 내가 또 하나 본 것은 동박새였다. 숲에 들어서자 가지 끝에서 맑은 새소리가 들려왔다. 어디에서 우는 것인가. 고개를 든 내 눈에 손쉽게 작은 몸체의 노래 주인공이 보였다. 배가 흰데 등과 날개 쪽이 고운 녹색으로 되어 있는 새였다. 잠시도 가만있지 않고 가지와 가지 사이를 옮겨 다니는 것이 인상적이었다. 김선태 교수인가에 그 이름을 물었더니 동박새라고 알려 주었다. 기러기나 두루미처럼 철새가 아니라 우리나라에서 사는 텃새라고 했다. 그 노래가 여기저기에 들리는 동백숲을 빠져 나오자 다시 절 아래를 파고든 듯 펼쳐진 바다가 보였다. 백련사는 그 해묵은 가람과 함께 동백나무 숲을 거느린 한 폭의 수채화로 있었다.

다산초당(茶山草堂) 그 언저리

그 기슭에서 정상까지 백련사가 들어선 만덕산은 대충 세 토막으로 구분이 가능한 산이다. 정상에서부터 8부능선까지 이 산은 바위로 되어 있다. 그 다음이 소나무와 전나무 등이 들어선 수림지대다. 이 침엽수 수림지대는 백련사가 선 만덕산 중턱까지에 걸친다. 그리고 그 다음을 이은 것이 구상나무와 본나무를 사이에 섞은 동백나무 숲이다.

백련사에서 다산초당으로 가는 길은 이 중턱과 기슭의 경계선을 따라서 나 있다. 우리가 벗어난 동백나무 숲 서쪽으로는 제법 산책로 구실을 할 만한 길이 하나 나 있었다. 그 초입에 표시판이 걸려 있었는데 '다산초당 1km'라고 거리가 나타났다. 산길이 1km면 경우에 따라서는 만만치 않은 거리다. 그러나 백련사와 다산초당 사이를 가본 사람이라면 그런 생각이 부질없는 걱정임을 알게 될 것이다. 백련사에서 다산초당에 이르는 길은 돌부리들이 많이 깔리지 않았다. 백련사 터를 조금 지나면 산줄기가 뻗어내려 이루어진 마루턱이 나타나기는 한다. 그러나 그 길은 줄곧 소나무 바람소리를 들으며 걸을 수가 있는 오솔길이다. 나뭇가지 사이로는 남해의 파도를 실어 나르는 바다도 보인다. 그렇게 20분 정도를 걸으면 다산초당에 이르는 것이다.

다산초당으로 가는 길은 백련사를 거쳐서 가는 것만 있는 것이 아니다. 차를 타고 가는 사람들은 백련사 입구를 지나서 조금 더 서쪽으로 난 도로를 달리면 된다. 제대로 된 운행이라면 5분도 되지 않는 거리에 다산초당 입구의 표시판이 보인다. 우측으로 접어드는 길을 조금 올라가면 귤동마을이 나온다. 이 마을이 바로 다산초당의 길목을 차지한 해남 윤씨의 집성촌이다. 귤동마을 위쪽에 '다산계(茶山契)'라고 표시가 된 찻집이 있다. 이 찻집의 주인은 윤동환 씨이다. 그는 지금 강진군수로 있고 오랫동안 다산사상연구회의 회장을 맡아온 분이다. 김선태 교수와 문을 열고 들어섰더니 개량 한복을 입은 모습으로 매우 정중한 인사를 건네 왔다. 나는 좀 어리둥절해져서 '공무로 바쁘실텐데 이렇게 맞이해 주시니 감사하다'고 수인사를 했다. 그랬더니 조용한 말이 곧바로 돌아왔다. "다산 유적지를 찾아 주셨는데 이만한 대접은 해드리는 것이 도리지요." 그리고 제대로 격식을 갖춘 차가 나왔고 나는 적지 않게 긴장되어서 그 잔을 들었다.

나중에 안 일이지만 그 일대의 산 이름이 바로 다산(茶山)이었다. 그런 이름은 그곳 여기저기에 자연산 차가 생산되는 데서 붙여졌다고 했다. 다산의 호가 여기서 유래한 사실도 나는 그 자리에서 처음 알았다. 뿐만 아니라 현직 군수인 윤동호 씨가 일개 답사객에 지나지 않은 나에게 베푸는 대접이 어떻게 된 것인지도 몇 마디 말로 알게 되었다. 본래 다산초당은 윤 군수의 선조가 문중의 독서, 강학을 위해 마련한 집이었다. 그것을 강진에 유배온 다산을 위해 제공한 것이 해남 윤씨 가운데 한 분인 윤단이었다. 그는 아들인 윤규로, 윤규하 등과 상의하고 손자들 훈도를 위해 강진 읍내에서 유배생활을 하는 다산을 그곳으로 초빙했다. 그로부터 다산에게 는 생활에 불편이 없을 정도의 숙식이 제공되었을 뿐 아니라 윤씨 가문에 서 수장한 1000여 권의 전적도 이용이 가능하게 되었다. 저작에 필요한 지 필묵이 제공되고 다도(茶道)를 비롯하여 음풍영월이 이루어질 수 있는 편 의도 제공되었다니 참으로 파격적인 대접이었다.

여기서 불가피하게 우리는 하나의 의문에 부딪히게 된다. 그 속사정이 야 어떻든 강진에서 귀양살이를 했던 다산은 나라의 죄인이었다. 그를 윤 단과 그 일족이 서슴없이 환대한 속사정은 어떤 것이었던가. 강진에 자리 를 잡은 해남 윤씨는 일찍부터 다산의 집과 혈연으로 얽혀 있었다. 강진의 해남 윤씨는 귤동에만 산 것이 아니라 그 이웃인 항촌(項村)에도 터를 잡고 있었다. 그런데 거기에는 다산과 연척관계가 되는 윤광택과 그 아들 윤서 유가 살고 있었다.

본래 윤광택은 강진의 당대 부호인 사람이었다. 그는 또한 색목이 다산 집안과 같은 남인이었고 다산의 부친인 진주목사 정재원(丁載遠)과는 흉허 물이 없는 친구였다. 그의 아들인 윤서유는 이런 인연으로 다산과는 어렸 을 때부터의 친구 사이였다. 윤서유 부자는 다산이 강진으로 유배를 오자 그 직후부터 술과 고기를 보내 위로했고 갖가지 방법으로 손을 써 다산을 돕고자 했다. 윤서유에게는 윤창모라는 아들이 있었다. 1812년에 다산은 그에게 고명딸을 출가시키게 했다. 유배지에서 다산이 받은 대접의 이면 에는 이런 인척 관계도 작용했다. 그렇다고 하더라도 다산이 유배지에서 500여 권의 저서를 낸 일에 결정적으로 힘이 된 이들의 헌신적 지원은 대 서특필될 필요가 있다.

적지 않은 사전지식을 얻은 다음 우리는 다산초당으로 올라가 보았다. 본래 다산초당은 이름 그대로 볏짚으로 지붕을 한 초당이었다고 한다. 그런데 다산이 귀양에서 풀려난 다음 그 초가는 돌보는 이가 없게 되었다. 마침내는 폐가가 된 것이다. 지금 다산초당은 정면 5칸, 측면 2칸의 기와집으로 서 있다. 이것은 1950년대에 지방의 유지들이 다산유적보존회를 만들어 새로 집을 지은 결과다. 이 본채 건물에 다산초당(茶山草堂)이라는 현판과 함께 보정산방(寶丁山房)이라는 추사체의 판각이 걸려 있다. 먼저 안내자에게 보정산방의 뜻을 물어 보았다. 다산 선생을 보배로 받드는 의지를 담아 그렇게 했다는 설명이었다. 또한 추사체에 대해서도 설명이 있었다. 보정산방은 추사(秋史)가 직접 쓴 것이며 다산초당은 집자(集字)라고 했다.

꽤 높은 곳에 있는데도 다산초당에서는 바다가 보이지 않는다. 집이 선 자리가 조금 파인 곳인데다가 소나무와 대나무, 동백나무 등이 사방에 우거져 있어 시야를 가리고 있기 때문이다. 대낮에도 숲은 짙게 그늘을 드리우고 있었다. 그래서 겨울에는 한기가 돌았으나 여름은 시원할 것으로 생각되었다. 이 초당은 본채 하나만으로 되어 있는 것이 아니라 동쪽에 동암(東庵)이 있고 서쪽에 서암(西庵)이 있다. 동암에는 다산동암(茶山東庵)의 네 글자로 된 현판이 있다. 그 휘호는 다산이 손수했다는 것이다. 이 집은 다산이 기거를 한 자리다. 이에 반해서 서암은 주로 강학이 이루어진 곳이라고 한다. 초당과 동암 사이에는 다산이 거처할 때부터 그 자리였다는 연못이 있었다. 넓이는 다섯 평 정도로 짐작되었으나 지금도 거기에는 맑은 물이 가득 담겨 있었다. 석가산이 그 가운데 있고 비류폭포도 보였다. 초당 뒷곁으로 돌아가니 돌 틈에서 흐르는 물을 받아 마실 수 있는 샘이 나타났다. 곁자리에 국자가 놓여 있길래 조금 받아서 마셨다. 자연수에 흔히 섞이는 흙내가 거의 없는 신선한 물맛이 좋았다.

유배자의 시, 민초와 함께

다산은 만덕산의 초당에서 10여 년 동안을 기거했다고 한다. 기거하는 집과 독서, 강학의 공간이 따로 있었고 저작의 자유도 마음껏 누리는 생활이었다. 식사가 어떻게 되었느냐고 안내자에게 물어 보았다. 그랬더니 평소에는 산길을 조금 내려가는 굴동마을에서 식사를 했다는 것이다. 이렇게 되면 유배생활이 아니라 학문을 위한 특별대우가 다산에게 베풀어진 것이다. 다산 자신도 이런 생활에 상당히 만족했던 것 같다. 그가 윤유서의 요청을 받고 지은 조석루(朝夕樓)의 기문에 그 일부가 나타난다. (원문 생략, 의역 필자)

> 내가 다산에 우거한지 어느새 4년이 되었다. 꽃이 피면 산책을 하고, 산 오른편으로 가서 시내를 건너 석문(石門)에 이르렀다. 거기서 바람을 쐬고 용혈(龍穴)에서 쉬었으며 청라곡(靑蘿谷)에서 물을 마시기도 했다. 농산(農山)에 있는 농막에서 잠을 잔 다음 말을 타고 다산으로 돌아드는 일이 늘상 되풀이되었다. 개보 윤유서(皆甫 尹有書)와 그 사촌인 군보 윤시유(君甫 尹時有)가 술과 고기를 가지고 올 적에는 때로 석문에서 맞이했고 어느 적에는 용혈에서 기다렸다. 청라곡이 그 장소가 된 적도 있다. 하냥 취하도록 마시고 배불리 먹은 뒤에는 농막에서 낮잠을 잔 것도 늘상하던 일이다.

이런 말들로 짐작되는 바와 같이 다산초당에서 다산은 전혀 유배인이 아니었다. 안으로 그는 경세치용(經世致用)과 실사구시(實事求是)의 학문 체계를 얽어내고 다듬었다. 또한 밖으로는 독서와 강학을 하는 틈틈이 만덕산 언덕과 자락을 여기저기 소요하면서 그의 저작들을 구상하고 찾아오는 친구들을 맞이하여 음풍영월도 하는 세월을 살았다. 특히 이때 그의 주변에는 불교와 유학경전에 두루 통한 백련사의 혜장선사가 있었다. 그와 오고 가는 사이에 다산은 다도를 배웠고 자칫 편협에 흐르기 쉬운 유학의 틀도 어느 정도 여유 있게 해석할 기틀을 마련한 것 같다. 단적으로 말해서 다산초당은 다산과 그의 학문을 위해서 하늘이 내린 은혜였다.

다산초당에서 백련사 쪽으로 얼마를 가면 만덕산의 한 줄기가 흘러내리다가 작은 언덕을 만든 곳이 나온다. 지금 거기에는 1970년대에 들어서 유지들이 뜻을 모아 세운 다락집이 있다. 그 이름이 천일각(天一閣)이다. 그 위에 올라 남쪽을 바라보면 우리 자신도 모르게 탄성이 나온다. 눈앞에 넓은 시계가 트이는데 그것이 우리 심금을 활짝 열게 하는 것이다. 바로 눈 아래는 소나무, 구상나무, 동백나무, 배롱나무, 본나무 등 상록의 숲이 펼쳐진다. 그 다음이 이 고을의 경관을 보태는 갈대밭이다. 그 갈대밭을 파헤치고 들어선 것이 남쪽 바다의 한 갈래인 강진만이며 그 건너가 금사봉, 여계산 등의 산과 그 사이를 차지한 마을과 들판들이다.

「조석루기」에 이미 낌새가 드러난 바와 같이 다산은 무시로 이 언덕에 올랐을 것으로 짐작된다. 아마도 그 언덕에 서서 그는 가까운 들판과 섬들, 그리고 그 건너에 펼쳐진 산과 마을을 보았을 것이다. 여러 지기의 도움으로 어느 정도 여유가 있는 생활을 누린 그이기는 했다. 어떻든 그는 그 무렵 귀양살이 신세였고 집과 가족을 멀리 둔 타향의 사람이었다. 천일각에서 바라본 경관이 그런 그에게 어떤 느낌을 안겼을 것인지 지금 우리가 그 사이의 사정을 명백하게 파악할 길은 없다. 다만 단편적으로 당시 그가 품은 생각을 헤아릴 수는 있다. 『다산집』을 보면 몇 수의 한시가 실려 있다. 다음은 『전간기사(田間記事)』에 포함된 「다북쑥을 뜯는 노래」 가운데 일부다. (번역 김지용(金智勇))

아침에는 볶은 보리
저녁에도 볶은 보리
보리죽도 못 이을 걸
배부르기 바랄손가
있는 물건 다 팔아서

보리 사러 나갔더니
이내 돈은 값이 없어
조약돌만 못하다네
보리값은 날개 돋혀
비싸기가 구슬 같고
보리자루 한 자루에
모여든 자 백일레라

朝日溢麩
暮日溢麩
麩將不繼
遑敢求飫
靡物不賣
言市其麥
我質弗售
如互如礫
爾耀其翔
如圭如璧
一襄之麥
聚者維百

　다산은 이들 작품 머리에 이런 시를 쓰게 된 동기를 적어 놓았다. 그에 따르면 순조 9년인 기사(己巳)년 강진 지방에는 일찍 유례가 없었을 정도의 흉년이 들었다. 그 해에 강진과 그 이웃 고을들에는 이른 봄부터 입추에 이르기까지 한 방울의 비도 내리지 않았다. 하늘만 바라고 사는 농민들은 할 바를 몰랐다. 익기도 전에 타들어가고 있는 보리를 볶아서 주린 배를 달래고자 했다. 그러나 그나마 곧 바닥이 났다. 그러자 수많은 농민들이 허기로 쓰러지고 병들어 죽어 갔다. 다산은 그런 참상을 다음과 같이 적었다. (의역 필자)

흙바람만 풀풀거리는 천 리, 들에는 풀 한 포기를 볼 수가 없었다. 6월부터는 유리걸식하는 사람들이 길을 메웠다. 가슴이 찢어지고 눈을 뜨고 바라볼 수가 없는 정경이요 살아갈 길이 없는 것 같았다.

赤地千里 野無生草 六月之初 流民塞路 傷心慘目 如不欲生

이런 글을 보면 우리가 이 무렵 다산이 품은 생각을 짐작해보는 일이 가능하다. 거듭 지적된 것처럼 이때 그는 귀양살이 신세였다. 고마운 지기들의 도움으로 숙식과 독서의 편의를 얻고 있기는 했다. 그러나 어떻든 그는 죄인의 신분이었다. 그런 그가 민초들의 생활에 관심을 갖는다는 것은 금기의 한 가닥을 무릅쓰는 일이었다. 만약 이것을 반대당이 알았다면 어떻게 되었을까. 귀양 간 죄인이 정치에 관심을 가지고 있다고 탄핵이 일어날 가능성은 얼마든지 있었다. 그럼에도 다산은 민초의 편에 선 시를 쓰고 논책을 만들었다. 이것은 그가 체질적으로 백성의 편에 설 수밖에 없는 선비였음을 뜻한다.

우리는 그 기틀을 이룬 고장도 헤아려 보지 않을 수 없다. 그곳이 바로 유배지 강진임은 다시 되풀이 할 필요가 없다. 강진에서도 다산초당은 바로 그 중심축이 된 자리다. 이런 다산초당과 강진을 등지면서 나는 얼마간의 생각을 가락에 실어 보았다.

가을도 막바지라 국화꽃 빛을 잃고
솔바람 산자락에 초당(草堂)은 비었더라
탐진강 넘실대어 고깃배 돌아오고
만덕산 우뚝하여 큰절이 들어섰데
살뜰한 목민심서(牧民心書) 구슬길 밝혀냈고
곧고 바른 논책들로 세상 벼리 세우렸지
오만 것은 세월따라 변한다 말을 말게
끼치신 님의 향기 노을로 타오름에

寂寞黃花秋令終
山間松籟草堂空
耽津水漲還漁帆
萬德峰高擁梵宮
懇篤心書詳吏道
堅剛奏策矯民風
莫言諸相隨時變
依旧遺芬夕照中

조지훈(趙芝薰) 문학 주변과 나

　　올해로 내가 조지훈 시인의 이름을 알고 지낸 지가 60년을 훌쩍 넘어 섰
다. 그동안 나는 이 시인에 대한 몇 편의 평론을 쓰고 작품을 분석할 기회
도 가졌다. 그와 아울러 그를 소재로 한 한시도 써보았다. 다음은 지훈의
고향인 주실(注谷)에 조지훈 문학관이 낙성되었을 때 내가 현지에 내려가
보고 소감을 적은 7언율시 한 수다.

　　　헛브다 님의 집 뜰 한낮인데 문 닫혔고
　　　소슬한 가을바람 누구의 시를 읊나
　　　반변천(半邊川) 푸른 물결 단풍바위 빗겨 좋고
　　　일월산(日月山) 저리 높아 구름도 쉬어간다
　　　먼 하늘 우는 기럭 정은 일어 다함없고
　　　연기 피는 옛 고을에 무슨 한 이러한가
　　　고개 들어 세상살이 알고저 해보아도
　　　천고(千古)에 푸른 산은 옳다 외다 말이 없다
　　　　　　　　　　　　　　　　　　－「丙戌晚秋訪注谷芝薰故宅」

　　　寂寞門庭晝掩扉
　　　秋風蕭瑟孰吟詩
　　　半邊川碧楓巖好
　　　日月峰高雲影遲

聞鴈長空情奈盡
橫烟故郡恨胡爲
回頭欲問平生事
千古靑山外是非

　지금 주실에 있는 시인의 큰집에는 지키는 이가 있으나 정작 본집은 그
터만 남아 있을 뿐이다. 이 작품의 첫줄이 "적막문정(寂寞門庭)"으로 시작
한 것은 그런 까닭에서다. 또한 주실은 낙동강의 한 지류인 반변천 가까이
에 있는 마을이다. 이 강은 영양의 일월산(日月山)에서 시작되어 남으로 흘
러 입암(立岩), 청송과 진보(眞寶)를 거쳐 지금은 임하댐으로 막힌 안동부
앞에서 본 강과 합류한다. 이 시에 나오는 반변천은 그 흐름을 가리킨다.
또한 일월봉(日月峰)은 일월산으로 영양군 청기면(靑杞面)과 일월면(日月面)
사이에 솟아 있으며 높이는 1919m다. 이 작품의 형태적 특성상 짝을 맞추
기 위해 강과 산의 이름을 써본 것이 이런 대가 된 것이다.

「승무」, 「봉황수」의 세계

　조지훈은 일제 식민지 체제하의 극악한 상황을 무릅쓰고 우리 문단에
등장, 활약한 시인이다. 그가 시를 습작하고 있었을 때 일제는 우리말 사
용을 제한, 봉쇄하기 시작했다. 우리 겨레의 말을 다듬어 쓴 우리 시인과
작가들에게 끊임없이 간섭, 핍박을 가했다. 그런 반대 기류를 무릅쓰고 조
지훈은 모국어를 갈고 다듬어 아름다운 작품을 쓰는 시인의 길을 택했다.
우리 문단에 등단하기 위해 그는 당시 한국 문단의 최고 등용문 구실을 한
『문장(文章)』 추천제에 응모했다. 당시 『문장』의 선고위원은 그 심사 기준
이 까다롭기로 이름이 난 정지용이었다. 그런 지용이 지훈의 「승무」를 보
고는 이례적으로 상찬의 말을 아끼지 않은 심사평을 썼다.

　먼 고장 · 이웃나라 · 내가 사는 땅

조군(趙君)의 회고적 에스프리는 애초에 명소고적(名所古蹟)에서 날조한 것이 아닙니다. 차라리 고유(固有)한 푸른 하늘 바탕이나 고매한 자기(磁器) 살결에 무시로 거래(去來)할 일말운하(一抹雲霞)와 같이 자연(自然)과 인공(人工)의 극치일까 합니다.

여기서 '명소고적', '날조' 등의 말은 국민문학파 출신 일부 시인들의 작품을 두고 한 말이다. 국민문학파에 속한 일부 시인 가운데는 문학의 길이 민족 전통을 살리는 일이라고 믿은 나머지 한국적 소재를 쓰는 데 매달리고 기능적으로 그것을 소화시키지 못한 예가 있었다. 그들 가운데는 '조선적'인 것을 노래한 것만으로 시가 되는 양 생각한 사람들이 포함된 것이다. 조지훈도 「승무」나 「고풍의상」, 「봉황수」를 통해 한국적인 것을 소재로 썼다. 그러나 국민문학파들과 달리 그는 그것들을 시적 의장(詩的意匠)으로 잘 다듬어내었다. 그를 통하여 시를 아름다운 모국어의 노래가 되게 했고 훌륭한 현대시의 명품을 만들어낸 것이다. 그런 자격으로 조지훈은 등단작을 내면서부터 우리 문단 안팎의 주목을 받게 되었다.

『청록집』의 기억

그의 생전에 내가 조지훈 시인을 만나본 것은 두 번뿐이었다. 그 첫 번째는 대학교 3학년 때였다. 마침 고려대학교를 다니는 친구가 있어 그쪽에 갔다가 시인을 복도에서 만난 적이 있다. 그때 조지훈 시인은 어딘가를 서둘러 떠나는 중이었다. 그래서 조용히 말씀을 여쭐 겨를을 갖지 못했다. 친구의 소개에 따라 나는 그저 내 고향을 얘기했고 시인은 선 자리에서 그의 근친으로 우리 마을로 시집와서 사는 분의 근황을 몇 마디 물었다.

두 번째 내가 그를 만난 것은 대학을 졸업하고 모교의 전임자리를 얻게된 후의 일이다. 마침 김종길(金宗吉) 선생에게 볼 일이 있어 갔다가 지훈

의 집에 가는 길이니 동행하겠느냐는 말을 들었다. 나는 그렇지 않아도 한
번 제대로 시인에게 인사를 드리고 몇 가지 질문도 해 보았으면 하던 참이
었다. 그래서 기회를 놓칠세라 그를 따라 나섰다. 그러나 당시 지훈은 이미
건강이 좋지 않은 때였다. 김종길 선생과 동행으로 성북동 산자락 가까이
에 있는 시인의 거처를 찾았으나 자세한 말씀을 듣고 여쭐 시간은 갖지 못
했다. 다만 서재 겸 거실로 쓰는 방에 안내되어 우리 고향과 이웃한 시인의
외가 마을 삼산(三山)의 이야기를 몇 마디 주고받은 기억이 새롭다. 참고로
밝혀두면 시인의 외가댁은 전주 유씨(全州 柳氏)의 일파로 안동 예안현 삼
산에 세거해온 일족의 종가였다. 그 집이 바로 지훈의 선친인 조헌영(趙憲
泳) 선생의 처가였는데 대대 조행(操行)과 문한으로 이름이 있었다. 또한 선
생님의 외사촌이 문학가동맹의 전위시인 유종대(柳鍾大)이기도 했다. 해방
직후 조지훈 시인은 널리 알려진 대로 민족진영의 편에 서서 청년문학가협
회의 맹장으로 활약했다. 그런데 고종인 유종대 시인이 조선문학가동맹의
맹원이 되어 서로가 맞서 싸우는 반대 입장을 취했다. 잠깐 그런 이야기를
하면서 씁쓸해하던 시인의 모습이 지금도 뚜렷하게 떠오른다.

　나는 학교가 달라서 강의실에서 조지훈 시인의 가르침을 받을 기회는 갖
지 못하고 말았다. 그러나 내 문학적 체험에는 청소년 때부터 몇 차례나 조
지훈 시인을 주인공으로 한 것이 섞여 있다. 8·15 직후 내가 시골 소읍의
중학교에 들고 나서의 일이다. 같은 반의 친구 하나가 『노산시조집』, 정지
용의 『백록담』을 읽는 것을 보았다. 한창 시를 읽는 일에 열이 올라 있었을
때라 나는 그를 놓칠 수가 없었다. 그 친구에게 시집의 출처를 물었더니 그
자신이 지훈의 처남이라는 답이 돌아왔다. 그런 일이 있고 얼마 뒤 나는 그
를 통해 몇 권의 일제시대 때 간행된 우리말 시집을 얻어 읽을 수 있었다.

　뿐만 아니라 그 후 나는 을유문화사에서 나온 『청록집』도 읽었다. 당시
나는 상급생이 주재하는 독서 모임에 참가한 적이 있었는데 그 자리에서

문학가동맹의 김동석(金東錫)이 쓴 조지훈론이 화제가 된 바 있다. 우리 모임의 좌장격인 상급생은 곧 지훈이 우파 보수, 반동시인으로 그의 시가 아주 나쁜 작품이라고 깎아 내렸다. 그런 조지훈 비판이 부당하다고 생각한 나는 반대 의견을 제기하기 위해 손을 들었다. 그리고는 내가 읽은 「파초우(芭蕉雨)」를 그 자리에서 암송한 다음 이것은 문학가동맹의 아무개 시보다 한결 아름다운 시라고 내 의견을 내놓았다. 그러자 내가 참석한 모임 전체가 감전이라도 된 듯 이상한 긴장감이 흐르게 되었다. 그 까닭은 우파 보수 진영이 무조건 배제되는 자리에서 내가 정면으로 그것도 상급생과 반대되는 의견을 제시했기 때문이었다. 다행히 초등학교가 같은 상급생 하나가 나서서 그런 사태를 무마해 주었다. 나는 그 상급생으로부터 앞으로 그런 말 삼가하라는 경고를 들은 다음 그 자리에서 쫓겨났다. 어떻든 나는 매우 일찍 조지훈 시인을 매개로 해서 시와 이데올로기의 마찰과 대립이 빚어낸 사태를 체험한 것이다.

고전에 대한 소양

『청록집』 다음에 나는 또 한 번 조지훈의 면모를 생생하게 실감할 기회가 있었다. 8·15 직후 얼마동안 우리 문단은 문학가동맹의 제패 형태로 전개되어 갔다. 그런 서슬 속에서 문학가동맹계는 위장 방식을 취하여 민족문학론을 휘둘렀다. 그들은 우파 민족진영계의 문학론이 보수, 퇴영적인 것이며 사이비라고 몰아붙이기도 했다. 특히 문학가동맹의 대표적 비평가 가운데 한 사람인 이원조(李源朝)가 그런 류의 논리를 폈다. 그는 『문학』 7호에(1948년 4월) 「민족문학론」을 발표했다. 이 글의 요지는 8·15를 맞고 난 다음 우리 문학과 문단이 당면한 최대 과제가 민족 문학의 건설에 있다고 시작한다. 여기서 문학가동맹이 말하는 민족이란 인민의 다른 이

름이며, 인민이란 그들이 말하는바 진보적 역사관에 입각해서 미래를 개
척해야 할 역군을 가리킨다. 이런 문학가동맹계의 주장에 따르면 조지훈
등의 시는 외견상으로 민족의 편에 서 있는 듯 보이나 실제 작품들을 검토
해 보면 거기에는 진부하기 그지없는 봉건성이 검출되며 미래를 타개해
나갈 전망이 없다는 것이다.

그의 글에서 이원조는 왜곡된 민족 문학의 보기로 박종화의 「청자부」,
조지훈의 「봉황수(鳳凰愁)」 등을 들었다. 이들은 모두가 이원조가 그 주체
의 하나로 활동한 조선문학가동맹의 행동노선과는 다른 입장을 취한 시인
작가들이었다. 이원조가 이때에 특히 문제 삼은 것이 조지훈이었다. 그는
민족진영계 문학의 보수 퇴영적 경향의 보기로 「봉황수」를 든 후, 다음과
같이 이 작품을 폄하했다.

> 시인 조지훈 씨는 역시 고궁을 거닐면서, 「봉황수」(「봉황수」는 아마 덕수
> 궁 내의 중화전(中和殿) 천정에 새겨 있는 악작(鸑鷟)을 봉황으로 잘못 알
> 았을 것이다─필자)라는 일편을 읊조리는데, "정일품에서 종구품까지 내
> 몸둘 곳이 없어라"라고 한탄했으며……

이런 비판에 대해서 조지훈 시인은 이원조의 지적이 그릇된 작품 해석
에서 비롯된 것이라고 정면으로 맞받았다. 그에 따르면 「봉황수」는 흘러
간 왕조를 그리거나 벼슬을 탐해서 쓴 것이 아니라 민족의 슬픔을 구조물
또는 건축에 기탁한 작품이라는 것이었다. 이때 조지훈 시인은 이원조가
작품 해석의 전제 조건인 기본 지식에 얼마나 어두운지를 구체적으로 지
적했다. 지훈은 우선 덕수궁 중화전(中和殿)이 대한제국이 되고 나서 건립
된 것임을 지적한 다음 그 옥좌 위에 새겨진 것이 중국을 의식한 나머지
그렇게 한 제후국 상징의 봉황새가 아니라 쌍룡이라고 밝혔다. 다음 악작
을 봉황으로 잘못 알고 쓴 것이라는 이원조의 주장에 대해서도 가차 없이

반박을 했다.

> 악작이란 새를 봉황으로 잘못 알았다는 이 잘못이란 말은 무슨 말인가. 씨(氏)는 악작이란 새에 대한 분운(紛紜)한 제설을 섭렵하였으며 이와 같은 상징적 의미의 동물에까지 과학적 분류의 체계를 가질 수 있는가. 악작에 대해선 여러 가지 설이 있으나 적어도 그것이 고전적 의미에 있어서는 봉황과 같이 쓰여졌다면 어떻게 되는가. 허신(許愼)의 설문(說問)에 '악작 봉속야(鸑鷟 鳳屬也)'라 했고 장화(張華)의 금경주(禽經註)에 '봉지 소자왈 악작(鳳之 小者曰 鸑鷟)'이라 했으며 주어(周語)에 있는 '주지 흥야 악작우기산(周之 興也 鸑鷟鳴于岐山)'이라고 했으며 시경(詩經) 「대아(大雅)」에서는 '봉황명이 우피고강 오동생이 우피조양(鳳凰鳴矣 于彼高崗 梧桐生矣 于彼朝陽)'이라 했으며 우리의 고가(古歌) 새타령에도 '문왕(文王)이 나계시니 기산조양(岐山朝陽)에 봉황(鳳凰) 새'라고 뚜렷이 있거늘 악작(鸑鷟)을 봉황으로 안 것이 무엇이 잘못이란 말인가.

이런 조지훈 시인의 반박에는 적어도 두 가지의 논리적 근거가 확보되어 있다. 그 하나는 이원조의 비판이 사실들을 제대로 알지 못한 데서 빚어진 오류임을 지적한 점이다. 덕수궁 중화전의 언급으로 들어난 바와 같이 이원조는 왕궁의 건축 연대와 그에 부수된 역사적 사실에서 오류를 범했다. 이것은 그가 작품의 근거가 된 사실 자체에 전혀 맹목이었거나 적어도 그릇된 선입견을 가지고 임했음을 뜻한다. 또한 여기에는 간접적으로 나타나는 문제점도 있다. 본래 이원조는 외국문학도 출신이다. 일찍 그가 전통 유림의 후예로 어렸을 때 다소간 한문을 읽은 경험이 있기는 했다. 그런 그의 고전적 소양은 훗날 남긴 몇 수의 한시로 남아 전하고 있다. 그러나 그것은 당시 유가에서 성장한 자제들의 기초 소양 정도였다. 따라서 전문적인 논설을 쓰고 책임 있는 의견을 제시할 수준을 확보하지는 못했다. 그의 전통문화 내지 동양고전에 대한 소양은 조지훈의 비할 바가 아니었던 것이다. 그 결과로 나타난 것이 봉황과 악작을 전혀 다른 종류의 것

으로 판단하게 만든 것이다. 이 말을 뒤집어 보면, 문단에 진출한 초기부
터 조지훈은 전통문화, 동양고전에 대한 소양이 상당했다는 사실을 알 수
있다. 「봉황수」를 에워싼 논박이 그것을 단적으로 증명해주고 있다. 이런
사실이 가리키는 바도 명백하다. 8 · 15 직후 문학가동맹계의 일방적인 공
세 속에서 조지훈은 문학적 담론을 통해서도 민족진영계의 문학을 튼튼하
게 지키고 이원조로 대표된 좌파 문학가동맹계의 이데올로기 일방통행 논
리를 되받아치는 버팀목 구실을 해낸 것이다.

시인의 고향을 찾아

조지훈 시인이 타계했을 때 나는 막 모교의 교양학부에 전임 자리를 얻
은 직후였다. 그 무렵 나는 다소간 들뜬 마음으로 오래 전부터 마음먹고
있던 한국 현대시사 쓰기를 준비하고 있었다. 현대시사의 역사 쓰기에 부
수되는 일로 나는 당시 상황을 아는 시인, 작가들을 심방하여 그들의 증언
들을 녹취할 계획을 가지고 있었다. 그 중요 항목의 하나에 조지훈 시인과
정지용 시인 사이의 상관관계도 포함되어 있었다. 그것이 차일피일이 된
어느 날, 뜻밖에도 시인의 부고에 접했던 것이다. 적지 않게 놀란 가슴을
안고 나는 고려대학교로 달려갔다. 거기서 김종길 선생이 쓴 만장(挽章)을
본 기억이 아직도 뚜렷이 남아 있다. "일월산(日月山) 지초(芝草) 향기 맑고
도 매웁더니/쉬흔도 못다살고 웃으며 떠나는가/술익는 강(江) 마을에는 오
늘도 타는 저녁놀."
1970년대의 여름철 어느 날 고려대학교 국문학과의 제자들이 주동이 되
어 시인의 고향인 주실에 시비가 서게 되었다. 그 무렵까지 나는 시인의
고향인 주실을 한 번도 찾아가보지 못한 채였다. 그런 나에게 뜻밖에도 시
비 제막식에 참석해 달라는 요청이 고려대학교 교우회에서 왔다. 나는 그

날 고려대학교 도서관 앞에서 출발한 버스를 얻어 타고 유족들과 제자들
로 이루어진 행사 참가자 일행의 틈에 끼었다. 그길로 새재를 넘고 안동
을 거쳐 여러 시간을 달린 다음 주실에 당도했다. 우리 일행은 시인의 큰
집 사랑채와 옆채 등을 거의 독차지하고 술판을 벌였다. 간간이 시인인 동
시에 국문학의 교수이기도 했던 조지훈의 추모담이 오고갔다. 누군가가
가슴 밑바닥에서 토해내는 것 같은 울음소리를 터뜨렸고 분위기가 그렇게
되자 내 마음도 공연히 울적해지던 기억이 난다. 나는 몰래 자리에서 빠져
나와 시인이 태어나서 자란 옛 집터를 둘러보았다.[1] 거기서 나는 얼마동
안 조지훈 시인이 걸어간 일들을 되짚어보았다. 그러자 생전에 내가 찾아
뵈었을 때 유난히 두꺼운 안경을 쓰고 기침을 자주 하던 시인의 모습이 떠
올랐다. 또한 시인의 대표작으로 유난히 그의 체취가 짙게 배어있는 듯한
「파초우(芭蕉雨)」가 생각났다.

    외로이 흘러간
    한 송이 구름

    이 밤을 어디메서
    쉬리라던고

    성깃 빗방울
    파초잎에 후득이는

    저녁 으스름
    창 열고 푸른 산과 마주 앉아라

들어도 싫지 않은 물소리기에
날마다 바람도 그리운 산아

온 아침 나의 꿈을 스쳐간 구름
이 밤을 어디메서 쉬리라던고

― 「파초우」 전문

　조지훈 시인의 기념시비 제막식은 우리 일행이 주실에 도착한 그 다음 날에 있었다. 시비가 선 자리는 주실마을 서쪽 시내를 건너서 있는 숲속이었다. 조금 더운 여름철이었는데 그날따라 작은 빗방울이 오락가락했다. 영양군청과 경상북도의 관계자까지 참석한 가운데 시인의 작품 「빛을 찾아가는 길」을 새긴 시비가 제막되었다. 비문 찬은 뒤에 고려대학교 총장을 지낸 홍일식(洪一植) 교수의 솜씨였고 설계는 아드님인 광열(光烈)의 손으로 된 것이었다. 그 자리에서 나는 비평계와 문단을 대표하여 기념사를 했다. 그 내용 가운데 나는 내가 조지훈 시인과 문화권을 같이하는 것이 자랑스럽다는 말을 섞어 넣었던 것으로 기억하고 있다.

　지훈이 매개항이 된 가운데 내가 겪은 문학적 체험으로 아직껏 내 머리에 남아 있는 것 중 1980년대의 일도 있다. 그 무렵 나는 8·15 후의 우리 시단 상황을 정리하여 『해방기한국시문학사』를 책으로 만들어 내었다. 그때까지 우리 주변에는 8·15 직후 우리 문단 상황을 배경으로 하여 독립된 단행본 체제로 나온 시사(詩史)가 없었다. 내 작업은 그 빈틈을 메우려는 시도였고, 또한 문학가동맹계나 우파 민족진영계 시와 시론을 아울러 자료로 수용하여 객관적 서술을 시도한 것이었다. 그 직후 그 서평격인 논문이 내 모교의 후배, 제자에 의해 발표된 바 있다. 거기서는 상당히 가혹하게 내 작업이 비판되었는데 그 결론 비슷한 말이 나를 아주 당혹하게 만들었다. 서평자는 거기서 8·15 직후 조지훈이 역사를 배제한 순수문학론을 휘둘렀는데, 김아무개의 해방기시문학사도 바로 그렇기 때문에 틀렸다는 것이었다. 문학적 담론에서 진실과 오판의 기준이 되는 것은 사실 해석의 합리타당성 여부일 것이다. 이 당연한 논리의 전제가 내『해방기시문학사』 비판에서는 실종, 배제되어버리고 그 대신 내 자신이 수긍할 수가 없는 의식성향론이 독주하고 있었다. 이 논리의 일방통행 현상에 나는 적지 않게 어리둥절할 수밖에 없었다.

「송행(送行)」과 「송인(送人)」

세 번째 조지훈 시인을 통해서 내가 가져본 지적 훈련의 체험은 한시(漢詩)를 통해서 이루어졌다. 한국 현대시사를 진행시키는 가운데 나는 내 담론이 고전문학기(古典文學期)의 한국 문학과 문화에 대한 소양 부족으로 부실한 구석이 생기지 않을까 걱정을 하게 되었다. 그 보완책으로 나는 한시 창작 모임에 나갔다. 한시를 짓기 시작하고부터 나는 동양고전의 주류가 되는 이 문학 양식의 세계를 어렴풋이나마 가늠해 볼 수 있게 되었다. 그 것을 밑천으로 하여 몇 개의 현대시론을 만들어 보았다. 그 가운데서 나는 이육사(李陸史)의 「광야(曠野)」론의 의미 맥락이 황매천(黃梅泉)의 절명시(絕命詩) 둘째수와 대비될 수 있다는 생각을 가졌다. 또한 김소월의 「초혼(招魂)」에 나오는 님이 민족의식을 그 바닥에 깐 것이라고 보았다. 그 논거가 된 것은 김소월의 「초혼」 번역의 어조가 두보(杜甫)의 '국파산하재(國破山河在)'의 그것에 대비 가능한 것으로 보았기 때문이다. 이런 내 생각을 나는 상당한 논거를 가진 것으로 믿고 있다. 이와 아울러 지난해의 한 글에서 나는 만해 한용운(萬海 韓龍雲)과 함께 지훈의 시를 한시와의 상관관계 속에서 읽고자 한 적이 있다. 특히 지훈의 시 가운데는 직접적으로 한시에 상관되는 것이 나타난다. 『유수집(流水集)』(지훈의 미간행 한시집)에 포함된 한 편인 「송인(送人)」은 다음과 같다.

送子靑山路
滿山花政飛
行行白日暮
應悔振衣非

이 작품에 대비될 지훈의 한시 「송행(送行)」은 다음과 같다.

그대를 보내노니
푸른 산길에

자욱히 꽃잎이
흩날리노라.

가고 가면 꽃비 속에
백일(白日)은 지리
날 두고 그대 홀로
떨치고 간 소매가
섧지 않으랴.

이들 두 작품에 대해서 나는 한글과 순한문이라는 표현 매체가 다를 뿐 내용에 있어서는 일란성(一卵性)에 속한다고 보았다. 이런 내 견해 자체에는 별로 이의가 제기될 여지가 없을 것이다. 정작 문제는 조지훈 시인의 다른 한시에 대한 내 해석을 두고 제기되었다.

碧藏雲外寺
紅露雪邊春

이것은 널리 알려진 지훈의 오언율시 「불국사도중(佛國寺途中)」의 3, 4행이다. 율시의 대우적 성격을 말하면서 나는 '벽장(碧藏)'과 대가 된 '홍로(紅露)'를 문제 삼았다. '벽장(碧藏)' 곧 푸른 기운은 구름 밖의 절을 갈무리하고의 '장(藏)'이 용언임에 반해 '홍로(紅露)'의 '로(露)'가 체언이므로 약간의 문제가 생기지 않나 지적한 것이다. 그러자 내 글을 읽은 같은 한시 모임의 친구 하나가 이의를 제기했다. 그의 의견은 '로(露)'를 동사로 읽어 '드러내다'로 보아야 할 것이 아닌가 하는 것이었다. 그렇게 하면 '벽장(碧藏)'과 '홍로(紅露)'가 짝이 되고 작품의 형태가 제대로 파악이 가능하다는 의견이었다. 그 자리에서 나는 좋은 생각인 것 같다고 말했다. 그러나 그렇다고 내가 그의 의견에 완전 속속들이 수긍이 간 것은 아니다. 그 이유가 되는 것은 별로 복잡한 데 있지 않다. '홍로(紅露)'에서 '로(露)'를 용언으로 읽으려면 '홍(紅)'이 단독으로 꽃, 곧 붉은 꽃으로 해석이 가능해야 할 것이다. 그래야 '홍로설변춘(紅露雪邊春)'이 '붉은 꽃은 눈 가장 자리에도 피어나는 봄을 드러내고, 또는 아로새기고'가 되어 그 앞줄인 푸른빛(산빛)은 구름 밖의 절을 갈무리하고, 곧 '벽장운외사(碧藏雲外寺)'와 대우를 이룰 수 있게 된다. 그러나 내가 찾은 한자 자전에는 그런 용례가 나타나는 것이 없었다. 예외 격으로 '타홍(墮紅)', '낙홍(落紅)' 등이 있는데 그때는 수식어가 앞에 있어 그렇게 읽는 일이 가능하다. 여기서 이런 말들을 곁들이는 의도는 누구의 해석이 맞고 틀린 점을 가려내자는 것이 아니다. 어떻든 조지훈 시인의 작품을 매개로 해서 이렇게 나는 몇 차례나 문장과 세계 인식의 자극을 얻어 왔음을 밝히려는 것이다.

산태극(太極) 물태극의 고장
안동 하회(河回)마을

산태극(太極) 물태극의 고장

　일찍부터 이 마을은 훌륭한 자연 환경에 빛나는 인문(人文)의 전통까지 물려받아 오늘에 이르고 있어 생각 있는 사람들의 눈길을 모으게 하고 화제를 이끌어왔다. 일찍부터 하회(河回)는 물돌이동으로 일컬어지기도 했다. 이런 이름으로도 짐작이 되는바 하회는 경상도 북부에 위치한 큰 마을, 이름 있는 고장이다. 하회는 푸른 가람(江)을 안고 있는 마을이다. 여기서 가람은 말할 것도 없이 태백산에서 발원하여 영남 땅을 꿰뚫으며 흐르는 낙동강(洛東江)을 가리킨다. 유서가 있는 이 부근의 집단취락(集團聚落)들이 대개가 그렇듯 하회 역시 낙동강 기슭에 자리를 잡고 이루어진 마을 가운데 하나인 것이다. 그러면서 이 지역의 여느 마을들과는 좀 다른 모습을 지닌 것이 하회이기도 하다.

　영남 북부 지방에서 하회라면 널리 그 이름이 알려진 대처(大處) 거촌(巨村)에 속한다. 그리고 이 마을의 그런 특성은 일차적으로 그것이 자연환경에서 얻어낸 덤이다. 이 마을 앞을 흐르는 낙동강은 그 수량부터가 넉넉하다. 정작 하회 앞에 이르기 전 이 강은 황지(黃地)에서 흐르는 본 가람과 영양(英陽) 일월산(日月山) 쪽에서 흘러내리는 남강(南江, 일명 半邊川)이 안동부(安東府)[1] 동남쪽 지점에서 합수(合水)가 된다. 이 지점에서부터 낙동강은 넉넉한 수량을 가지면서 완만한 흐름을 이룬 가운데 큰 가람이 되어서는 하회 앞을 감도는 것이다. 그리하여 하회는 아름다운 산을 뒤에 두고 앞에 푸른 강을 바라볼 수 있는 집단부락을 이루어 낸 것이다.

대처 거촌인 하회의 모습은 두어 개의 형성 설화를 거느리고 있다. 그 가운데 하나는 나의 생가(生家)에 관련된 것이다. 나에게는 할머니 한 분이 계셨다. 그리고 이 이야기는 그분께서 며느님 가운데 한 분인 나의 어머님을 맞이해 들였을 때 빚어진 일이다. 막 시집을 와서 첫밤이 지나고 아침 햇살이 동녘에 퍼지기 시작했을 무렵이었다. 시가(媤家)에서 맞이하는 첫 아침이라 어머님께서는 사랑채와 안채를 드나들며 정성(定省)을 들이기에 바쁘셨다고 한다. 마침 안방에 들어가 큰절을 올렸을 때 할머님께서는 말씀하셨다.

"아가야, 이제 밖에 나가 앞산을 바라보면 눈물이 나느니라. 뒷산을 보아도 그렇지. 그래도 참고 살면 여기도 좋은 곳이니라." 이렇게 말씀하신 할머니의 고향은 하회였다. 그리고 나의 어머님 역시 시집온 마을보다 월

---

1) 안동(安東)의 역사 : 지금의 안동시(安東市)는 삼한(三韓)시대로 거슬러 오르면 진한(辰韓, 1~3세기)의 12개 부락국가 가운데 하나로, 당시 이름은 고타야군(古陀耶郡)이었다. 그 후 한때 안동부 일부가 고구려(高句麗)에 귀속된 적이 있었으나, 곧 신라(新羅)에 귀속되어 경덕왕(景德王) 때에는 고창군(古昌郡)이라 불리었다. 그 후 여러가지 명칭으로 불리어지다가, 처음으로 안동(安東)이라 불리게 된 것은 고려(高麗) 태조(太祖) 5년(922)부터이다. 현종(顯宗) 9년(1018)에는 군현(郡縣) 제도의 실시에 따라 안동부(安東府)로 되었으며, 그 후 도호부(都護府), 대도호부로 승격하다가, 공민왕(恭愍王) 10년(1361)에 정식으로 안동대도호부(安東大都護府)로 되기에 이르렀다. 조선조 세조(世祖) 때 진(鎭)을 설치하고 부사겸마절도부사(府使兼馬節度副使)를 두었다. 고종(高宗) 32년(1895)에 승격되어 관찰사(觀察使)를 두어 관찰부가 된 바도 있다. 이어 곧 군이 되었고 현재는 시(市)로 개편되었으며, 현재는 도청 이전을 준비하는 중이다. 군수(郡守)를 두게 되었으니, 이때부터 안동군이라 불리게 되었다. (「하회(河回)마을 조사보고서(調査報告書)」, 1979, 경상북도)

등 큰 고장의 태생이셨다.

다른 또 하나의 이야기는 하회마을의 개척설화(開拓說話)에 속한다. 처음 하회에 터를 닦고자 했을 때의 일이다. 여러가지 까닭을 알 수 없는 일들이 꼬리를 물고 일어났다. 집을 짓고자 기둥을 세우면 주추가 허물어지고 우물을 파면 불순물이 섞여 나왔다. 그래서 마을어른들이 심려를 하고 있었을 때다. 마침 역사(役事)를 주동하는 사람에게 현몽(現夢)으로 스님이 나타났다. 그리고는 이런 좋은 터의 임자가 되기 위해서는 그만한 공덕을 닦아야 한다고 일러주었다. 그에 따라 마을의 개척자들은 일단 하회에 들어서기 전에 있는 고개 너머로 후퇴했다. 그리고 거기서 스님의 권유대로 적선을 베풀기 시작했다. 구체적으로 마을의 개척자들은 짚신을 삼아서 여러 사람들에게 나누어 주는 공덕을 닦았다. 그런 과정을 거친 다음에 다시 하회마을에 들어간 것이다. 지금 하회마을은 그런 적선의 절차를 거친 다음 들어선 개척자들에 의해 터전이 닦여졌다. 이런 이야기들이 상징하는 뜻도 명백하다. 물론 할머니의 이야기에는 낯선 고장에서 온 며느리를 위로하려는 뜻도 담겨 있었을 것이다. 또한 하회의 개척설화에는 불교의 포교설화(布敎說話) 냄새가 진하게 묻어있다. 실제 이 이야기의 배경이 된 연대가 고려시대로 소급하는 것도 재미있는 일이다. 그러나 그와 함께 이 이야기에는 또 다른 속뜻도 깔려 있는 것 같다. 그것이 하회가 훌륭한 마을, 대처 거촌이라는 점이다.

자연환경, 인문(人文)의 교직(交織)

행정구역으로 보면 하회는 안동군 풍천면(安東郡 豊川面)에 속한다. 풍천면은 본래 풍산현(豊山縣)의 일부였다.

행정 지도를 펼쳐 보면 하회는 풍천의 중심에 자리 잡은 듯 보인다. 그러나 실제에 있어서 이 마을은 일종의 고립지대로 되어 있다. 그 까닭은 이 마을이 지닌 지리적 환경 때문이다. 구체적으로 하회는 마을 후면에 일군(一群)의 산들과 구릉지대를 거느리고 있다. 그리고 그 전면에는, 앞에서 이미 밝힌 바와 같이 낙동강이 가로놓여 있다. 그리하여 이 마을은 일종의 교통상 벽지를 이루고 있는 것이다. 하회의 이와 같은 지리적 여건은 다른 면에서 보면 이 마을에 베풀어진 천혜(天惠)에 해당된다. 하회가 하회로 일컬어지는 까닭도 바로 여기에 있는 것이다.

산태극 물태극의 고장

그 지형에 따라서 하회는 태극형(太極形), 연화부수형(蓮花浮水形), 다리미형으로 일컬어져 왔다. 여기서 태극형이란 하회의 산수에서 유래된 명칭이다. 마을을 굽어볼 수 있는 봉우리나 언덕에서 살피면, 하회를 감도는 묏부리가 태극의 선을 연상시킨다. 그리고 북동쪽에서 흘러와 서남쪽으로 돌아가는 낙동강도 그와 같다. 그래서 일찍부터 화회는 산태극(山太極), 수태극(水太極)의 고장으로 일컬어져 왔다. 한편 연화부수형, 다리미형 등의 호칭은 취락을 이룬 땅 모양에서 온 것 같다. 실제 하회는 동서가 길고 남북이 짧은 타원형의 마을이다. 그것을 공중에서 굽어보면 연꽃이나 다리미에 비유할 근거가 마련되어 있는 셈이다. 또한 지세(地勢)로 보면 하회는 동쪽에 높은 봉들이 있다. 그 주봉에 해당되는 것이 화산(花山)이다. 태백산의 지맥을 이루고 있는 이 산은 그 높이가 해발로 271m가 된다. 이 일대의 주산 구실을 하는 산으로 그 기슭에는 서애 유성룡(西厓 柳成龍)의 학덕을 기념하기 위해 세워진 병산서원(屏山書院)이 있다. 한편 화산은 낙동강과 상당한 거리를 두고 서남쪽으로 뻗어 간다. 그리하여 하회를 남북으로 이등분하는 언저리에 이르러서는 나직한 구릉을 이루고 다시 그것이 서남쪽으로 흐른다. 어찌 보면 그 줄기는 하회를 멀리서 감싸는 듯한 느낌을 준다.

한편 하회 앞을 흐르는 낙동강은 특별히 화천(花川)이라고 부른다. 그리고 화천의 푸른 물 건너에는 한 줄기의 산맥이 바싹 다가서 있다. 이 줄기는 영양 일월산의 지맥으로 전한다. 그 줄기에는 병산(屛山)과 규봉(圭峰), 원지산(遠志山) 등 높은 봉우리들이 솟아 있다. 이 봉들은 모두가 그 자락을 강물에 드리우며 철따라 꽃과 신록, 단풍의 경관을 선물한다. 뿐만 아니라 하회와 화천 사이에 펼쳐진 강기슭도 이 고장의 풍치를 돋우어 주는 데 없지 못할 요소들이다. 화천은 그 기슭에 희고 깨끗한 백사장을 거느리고 있다. 그리고 백사장이 끝나는 자리에는 울창한 소나무 숲들이 이어진다. 이 소나무 숲은 본래 조림이었다는 말이 있다. 그러나 지금은 그 울창한 수상(樹狀)이 전혀 인공의 냄새를 잊게 한다. 들판을 지나 강을 건너가는 바람이라도 깃들일 양이면 그 시원한 느낌은 완연하게 탈속의 경지를 이룬다. 이 역시 하회만이 간직하고 있는 천혜의 일종이라 하겠다.

안씨(安氏) 문전 유씨(柳氏) 배반

훌륭한 자연에 인간의 손길이 가해짐으로써 금상첨화격이된 고장이 하회다. 일찍 이 마을을 차지하고 세거(世居)해 온 사람들은 풍산(豊山) 유씨(柳氏)들이다. 그 세계도(世系圖)를 보면, 풍산 유씨가 하회에 살게 된 것은 7대째에 해당하는 전서공(典書公) 유종혜(柳從惠) 때부터다. 그 이전 이들 일족은 풍산 상리(上里)에서 살았던 것 같다. 이렇게 유씨들이 터를 잡기 전까지 하회가 빈터로 남아 있었던 것은 아니다. 그에 앞서 하회에는 이미 허(許)씨와 안(安)씨 등이 살고 있었다. 이들 선주민들에 대한 사실은 몇 개의 이야기로 전한다.

그 하나로는 이 마을에 옛부터 전해진 속말을 들 수 있다. "허씨(許氏) 터 전에 안씨(安氏) 문전(門前)에 유씨(柳氏) 배판(杯盤)"이라는 말이 그것이다. 하회의 인접 부락에는 허정승의 묘가 있다. 이 무덤을 타성(他姓)인 유씨들이 해마다 벌초를 해 준다. 더욱이나 하회(河回)라면 우리는 그 탈춤을 잊어버릴 수가 없다. 그런데 이 탈춤의 제작자 역시 허 도령(許道令)으로 전해져 오는 것이다. 이런 일련의 사실은 유씨 이전에 이 마을에 뿌리를 내린 선주민이 있었음을 말해 준다.

고사(高士), 명신(名臣)의 배출

하회의 선주민 일족은 그들 다음에 하회를 찾은 유씨들에 의해 점차 쇠퇴되어 갔다. 그리고 유씨의 동족부락으로 바뀌면서 하회는 비로소 대처 거촌의 모습을 갖추기 시작했다. 하회에 세거(世居)한 후 얼마 안 되어 유씨들에게는 벼슬길이 터졌다. 중종 때 유중영(柳仲郢)[2]은 과거에 급제한 다음 벼슬이 관찰사(觀察使)에 올랐다. 그리고 그는 두 아들을 두었는데, 그 한 분이 겸암 유운룡(謙庵 柳雲龍)[3]이며 다른 한 분은 서애 유성룡(西厓 柳成龍)[4]이었다. 겸암은 퇴계(退係)[5]문하에서 배우고 도학에 힘쓴 분이다. 어려서부터 총

---

2) 유중영(柳仲郢, 1515~1573)은 조선조 명종(明宗) 때의 명신으로 풍산(豊山)사람. 호는 입암(立巖). 중종 35년(1540)에 식년문과(式年文科)에 급제한 후, 좌부승지(左副承旨), 황해도 관찰사(觀察使) 등을 거쳐, 승지(承旨), 경영관(經筵官) 등을 지내기도 하였다.

3) 유운룡(柳雲龍, 1539~1601)은 조선조 선조(宣祖) 때의 명재상으로, 풍산(豊山) 사람. 호는 겸암(謙菴). 유성룡의 형으로 선조 5년(1572)에 음관(蔭官)으로 전감사(典監司) 별좌(別坐)를 지낸 후 원주목사(原州牧師)에 이르렀으며, 특히 효자로 이름이 높다.

4) 유성룡(柳成龍, 1542~1607)은 조선조 선조(宣祖) 때의 명재상으로, 풍산(豊山) 사람. 호는 서애(西厓). 임진왜란 때에 도체찰사(都體察使)로서 명나라 장군들과 같이 국난을 처리하였다. 도학(道學), 덕행(德行), 문장, 글씨로 이름을 떨쳤고, 저서로는 『징비록(懲毖錄)』, 『서애집(西厓集)』 등이 있다.

5) 퇴계 이황(退係 李滉, 1501~1570)의 호. 조선조 중기의 학자로 진보(眞寶) 사람. 주자(朱子)의 학설을 주로 한 이기이원론(理氣二元論)을 주장하였다. 명종 10년(1555)에 최초의 사액서원(賜額書院)인 도산서당(陶山書堂)을 세워 후진 양성과 학문 연구의 도장으로 만들었다. 『이학록(理學錄)』, 『주자서절요(朱子書節要)』,

명했고 자라서는 경문(經文)에 두루 통했다고 한다. 그러나 벼슬에는 뜻이 없어서 과거에 응하지 않았다. 후에 음사로 사복첨정(司僕僉正)과 원주목사(原州牧使) 등을 지냈을 뿐인데, 그 소탈한 성품과 차원높은 식견으로 이름을 떨친 분이다. 그리고 서애(西厓)는 나라가 위급했을 때 재상이 되어 그 명성을 후세에까지 남긴 분이다. 그가 모신 임금은 선조(宣祖)였다. 그리고 그가 조정의 중신(重臣)이었을 때 강토는 미증유의 대전란에 휩쓸렸다. 갈까마귀 떼같은 왜적들이 부산포(釜山浦)를 침노함으로써 시작된 임진왜란이 그것이다. 이때 우리 사회는 위로 동서붕당(東西朋黨)의 싸움에 편안할 날이 없었고, 그 밖의 사람들은 무사안일, 타성에 젖어 있었다. 더욱이 태평의 허망한 꿈속에서 우리에게는 이렇다 할 무비(武備)가 갖추어져 있지 않았다. 그에 반해서 왜적들은 압도적으로 많은 병력에 신식 무기인 조총(鳥銃)까지 갖추고 있었다. 그리하여 파죽지세로 중남부의 여러 고을을 석권한 다음 수도를 함락시키고, 이어 평양(平壤)을 거쳐 그 일대는 멀리 관북(關北) 지방에까지 노략질의 손길을 뻗쳤다. 아귀 같은 적의 말발굽 아래 백성의 목숨이 도탄에 빠졌음은 물론, 민족사(民族史)의 명맥까지가 바람 앞에 놓인 촛불 꼴이 되었을 때다. 이런 상황 하에서 서애(西厓)는 안으로 임금과 신하들의 생각을 모으고 백성들을 이끌어 나갔다. 밖으로는 명(明)나라의 구원을 얻기에 성공했고, 그들 병사의 방약무인한 작태들을 잘 무마하여 좋은 방향으로 이끌어낸 것 역시 그다. 한마디로 그는 한국사(韓國史)에서 가장 훌륭한 재상 중의 한 사람으로 꼽힌다. 그는 또한 겸암(謙菴)과 함께 퇴계(退溪)의 고제(高弟)이기도 했다. 그리하여 그의 학문과 국량(局量), 성품은 그대로 하회 유씨의 한 본보기가 되었으며, 그 뒤 너그러운 가운데 예절 바르고 학문을 숭상하는 일은 이 마을의 한기풍이 되어 왔다. 뿐만 아니라 서애의 출

『퇴계집』 등을 저술하였다.

현과 함께 하회는 그 자연까지가 새로운 뜻을 지니게 되었다. 그 한 보기로 다음과 같은 이야기를 들 수 있다.

하루는 서애(西厓)가 마을에 있는 한 바위 아래 강물에서 멱을 감고 있었다. 그런데 어떻게 잘못되어 물에 빠지게 된 모양이다. 워낙 강물은 깊었고, 어린 서애의 헤엄 솜씨는 시원치 못했던 것 같다. 그래서 익사 직전에 이르게 되었을 때 별안간 강심(江心)에 일진의 회오리바람이 일었다. 그리하여 어린 유성룡을 높이 들어서는 바로 그 바위 위에 안전하게 올려놓더라는 것이다. 이와 같은 이야기로 표상되고 있는 바와 같이, 하회(河回) 마을은 서애와 같은 대정치가, 명재상의 출현에 힘입어서 더욱 그 빛이 더하게 되었다. 그리하여 오늘 우리에게 이 마을의 풍물은 그윽이 향기를 풍기는 한 폭의 풍경에 비견되기도 한다. 다음과 같은 현대시의 심상(心像) 속에서도 그 일반이 감지된다.

> 냇물이 마을을 돌아 흐른다고 하회(河回).
> 오늘도 그 냇물은 흐르고 있다.
>
> 세월도 냇물처럼 흘러만 갔는가?
> 아니다. 그것은 고가(古家)의 이끼 긴 기왓장에 쌓여
> 오늘은 장마 뒤 따가운 볕에 마르고 있다.
>
> 그것은 또 헐리운 집터에 심은
> 어린 뽕나무 환한 잎새 속에 자라고,
> 양진당(養眞堂) 늙은 종손(宗孫)의 기침소리 속에 되살아난다.
>
> 서애대감(西厓大監) 구택(舊宅) 충효당(忠孝堂) 뒷뜰,
> 몇 그루 모과나무 푸른 열매 속에서
>
> 문화재관리국 예산으로 진행 중인
> 유물전시관 건축공사장에서

그것은 재구성된다.

— 金宗吉, 「河回에서」 전문

순응(順應)과 조화의 미학(美學)
– 마을의 여러 건물과 구조물들

생산양식을 기준으로 세계의 문화를 몇 개의 유형으로 나누어 보면, 우리가 속한 동북아시아의 그것은 농경문화(農耕文化)에 속한다. 이때의 농경문화란 농업이 토대가 되어 형성, 전개가 이루어진 문화다. 농경문화의 특성은 자연에 순응하면서 그것을 거스르지 않는 데 있다. 농경이란 때가 되면 밭을 일구고 씨를 뿌리는 것으로 시작한다. 뿌린 씨가 눈을 트고 자라서 꽃을 피우고 결실하는 것은 햇볕과 비바람, 땅의 자양이 그때그때 알맞게 공급됨으로써 가능하다. 그리고 비나 바람, 햇볕은 인위적으로 가감, 제어될 수가 없는 것들이다. 그리하여 농업은 자연을 믿고 의지하는 것만으로서만 가능하다. 동양의 어느 현자(賢者) 가운데 한 사람은 '물조장(勿助長)'이란 말을 썼다. 이것은 동양의 슬기 가운데 하나가 자연의 섭리에 거역하지 않는 것, 곧 순응과 조화에 있음을 뜻한다.

우리가 하회에 들어서서 이 마을을 이루고 있는 여러 집들을 살펴보노라면 순응의 원리가 거기에 그대로 지켜진 것을 알게 된다. 이 마을의 많은 건축들은 땅 모양을 자연스럽게 이용하면서 지어져 있다. 햇볕 바른 터전으로 앞에 차폐물이 없는 경우 건축물은 남향으로 놓여졌다. 그러나 이 마을의 건축물 가운데 더러는 서향도 있고 동향도 있다. 그리고 그 가운데 몇몇 정각(亭閣)들은 북향이다. 그러나 이렇게 서로 다른 좌향(坐向)의 구조물에서 우리는 한 가지 공통점을 찾을 수가 있다. 그것이 어떤 건축물이든 산이나 언덕을 배후에 두고 그 전면이 강을 향해 있다는 점이다. 하회의 집들이 이렇게 낙동강을 향해 놓여 있는 까닭은 명백하다. 잘 알려진 바와 같이 영남(嶺南) 북부는 일종의 분지형(盆地形) 내륙 지방이다. 이 지방은 그리하여 여름이 유난히도 길고 무덥다. 이 무더위를 해소하는 방법으로 생각된 것이 시원한 강물을 향해 대문을 내는 건축방식이었다. 자연을 이용할 뿐 그것을 거스르지 않는 한국인의 슬기가 이 마을에서는 이렇게 분명히 살아있는 것이다.

그것을 유형별로 보면, 하회의 건축물들은 크게 세 가지로 구분될 수 있다. 그 하나는 일상 우리가 기거 생활하고 그 부대시설을 곁들이고 있는 집들이다. 이 유형에 속하는 하회의 많은 집들은 기와로 이어져 있다. 이것은 이 마을이 오랫동안 누려온 생활의 정도를 말해 준다. 그리고 이 기와집(瓦家)들 사이사이에는 이 역시 우리나라 어디에서나 볼 수 있는 초가(草家)들이 섞여 있다. 초가의 노란 빛깔에 기와의 푸른 빛깔이 배합되면서 하회는 그 지붕들부터가 색채의 배합을 바탕으로 한 조화의 묘를 보여준다.

그런가 하면 하회를 말할 때 빼어 놓을 수 없는 것이 여러 개의 서당(書堂)과 정자(亭子), 누각(樓閣)들이다. 앞에서 이미 밝혀졌지만, 조선왕조에 들어선 후 하회는 정통적인 사대부, 선비의 마을로 성장해 왔다. 선비가 지향하는 세계는 조용히 사물을 관찰하여 평생을 올바르게 살아가는 일이다. 그 길은 끊임없이 글을 읽고 마음을 닦는 것으로 열린다. 그런 차원에 우리가 도달하려면 당연히 그런 기능을 지닌 공간이 필요했다. 이 유형에 속하는 여느 마을이 흔히 그랬던 것처럼, 하회에도 대소 여러 개의 서당과 정각들이 세워진 것이다.

또한 인간은 천성적으로 종교적(宗敎的)인 동물이다. 그리고 우리의 경우 가장 오랜 뿌리를 가진 종교는 민속신앙에 해당되는 무격신앙(巫覡信仰)이다. 흔히 샤머니즘이라고 일컬어지는 이 신앙은 불교(佛敎)나 유교(儒敎), 도교(道敎)가 수용되기 전부터 이미 우리 사회에 깊은 박회를 이뤄서

전승되어 왔다. 우리 사회에는 그 후 갖가지 외래 종교의 충격이 있었다. 그런 상황·속에서도 무격신앙은 끈질기게 우리 전통문화에서 한자리를 차지한 것이다. 대부분 유서가 있는 마을이 그런 것처럼, 하회에도 무격신앙의 뿌리는 깊숙이 뻗어 있다. 그리하여 그 신당(神堂)에 해당되는 공간도 거기에는 마련되어 있는 것이다.

무속신앙을 위한 구조물은 하회에 세 개가 있다. 그 하나는 상당(上堂)으로 불리는 서낭당이다. 이 서낭당은 마을 뒤 화산(花山) 중턱에 위치해 있다. 본래는 기와로 지붕이 이어졌다고 전하는데, 지금은 짚으로 덮여져 있고 벽은 토담이다. '상당'이라는 이름은 신격(神格)의 우선순위에 상관되는 것 같다. 참고로 밝히면 이 상당의 신격은 무진생 의성 오토성 김씨(戊辰生 義城 五土星 金氏)다. 15세 때 남편과 사별하고 그 뒤 이곳 서낭님이 되었다고 전해진다. 또한 이밖에도 하회의 서낭당은 마을 입구 큰 고개와 작은 고개에 두 개가 더 있다. 그러니까 이 마을에는 서낭당만 네댓 개가 있는 셈이다. 상당의 대가 되는 하당(下堂)은 마을 앞 화천(花川)가에 있다. 하당은 그 다른 이름이 '국사당(國師堂)'이다. 이 신당의 신격은 '하당 서낭님'으로 불리어진다. 그러나 그 내용은 상당과 같은 여신(女神)인 것 같다고 30년대에 이루어진 한 보고서가 전한다.(村山智順, 「部落祭」, 1937, p.29). 상당과 같이 하당 역시 짚으로 엮어진 지붕에 벽은 두 면이 토담이며 한쪽이 판자다. 그러나 그 구조가 상당의 경우보다는 좀 개방적이다. 이것은 상당이 산허리에 위치한 데 반해서 이 신당이 트여진 들판에 세워진 까닭이 아닌가 짐작된다.

전하는 말에 의하면, 본래 하회의 동신(洞神)은 상당의 신격이었다. 그것이 하당 쪽으로 이행(移行)한 것은 풍산 유씨의 입향(入鄕) 이후인 것 같다. 이 하당에는 서애(西厓)의 기원문(祈願文)이 있다. 미루어 그 비중이 짐작된다고 하겠다. 삼신당은 동사(洞舍) 뒷쪽에 있다. 상당과 하당이 인위적인 구조물로 이루어진 데 대해 이 신당은 자연목인 느티나무다. 이에 대해서는 두 가지 해석이 가능하다. 그 하나는 이 사당이 상당이나 하당에 비해 그 형태가 원초적이라는 점이다. 본래 무속신앙(巫俗信仰)은 그 원초형으로 자연물을 사당으로 삼고 시발되었다. 인공적인 구조물이 세워진 것은 그 후에 속하는 일이다. 또 하나의 사유로 우리는 삼신당의 신격을 들어야겠다. 새삼스레 밝힐 것도 없이 삼신이란 산신(産神)으로 생명과 생산에 관계되는 신이다. 그 표상으로서는 인위적인 구조물보다 싱싱한 생명력을 지닌 한 그루의 교목(喬木)이 제격이었을 것이다. 참고로 밝히면, 삼신당의 신격은 서낭당의 신격인 의성 김씨 서낭의 시모(媤母)라고 한다. 뒤에 나오는 별신굿에서 아침마다 서낭대가 이 삼신당에 인사를 온다.

일반 주택 · 민가, 그 부대 건물들

연꽃 모양으로 되어 있는 하회는 그 가운데쯤에 남북으로 뻗은 저지대의 띠가 형성되어 있다. 이 띠를 사이에 두고 마을을 두 구역으로 나누어 볼 수가 있다. 흔히 이 띠의 아래쪽에 위치한 마을을 남촌(南村)이라 하고, 그 반대되는 자리에 위치한 마을을 북촌(北村)이라고 부른다. 한창때 하회는 남촌과 북촌이 합해서 200여 호가 넘는 큰 마을을 이루었다. 그리고 그 가운데 상당수의 집들이 솟을대문과 행랑채, 사랑채, 안채를 갖춘 저택들로 구성되어 있었다. 따라서 그 규모로 볼 때는 이 마을의 모든 가옥이 평가, 기술되어야 마땅하다. 그러나 여기서는 양진당(養眞堂)과 충효당(忠孝堂), 박재윤(朴在潤) 소유의 초가, 북촌댁(北村宅), 주일재(主一齋) 등을 택하기로 한다. 그 까닭은 어느 모로 보아도 이들 가옥이 하회의 가옥들을 대표하고 있기 때문이다.

① 양진당(養眞堂)

충효당과 함께 하회를 대표하는 양대 저택으로, 유운룡(柳雲龍)이 기거한 곳이다. 그 위치가 조금 높은 데 있는데도 집안에 샘이 솟는다. 또한 그 향(向)도 이른바 자좌오향(子坐午向)인 남향이다. 그래서 하회에서도 드물 정도로 좋은 자리를 차지했다는 것이 양진당의 자랑이다. 집 온 채는 ㅁ자형의 안채와 그 북쪽에 위치한 一자형의 사랑채, 그리고 동쪽으로 역시 一자형의 행랑채로 이루어져 있다. 그리고 이들 세 건물은 평면상 모두 연결되어 있다. 다만 사랑채에서 마당을 건너 북쪽에 위치하고 있는 사당만은 따로 자리 잡고 있다. 행랑채의 맨 오른쪽, 곧 동쪽 끝은 온돌방이며 그 다음이 외양간이다. 이 광과 외양간은 대문에 연결된다. 대문은 솟을대문에 그 높이와 넓이가 상당해서, 거기 어울리게 써 붙인 입춘방(立春榜)이 이 집의 가세를 말해 주는 것 같다. 대문간 왼편으로 연결된 서쪽 역시 온돌방이다. 그리고 이 방에 불을 때도록 아궁이가 붙어 있는, 방만한 크기의 부엌이 있고, 그것에 이어서 마루와 방이 하나씩 있는데, 각각 2간씩이다. 그 방과 마루 다음에 중간문이 있어 안채와 통하도록 되어 있다. 솟을대문을 들어서면 가운데 마당을 격해서 사랑채가 위치한다. 이 사랑채는 정면 5간과 측면 2간, 곧 10간의 크기로서 여기에는 6간 대청이 있다. 이 집의 호칭인 '양진당'이란 판액이 바로 이 마루에 걸려 있다. 양진당에 그 판액을 걸게 된 것은 겸암(謙菴)의 6대손에 해당되는 유영(柳泳) 때부터다. 그의 자(字)는 덕유(德遊) 또는 학가(學可)였고, 호를 양진당이라고 했다. 따라서 유영 이전에는 이 집이 그저 겸암파(謙菴派)의 종가로 불리었을 뿐 이렇다 할 당호가 없는 채였던 것 같다. 이 6간 대청에 연접해서 2간인 사랑방이 있다. 그리고 그 왼편, 곧 서쪽 끝에 각각 한 간 크기의 방 두 개를 놓았다. 안채는 서쪽 귀에 4간짜리 커다란 부엌을 두었고, 그 오른편에 정면이 2간, 측면이 한 간 반인 안방이 있으며, 안방과 나란히 한 간 반 크기의 온

돌방이 연이어 붙어 있다. 안방과 전후면 양쪽에는 폭이 반 간인 툇마루가 각각 달려 있다. 한편 안방 오른쪽, 곧 동쪽에는 역시 정면 2간, 측면 2간의 넓은 마루가 놓여 있다. 이 마루가 곧 안채의 대청 구실을 하는 셈이다. 이 대청은 다시 한 간 남짓한 건넌방에 연결된다. 그리고 이 방 다음에 한 간으로 이루어진 마루가 있고 그것이 사랑채에 연결되고 있다.

양진당의 사당(祠堂)은 대소 두 개의 건물로 이루어져 있다. 그 하나는 정면 3간, 측면 2간의 큰 사당이며, 다른 하나가 정면 2간, 측면 한 간의 작은 사당이다. 사당은 담장으로 둘러싸여 있고, 건물 정면에 해묵은 나무 한 그루가 있다. 그리고 사당채 문을 들어서면 큰 사당 양측 전면에도 나무들이 심어져 있는 것을 보게 된다. 이들 나무는 양진당 안뜰에도 네 그루나 큰 것이 있다. 그리고 사랑마당 남쪽 끝과 뒤쪽인 북쪽에도 두 그루가 보인다. 모두가 상당한 수령(樹齡)을 가진 것이어서 철따라 그것이 주는 운치가 각별하다.

② 양진당의 구조

양진당은 사랑채와 안채의 기단(基壇)양식이 조금씩 다르다. 사랑채의 기단은 막돌이지만, 바른층쌓기에 가깝게 시공되어 있다. 그러나 안채는 막돌허튼층쌓기 기단으로 시공되어 있는 것이다. 양진당의 사랑채는 비교적 높은 기단 위에 막돌초석[6]을 놓고 두리기둥(圓柱)을 세웠다. 기둥머리에는 주두(柱頭)[7]를 놓아 무익공식(無翼工式)으로 처리되어 있다. 간살은 오량(五梁)이다. 처마는 홑처마로서 팔작지붕을 이루고 있다. 대청 전면과 방에

---

6) 막돌초석 : 주춧돌 그 가운데 대청 밑의 보이지 않는 곳에, 막돌로 기둥을 받친 것을 가리킨다.
7) 주무(柱頭) : 건축재료로서, 기둥머리를 장식하기 위해 끼우는 구조물. 대접처럼 넓적한 나무로, 일명 대접받침이라고도 한다.

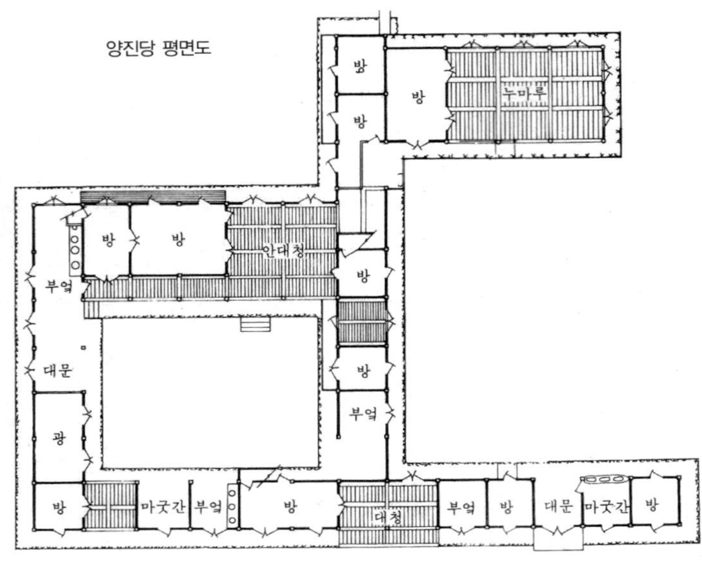

는 띠살창호를 달고 측면과 후면에는 골판문을 달았다. 또한 사랑채의 전면 툇마루는 계자각난간(鷄子脚欄干)[8]을 설치하였다. 그러나 측면과 후면에는 난간이 없다. 안채는 막돌초석을 놓고 모기둥(方柱)을 세웠다. 그러나여기서도 전면 네 개만은 두리기둥으로 되어 있다. 도리[9]는 굴도리며 장여(長欐)[10]가 받치고, 장여에는 소로(小欐)받침[11]을 두었다. 안방의 전면 기둥에는 장대로 시렁이 매어져 있다. 물건들을 얹어 둘 수 있도록 꾸며진 것

---

8) 계자각난간(鷄子脚欄干) : 누(樓)마루나 대청의 난간에 풀 무늬를 새겨 넣은, 가느스름한 기둥을 세운 난간.

9) 도리 : 기둥과 기둥 위에 돌려 얹히는 나무로, 그 위에 서까래를 얹게 되어 있으며, 굴도리, 들도리, 툇도리, 빼도리 등의 구별이 있다.

10) 장여 : 도리 밑에서 도리를 받치고 있는 단단한 나무로서, 보통 두께가 세 치, 높이가 다섯 치 정도이다.

11) 소로받침 : 접시받침.

이다. 담장은 토담으로 그 위에 한식 기와지붕이 얹혀 있다. 담장에 돌이 쓰여지지 않은 것도 이색적이다. 이것은 양측에 판자를 대고 그 속에 반죽한 진흙과 짚을 넣어서 압력을 가해 다져서 이루어진 담장이다. 영남 북부 지방에서 자주 발견되는 독특한 담장이라 하겠다. 사당은 장대석(長臺石) 기단[12]에 막돌초석을 놓고 두리기둥을 세웠다. 도리는 굴도리다. 그리고 장여에 소로받침을 두었다. 사당의 처마 역시 홑처마로 맞배지붕이다. 일반적으로 양진당은 실용적인 점에서, 다음에서 거론하게 되는 충효당(忠孝堂)이나 북촌댁(北村宅)에 뒤진다. 양진당의 이런 점은 그 건축연대가 비교적 오랜 것으로 해석될 수 있다. 그 건축양식이 고려시대의 것을 모방했거나 또는 조선조 초기의 것을 답습했다면 이 집은 실용성보다 일종의 관습성에 지배되었을 공산이 크다. 어떻든 양진당은 하회에서 으뜸가는 고옥(古屋)에 속하며, 현재 보물 306호로 지정되어 있다.

③ 충효당(忠孝堂)

보물 414호로 지정되어 있는 이 집은 남촌을 대표한다. 본래 단출한 살림집이었던 것을 서애(西厓)의 문하(門下)와 후인들이 서애의 사후(死後)에 그의 유덕을 기리는 뜻으로 이 집을 지었다고 전해온다. 그 후에 서애의 증손이 되는 이하(宜下)가 다시 확장 중수하여서 오늘 우리가 보는 규모의 건축물이 되었다. 남북이 조금 길고 동서가 그 4/5정도 되는 사각형 터전에 행랑채와 사랑채, 안채, 사당 등으로 구성되어 있다. 우선 행랑채는 사랑채의 중심선과 같은 위치에 솟을대문을 두었다. 솟을대문 오른편이 남쪽으로 거기에는 같은 크기의 방이 3간, 그리고 좌측에는 외양간과 광들이 놓여 있

---

12) 장대석 기단 : 섬돌 층계(層階)를 놓거나 축대(築臺)를 쌓는 데 쓰기위하여, 길게 다듬어 놓은 돌을 이용해서 쌓은 기단.

다. 얼핏 보기에 이 행랑채는 정성들여 시공된 성싶지가 않다. 이는 서애의 8대손 유상조(柳相祚)가 병조판서를 제수받고 불시에 닥칠 군사들을 맞기 위해 며칠 동안에 서둘러 지은 건물이라고 한다. 사랑채는 정면 6간과 측면이 2간으로 왼편 북쪽에 사랑방과 침방이 있고, 중앙에 사랑대청이 있다. 이 대청에 '충효당(忠孝堂)'이라고 쓴 전서(篆書)의 판액이 있는데, 그것을 쓴 이는 허미수(許眉叟)이다. 사랑대청 오른편에 작은 대청과 건넌방이 꾸며져 있으며, 그 옆인 사당과 서애(西厓)의 기념관인 영모각(永慕閣) 사이에는 꽤 넓은 마당이 있다. 이 뜰에는 고목 세 그루가 많은 가지를 달고 있어 그 연륜을 말해 준다. 안채는 좌측 구석에 부엌을 두었고, 부엌 우측이 정면 3간, 측면 한 간 반의 커다란 안방이다. 안방 우측으로는 4간 크기의 대청이 있는데, 이 안방과 대청은 두드러지게 높은 동발[13]로 받쳐 있어서, 얼핏 보면 누각에 오르는 느낌을 준다. 안채의 이런 구조는 이 일대의 기후를 감안한 건축설계의 결과로 짐작된다. 이미 밝혀진 바와 같이 영남 북부 내륙지방의 여름은 유난히도 무덥다. 무더위를 해소시키기 위한 방안으로 생각된 것이 충효당 안채를 높다랗게 지은 것으로 추측된다(이런 사정은 북촌댁의 경우도 같다). 안채의 대청 우측에는 뒷쪽에 작은 방이 하나 있고, 그 앞에 한 간 크기의 작은 마루를 두었다. 그리고 그 앞에 방 2간이 있어 사랑채와 연결된다. 사당채는 몸채와 방향을 달리하여 남향으로 놓여있다. 정면이 3간, 측면이 2간으로 되어있고, 정면에는 삼문(三門)이 세워져 있다. 여기서 삼문이란 중문(中門)과 동협문(東夾門), 서협문 등으로 이루어진다. 이 삼문은 대부(大夫), 공경(公卿)의 집이 아니면 세우지 않는다. 충효당의 사당이 유독 삼문을 가진 데는 그 까닭이 있는 것 같다. 이 사당에 봉사(奉祀)된 신위

---

13) 동발 : 동바리라고도 하며 툇마루나 좌판(坐板) 밑에 받침대를 이룬 짧은 기둥을 말한다.

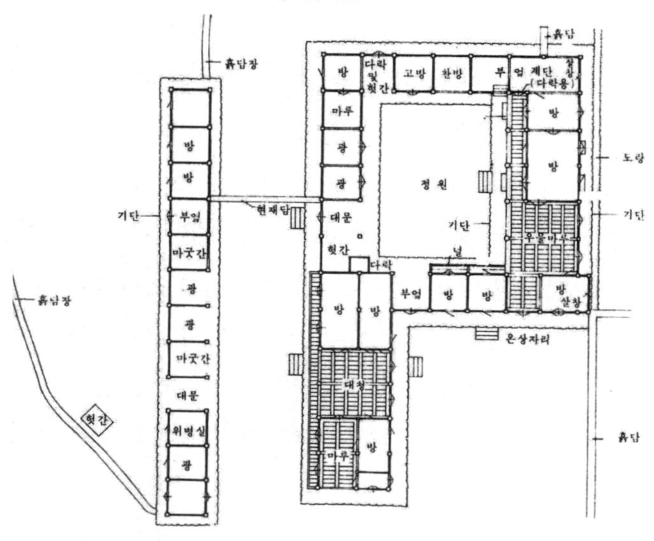

(神位) 가운데 한 분이 대광보국숭록대부(大匡輔國崇祿大夫)[14]이며, 의정부의 영의정을 지낸 서애이기 때문에 그럴 것이다.

④ 충효당의 구조

사랑채의 기단은 간지석(間知石)쌓기에 장대석으로 마감이 되어 있고, 그 높이가 꽤 높다. 기단 위에 막돌초석을 놓고 두리기둥을 세웠다. 도리는 납도리로 되어 있으며, 장여에 소로받침을 두었다. 간살은 양진당과 같이 오량(五樑)이며 홑처마에 팔작지붕인 점도 동일하다. 전면과 측면에 계자각난간이 가설되어 있다. 방에는 띠살과 골판문 덧창호를 달았다. 안채 또한 간

---

14) 대광보국숭록대부(大匡輔國崇祿大夫) : 조선조 때 문무관(文武官), 종친(宗親), 의빈(儀賓)의 정일품(正一品)의 품계(品階).

지석쌓기 기단 위에 막돌초석이 놓여 있다. 이 간지석쌓기 기단에 대해서는 약간의 의문점도 있다. 조선왕조 중기의 건축술로 보아서는 향리의 민가까지에 간지석쌓기 기단이 나타나는 예는 그리 흔하지 않다. 그런 점을 감안해서 충효당의 간지석쌓기 기단은 보수공사 때의 개작으로 보는 사람도 있다. 충효당의 안채 대청에도 두리기둥이 정면에 세워져 있다. 그러나 나머지는 네모기둥으로 되어 있고, 도리는 납도리이다. 장여가 이를 받치고 있으며, 소로받침을 두어 기둥머리에 얹은 첨차(檐遮)[15]와 같은 부재(部材)로 떠받친다. 기둥머리는 창방(昌枋)[16]으로 묶여져있고, 기둥과 기둥 사이에는 방형(方形)의 화반(花盤)을 두어 장여를 떠받치고 있다. 충효당의 안채 역시 오량의 간살이다. 동자기둥과 마루대공에도 첨차와 같은 부재를 두어 소로를 받쳤다. 그리고 이 소로가 다시 도리 밑의 장여를 받치고 있는 것이다. 처마는 홑처마이고 맞배지붕 형식이나, 합각(合閣)마루를 형성하고 있는 것이 주목된다. 방 전면에는 띠살창호를 달고 측면과 후면에는 판장문을 달았다. 건넌방 앞에 난간이 가설되어 있는 것도 특이한 점이다. 한편 충효당 남쪽 사당 앞에는 문화재관리국에서 서애기념관으로 새로운 건물 영모각(永慕閣)을 세웠다. 여기에는 국보 132호로 지정되어 있는 『징비록(懲毖錄)』 이하 보물과 유품들이 보관되어 있으며, 아울러 충효당 본집에도 상당수의 유물이 보존되어 있다. 충효당을 말하면서 이 보물과 유품들을 뺄 수는 없는 일이다. 그들은 이 집의 정신적인 알맹이이며 표상이라 할 수 있는 것들이다.

---

15) 첨차(檐遮) : 삼포(三包) 이상의 집에 있는 꾸밈새. 초제공(初提栱), 이제공(二提栱)들의 가운데에 어긋매껴 짬.

16) 창방(昌枋) : 대청 위의 장여(長欐) 밑에 다는 넓적한 도리로, 주로 오량(五梁)집에서 모양을 내느라고 단다.

⑤ 북촌댁(北村宅)

이 집은 위치로 보아서 북촌의 중심에 위치한다. 사랑채는 다시 중문을 가운데 두고 왼쪽으로 방 한 간, 마루 한 간이 있다. 그리고 전면에 폭 반 간의 툇마루를 두어 오른쪽 방들과 연결된다. 오른쪽에는 사랑방 2간과 방 한 간이 대청을 사이에 두고 꺾이어 지어져 있다. 이 작은 사랑방 옆은 또 다른 중문간이 된다. 그리고 별당 앞을 통해 중문을 들어서면 안채 오른쪽 이 나온다. 이것을 꺾어 돌면 북쪽으로 안채 전면에 나서게 된다. 이 안채 북쪽은 넓은 정원이다. 느티나무, 감나무 등의 거목과 함께 화단이 꾸며진 자취도 있으나, 그 일부는 경작되어 채마밭으로 변했다. 안채는 사랑 대청 과 대각선의 위치 안쪽에 부엌을 꾸몄다. 오른편에 4간 장방(長方)의 안방 이 있고, 이어서 사랑채에 비해 월등하게 큰 4간의 대청이 놓여 있다. 대 청 건너편이 2간 크기의 건넌방인데, 이들 방과 마루는 모두 一자로 꾸며 졌다. 그 전면이 반 간 폭의 툇마루다. 이 툇마루는 안채 건넌방 맞은편까 지 연장된다. 거기에 좁은 마루가 꾸며졌으며, 다시 방 한 간이 놓여져서 그것이 중문간에 연결되는 것이다. 부엌 좌측은 서쪽이 되는데, 여기는 모 두 광이다. 결국 양진당이나 충효당에 비해 광이 차지하는 면적이 눈에 뜨 이게 큰 것이 이 집의 특색이다. 이것은 이 집의 살림살이에 쓰이는 물량 이 그만큼 풍부해서 유달리 넓은 저장소가 필요한 데 연유했을 것이다. 별 당(別堂)채는 一자형 평면에 정면이 6간, 측면이 2간이다. 여기에는 방과 재청이 각각 절반씩을 차지한다. 방이 남쪽에 놓여 있고, 대청이 북쪽으로 놓여 있는 것이 특이하다. 이것은 겨울의 보온(保溫)과 여름의 피서를 고려 해 넣은 결과인지도 모른다. 참고로 밝히면, 이 집이 세워진 것은 대원군 (大院君) 때라고 한다. 이 무렵에 이미 우리는 실학(實學)의 세례를 받았고, 또 실용성에 대한 안목도 갖게 된 후다. 그 결과 이 집의 구조가 양진당이 나 충효당과 다르게 되었을 가능성은 있다. 또한 이 별당채의 방과 대청 전후면에는 반 간 폭의 툇마루가 놓여졌다. 사당채는 별당과 안채 사이의 작은 문을 통해서 나간다. 사당채는 정면 3간, 측면 2간으로 된 독채다. 그 둘레에 담장이 쳐져 있고 문은 삼문(三門)이다. 또한 사랑채의 정면에 '북촌유거(北村幽居)'라고 대자(大字)에 해서로 쓴 판액이 걸려 있다. 북촌댁이란 이 집의 호칭은 여기에 유래하고 있는 것 같다.

⑥ 북촌댁의 구조

집체의 전반부인 사랑채 기단은 간지석[17]쌓기로 되어 있다. 그 위에 네모뿔대의 다듬은 돌초석을 놓고 기둥은 네모기둥이다. 양진당이나 충효당처럼 두리기둥을 쓰지 않은 까닭 역시 실용성을 고려에 넣은 결과로 생각된다. 도리는 양진당이나 충효당처럼 납도리이다. 소로받침은 없고 처마는 홑처마다. 한식기와를 이었으며 팔작지붕이다. 사랑채의 방들에는 띠살창호를 달았고, 문지방 밑에는 머름동자[18]를 세우고 청판(廳板)을 끼웠다. 사랑 대청에는 띠살의 분합문을 달았다. 중문간의 왼편도 사랑채와 그 양식이 같다.

단 북촌댁의 안채는 사랑채와 연속되어 있음에도 그 구조가 크게 다르다. 안채의 기단은 장대석으로 처리되어 있고 그 위에 막돌초석을 놓은 다음 모기둥을 세웠다. 그러나 안채 대청의 전면이 있는 세 개 기둥은 두리기둥이다. 기둥머리에는 급면이 빗면을 이루었고, 굽받침이 없는 주두(柱頭)를 놓은 다음 창방을 걸었다. 소로받침을 두어서 굴도리의 장여를 받치도록 하고 있다. 대들보머리는 보아지[19]형식으로 처리되어 있어

---

17) 간지석(間知石) : 석축(石築)에 사용되는 사각 방추형(方錘形)의 석재로, 밑면이 겉으로 나오도록 쌓으며, 주로 현대식 석담, 호안(護岸), 옹벽(擁壁) 등에 사용되어 왔고, 한국에서는 고대부터 계속 사용해 왔다.

18) 머름동자 : 미닫이 문지방 아래나 벽 아래 중방(中枋)에 대는 판판한 널조각으로, 모양을 내기 위해 쓰여진다.

19) 보아지 : 판자집 같이 작은 집에 있어서 들보 구실을 하는 건축재료의 하나이다.

서 익공(翼工)집[20]이 아니다. 간살은 오량구조로 판재로 동자기둥[21]을 삼았
으며, 장여와 소로받침으로 굴도리의 장여를 받치게 했다. 이것으로 보아
북촌댁의 안채는 사랑채보다 한결 정성들인 낌새가 느껴진다. 안채의 방에
는 띠살창호가, 그리고 부엌과 뒷면에는 판장문을 달았다. 처마는 홑처마
이지만 지붕은 크게 합각이 형성되어 팔작지붕을 이루었다. 별당채는 기단
이 사괴석(四塊石)으로 이루어져 있고, 바른층쌓기로 처리한 다음 다듬은 막
돌초석에 네모기둥을 세웠다. 이 기둥 가운데 정면 7개, 후면 7개, 중간 1개
의 기둥은 모두 두리기둥이다. 도리는 굴도리로서 소로받침이 있고, 처마
는 홑처마이며, 지붕은 역시 팔작지붕이다. 사당(祠堂)은 정면 3간, 측면 한
간이지만, 건물 자체나 환경 조성이 두드러지게 훌륭하다. 사당의 간살이
적은 것은 이 집이 비교적 지손(支孫)이어서, 모신 신위(神位)가 많지 않은 데
연유한 것 같다. 장대석 기단 위에 네모뿔대의 다듬은 돌초석을 놓고 네모
기둥이 세워졌다. 소로받침 없이 납도리를 받치고 있다. 처마는 홑처마, 지
붕은 맞배지붕이다. 참고로 밝혀 두면, 북촌댁은 중요민속자료 84호다.

⑦ 주일재(主一齋)

충효당 오른편에 자리잡고 있다. 중요민속자료 91호인 이 가옥은 사랑
채, 안채, 사당이 각각 독립되어 있다. 정남향에 전체 대지 모양은 남쪽 저
변이 좀 길고 북쪽이 짧게 되어 있어서 사다리꼴이다. 사랑채 앞에는 넓은
뜰이 있고 동쪽에 세 그루, 서쪽에 두 그루 등 모두 다섯 그루의 고목이 있
다. 여름철 잎이 무성할 때는 집 전체가 서늘한 녹음에 싸인다. 사랑채는

---

20) 익공집 : 익공이란 첨차(檐遮) 위에 얹히어 있는 짧게 아로새긴 나무를 말하는
    데, 이것을 기둥 위에 얹어 지은 집이 익공집이다.
21) 동자기둥 : 들보 위에 세우는 짧은 기둥으로서, 상량(上樑), 오량(五梁), 칠량(七
    樑) 등을 받치고 있다.

一자형으로 정면 4간에 측면 한 간이다. 절반이 사랑방이며 절반이 대청이다. 사랑채는 사이에 중문을 두고 아래채와 연결되어 있다. 아래채는 방 2간에 불 때는 아궁이가 붙어 있다. 안채는 중문을 통하여 출입하도록 꾸며졌다. 그 기본형태는 一자꼴이지만, 오른편인 동쪽에 광이 붙어 있어 얼핏 ㄱ자로 보이기도 한다. 동쪽에 한 간 크기의 방 두 개가 겹으로 꾸며졌으며, 그 다음이 대청이다. 대청은 ㄴ자를 거꾸로 한 모양으로 2간 장방인 안방 앞을 꺾어 돈다. 안방 다음, 곧 서쪽 끝에 부엌이 있다.

⑧ 주일재의 구조

사랑채 기단은 콘크리트로 마감되어 있다. 이것으로 미루어 이 집의 보수는 근년에 이루어진 것 같다. 기단의 높이가 다른 가옥들에 비해 비교적 높은 것도 주목된다. 막돌초석을 놓고 모기둥을 세웠다. 사랑채 대청 기둥 가운데 전후 2개는 두리기둥이다. 도리는 납도리이며, 소로받침은 없다. 처마는 홑처마이고, 지붕은 한식기와를 써서 이은 맞배지붕이다. 방에는 띠살창호를 달았고, 방과 대청 사이에는 네 짝의 분합문이 있다. 대청 후면은 판장문이며, 대청 전면에는 아무런 창호가 없다. 안채는 막돌허튼층 기단에 콘크리트로 마감이 되어 있다. 막돌초석을 놓고 네모기둥이 세워졌다. 도리는 납도리, 소로받침이 없는 것도 사랑채와 같다. 처마는 홑처마에 팔작지붕이다. 사당은 사방 한 간으로, 규모가 매우 단출하다. 굴도리집이며 맞배지붕에 부연(附椽)이 없다. 이 사당과 담 하나를 사이에 두고 가랍집이 있다. 가랍집은 초가로 ㄱ자 모양을 하고 있으며, 방과 부엌, 광, 헛간 등을 갖추었다.

정각(亭閣)과 서당(書堂)들

하회는 대처 거촌답게 정각과 서당도 상당수에 달한다. 그 가운데 어떤 것은 오토(烏兎)의 세월 속에 자취를 감춘 것이 있다. 그 가운데 하나가 만송정(晩松亭)이다. 본래 이 정자는 하회마을 앞 소나무 숲속에 세워져 있었다. 그것이 을축년(乙丑年)의 대홍수에 휩쓸려 완전히 유실되어 버렸다. 또한 하회를 말하는 경우 우리는 병산서원(屛山書院)[22]을 잊을 수 없다. 병산서원은 그 규모나 명성으로 영남 북부에서는 퇴계 이황(李滉)을 기념하는 도산서원(陶山書院)[23]에 버금간다. 그러나 이 서원에 관한 기술은 당연히 상당한 지면이 따로 마련되어서 이루어져야 할 것이다. 이런저런 이유에 의해 여기서는 하회의 정각과 서당으로 다섯 개를 들고자 한다. 겸암정(謙岩亭)과 옥연정(玉淵亭), 원지정사(遠志精舍), 빈연정사(賓淵精舍), 화천서당(花川書堂) 등이 그것이다.

① 겸암정(謙岩亭)

하회 앞 부용대(芙蓉臺) 밑에는 강이 깊은 소(沼)를 이루고 있다. 이 소를 마을사람들은 빈연(賓淵)이라고 부른다. 겸암정은 부용대의 오른쪽, 빈연의 북쪽 절벽 위에 세워져 있다. 그 이름으로도 이미 짐작되는 바와 같이 이 집은 겸암이 머문 곳이다. 건립 자체가 겸암이 26세 되던 해에 이루어졌다. 그리고 그 후 그는 주로 여기에서 도학(道學) 연구와 제자 양성에 힘

---

22) 병산서원(屛山書院) : 광해군 5년(1613)에 건립한 경상북도 안동군(安東郡)에 있는 서원. 조선조 선조 때의 명신인 유성룡(柳成龍)을 향사(享祀)하기 위하여 세웠으며, 그 후에는 그의 아들 유진(柳袗)을 배향하였다.

23) 도산서원(陶山書院) : 경상북도 안동군(安東郡) 도산면(陶山面)에 있는 서원. 선조 7년(1574)에 건립되어 이황(李滉)을 모시고, 다음 해에 선조로부터 친필로 된 편액(扁額)을 받았다.

을 썼던 것이다. 건물은 크게 바깥채와 안채로 이루어져 있고, 그 측면과 후면 둘레에 담장이 둘러져 있는데, 그 모양은 대체로 반달형이다. 바깥 채는 一자 모양으로, 정면이 4간, 측면이 2간으로 되어 있다. 그 중앙에 정 면 2간, 측면 2간의 대청이 놓여 있다. 그리고 좌우에 각각 같은 크기의 방 을 두었다. 방과 대청 전면은 좁은 툇마루다. 특히 동쪽 방은 크기가 한 간 이고 나머지 한 간은 그 앞에 꾸며진 마루가 차지한다. 안채는 ㄱ자형으 로, 부엌 2간, 안방 3간, 대청 4간이며, 거기에 건넌방이 남향으로 늘어서 있다. 건넌방 앞쪽으로 한 간 반 크기의 방과 한 간되는 마루가 있다. 정확 히 말하면, 이 두 건물 가운데 바깥채가 겸암정이다. 겸암정에는 퇴계(退 溪)의 글씨로 된 판액이 높다랗게 걸려 있다. 이 집은 장대석 바른층쌓기의 높은 기단 위에 막돌초석을 놓았고, 전면에는 두리기둥이 쓰였다. 간살은 오량이며, 홑처마에 팔작지붕이다. 마루에는 계자각난간을 둘렀다. 이 계 자각난간에 기대어 멀리 강 건너 마을 쪽을 바라보면 아침에는 눈부신 해 가 그 너머에서 솟아오른다. 그리고 저녁에는 여기저기 집들의 굴뚝에서 오르는 연기들이 한 폭 그림을 이룬다. 더욱이나 사방을 에워싼 울창한 소 나무 숲에 싱그러운 바람이 불고, 거기에 화천(花川)을 거슬러 올라가는 몇 척의 돛단배가 모습을 드러내면 속세의 잡스러운 일들이 까마득히 잊혀진 다. 서애(西厓)도 이 정자를 두고 시를 읊조린 적이 있다. 훌륭한 자연에 기 대어 그의 형인 겸암(謙菴)을 그린 정을 담은 작품이다.

> 형님께서 끼치신 이 정자
> 그 예에도 이름 있었다
> 섬돌가 그싯는 대나무 그림자
> 매화도 뜨락에 가득히 벙을다
> 노니신 자취 꽃다운 푸새들
> 드맑은 길엔 흰구름 일다

돌이키면 한갓된 눈물이 고이느니
강물도 밤에는 소리내어 예어라

我兄遺亭館　謙菴有舊名
竹影淨臨階　梅花開滿庭
遊踪芳草合　仙路白雲生
悵憶空垂淚　江流有夜聲

② 옥연정(玉淵亭)

겸암정 오른편에 있는 정자다. 화천이 하회마을을 표주박 모양으로 깊숙이 안고 흐르다가 다시 크게 방향을 바꾸는 곳에 소(沼)가 있다. 이것을 마을 사람들은 옥소(玉沼)라고 한다. 그 맑고 푸른 물빛을 따서 붙여진 호칭인 것 같다. 옥연정은 바로 이 옥소의 남쪽에 자리잡고 있는 것이다. 이 정자는 그 주인이 서애(西厓)이며 그 나이 45세 때 이루어진 것이라고 전한다. 여기에는 두 가지 기억에 값하는 일이 곁들여져있다. 그 하나는 이 건물이 탄홍(誕弘)이란 스님의 정성과 노력으로 이뤄진 점이다. 본래 서애는 유림(儒林) 출신이었다. 그리고 잘 알려진 바와 같이 조선왕조가 건국되자 유림들은 그 지배계층으로 부상했다. 그들은 왕실의 비호 아래 유교를 국교로 삼았고, 그 여세를 몰아 척불(斥佛) 정책을 강행해 마지않았다. 특히 중종 무렵 이후 영남 북부 지방은 도학, 유림의 본거지로 부각되었다. 그리고 그 부수 현상으로 석불, 반승가(反僧伽) 경향이 조성되었다. 그러나 하회(河回)를 대표하는 두 기둥으로서 겸암과 서애는 그런 당시의 분위기에 대해서 전혀 초연한 입장으로 임했다. 그리고 실제 있어서는 암암리에 사찰 측의 편의도 도모해 주었던 것 같다. 특히 서애의 승가에 대한 호의는 임진왜란과 정유재란을 당해서 뜻밖의 수확을 낳게 했다. 잘 알려진 바와 같이 이 전란에서 우리 정규병들은 초반전 몇 차례에 거의 궤멸해 버렸다. 그리고 그 후의 국면은 대체로 민간 의용병으로 구성된 의병들과 다수의 승병(僧兵)들의 기습, 후방교

란전의 성격을 띠면서 전개되었던 것이다. 특히 서산(西山)[24]이나 사명대사
(四溟大師)[25]가 이끈 승병들의 활약은 특기해야 할 일이었다. 그런데 이들 승
가의 궐기와 참전에 결정적 동기를 지은 것이 당시 의정부의 중요 영수 자
리에 있었던 서애의 불교 두호(斗護) 태도였다. 이 건물이 승가의 정성으로
이루어진 사실은 『서애집(西厓集)』[26] 연보에 그 일단이 실려 있다.

　　선생이 원지정사를 지으셨으나, 마을의 어염집과 너무 가까운 것을 한하
시고 북담에다 조그만 집을 지어 거기서 늙마를 보내실 생각이셨다. 마침
탄홍(誕弘)이란 중이 있어 그 일을 맡겠다고 자청하고 곡식과 포목(帛)을
시주하였는데, 그리고 나서 10년 후에 완성이 된 것이다.

　　先生旣作遠志精舍猶恨迫近村閭就北潭欲作小宇爲終老計有僧誕弘者自請
幹其役資以粟粟帛越十年乃成

옥연정에 곁들인 또 다른 이야기로, 우리는 『징비록(懲毖錄)』[27]을 빼 놓

---

24)　서산(西山)은 휴정대사(休靜大師, 1520~1604)의 호. 조선조 선조 때의 명승(名
　　僧)으로 영관대사(靈觀大師)에게 불법을 듣고 중이 된 후, 32세 때 선과(禪科)에
　　급제, 묘향산(妙香山)에서 살았다. 임진왜란 때 팔도십육종도총섭(八道十六宗都
　　摠攝)으로 의승병(儀僧兵)을 지휘하였다. 저서로는 『선가귀감(禪家龜鑑)』, 『선교
　　석(禪敎釋)』, 『운수단(雲水壇)』 등.

25)　사명대사(四溟大師, 1544~1610)는 임진왜란 때의 승병장(僧兵將)으로 풍천(豊川)
　　사람. 승명은 송운유정(松雲惟政). 호는 사명당(四溟堂). 묘향산 서산(西山)의 문하
　　에 들어가 있던 중 임진왜란이 일어나 승병총섭(僧兵摠攝)으로 활약하고 일본에 사
　　신으로 건너가 강화하고 돌아왔다. 난(亂) 후 묘향산에 입산하여 여생을 마쳤다.

26)　『서애집(西厓集)』: 조선조 선조 때 서애(西厓) 유성룡(柳成龍)의 시문집. 이민구
　　(李敏求)의 서(序)와 이준(李埈), 장현광(張顯光)의 발(跋)이 있으며, 아들 유진(柳
　　袗)이 합천군수로 있을 때 간행되었다. 모두 20권 11책.

27)　『징비록(懲毖錄)』: 조선조 선조 때 유성룡(柳成龍)이 쓴 임란야사(壬亂野史). 7년
　　간에 걸친 임진왜란의 원인, 전황을 기술한 것으로, 이 책의 처음 간행은 아들 유
　　진이 『서애집』을 간행할 때(1633) 그 속에 수록하였고, 10년 후에 다시 16권의 『징
　　비록』이 간행되었다. 모두 16권 7책.

을 수가 없다. 새삼 밝힐 것도 없이 서애의 이 저서는 어느 의미에서 그가 주역을 맡은 임진란에 관한 기록이다. 거기에는 당시의 조정과 일반 백성의 생활상, 왜병과의 전투와 그가 세운 전략에 소상히 적혀 전한다. 충무공 이순신(忠武公 李舜臣), 도원수 권율(權慄) 등의 기록도 포함한 게 이 책이다. 그런데 이 『징비록』의 대부분이 이곳 옥연정에서 구상되고 쓰인 것으로 보인다.

이 건물은 문간채와 바깥채, 안채 및 별당 등으로 구성되어 있다. 문간채는 一자 모양으로 되어 있고, 왼편 남쪽에 측간과 문이, 그리고 그 옆에 광들이 있다. 바깥채는 정면 4간, 측면 2간 크기로 그 가운데 4간의 대청이 꾸며져 있다. 대청 좌우가 각각 2간 크기의 방들이다. 안채는 일반주택과 좀 다른 구조를 가지고 있다. 一자형의 구조에 부엌이 중앙에 있고 방이 좌우로 놓여져 있는 것이다. 북쪽 방은 동서향의 2간 크기로, 앞뒤로 반 간 폭의 툇마루를 달았다. 그리고 남쪽 방은 앞쪽에만 툇마루가 놓여 있는 것이다. 별당채는 정면 3간에 측면이 2간으로 이루어져 있다. 서쪽에 2간 반폭의 방이, 그리고 나머지가 대청이다. 바깥채와 안채, 별당 등은 모두 한식기와에 팔작지붕들이다. 기둥들은 네모기둥으로 두리기둥이 없다. 이 정자역시 울창한 숲에 싸여서 훌륭한 조망을 가지고 있다. 특히 여름 한나절 그바깥채 대청에 누워서 고요히 감돌아 나가는 낙동강 굽이를 바라보는 정취는 일품에 속한다. 또한 이 정자 옆에는 서애(西厓) 스스로가 명명한 것으로 전해지는 능허대(凌虛臺), 보허대(步虛臺) 등 두 개의 대가 있다. 그에 곁들인 서애의 「옥연서당기(玉淵書堂記)」와 칠언절구(七言絶句)가 전해지는데, 다음과 같다.

　버선발로도 스스럼없는 길
　강 위를 날아간 구름이 사라진 하늘은 가을
　마름꽃은 뜯어도 드릴 이 없어

해거름 아득한 물길 한갓된 시름

羅襪輕塵去不留
江雲飛盡楚天秋
蘋花欲採無人贈
日暮烟波空自愁

③ 원지정사(遠志精舍)

마을 북쪽 부용대 대안(對岸)에 위치해 있다. 『영가지(永嘉誌)』[28]를 보면
그 방향이 화천 건너에 있는 원지산(遠志山) 쪽으로 놓여 있다. 원지산이란
이름은 약재로 쓰이는 원지풀이 많은 데서 유래한다. 그리고 원지정(遠志
亭)이란 이름 자체도 거기서 온 것 같다. 이 건물은 서애가 34세 때 일시 벼
슬을 물러나 독서삼매에 젖어든 곳이라고 전한다. 또한 노후 병이 들자 약
을 들며 정양한 뒤 쾌차하게 된 자리이기도 하다. 조선왕조 중기의 건축양
식이 제대로 보존되어 있는 건물 가운데 하나다. 정사(精舍)와 누각(樓閣)
등 두 개의 건물로 이루어져 있다. 정사는 정면이 3간, 측면이 한 간 반으
로 되어 있다. 대청 한 간에 2간짜리 방이 있고, 앞면에 반 간 폭의 툇마루
가 꾸며졌다. 누각은 중층, 곧 2층 모양으로 되어 있는데, 1층에는 기단에
서 다음 층까지 기둥들만이 서 있다. 기단 부분에서 2층으로는 계단을 두
었다. 이 계단을 이용하여 누(樓)에 오르도록 되어 있는 바, 그 누는 정방형
4간의 평면 구성이다. 또한 정사의 처마는 홑처마에 맞배지붕이며, 한식기
와에 박공에는 풍판을 달아 놓았다. 기둥은 네모기둥이지만 정면의 네 개

---

28) 『영가지(永嘉誌)』: 경상북도의 안동읍지(安東邑誌). 조선조 선조 35년(1602)에
　　유성룡의 명에 의하여 그 제자 권기(權紀)가 엮었다. 『동국여지승람(東國輿地勝
　　覽)』 및 『함주지(咸州誌)』 등을 참조하고, 여러가지 자료를 모아서 편집하였다. 유
　　성룡의 사망으로 한때 중단되었으나, 신임군수 정구(鄭逑)의 도움으로 완성되었
　　다. 모두 18권 4책.

는 두리로 되어 있다. 누각은 장대석 기단에 막돌초석이 놓여졌다. 1층의 기둥은 다각형의 것이 쓰여져 있다. 미루어 이 건물이 풍류라든가 멋을 고려해 설계된 점이 십분 포착된다. 한편 이 건물 2층 기둥은 두리로 처리되어 있다. 또한 2층에서는 기둥머리에 주두가 얹혀 있으며, 익공으로 기둥머리와 주두를 결속했다. 창방 위에는 소로를 놓아서 장여를 받쳤고, 이 장여가 굴도리를 받친 형식이다. 2층 둘레에는 계자각난간이 있으며, 천장은 연등천장이지만 부분적으로는 우물천장이 가설되었다. 이 건물도 처마는 홑처마에 한식기와가 이어져 있다. 그러나 지붕은 정사 건물과 달라서 팔작지붕이다. 이 누각에는 창호가 설치되지 않았다. 또한 이 정사와 누각은 지금 풍남초등학교 구내에 담 하나를 격해서 있다. 이 건물에 대해서도 서애는 스스로의 기록을 남겼다. 『서애집(西厓集)』에 있는 「원지정사기(遠志精舍記)」가 그것이다.

④ 화천서당(花川書堂)

부용대 동쪽 강변에서 얼마 떨어진 자리에 세워져 있다. 겸암(謙菴)을 받들기 위해 건립된 것으로, 본래는 서원(書院)이었다. 그것이 서당으로 격하된 것은 조선조 말기 때의 일이다. 마침 대원군이 집권하자 지방 유림들의 작폐를 근절하기 위해 각지에 난립하고 있는 서원들을 정리, 혁파(革罷)하기로 했다. 하회에도 그 파고가 밀어닥쳤을 것은 말할 것도 없는 일이다. 그리고 하회에는 마침 두 개의 서원이 있었다. 이 화천서원과 그 대안에 놓인 병산서원이 그것이다. 어차피 한 마을에 두 개 서원은 허용될 일이 아니었고, 그 결과 훼철(毁撤)이 된 게 화천서원이었다. 화천서당은 그러니까 근대화와 개혁의 진통 속에 희생된 역사의 한 증거품이라고 하겠다.

화천서당 전체는 나지막한 토담으로 둘러싸여 있다. 그 안에 서당은 본 건물과 살림채 등 두 개의 건물로 이루어졌다. 본 건물은 一자 모양에 정면 5간, 측면 2간 반 크기다. 주앙이 대청인데 그 크기는 정면 3간, 측면 2간의 이른바 6간 대청이다. 그리고 대청 좌우에 정면 한 간, 측면 2간의 온돌방이 대청으로 놓여져 있다. 방과 대청 앞에 반 간 폭의 툇마루가 다렸다. 살림채는 ㄷ자형으로, 남쪽에 부엌이 있고, 그 다음이 역시 6간의 대청이다. 그 옆이 2간 크기의 살림방이며, 그 앞에 함실과 광이 있다. 또 부엌 앞에도 광이 있어 전체적으로 좌우 대칭이 되는 ㄷ자꼴을 이루고 있는 것이다. 또한 화천서당 본 건물과 살림채 사이에는 별도로 담장이 쳐져 있다. 그리하여 본 건물에서 살림채를 가려면 동쪽 대문을 나서서 안채 대문으로 다시 돌아가야 한다. 이것은 아마도 살림채와 곧바로 통하는 문이 있는 경우 일어날지 모르는 잡념을 경계한 나머지의 설계 결과일 가능성이 크다. 화천서당 본 건물은 홑처마에 팔작지붕이다. 기단은 장대석을 사용하여 계단식으로 쌓아올린 높직한 것이다. 그 위에 원형의 주초를 만든 다음 주추가 놓여져 있고, 다시 그 위에 두리기둥이 세워졌다. 살림채는 네모기둥(方柱)이며 홑처마에 맞배지붕이다.

⑤ 빈연정사(賓淵精舍)

마을 북쪽 부용대 맞은편 물기슭에 세워진 정자다. 원지정사보다 좀 더 서쪽이며, 또 강쪽에 가깝다. 화천의 흐름과 부용대를 바라볼 수 있도록 북동향이 되어 있다. 유실된 만송정(萬松亭)을 제외하면 강에서 가장 가까운 정자가 될 것이다. 수목들에 싸여 있는 앞마당을 빠져나가면 강쪽으로 곧은 길이 나 있다. 그 길을 빠져서 얼마를 나가면 곧 하회의 자랑인 송림(松林)이 모습을 드러낸다. 그리고 송림에 이러 희고 곱게 닦인 흰 모래밭이 펼쳐져 있다. 반딧불이 나는 여름밤이나 단풍이 산과 언덕을 장식하는 가을 한낮, 이 정자에서 강가로 나가는 산책로는 그리하여 문자 그대로 탈속의 경지를 이루게 한다. 이 정자는 특히 마을에 연접해 지어진 까닭인지 살림집은 따로 마련되지 않았다. 장방형으로 정면 3간, 측면 2간의 홑처마 팔작지붕이다. 기둥은 대개 네모로 되어 있지만 대청 정면의 중앙 기둥만은 두리다. 납도리는 소로받침이 없으며 장여가 그것을 받친다. 방에는 띠살창호, 그리고 방과 대청 사이에는 네 짝의 분합문이 설치되었다. 그러나 대청 정면에는 창호가 설치되지 않았다. 담장은 토담이며 그 위에 한식기와를 이었다. 기단이 콘크리트로 된 것을 보면 근간에 보수가 이루어진 것 같다. 또한 선조(宣祖) 때 이루어진 『영가지(永嘉誌)』를 보면, 거기에는 겸암정, 옥연정, 원지정사 등은 나오지만 이 정자는 나타나 있지 않다.

하회의 민속문화
- 별신(別神)굿과 줄불놀이

하회가 지닌 훌륭한 자연환경은 이 마을 사람들에게 유달리 풍성한 감성을 기르게 했다. 그 위에 이 마을이 누려온 인문환경, 경제적 혜택 등이 겹쳐진다. 그리하여 하회는 그 나름의 문화를 형성해서 오늘에 끼치고 있는 것이다. 하회가 지녀온 문화유산 가운데 우리는 두 가지 민속놀이를 잊어버릴 수가 없다. 그 하나가 별신굿이며, 다른 하나는 줄불놀이다. 이밖에도 이 마을의 세시풍속(歲時風俗)놀이에는 삼월 삼짇날의 화전놀이와 단오 행사, 7월의 푸굿, 그밖에 복샘이 등이 있다. 이들은 하회뿐만 아니라 우리나라 방방곡곡에서 행해지는 풍속놀이들이다. 그러나 위에서 말한 민속놀이들은 그 사정이 그런 경우와는 좀 다르다. 이 마을에서 행해지는 별신굿은 그 탈의 모양부터가 아주 독특하다. 그리고 내용이라든가 연희(演戱) 방식 역시 여느 경우와 다르게 특징적인 것이다. 또한 줄불놀이는 큰 가람, 웅장한 규모의 벼랑을 지닌 대안(對岸)을 안고 있는 하회의 입지조건 없이 이루어질 수가 없다. 바꾸어 말하면, 이 두 놀이는 하회만의 몫이다.

하회 별신굿

이 마을의 별신굿은 하회탈춤으로 보다 널리 알려져 왔다. 우리 주변에서 하회를 모르는 사람은 얼마든지 있다. 그러나 이상한 모양의 탈바가지(假面)에 큰광대, 새끼광대가 나오고, 초랭이와 각시가 등장하는 하회 탈춤을 한두 번 보지 않은 사람은 없다. 그만큼 우리 사회의 전통연희(傳統演戱) 중에서 이 놀이가 널리 알려져 왔음이 입증된다. 본래 이 별신(別神)굿은 여성신(女性神)인 하회의 서낭에게 드리는 제례의식의 한 부분에 속한다. 다른 경우가 그런 것처럼, 이 마을에도 연례 행사로 시행하는 동제(洞祭)가 있다. 이때도 제사의 대상인 신격(神格)은 서낭님이다. 별신굿은 이와는 달리 부정기적으로 시행된다. 그 간격부터가 3년, 5년, 10년 등 상간으로 일정하지 않다. 여러가지 여건이 마련되고 또 신탁(神託)이 내려졌을 때 행해지는 게 별신굿이기 때문이다.

한편 하회의 별신굿은 12월 그믐날부터 그 막이 열린다. 이때부터 동사(洞祀)에는 금색이 쳐지고 황토(黃土)를 뿌린다. 황토는 마을을 정화하는 의식의 표시다. 또한 별신굿의 제주(祭主)를 산주(山主)라고 하는데, 산주는 우선 부정을 타지 않을 목수를 골라 인근 산에서 서낭대를 만들게 한다. 이와 동시에 동민 전원에게 육식(肉食)이 금해진다. 제수(祭需)가 마련되고 산주가 광대들을 지명하면 별신굿의 준비가 이루어진 것이다. 정월 초이튿날 아침부터 제사가 시작된다. 제의는 상당에서 시작되는데, 이때는 서낭당 앞에 제수를 마련하고 높이가 3~4장(丈)에 달하는 서낭대를 세운다. 서낭대 옆에는 높이 2~3장의 성줏대가 동시에 세워지고, 강신(降神)을 비는 것으로 별신제의 막이 오르는 것이다. 서낭대에는 홍, 백, 황, 청, 록 등 다섯 가지 빛깔의 포목을 드리우고 그 꼭대기에 당방울을 달았다. 신이 내려 방울이 울리면 강신한 서낭대를 메고 성줏대를 받든 가운데 제주 곧, 산주와 광대의 행렬이 하당과 삼신당을 다녀서 구동사(舊洞舍) 앞에 이른다. 구동사 앞에 서낭대가 세워지고 신(神)방울이 울리면 별신굿 놀이가 시작되는 것이다. 별신굿은 모두 아홉 마당으로 이루어져 있다. 그리고 이 여러 마당에는 서로 조금씩 다른 연희자들인 각시, 중, 초랭이, 선비, 이매, 부네, 떡다리, 할미 별채들이 탈바가지들을 쓰고 출연했다. 물론 서낭제에 가면 놀이가 이루어진 곳은 하회만이 아니다. 최근의 조사보고 의하면, 이와 같은 종류의 놀이는 경상북도 영양군(英陽郡)의 주곡(注谷)과 강원도 강릉(江陵)에서도 발견되었다고 한다. (이에 대해서 좀 더 자세한 것은 김택규(金宅圭), 『동족부락의 생활구조연구(同族部落의 生活構造研究)』, 1964, p.19 참조). 그러나 현재까지 그 놀이의 규모로 보아서 하회의 경우가 단연 으뜸간다. 또한 이 놀이에 사용된 가면이 오늘날 전해지는 곳도 병산(屛山)과 함께 하회에 한한다(병산(屛山)은 넓게 보면 하회의 일부다. 하회 가면극에 대해 자세한 것은 이두현(李杜鉉), 『한국가면극(韓國假面劇)』, 1969, p.160~172 참조). 미루어 이 마을이 누려온 문화력(文化力)의 넓이라든가 깊이가 짐작된다고 하겠다.

　정작 별신굿놀이는 민중연희(民衆演戱)의 성격을 띤 것이었다. 새삼 밝힐 것도 없이 하회가면극(河回假面劇)의 내용 가운데는 신랄하게 양반, 선비, 승려들을 야유, 풍자한 것이 있다. 또한 별신굿에서 광대는 전원이 하회 유(柳)씨가 아닌 다른 성씨의 소유자였다. 일찍이 마을에서 하회 유씨가 아닌 타성(他姓)은 대개가 더부살이거나 소작인들이었다. 그러니까 별신굿은 그 내용과 연희자(演戱者)의 의식들로 보아 반지배계급, 상민의 예술에 속하는 셈이다.

줄불놀이

하회는 줄불놀이는 그 의식 내용으로 보아 별신굿과 좋은 대조가 된다. 우선 이 놀이의 주역은 풍산 유씨들로 구성되었다. 또한 이 놀이의 서막은 부용대(芙蓉臺) 아래서 베풀어진 시회(詩會)였다. 여기서 시(詩)란 물론 한문(漢文)으로 엮어지며 고저장단(高低長短)의 율격(律格)과 운자(韻字)를 맞춘 그것을 가리킨다. 이런 유의 양식을 습득해서 작품을 쓸 수 있는 사람들은 말할 것도 없이 양반, 사림계층이었다. 미루어 줄불놀이의 성격이 짐작되는 셈이다. 구체적으로 하회의 줄불놀이는 강을 이용한 뱃놀이와 불꽃놀이를 겸한 것이었다. 이 놀이는 7월달 기망(旣望)인 열엿샛날 밤에 열렸다. 이 놀이를 위해서는 줄불과 달걀불, 배 등이 동원되었고, 부용대와 대안(對岸)에는 많은 사람들이 들끓었다. 먼저 '줄불'은 뽕나무 숯을 갈아서 만든 탄가루(炭粉)에 소금을 섞어서 이루어진다. 이 연소재들을 창호지로 붙인 좁고 긴 봉투에 넣는다. 그리고는 다시 그것을 몇 개의 매듭으로 묶은 다음 긴 새끼줄에 매어다는 것이다. '달걀불'은 달걀껍질들을 모아 두었다가 일부만을 잘라내고 그 속에 피마자기름을 넣는다. 그리고는 거기에 솜심지를 달고 불을 켠다. 이 불을 짚으로 만든 또아리에 올려 놓은 것이 달걀불이다. 새끼에 엮어진 줄불은 옥연정에서 화천서당까지 그리고 부용대 정상에서 그 건너 만에 달하는 것이다. 줄에 매단 숯봉지에는 쑥으로 불을 붙인다. 그리고 그 사이사이에는 송진으로 만든 촛불이 켜진다. 줄불이 켜지면 그와 동시에 강 위에는 그 상류에서 흘러 보내는 달걀불이 뜬다. 줄불은 한 매듭이 다 타거나 소금이 타오를 때마다 폭죽(爆竹) 터지는 소리를 낸다. 그리고 강 위에 떠서 흐르는 달걀불들 역시 다양한 문양으로 강물을 아로새긴다. 이 줄불놀이는 낙화(洛花)놀이로 그 절정을 이룬다. 낙화놀이란 부용대에서 솟갑에 불을 붙여서 던지는 의식이다. 이때 부용대와 그 대안 일대는 대낮처럼 밝아지며, 또 놀이에 참가한 사람들과 관중들 모두가 환호성을 울린다고 한다. 이 줄불놀이는 그에 쓰는 비용부터가 만만치 않았다. 거기에 강을 낀 마을의 입지조건이 필요했고, 또 높은 벼랑과 그 대안을 이룬 백사장 등이 갖추어질 필요가 있었다. 그런 면으로 볼 때 이 놀이 역시 하회만이 가능한 행사로 보인다. 다시 한번 이 마을이 자연과 인간의 정서(情緒), 문화가 교직(交織)해낸 한 편의 교향곡임을 실감하지 않을 수 없다.

김용직(金容稷)

경북 안동 출생. 서울대학교 문리과대학 국어국문학과 졸업하고 동 대학원 석사 및 박사과정을 졸업했다. 서울대학교 인문대학 교수, 한국비교문학회 회장, 한국문학번역원 이사장 등을 역임하였으며, 현재 서울대학교 명예교수, 학술원 회원으로 활동 중이다.

저서로는 『韓國近代詩史』 1·2권, 『韓國現代詩史』 상·하권, 『한국문학을 위한 담론』, 『북한문학사』 외 다수의 연구서와 『碧天集』, 『松濤集』, 『懷鄕詩鈔』 등 한시집이 있다.

먼 고장 · 이웃 나라 · 내가 사는 땅

인쇄 · 2011년 8월 25일 | 발행 · 2011년 8월 30일

지은이 · 김용직
펴낸이 · 한봉숙
펴낸곳 · 푸른사상
주간 · 맹문재 | 편집 · 김재호 | 마케팅 · 이철로

등록 · 1999년 7월 8일 제2-2876호
주소 · 서울시 중구 초동 42번지 아시아미디어타워 502호
대표전화 · 02) 2268-8706(7) | 팩시밀리 · 02) 2268-8708
이메일 · prun21c@hanmail.net / prun21c@yahoo.co.kr
홈페이지 · http://www.prun21c.com

ⓒ 2011, 김용직

ISBN 978-89-5640-845-3 03810
값 20,000원